U0069700

台灣新文學史論叢刊 8

舊殖民地文學的研究

尾崎秀樹　著
陸平舟・間ふさ子　合譯

人間出版社

1998 年 12 月 23 日，尾崎秀樹先生隨「日本社會文學會」來台灣參加學術研討會，攝於台灣大學法學院外庭。翌年 1999 年去世，享年 71 歲。（鄧惠恩攝影）

尾崎秀樹

文藝評論家。1928 年生於台灣，在台北迎來了日本的敗戰。1959 年，為究明他的親兄尾崎秀實「佐爾格事件」的真相，發表《活著的猶大》，告發了出賣其兄的伊藤律。嗣後，和他對日本舊殖民地文學的研究同時，展開他關於大衆文學的研究和評論的工作。其他主要著作有《佐爾格事件》、《與魯迅的對話》、《傳記吉川英治》、《修羅明治之秋》和《大衆文學之歷史》等。1999 年謝世。

山田敬三

1937 年生。日本神户大學名譽教授，（財團法人）孫中山紀念會副理事長。著書有《魯迅的世界》、《十五年戰爭與文學》（共編著）、《境外的文化——環太平洋的華人文學》（共編著）等。

河原　功

1948 年生。成蹊大學大學院修了（文學修士）。成蹊高等學校教諭。

專　著

《台灣新文學運動の展開－日本文學との接點》（台灣新文學運動的展開：與日本文學的接點）1997 年，東京・研文出版。

編集・解説

《日本統治期台灣文學　日本人作家作品集》全 6 卷（共編），1998 年，東京・綠蔭書房。

《日本統治期台灣文學　台灣人作家作品集》全 6 卷（共編），1999 年，東京・綠蔭書房。

《日本統治期台灣文學　文藝評論集》全 5 卷（共編），2001 年，東京・綠蔭書房。

《日本統治期台灣文學　台灣文學集成》全 20 卷（共編），2002 年，東京・綠蔭書房。

陸平舟

1957 年生。1993 年獲日本九州大學人文學科文學碩士學位，1998 年同學科博士課程修畢。現任南開大學漢語言文化學院副教授。主要研究中國史及中國文化史。著有《唐詩選讀》、《中國文學的昨天與今天》等。文學創作《藍色的蝴蝶》（長篇）。翻譯論文《老舍與英國》、《老舍在美國》、《南天之虹——把二二八事件刻在版畫上的人》等。

間ふさ子

日本福岡市人。譯有胡昶、古泉共著《滿映——國策電影面面觀》（共譯）、陳映真《歸鄉》、藍博洲《幌馬車之歌》（共譯）。現九州大學院比較社會文化學府博士後研究中。

1942. 12

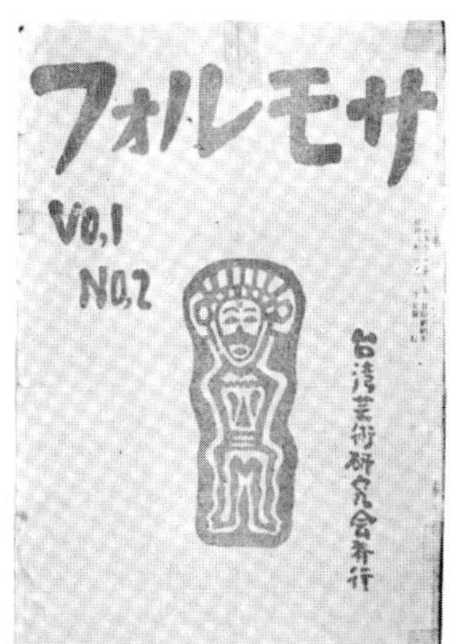

1934. 1

1940. 1

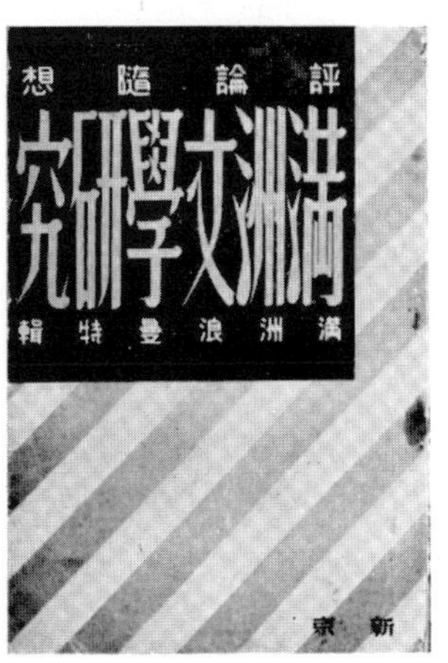

1940. 5

1935. 2

1941. 6（季刊）

1942. 5

1936. 9.10合併号

1944. 5

日本舊殖民地文學的文獻很難入手，既便在圖書館也難找到。這裡的一些單行本封面，只不過是其中一隅，冰山一角而已，幾不足以顯示其全貌。右行主要是台灣關係者。中行為偽滿關係者。左行為各種作品

出版的話

陳映真

一九七五年，我從流放的外島獲釋回家不久，就與畏友唐文標先生認識。鄉土文學紛爭平息後不久，完全不諳日語的他，忽然送了我兩本日文舊書，一本是尾崎秀樹的《舊殖民地文學的研究》，另一本是台灣籍留日學者劉進慶的《台灣戰後經濟分析》。未曾料想到的是，這兩本書在日後都對於我起了深刻的教育和啟蒙的作用。劉進慶先生的書，為我開啟了從社會的、物質的推移，去科學地認識台灣，也從而有助於使我從台灣社會經濟的推移為參照系，比較科學性地認識台灣文學及其思潮的演變。

尾崎秀樹先生的《舊殖民地文學的研究》，可以用「振聾發聵」來形容它對我的影響。

記得我真正開始正襟危坐地從書架上取下《舊殖民地文學的研究》通讀時，已是進入八〇年代的初葉。尾崎先生教育了我，日本的「現代化」，是明治維新以來，以犧牲亞洲為代價所達成，亦即以日本殖民地為犧牲的結果。這裡特別指的是「日清戰爭以降」日本以台灣之殖民地化為日本「現代化」過程中最初的犧牲者。而 1930 年到 1945 年日本 15 年侵略戰爭，是「明治以降」日本現代化的歸結。尾崎先生正是在這充滿深刻反省的歷史意識下，凝視台灣文學史，特別是其「戰時下」台灣文學。但具體下來，尾崎先生當然也把自日帝五十年對台殖民統治下在上世紀二、三〇年代展開的台灣現代文學史也清楚地擺在他的視野，從而對於殖民地→法西斯統治所造成的台灣文學和作家在心靈與精神上留下的傷痕，加以嚴肅、認真和誠摯的批判與反省。

當時台灣鄉土文學論爭方在極端反共法西斯恐怖中驚險平息不久。而反民族的「台獨」政治和文論也正方興未艾。雖然不惜以民族的分斷為代價、為大國利益服務、並且以「國家安全」為大義名分的國府極端反共戒嚴獨裁體制，與日佔下上世紀四〇年代前半的殖民地／法西斯「戰時體制」，有歷史、政治上本質的不同，但同樣都在日帝下和國府反共戒嚴體制下的台灣文學留下了斑斑傷痕。五〇年代政治肅清，把一九二〇、三〇年代台灣反日民族·民主運動的左翼文學和文學家全部非法化、並徹底摧殘之。而緊接著政治肅清，權力中心直接指揮的「反共抗俄」文學登場，生產了成堆呼嘯著激狂空虛的反共口號的文學作品。一九七〇年到七四年，反省戰後反共文學與惡質西化的現代主義文藝雙生並蒂的現代主義詩批判，遭到權力的「親共」指控。一九七七年七月，官方輿論開始展開對鄉土文學的現實主義文學思潮的嚴厲批判，至八月十八日起連續三天在報紙副刊上刊出大篇點名的政治、思想檢舉文章達到了高潮。從尾崎先生為我們展開的視野去看，這固然與戰後冷戰體制下、東亞、東南亞、中·近東、中南美和非洲很多扈從於美國的「第三世界反共·國家安全體制·獨裁國家政權」對思想、文化、文學、社會科學的反共制壓有關，但是，對於戰後國府下的台灣、和軍事獨斷統治下的韓國的民主主義的、現實主義文學的壓迫——作品出版被禁、作家遭到檢舉、逮捕、監禁甚至刑殺的歷史，和戰後迅速利用冷戰體制，長期扈從美國政治、軍事、外交政策，而爭取了天皇體制和未曾清算的舊戰爭集團以延命的、今日更見全面右傾化的日本，也有深層的關係。正是尾崎先生這樣富於批判和反省的文學研究的眼界，使我們痛感到：被冷戰體系歪扭，而無法對日本、台灣和韓國做徹底清理的「戰後」，對於當代還在起到複雜、陰暗、甚至危害性的影響。而對於殖民地、侵略戰爭和冷戰體制遺留下來的傷痕，正呼喚著東亞知識分子積極面對、反省、批判和清理……

而早在一九六一年，尾崎先生就看到了被收奪了民族母語、又被強迫接受以日語為「國語」的同化＝奴化教育的台灣人，最終喪失了祖國意識，產生了認同的「白痴化」。他回憶在台灣迎來日本敗戰當天，他的一位台灣籍同學囁嚅自語：既已不能成為日本人，又不願成為「文化水平低」的中國人，只好另求一條「台灣人的台灣」的路。雖然，尾崎先生也知道早在戰爭結束前，有台灣學生秘密地組織讀孫文《三民主義》日譯本的讀書小圈，但那一位因日本戰敗而反陷於苦惱的台灣同學，令青年的尾崎先生痛烈地感到「日本的殖民地統治所帶來的傷痕實在是太深了」。

戰後「台灣獨立」的反民族運動的發展，自然不能過於簡單地只歸結為日本統治的同化＝奴化政策。但未經反省、批判和清理的日本的「戰後」，竟而在二十一世紀前後，作祟於台灣的台灣新文學研究的領域。一小群日本學者，無所不用其極地美化戰時下的台灣（皇民）文學，而其總體的企圖，就是要根本推翻尾崎先生在四十多年前建立的、對於把台灣殖民地化過程中對台灣心靈和精神的損害，懷抱反省、批判的思想體系，而處心積慮要全面為日本的殖民地擴張和戰爭責任免罪化和美化。然而，凡有殖民主義／帝國主義批判，就同時有「後殖民主義批判」。不待薩依德「後殖民批判」的開展，四十多年前的尾崎先生就構建了關於嚴厲批判日本帝國主義在台灣、偽「滿州」和朝鮮文學中留下的心靈和精神的傷痕的系統性論說，允為後殖民論（post-colonialism）的先驅性思想與研究。他以加害者（日本帝國主義）之民，經歷了自己國家的法西斯的被害（因其家兄尾崎秀實在戰爭末期涉入世界反法西斯的國際性民族·民主運動的情報工作遭日本當局問吊，全家背負了軍國主義日本下「非國民」的糾責），從而得以敏銳地凝視日本殖民主義→法西斯主義下台灣、偽滿和朝鮮的深刻被害。

今天，日本軍隊在二戰中直接的暴行，大體上受到了世人的譴責。然而加害的日本人自己，和被害的廣泛東亞、南洋各國人民，對於戰時中日本法西斯在思想、精神、文化——包括文學——造成的深刻的損害加以究詰者，十分少見。而尾崎先生的這本書，對於日本在瘋狂地奔向法西斯的戰爭時，對於台灣和偽滿文學和文學家的一切言動和歷史，進行徹底的披露和清理，從而據以嚴厲究問和反省日本對其舊殖民地所應背負的責任。日本的現代化是日本明治維新以降，繼而以對外侵奪的「十五年戰爭」犧牲包括台灣在內的亞洲的結果——這就是尾崎先生所欲在《舊殖民地文學的研究》這一劃時代的、無與倫比的巨著中所要建構的歷史意識。然而，不能忘記的是，雖然尾崎先生把反省和批判的焦點最終歸結於日本的殖民主義，但他也不憚於對在日帝威壓下荼毒自己民族的若干殖民地文學和作家提出嚴格的責問。這使我們想起與尾崎先生交誼頗深的台灣籍歷史學者戴國煇先生坦率的反省和自我批判：被殖民化的民族，不要習於理所當然地以潔白的被害人自居，而要深入歷史的暗部，反省為虎作倀，荼毒自己民族或投降變節者所形成的「共犯結構」！

承蒙尾崎秀樹夫人尾崎惠子女史的支持下；在幾位令人尊敬的日本學者、大陸學者的十分艱苦的勞動、團結與合作下，人間出版社得以在尾崎先生所生於斯，並渡過了他充滿苦惱的青年時代的開端的台灣，迎來了他這部早應漢譯出版的巨作，感到十分的激動與榮幸。我想起了一九九八年十二月在台大法學院舉行的「近代日本與台灣研討會」上，第一次見到了隨「日本社會文學會」來台與會的尾崎秀樹先生。他濃眉白髮，臉色略見蒼白。對於這仰望多年的人突然出現在同一個會場，心中激盪，無以言宣。我在一個距離內不斷地看著他。見他言語不多，但竟覺得他似乎有一絲寂寥之情。第二天的會場上，我覺得無論如何也不應失去向他致敬的難得的機會，在休會的時間，我走上前去，感謝他的《舊殖民地文學的研究》給予我的啟發。尾崎先生直視著我，無言、卻和靄地笑著點頭，然後在開會的按鈴聲中各回坐位。這短暫的會見成為至今深覺幸福的記憶，無如他那份沈靜和我所不能測知的寂寥，至今在我的心中縈繞不去。而這以後不久，就駭然傳來先生在東京謝世的消息。

在這本重要著作行將問世之際，容許我向尾崎惠子夫人俯允這本書在台灣漢譯出版深表謝忱。我衷心感謝所尊敬的在日本的台灣文學研究先驅者、也是長年來的朋友山田敬三教授為本書所寫的題解〈尾崎秀樹著《舊殖民地文學的研究》——中譯本評介〉，我也感謝在當前台灣文學研究領域上廣受敬重的河原　功先生為本書仔細校訂並寫了大論〈由尾崎秀樹《決戰下的台灣文學》所想到的〉。我也感謝橫地　剛先生自始至終對本書出版的深切關懷。尤其重要的是，由於尾崎秀樹先生在1991年版作了一定的訂正外，在原勁草書房編輯田邊貞夫先生、山田敬三先生、河原　功先生的指示和教導下，使負責漢譯的陸平舟先生、間ふさ子小姐在漢譯作業中得以訂正計五項七十多處，進一步完善了尾崎先生的原著，增益其學術研究上的價值：

一、依尾崎先生1991年版《近代文學之傷痕》中自己所作的修訂而修訂本書；

二、找出原作者對若干事實之認識誤差而據實加以修訂；

三、找出作者踏襲所引用原典中的錯誤，加以訂正；

四、作者在寫書時期尚未能明知，而後來事實已臻明確之處，加以訂正；

五、原書手民誤植者，悉予校訂。

這樣優秀、認真的勞動成果，尤其值得在此特筆感謝。

這一、兩年來的工作，使我們深切體會到，這不單是尾崎先生大著《舊殖民地文學的研究》的出版，更意味著面向真正的友誼、理解與和平的中國人民和日本人民攜手合作的事業的一端。

謹以喜悅和惶恐心情，迎來這本劃時代巨著的出版。

二〇〇四年九月十六日

目 錄

殖民地文學的傷痕
——序言兼備忘錄

大家恐怕都還記得，5 年前的 8 月，NTV電視台曾播放過一部名為《被遺忘的皇軍》的電視紀實片。

它反映的是在戰爭中作為日本人被拉去當兵，或作為軍屬被動員到軍隊中做其他事情，在戰場上負了傷，而戰後卻因為國籍問題不能被視為日本社會保障制度的對象，也得不到軍人補償金的朝鮮人的狀況。當時，這部紀實片的導演大島渚曾這樣寫道：

> 起初，我是抱著把這些人慘不忍睹的傷口、以及悲慘的生活全部展現給日本人的念頭，來攝這部紀實片的。但讓我無論如何也要用膠片記錄下來，並想通過它給所有日本人以深刻印象的是，片中的那些人們比肉體的傷口和悲慘的生活更為淒涼、更為悲慘的心靈創傷。這些表現在遊行後聚餐時的內訌、以及從那些失明的眼睛裏溢出的淚水中的創傷，我想所有這些看過電視的人們一定都能瞭解到。其實，在該片拍攝期間，我們聽到、看到的事實中，有些甚至更加黑暗，只是我們無法表現。然而有一點，這就是我們總是從這些人的口中聽到的這樣一句話：
>
> 「如果能得到補償金，從此以後我決不想再見到這樣的伙伴!」嗚呼！我想請大家允許我重複片子最後的解說：日本人哪，諸位，這樣下去行嗎？（《朝鮮人》）

該片所反映的正是要讓我們問問自己「日本人哪，這樣下去行嗎？」這樣一種讓人感到難以為情的悲慘現實。在日本的街頭募金的白衣負傷軍人幾乎都是朝鮮人，這已經使我們感到難堪了，而這些人中，一些原來出生在北朝鮮的人，由於聽說有韓國國籍更容易得到補償金，所以把國籍改為韓國，於是讓我們感到加倍地難堪。其實，問題不在於能否得到軍人補償金，而是殖民地統治的傷痕已經深深地植入了這些人的心中。片子同時反映了故意迴避這些現實，認為這只是過去的噩夢，並在記述歷史時巧妙地繞過這段事實的日本人，不能把朝鮮人心中的傷痛作為傷痛來認識錯誤。這也並不只是什麼負傷軍人的事。在考慮日朝之間的問題的同時，應該時刻反省這樣一種最基本的認識。

我之所以想到要提起 5 年前的這部電視紀實片，是因為讀了鶴見俊輔的〈有朝鮮人出現的小說〉（見桑原武夫所編《文學理論的研究》）。鶴見在其作品中提到，蔑視朝鮮人的意識是自明治初期的征韓論直到戰後的今天一直殘留的事實。作為其反論（antithesis），他同時高度評價了田中英光的《醉漢船》，認為這部站在另一個坐標軸上的作品，可以看做是這種意識的反動。明治以來，日本一直是把外面的諸民族當作日本人的參照群（reference group）來看待的，而《醉漢船》正是站在了與試圖以這參照群來改變日本的觀點的相反立場上。鶴見的評價確實指出了田中英光該長篇的傑出所在。此外，文中關於 1952 年以後，以朝鮮為舞台，以朝鮮人為主人公的小說接連發表，在明治以後的小說中形成了獨立的戰後文學系列的這一部分評論，顯而易見，也是鶴見俊輔與衆不同的見解。特別是在評價井上光晴的《海鳥與礦車》、金達壽的《朴達的裁判》和開高健的《日本三便士歌劇》等作品時，他提到的：「作為日本的鄰居的朝鮮人的問題不僅要考慮，而且，考慮作為佔比例最大的外國人集團、即在日本的朝鮮人的問題，與怎樣描繪日本民族的未來有著密不可分的關係。」這些都可以看作是他對朝鮮的認識。

然而，問題在於他最後補充的有關對文體的看法。如：「日本在朝鮮推行的日語學習課程，為昭和以來掌握簡捷而有力的文體的朝鮮人作家的出現提供了幫助」、「與同時代的日本詩人相比，也出現了像許南麒那樣，具有粗獷文風的作家。但是，直至戰敗前，大正、昭和時期朝鮮民衆所掌握的不太規範的語法、和朝鮮化了的語音、以及受限制的辭彙等特徵的日語，在朝鮮人作家的文體中尚没有得到充分發揮」。或者「把明治末期以來，朝鮮民衆不得不使用日語時的語氣語調再現於日文小説文體中的，竟然是戰敗後的井上光晴、開高健、金達壽、小松左京等人」。對作者來説，就其尚未充分展開的意圖，或只是提出粗略想法的部分進行批判也許有失公允，但作為日本人，我還是想在朝鮮人或朝鮮人作家提出質疑之前，希望鶴見能再重新考慮他的文體論。

當然，鶴見俊輔也並没有説從朝鮮人那裏剥奪了其母語的日本殖民地政策是正確的，而只是在否定這種政策的基礎上，想就文體、特别是它對日本文學的影響做進一步探討。但是，在把論點歸納到是否能評價它為日本文學的新文體之前，我們還是應該再看看那些需要再三確認、核實的問題。

金達壽曾這樣寫道：

> 曾經——當然現在似乎也是——由於這種不平等的緣故，使我如此「熟練」地掌握了日語。但是，我沒有想將所學的日語用在其他方面，而只想將它用於我們民族的平等和人與人之間的理解。因此，即使在無形中，這成了我對置我們於那種不平等、不理解的對象的報復，你也一定能理解。

這好像是金達壽就他的代表作《玄海灘》的提問寫給某社團的信中的話。（參見〈日本人眼中的在日朝鮮人〉）。金達壽出生於朝鮮慶尚南道，12 歲來到日本，10 年後開始發表用日文寫的小說。1940〔昭和 15〕年前後發表的《位置》大概是他的第一部作品。由於不平等及生活需要，他開始學習日語，用日語思考問題，並用小說表達自我，這是日本殖民地統治的異化產物。金達壽似乎是想利用不得不掌握的日語對將他們逼進這種生活境遇的殖民地統治的根源進行剖析，以使這種不平等不再次發生。但使用日語作為文學表達語言，其代價是放棄作為母語的朝鮮語。因此，他的作品的讀者也就主要限定在在日朝鮮人以及日本人這個範圍。每當我讀金達壽的作品，感受到他那有力的文體和明確的問題意識時，就不能不想起他的這段告白。

1932 年獲《改造》獎進入文壇的張赫宙（野口赫宙），當時曾這樣描述過用日文從事創作的心境：

> 像朝鮮民族這樣悲慘的民族，在世界上也是不多見的，我就是想怎樣把這種現狀傳達給世界。為此，用朝鮮語範圍實在狹小，而用日語，翻譯成外語的機會也多，所以，無論如何也要進入日本文壇。

張赫宙的這一段話和前面引用的金達壽的表白在根本上存在著不同。為了把朝鮮民族陷入的窘境傳達給世界而使用日語的想法，只是間接地包含著對使同胞陷入這種窘境的日本的批判。然而，金達壽的情形則完全不同，他不僅是要把作為奴隸的語言而不得不掌握的日語還給它的舊主人，而且他的作品中包含著從本質上對不得不掌握了日語、並且能比母語更熟練、更自由地運用日語的自己進行的深刻反省。張赫宙在其處女作《餓鬼道》裏，曾經真實地描寫了受地主階級和日本殖民地掠奪雙重苦難的朝鮮農民，此外還發表了《被追趕的人們》、《姓權的男人》、《山靈》等優秀作品。但是，在將這種民族性的苦悶形象化的同時，並沒有就其本質進行剖析，並且逐漸向否定其文學母胎的方向傾斜，最終成了鼓吹「內鮮一體」、「民族同化」的皇民化運動的代言人。1943〔昭和 18〕年《每日新聞》曾一度連載的他的《岩本志願兵》，就暴露了他的這種墮落。戰後 1952〔昭和 27〕年，張赫宙入籍日本，取得了國籍。回過頭看一下，作為一個從當初抱著為了更廣泛地傳達朝鮮的實情而希望進入日本文壇的動機，到入籍日本的作家所走過來的軌跡，雖然走的是一條很大的彎路，但也可以認為是必然的結果。正如對張赫宙的討論做過歸納的任展慧所言，他在總結張赫宙轉變為野口赫宙的過程後寫道：「一個被壓迫民族的作家向壓迫自己國家的民族乞求入籍」的嘴臉，「難道不正是殖民地秉性的徹底暴露嗎？」

朝鮮人從朝鮮人的立場出發譴責張赫宙的行為是理所當然的。也不難理解任展慧所主張的：應該從張赫宙開始追究在日朝鮮人作家的戰爭責任。但是，作為日本人的我們，沒有批判張赫宙的資格。這不僅僅是因為我們曾是支配國的一員，更是因為我們對作為將他們逼到這種地步的文學家的責任尚無自覺。從這個角度來看，張赫宙也是一名受害者。若要追究他的戰爭責任，那麼逼迫他的那種權力指向，應該受到加倍地譴責。

1935 年朝鮮無產者藝術聯盟 KAPF 的解散、1937 年「皇國臣民的誓詞」的制定、1938 年將日語定為常用語，廢除朝鮮語的教育實施、1940 年將朝鮮姓氏改為日本姓氏的規定、除《每日新報》外禁止朝鮮語民間報刊、強制要求參拜神社等，在強化思想統制的過程中，於 1939 年成立的朝鮮文人協會、1943 年成立的朝鮮文人報國會，所有這一切都是剝奪朝鮮人的自由與獨立、甚至生命的舉措。太平洋戰爭後期，又頒布了所謂志願兵制度，不久即變為全面徵兵制度，朝鮮人被送上了戰場。這一整套的皇民化計劃，也以同樣的進度在台灣推進著，即1936年總督武官制的恢復，1937年漢文使用的禁止、寺院的縮小、中國傳統戲曲上演的禁止，1938年特別高等警察的擴充，1941年皇民奉公會的成立，1942年的改日本姓氏，1944年志願兵制度的頒發以及後來的徵兵制度的施行等一系列強制措施。雖然這些措施是與一些給予名目上的權利做法一起實施的，但後者，例如1932年實行的內台共婚制，1935年地方自治制的改良，1943年義務教育的實施，1944年國民選舉權的賦予及敕選議員的制定，1945年保甲制度的廢除等，不過是為了更有效地將殖民地民眾變為戰爭消耗品的潤滑劑而已。

正像張赫宙有《岩本志願兵》一樣，台灣也有周金波的《志願兵》和陳火泉的《道》。前者描寫的是自己更改姓氏，說著一口和日本人一樣流利的日語，出身軍校的青年主人公，隨著戰局的推移，加入到報國青年隊行列，進行「神人一致的難得修練」的經過。而後者，曾獲得台灣文學獎的《道》的主人公是一位台灣工程師。作品講述的是他在遵循「天皇信仰」、「滅私奉公」的生活中，想找到作為日本人的生存價值的經過。這位陳火泉自己在此後不久也改用了高山凡石這樣古怪的日本名字。在朝鮮，曾是作家同盟的一員，從屬朝鮮無產者藝術聯盟KAPF的金龍濟也改名為金村龍濟，朝鮮近代文學的開創者之一李光洙，改名為香山光郎，李石薰改名為牧洋，洪鐘羽改名為青木洪，個個都充當了皇民化的急先鋒。

1941年，諺文〔即朝鮮文——譯註〕文藝雜誌被統合後，李泰俊編輯的《文章》與崔載瑞編輯的《人文評論》合併為《國民文學》（1941年10月創刊）。本來開始計劃每年出4期日文版，8期諺文版，但到轉年的5、6兩期合併出版後，即以全部日文版重新發行。創刊當時的編輯要項如下：

㈠國體觀念的闡明：抨擊違背國體的民族主義傾向和社會主

義傾向，排除國體觀念不明確的個人主義傾向。

㈡國民意識的昂揚：引導所有朝鮮文化人常以國民意識為念思考並創作，尤注重以高漲的國民激情為主題。

㈢國民士氣的振奮：清除悲哀、憂鬱、懷疑、反抗、淫蕩等一切不符合新體制下國民生活的頹廢情緒。

㈣國策的支援：拋棄從前一切不徹底的態度，積極投身於克服時艱的危機之中，全面支援當局制定的文化政策，並為通過每個作品，將其具體化而努力。

㈤指導性文化理論的樹立：爭取早日在此變革時期的文化界建立起具有指導性的文化理論。

㈥內鮮文化的綜合：內鮮一體的實質性內容即為內鮮文化的綜合、以及為創造新文化動員一切智力因素。

㈦國民文化的建設：總的來說，就是以建設雄厚、明朗、豁達的國民文化為最終目標。

從引文可以看出它是何其墮落，而且這並不是當局強加的要項。當我讀到崔載瑞親口所言，「所謂國民文學就是日本的具有代表性的文學」等類似寡廉鮮恥的話時，我覺得他已經自甘墮落到極點。本來這不只是朝鮮人的問題，而是回應皇民化路線的日本知識份子的問題。例如，我讀到過時枝誠記討論「國語」在朝鮮的實踐和研究的文章，他說，朝鮮人必須丟棄朝鮮語而統一到「國語」上來。這種使其擺脱語言生活的雙重性，歸從單一「國語」生活的舉措，絶不亞於朝鮮統治策略中給予朝鮮人的任何福利。這讓我們清楚地看到了來自日本人的詭辯的強制，竟然是把日語稱為「國語」而把對方的母語稱為「朝鮮語」，並在討論中完全排除了它的存在。

在衆多作家、評論家就「國語」或「國語詩」發表自己的看法時，幾乎没有用日文發表過作品的一位叫作李無影的作家，在説及日語的難易時説到，對於像我這樣主要取材於農民的作家，比方說，像「亂七八糟」這樣的詞，用兩三次就不明白到底是「亂七八糟」，還是「八糟亂七」了，甚至會覺得兩種說法都是正確的。更有意思的是他竟然說自己甚至分不清英語和德語。他寫道，對於專門從事農民文學的他來說，特別是純樸的農民語言翻不成日語，也不知如何更好地表現鄉土音。「至少，在農民的語言統一之前，我已經決定暫不寫以農民對象的小說了。」話語裡讓我們讀到了辛辣的諷刺。李無影只上了四年京城市立中學夜校，缺少日語學習的機會，雖然僅有勉強能讀中學國語課本的程度，但少年時代的他有三年從師加藤武雄的經歷，從而決定了他學習農民文學的方向。

關於李無影的情況瞭解不多，故不能輕率地下結論。京城時代曾與李無影有過交往的田中英光說過這樣的話，對我來說印象較深：「他的國語雖不流暢，但還是很有味道。由於品格、激情、態度的問題，語言的好壞就沒什麼關係吧。」

不過《國民文學》中還曾連載過金史良的長篇小說《太白山脉》。金曾以海軍報導班成員身分偽裝協助日本軍部並取得了信任。後來他選擇了到原先的目的地延安去，成為八路軍所屬的從軍記者，走上直接參加解放戰爭的道路。金史良所走過的道路與張赫宙是截然相反的。我們只能說大部分人追隨了皇民化路線，但選擇相反的方向，反抗鎮壓、具有良心的作家也不能說沒有。投筆隱居山村的李箕永，開舊書店的韓雪野，類似的無言抵抗始終也沒有間斷。

前面提到的崔載瑞，在田中英光的《醉漢船》中是以崔健榮的形象出現的，這已廣為人知。該作品中說，崔是京城帝大自成立以來最優秀的學生，英文專業畢業後，曾一度作為馬克思主義文藝理論家勤耕妙筆，但隨著與日本軍、官權力階層的聯繫不斷加深，也有過低沉、悲觀、鬱悶。每當喝醉了酒，就會暴露出發自心底的輕蔑，並不加區別地漫罵對方，一邊哭，一邊叫囂，抄起凡手邊所及的小器皿亂扔亂摔。雖然我們不能比較這裏所描寫的崔健榮與現實中的崔載瑞之間到底有多大的差距，但從其他人物模型的處理來推測，描述的手法是比較接近原型的。假設崔載瑞和崔健榮之間確實沒有那麼大的區別，那麼，也許崔載瑞本人在大吹特吹「所謂國民文學就是日本的具有代表性的文學」這種空洞無物的大話的同時，也在感受著其中哭訴不盡的不堪。金達壽在評價崔載瑞的部下、詩人金鍾漢的文章中，也談到過崔載瑞，說他在戰後的韓國相當活躍，如果真是這樣的話，那應該說他的人生軌跡至此尚未完結。

從 1943 年 8 月至 10 月，刊發了金素雲編譯的兩卷《朝鮮詩集》。當初計劃出三卷，但下卷好像未出。這是對 1940 年以來的朝鮮詩壇加以整理後形成的三卷詞華集。詩集以僧侶出身的韓龍雲的作品為始，按年代順序收錄。在戰後以特務事件的一員被處刑，在松本清張的《北國詩人》裏描寫過的林和，其作品《玄海灘》等也收錄在該詩集中。在該書序言〈備忘錄〉中，編者金素雲有如下敘述：

> 朝鮮語全部都要被打上終止符了。雖然不能說它已從生活的各個角落消失，但作為一種社會機能這種語言已經消失了。雜誌、報紙，在凡是使用朝鮮語的東西大都被停刊的今天，朝鮮人作家、詩人的表現欲又何以實現呢？即使有作品，今後 7、8 年不面世，它的讀者也會消失。

本來金素雲接著還寫道，正因為如此，自己才動筆用「國語」這所謂的新外衣將它們重新整理出來。但這裏引用的數行足已看出他的真心，即我們可以感到他的話語中包含著擔心強制推行「國語」詩，是在破壞民族傳統。更令我感興趣的是佐藤春夫為金素雲的第一部翻譯詩集《乳色的雲》（1940〔昭和 15〕年，河出書房刊）所寫的序文，我不妨如實摘錄於此。佐藤春夫寫道：

> 他們正是以即將滅絕的語言唱出了民族最後的歌，捨此是否還有比這更能深深地打動我們的東西呢。山櫻遲遲，芳意相惜，幽幽空林，舍君無我知。難道我們不應該靜心地體味一下這些無人知曉的詩人如此令人憐惜的詩情嗎？

上面引用的金素雲的話，正是從佐藤的這段評語説起的。佐藤春夫還寫道，「朝鮮民衆愛美之深情」是與日常生活緊密聯繫的。他把李朝五百年文化遺產，尤其是詩歌傳統比作清冽的地下水，説從這渡海而來轉化為日語的詩情中獲得了莫大喜悅。且不論佐藤春夫的思想立場，在探討朝鮮語被廢除這一文化侵略的極點上，他的浪漫主義詩情確實擊中了問題的要害。這或許正是由珍惜文字的詩人之詩情所孕育而生的愛的體現。

《朝鮮詩集》第一卷發行的前後，正是東京的大東亞文學者大會第二次大會舉行的時候，佐藤春夫與當事者們異口同聲地互報成功者相反，指出了來自滿洲（東北地區）中國等佔領地區或朝鮮的作家、評論家們正在對不平忍氣吞聲，他寫道：「把社交上的含蓄當真，可見我們日本人多麼單純。」把這些與他前面的話聯繫起來看，讓人不能不承認詩人的犀利目光。

石川啄木在「日韓合併」時，寫下了這樣的詩句：「秋風聲中我把地圖上的朝鮮重重地塗黑。」中野重治在其《雨中的品川車站》中也寫道：「你們淋著雨想著驅趕你們的日本天皇」，「日本無產階級的後盾前盾/去吧/直至復仇的歡喜之日到來」。此外還有中西伊之助的《在赭土中萌生》、內野健兒的《寫在土牆上》、伊藤永之介的《萬寶山》、槙村浩的《間島游擊隊之歌》和湯淺克衛的《橄欖》。每一部作品都包含著作者積極的姿態，都敏銳地捕捉並揭示出了事情的實質，但終究沒有形成一致的力量，即沒有形成能夠改變日本人對朝鮮看法的力量。

中野重治寫道：

> 我們日本人已經忘記了朝鮮。想要忘記我們對於朝鮮和朝鮮人所犯下的罪行。忘記了由寺內（正毅）題字，竹越（三叉）、內田（良平）寫過序言的《亡國秘密是血還是淚》。忘記了（宮武）外骨的《壬午雞林事變》。也忘記了1930年出版的金民友的戰旗社版《朝鮮問題》。因為和美國的關係，當黑田壽男在國會提出了日滿議定書問題時，日本人著實吃了一驚。（《妮姆·韋爾斯〈阿里郎之歌〉》）

把（正負兩面）的過去忘得乾乾淨淨，重返原點再次面對各種問題時，才重新認識到歷史竟然是重複的，於是不禁愕然。難道這就是日本人對朝鮮人的看法的改變嗎？這種狀態為什麼不能改變？原因就在於意識的深層殘存著對朝鮮人的蔑視。只要這種蔑視存在，同樣的錯誤恐怕今後還會重現。

讀了鶴見俊輔的論文〈有朝鮮人出現的小說〉，我感到他的說法頗有問題。我是說，從鶴見這樣的人所具有的影響力來說，他的說法未免使人困惑。出於這樣的考慮，我曾對他說，「因為公學校〔朝鮮人就讀的小學——譯註〕一直是把日語作為國語學習內容來教授的，所以自己的悲傷、惱怒才終於得以勉勉強強地以文學的形式表現出來，這裏用的當然是統治者的日語。那麼下次脫離日本的統治（而自日本解放出來）之後，想用他們自己的母語以文學的形式從事創作的時候，將會無所適從。還有比這更悲哀的事情嗎？而這樣的現實已然實實在在地存在於歷史了。因此，談到文體問題，怎能對這種悲哀不聞不問？」對此，鶴見直率地承認「我感到關於朝鮮人作家的日語文體，應該從日本政府剥奪了朝鮮人的朝鮮語這一點談起的意見是尖銳的，它指出了我的論文的動機的膚淺的一面」。這個問題我想就談到這裏。最後剩下就是如何解決歷史、社會所形成的日本人根深蒂固的朝鮮觀的影響問題了。鶴見所說的「1950 年以後日本文學開始關注朝鮮，這是日本近代文學向不同方向擴大角色交換能力的一個線索」，其中也包含著有必要在今後的實際中加以檢驗的意思。（參照〈圍繞《文學理論的研究》〉，《文學》，1968 年 7 月；〈答《文學理論的研究》書評〉，《文學》，1969 年 1 月）

可能有人認為我對所謂歷史的傷痕、責任過於計較，但我覺得就此問題根本不存在什麼過於計較。因為即使是現在，過去這種扭曲的意識仍存在著復活和被擴大再生產的可能。為了堅強制止這種趨勢，就不能不冷靜地弄清日本在亞洲的功過是非。中野重治說，對蘇聯和中國都已開始作為鄰國來考慮，但對位置最近的朝鮮卻幾乎没有「切膚之感」的日朝間的現實，如果要從文學工作方面加以克服的話，就應該從剥奪作為其母語的朝鮮語的日本的行為，特別是它給文學家們帶來的傷痕開始。至少我想這麼做——以我的體會來考慮問題，而所謂我的體會，是作為對在殖民地迎來戰敗，因解放而高興的同時，又深深地陷入語言苦惱之中的衆多朋友有頗多瞭解的我的真實感受。

第一部分

關於大東亞文學者大會

一

日本國家情報〔宣傳——譯註〕機關的設置始於1936年7月1日官制公佈的「內閣情報委員會」。該機構的任務是溝通與協調作為國策執行之基礎的情報、國內外報導、啟發宣傳，以及對同盟通訊社的輔助及指導。在此階段，該機構尚局限於「溝通與協調」的範疇。但是，隨著隨即爆發的日中戰爭以及戰事的擴大，勢必要求對機構進行擴充與強化。於是，在轉年，即1937年的9月24日，該機構升格為「內閣情報部」。在部長之下配置了23名專職人員，要他們負責情報搜集、報導以及啟發宣傳的「實施」。到第二次近衛內閣時，由於要求情報機能一元化，於是，在審議了該機構的修改方案後，於1940年12月6日成立了「情報局」。但是，當初計劃的統制「一元化」，由於各政府部會之間根深蒂固的宗派傾向而導致徹底失敗。所以，「情報局」也只能在唱片、電影、戲劇及其他演藝等執行國策所必要啟發宣傳方面進行必要的指導監督，連大本營報導部和內務省警保局也沒有轉移其所轄許可權的意圖。雖然如此，但這樣的多元性，從被統制一方來看，還是「產生了不知道被什麼地方和什麼東西牽制的不安——天羅地網的恐怖」。①

情報局在總裁、次長之下設有企劃、報導、對外、檢閱、文化5個部門。每個部門分3乃至4個課，各課均擁有數名情報官。新聞、出版、廣播屬於第二部，電影、戲劇、藝術、文化事業屬於第五部。②

經過1943年3月的調整，情報局由5個部門縮減為4個部門，新增設了官房審議室。與此同時，把負責指導文學和美術方面的第五部第三課、與檢閱部門合併改組為第四部的文藝課。至於將陸軍省、海軍省、外務省等各省的情報機能全部歸為情報局統合，是戰爭結束那年的春天。具有諷刺意味的是，首腦們夢想的情報統制一元化機構，在各部會的機能陷入癱瘓的窘狀之後，才在名義上得以實現。此時已經臨近戰敗的前夕。在這種情況下，雖然情報局於1945年底被廢止，但是，且不說機構上的許多矛盾仍然存在，作為對電波媒介「日本放送協會」進行著實質性管理，並挾各種文化統制團體於其下的情報局，猶如籠罩在戰爭時期文學界的一片烏雲，是不可否認的事實。與德國納粹在改組各種職能團體的基礎上，強行構築文化統制機關的情況相比，我們只能看到由上邊機構的強硬推行而呈現出的四處矛盾。因文化統制立論上的支柱也很曖昧，反而引起類似無差別地轟炸似的擴大解釋肆意橫行的結果。

僅就文學來看，文學家的一元化組織「日本文學報國會」〔簡稱「文報」——譯註〕，是在情報局第五部第三課的指導下，於1942年5月26日誕生的。它既非文學運動的結社，也不是以增進文學家福利為目的職業團體。借户川貞雄的話說，它是以「按照國家的要求，投身於貫徹實行國策，宣傳普及國策，從而在協助國策實施的實踐中貢獻力量」（〈社團法人日本文學報國會的成立〉）為目的而組織起來的公益法人。

會長是德富蘇峰，常任理事是久米正雄、中村武羅夫，理事是長與善郎及其他16名成員。三井高陽、澀澤敬三等任監事。以下各部會都設有部會長、理事、幹事長、常任理事、名譽會員、評議員、參事，共分為小說（部會長：德田秋聲）、戲劇文學（武者小路實篤）、評論隨筆（高島米峰）、詩歌（高村光太郎）、和歌（佐佐木信綱）、俳句（高濱虛子）、古典文學（橋本進吉）、外國文學（茅野蕭蕭）等八個部會。第一任的事務局長是久米正雄。事務局由總務部（部長甲賀三郎）、審查部（河上徹太郎）、事業部（戶川貞雄）3 個部組成，負責與情報局的聯絡和交涉。③該會的經費主要由主務官廳即情報局第五部第三課支給。情報局的官制公佈是1940年12月6日，「大政翼贊會」的成立則先於此（1940 年 10 月 14 日）。10 月 19 日岸田國士負全文壇衆望所托就任第一任文化部長。作為對他的支持，幾個文學團體合而為一成立了日本文藝中央會，同時，日本文學者會也組建成立。〔此部分 71 年版《舊殖民地文學的研究》與 91 年版《近代文學的傷痕》有異。現從 91 年版——譯註〕日本文學者會和日本文藝中央會分別打出不同的名稱，恐怕是因為純文學作家與大衆作家對時局的反應方式多少有些差距。在此之前，文藝家協會也就「文壇新體制問題」舉行了全體大會，通過了設立推舉文壇向政府進言的機關，以協助國策實施的決定，並就「設立網羅全文壇的機關」而組建了準備委員會。推選石川達三、尾崎士郎、海音寺潮五郎、岸田國士、小林秀雄、今日出海、富澤有為男、戶川貞雄、中島健藏、林房雄、福田清人、間宮茂輔、片岡鐵兵、清澤洌、木木高太郎、深田久彌、辰野九紫、上司小劍、大下宇陀兒等人為委員（9 月 25 日），即所謂文壇新體制準備委員會。經過一番曲折，於 10 月 12 日，由原有文學團體的代表者為常任的「日本文藝中央會」成立。參加的團體包括經國文藝會（佐藤春夫）、國防文藝聯盟（戶川貞雄）、大陸開拓文藝懇話會（福田清人）、日本筆會（中島健藏）、農民文學懇話會（間宮茂輔）、文學建設（海音寺潮五郎）、文藝學協會（木木高太郎）等十幾個團體。（成立儀式為 10 月 31 日）。另一方面，暗地裏希望岸田國士成為文化統制防護堤的編輯們也在加速組建「日本編輯者會」，與此同時，這種趨勢也在文學家之間迅速地擴延，並於 10 月 14 日以阿部知二、伊藤整、岡田三郎、河上徹太郎、岸田國士等 22 人為發起人，成立了「日本文學者會」。但由於實際上並未出現如大家所期待的熱烈情形，再加上內部意見不統一，終於由「日本文藝中央會」取得了主導權。日本文藝中央會就它的宗旨來講，當然應該是歸屬於大政翼贊會文化部的團體④，但事實不然，到 1942 年日本文學報國會創立的同時它即被合併。平野謙講述過當時的經過：

> 可以看出岸田文化部長的目標是打算填平小党分立各文學流派之間的溝壑。不管怎樣，當時文壇的一元化，是以文化部成員小場瀨卓三等為實際推動力，逐漸趨向具體化的。那件工作好像被情報局第五部第三課強行搶走了……。（〈日本文學報國會的成立〉）

日本文藝中央會的機關報《日本學藝新聞》因之轉移到報國會，隨後，於 1943 年改名為《文學報國》。

大政翼贊會文化部開始屬於企劃局，1941 年 4 月，第一次改組時移入組織局，轉年 6 月的第二次改組時，又轉入實踐局。第一次改組時留任的岸田，到第二次改組時也決定辭職。如同周圍所期待的「文化統制的防波堤」一樣，岸田本身也肯定多少有過這樣的考慮，即盡自己的能力抵抗來自上面的官僚統制，開拓自主的統一道路，向著舉國一致的趨勢，在民族文化的長期發展和飛躍上做出貢獻。這恐怕是他當時的想法。然而，不論他的抱負如何，文化部卻沒做出多大貢獻。岸田國士由於忙於公務，同時還要出席各種會議與宴會，一定有一種身不由己的困擾感。到了與美英作戰開始階段，他看出狀況還會向著超出他預想的方向發展。於是，部長一職在他任期的一年零九個月後劃上了句號。費心制定的一元化統合方案被情報局拿走，而成立了日本文學報國會應該是岸田決定辭職的理由之一。

日本文學報國會到底做了哪些事，翻翻年表我們可以看到，年表中排列著諸如召開了三次大東亞文學者大會、為建艦運動發行小説集、選定《國民座右銘》、《愛國百人一首》、編輯《大東亞戰詩集、歌集》、製作街頭小説、街頭詩、主辦文藝報國運動演講會、組織紀念古典作家大會等大政翼贊會文化部所望塵莫及的衆多活動。而且，又把這尚未忘記的每一件事實呈現在我們面前。

二

大東亞文學者大會於 1942 年 11 月召開了第一次會議，此後 1943 年 8 月以「大東亞文學者決戰會議」、1944 年 11 月以「南京大會」的名義，前後共召開了三次會議。

根據《朝日新聞》的記載，第一次的出席者有日本代表（包括台灣、朝鮮 9 名）57 名、大會參議 74 名、滿、蒙、華代表 21 名。第二次日本代表（包括台灣、朝鮮 9 名）99 名（又有報導說是 101 名）、滿、蒙、華代表 26 名。第三次日本代表 14 名（包括朝鮮 1 名）、滿、蒙、華代表 54 名。這是表面上打著大東亞文學者的大會的旗幟，而實際上不過是由來自日本壓制下的殖民地、從屬國、佔領地區的代表參加的由日本一手操辦的大會。

日本在 1941 年 12 月 8 日聲明對美英宣戰以來，文學者愛國大會的召開、日本文學報國會的創立、第一次大東亞文學者大會、大日本言論報國會的創立、日本出版會的創立、第二次決戰大會、全國報刊、出版事業的整理統合、大學生的出征、徵兵年齡的下降、決戰非常措置綱要的擬定、特攻隊的出擊，以及第三次南京大會等，只要從中列舉幾項三次大東亞文學者大會召開前後的重要活動，就可以感受到走向決戰體制的恐怖已然逼近。也有的評論家說，就這四年而言，說的是一件「鬱悶壓抑」的事情。對我們這一代人來說，比起文學者大會，大學生的出征、徵兵年齡的下降以及特攻隊的出擊等諸事實，猶如過去的傷疤更讓人一想起來就心痛。這種實感，如果用「鬱悶壓抑」來表達，不僅不真實，反而會遮蓋殘酷凶猛的真相，因此我無法省略它而只談大東亞文學者大會。

竹內好曾說，只是瀏覽了當時《朝日新聞》連續刊登的關於大會的評論文章的標題及作者成員後，就「深感負債沉重」。那麼，所謂深感負債沉重指的究竟是什麼呢？不消說，是指我們手上沾滿的血污。我也可以嗅到自己手上的血腥。但這與竹內好（可能）感受到的負債沉重性質有所不同。與這「負債沉重」不同的一面，同時要使我發出並非語言所能表達的吶喊。雖然我們此時此刻可以感受到「負債沉重」，但當時生活在那種漩渦中，並未嘗有負債的自覺。因此，作為我們這一代人如果機械地重複竹內好提出的「負債沉重」的說法就有說謊之嫌。請原諒我過於追究這裏的差別。所謂如果用「鬱悶壓抑」來表達，彷彿有一種背叛真相的感覺，正是對上述經過和思考的解釋，也是對這種矛盾情感的表述。

讓我們聽一下另一代人的聲音，下邊是堀田善衛的話：

> 戰敗的時候我在上海。我在雷明登印刷公司聽到了天皇的廣播。我一邊聽一邊馬上想到了柳雨生、陶亢德等人，參加過大東亞文學者大會，也就是說幫助過侵略者日本的文學家們的命運。他們將會怎樣呢？也許本來他們就有精神準備，也許他們掌握著我們始料不及的情報，也許

他們已有準備……

但是我們能回憶起天皇就全亞洲區域的日本協助者的命運發表過什麼樣的講話嗎？

我從沒有像那時那樣燃起愛國之心。我在想，不管天皇說出怎樣徒具形式的薄情的、利己主義的話，無論如何也得讓我們說出日本人的真心。不論柳雨生、陶亢德是怎樣的人物，顯然他們在中國人民的眼裏是叛徒，是漢奸，我還是想對他們，不，並不僅僅限於他們，我想對所有的中國文化人說一句話。既不是想把那場戰爭正當化，也不想重複普普通通的道歉，在那一瞬間想說的只是就日本陷於如此命運說一句正確的話。

這段話選自河出書房出版的《現代中國文學全集》附錄上登載的堀田的〈兩段個人的回憶〉。如果在那一瞬間能說一句的話，堀田要喊叫出什麼話呢？假如允許稍事誇張，可以說那以後堀田繼續創作的作品的全部題目都是他要喊出的那句話，這可能就是「日本發動了戰爭。然後失敗了」這樣一句意外單純卻又是潛在他心底的實話。

他計劃由「無限的愛國心」所撰寫的〈致中國文化人書〉因種種原因未能刊行。在談到事情的經過時，他謹慎地寫道：「儘管如此，那是我曾想在一個不起眼的地方做個記號」。「在不起眼的地方」這種說法，讓我們深深地感覺到這個事實對於他來說其意義的深刻。

日本天皇在戰敗的瞬間，「向與帝國共同始終為東亞解放盡力的諸盟邦」除了「不能不表示遺憾」而再無他言。對大東亞文學者大會的操縱和被操縱者除了「不能不表示遺憾」而再無他言——這是使堀田善衛受「無限的愛國心」驅使，「在那一瞬間想說一句話」的最初的理由。

柳雨生——作為上海（華中）的一名代表出席了第一次及第二次大會，廣東出身，北京大學畢業，曾任太炎文學院、光華大學的教授，《西洋文學》、《大美晚報》編輯等職。當時是汪兆銘政府宣傳部所屬新國民運動委員會的秘書。後又任風雨談社長。（戰爭結束時27歲）。

陶亢德——作為上海（華中）的一名代表出席了第二次大會，《中華日報》的主編。大會結束後作為駐日本大使館顧問來日，受過早稻田大學高等學院講師安藤彥太郎的個別指導⑤，1944（昭和19）年3月回國。（戰爭結束時35歲）。

據說這兩人在1946年被判為反逆罪各服刑3年。當然參加過大東亞文學者大會的人中也有人沒被追究責任。但是華北、華中派來的中國作家幾乎都被定為漢奸服了刑。相反，日本方面出席大東亞文學者大會者卻沒有被追究任何責任。雖然有一些人由於在大日本言論報國會和日本文學報國會中身居要職，鼓吹反美的民族（國家）主義思潮而被逐出公職，可是沒有人因為參與策劃大東亞文學者大會、並積極地推進它而出問題。然而，沒出問題不等於解除了道義上的責任。換句話說，不等於解除了作為文學家所欠的債，這樣說可能比道義上的責任更確切。不過，在此讓出席大會者剃頭認罪，追究責任是毫無意義的。我想說的只是，即使受到了情報局的壓力，但由文學家們籌劃、並大張旗鼓地召集大會所欠下的債務，還需要用文學家們自己的手償還。

由大東亞文學者大會讓人想到的是在明治的第一個十年中，清朝公使黎庶昌舉辦的「日支文人大會」。實藤惠秀在〈參加文學者大會——記明治東亞文學者大會〉中寫道：「第二任公使黎庶昌是繼第三任公使徐承祖之後，作為第四任公使前來復任的。公使之下尚有孫點、黃超曾、姚文棟等詩人，他們邀請日本詩人一起舉辦詩會並將其組織化，於每年的春秋佳節在公使館或紅葉館邀請數十名詩人舉行熱烈的詩酒會。除日本詩人以外還邀請了朝鮮公使等人。那應該才是名副其實的大東亞文學者大會」。⑥

實藤惠秀在第一次大東亞文學者大會的轉年發行的《明治日支文化交涉》（光風館刊）一章中。就上述「日支文人大會」有詳細記載。公使黎庶昌的在任期間是1882年2月到1884年末和1888年1月到1890年。中間除去徐承祖公使時代前後共六年，在此期間共舉辦了8次（加上餞行宴會等共15次）文人集會。黎本身和張廉卿、吳汝綸都是曾國藩的得意弟子，如同引文所描寫的那樣，隨員中大多是有名的文人，其中姚文棟、孫君異、楊守敬等尤為有名。在第一任公使何如璋時代，即於公館或其他的地方舉行過日中親善文人聯歡會。但是那終究是私人性質的，沒有黎庶昌時代那樣大的規模。

最早的集會是1882年舊曆9月9日在上野精養軒舉行的。第二次還是選擇在轉年的重陽佳節，地點是永田町的清朝公使館。中方8名、日方13名出席了這次集會。此後到1889年中止，黎庶昌復任一年後，日本文人召集了小型的答謝公館宴。接著同年3月23日、10月3日、1890年3月3日、同年4月8日、10月22日連續舉行了招待宴會。其中10月22日的大會是黎公使任期期滿之前的告別集會。據說到會者達六、七十人以上。出席該「文人大會」的日方文人有重野成齋、石川鴻齋、中村敬宇、嚴谷一六、長松秋琴、三島中洲、森槐南、岡千仞等詩人，以及大鳥圭介、副島種臣、榎本武揚、谷干城等政治家，成員在當時堪稱一流。

為討論大東亞文學者大會而例舉已陳舊了的「日支文人大會」，並不只是由於它們表面上相似，而是因為我想把日清戰爭前舉辦的「日支文人大會」和太平洋戰爭末期的「大東亞文學者大會」以及戰後1956年3月召開的「亞非作家會議東京大會」三個會議並列起來，以探索各次會議所處歷史時期的日本和中國，或者說是日本和亞洲間的關係。即，在「日支文人大會」和「大東亞文學者大會」相隔的歲月裏，日本和中國雙方各自都發生過什麼，又有什麼變化；在「大東亞文學者大會」和「亞非作家會議東京大會」之間，看看日本與中國、亞洲、非洲之間的關係發生了什麼，又丟棄了什麼。假如能把已然消失的東西和生成的東西作為一個整體再加以沉澱的話，「大東亞文學者大會」在歷史上所佔的位置，對中國、對全亞洲來說，其意義——也包括它的負面——肯定會水落石出。

首先讓我把問題簡單化，考慮一下在當時的三個場合下為交流而使用的「語言」。在「日支文人大會」上，交換意見全部是通過筆談進行的，且是「文言」形式。在相互的交流中漢詩的詩作發揮著主要作用。在這次大會上，日本的文人墨客不過是受清朝公使招待，僅能以「文言」的形式筆談的客人。當時的知識份子對中國文化和中國文人的敬仰之情表現得謙讓有餘而幾乎近似卑屈。舉例來說，1879年日本文人對來日學者王韜說：「萬萬没有想到，有生以來，能親眼看到上國名士親手提筆將來遊賦詩成文。」稱中國為「上國」，從中或可以看出置日本為「下國」，即從屬國位置的意識。被王韜稱之為「是日本的巨儒」的當時著名文人重野成齋，隨王韜遊日光時還說，「來此山共吳中詩人登樓，誠不虛此遊」，可謂竭盡奉承之能事。雖然這只能說是王韜的廣博學識讓日本的文人折服，但當時日本和中國的位置，絶對是後者佔優勢⑦。

此後過了60年，在大東亞文學者大會上，從前「日支文人大會」時，日本人對中國文化崇拜的卑屈姿態已然全部消失了，大會用語被統一為日語，並始終受這種不遜態度所支配。在這60年之間日本經歷了日清、日俄、第一次世界大戰和簽訂21條以及自九一八開始對華全面入侵，並體驗了對美英的戰爭。日本好像完全變了，當然，中國也因此完全變了模樣。然而，日本對中國的變化卻視而不見，而只把對日本方便的部分拿出來大耍大東亞文學者大會的把戲。日本片面的觀點在大會的正式發言中僅限使用日語這一點上表現到了極端。而且，在這一規定公布時，它又成了所謂「在正式發言中僅限使用日語這一點作為為今後同樣的場合留下的貴重提示而受到重視」，真是沒有辦法。決定其他國家的語言都附日文譯文，但日語不附任何翻譯，這項決定在第一次大會中開始實行。一位會議出席者（滿洲代表）迎合道：「現在日語已成為東亞語，東亞文學尤其是日本文學必將在世界大放光彩。」此外還有朝鮮代表的：「消滅美英殖民地的愚民政策，在向東亞十億民衆徹底普及文化的同時，更要從根本上向十億民衆普及八紘一宇的愛國精神。為此我認為普及日語是非常有必要的。」台灣代表的：「學會日語才能夠體會到八紘一宇的大精神這一大東亞的指導原理」，提倡「通過日語的各個民族的融合」等發言，都可以說是必然的歸宿。在那樣的會場氣氛中，華北代表萬葉集研究家錢稻孫的發言，在不動聲色之中讓我們聽到了對日本變得盛氣淩人的態度的痛切批判。

> 十年以來，我一直說，如果互相交換一下位置來看，也就是說如果讓我國人抱著從貴國人的角度看對方的心情，同樣讓貴國人也抱著從我國人的角度看對方的心情來接觸，並以這樣的心情對待事物，就不可能沒有真正的同情及理解。我想雖然你們曾經在一段時間裏常說不要抱有優越感，但如果持有真正的同情心，那又會有什麼問題呢。
>
> ……只有來自那裏的同情才能有真正的理解，才能給我們一些真情的忠告。實際上，這也是我們對貴國諸位的期待。竊以為，我們都不能以管窺豹，只理解了一點便以為什麼都瞭解了。⑧

對於不給日語配翻譯這種大會運營方針，好像在一部分人之間也聽到了批評的聲音。這從加藤武雄「如果可以的話也給日本代表們配上支那語的翻譯，這邊說的事情也希望能讓在座的對方聽明白。⑨」的話中可以推測。「大陸文化人的不平」也是從這裏暴露出來的。我們看一下佐藤春夫的文章：

> 事後不管當事者們如何異口同聲地報告獲得重大成功，沙上的偶語，也能傳遞出大陸文人的不平。把對方的忍氣吞聲當作我方的重大成功，應該說就是把社交上的含蓄當真，可見我們日本人多麼單純。（略）
>
> 「大體上說這次大東亞文學者大會過於流於形式，要說是大東亞文人相互敞開胸襟談論東洋復興的聚會而尚有不足之感，更不如說是讓人有一種為了鍛煉我們而召集的大會的感覺。讓人想不到現代的日本文學家竟有官僚作風。」這段誰的感想一直留在我耳邊。這種委婉的表達和言外之意，難道不值得傾聽和反省嗎？⑩

我覺得好像沒有必要更詳盡地探討這個問題了。錢稻孫的「我們都不能以管窺豹，只理解了一點便以為什麼都瞭解了」的警告，為幾天的大會劃上了句號，也不得不走向「委婉的表達」。在佐藤春夫的文章裏，我們可以看到，他作為日本作家借用大陸文化人的婉轉表現至少也要說這些話的決心，而那裏包含著諷刺。大東亞文學者大會所能給予「遠道來客」的恐怕不過是日本文學家的「官僚作風」及其文學的僵化吧。

> 但願使用神靈降臨的語言的這次大會能擁有祝福的光明和力量
>
> 信綱⑪

接著，我想討論在「大東亞文學者大會」和「亞非作家會議東京大會」之間發生了什麼，又丟棄了什麼。在討論之前，請允許我們再看一下「文學者大會」的情形。

三

第一次大會——1942年11月3日至10日在東京和大阪召開。

該構想是由第一任日本文學報國會事務局局長久米正雄於就任後提出，這也是他一直在心裏勾畫的夢想。發起之前，久米事務局長在所談的抱負之中就列舉了召開思想戰協力會議、文藝後方運動、編輯文藝年鑒以及「大東亞共榮圈內的全文學者大會」。

在菊池寬的《話的紙簍》⑫中就有「在考慮為了建設日支親善，將來也要組織所謂『中日文藝家聯盟』之類的組織」，可以想像到在久米、菊池等人之間，可能很早就在構想設立中日兩國文藝家親善交流機關的方案。雖然不能貿然判斷「大東亞文學者大會」是從「中日文藝家聯盟」方案發展而來的，但可以推測是以12月8日語契機，作為中日兩國文藝家親善的開始，此前的幾個計劃至此一舉膨脹，擴大為「大東亞」的規模。

1942年8月1日的《日本學藝新聞》有這樣的記載：「獻給戰時之秋的文報各項活動，全力推進文化建設，雄壯多彩的八大計劃」，由此可見，宣揚皇國文化的大東亞文學者會議方案已經把舉行大會目標定在10月下旬，並已進入召開準備委員會階段。準備委員的成員有三浦逸雄、春山行夫、川端康成、奧野信太郎、河盛好藏、林房雄、飯島正、一户務、吉屋信子、細田民樹、中山省三郎、木村毅、草野心平、高橋廣江、金子光晴、張赫宙等人。第一次準備委員會於7月21日在文報的事務局會議室召開。第二次於8月8日召開，也是陸軍省、海軍省、外務省、拓務省、興亞院對滿事務局、情報局等有關官廳和文報、朝日新聞社的聯絡會議。大會的目的是「在大東亞戰爭下，擔負著文化建設這一共同任務的共榮圈各地的文學家聚集一堂，共用這個抱負，相互敞開胸襟一起交流」。對這段經過，日本文學報國會所編《文藝年鑒》有如下記載。⑬

> 計劃一經傳出，就得到了除了會員以外，還有友好團體、有關官廳的大力贊同和支援，文學報國會委託精通共榮圈各地情況的人作為準備委員著手準備具體方案。另一方面也得到了外地各方諸如願欣然參加的回音，又恰逢明治佳節〔11月3日為明治天皇誕辰——譯註〕，於是第一次大東亞文學者大會在東都召開了。

9月初大體上結束了各地代表候補者的人選工作，會期決定從11月3日開始為期一週。第一次候補者中雖列了中國的周作人、俞平伯、張資平、徐祖正、高明、陶晶孫、葉靈鳳、法領印度支那的任善蘭、丁淑鶯女士、印度尼西亞的斯・塔・阿里沙瓦那、沙・巴內尼、布里奧諾博士、緬甸的烏・提恩、達・金金萊女士、烏・弗拉、烏齊莫勒、菲律賓的班・岡沙來畝、歐・羅多利格斯、班妮黛絲女士、彼・歐那利奧、路・蒙地拉等共榮圈各地的文化人。但實際上南太平洋各地區沒有出席者。10月中旬又將招待範圍縮小到滿、蒙、華三「國」代表。最後，又從候補者中減少了兩三名大人物，大會變成比當初的計劃小得多的小型會議。據說，在河內有從遙遠的南方慶祝文學家大會的意思，所以決定在大會舉行之前的10月20日先舉辦慶祝會。丁淑鶯女士（作家）、阮孟通（哲學家）等預定代表一起舉行了日本、法領印度支那的文化聯歡。

與會者於10月末從當地出發，台灣的4名代表最先到達（10

月 26 日），其他人也隨後陸續聚集東京。

熱烈歡迎你們，親密的鄰邦朋友
我們在此相聚
也許是第一次，
然而卻彷彿是以前相識的老朋友，
給語言賦予生命，
你們也好，我們也好都是為了共同的事業，
就算語言符號不同，
我們有同樣的血和同樣的心，
也可以有同樣的血和同樣的心，
也必須有同樣的血和同樣的心
大東亞迎來了新的朝陽，
「早上好」在這充沛朝氣的問候聲中
朋友們，讓我們共享歡快。

《新的早晨的語言》川路柳虹⑭

大會的議題有兩項，即「為實現大東亞戰爭之目的共榮圈內文學家協力方法」，和「大東亞文學建設」。關於大會的情況，因在嚴谷大四的《非常時期日本文壇史》和山田清三郎的《轉向記Ⅱ》中已有詳細記載，現以最小篇幅整理如下。

11 月 1 日滿蒙華代表到東京後，即照例參拜了宮城、明治神宮。第二天接著參拜靖國神社，而後拜訪各官廳，參觀明治神宮的國民培訓大會、朝日新聞社，到第三天的開幕式為止，代表們都被安排了滿滿的日程。第三天上午 10 點，滿蒙華代表與其他1500 名參加者一起在帝國劇場舉行了大會開幕式。首先照例是土屋文明主持下的齊唱國歌和遙拜天皇宮城的國民禮儀，接著是久米正雄的開幕式致詞，再接下來是下村海南主席入席，然後是奧村喜和男（情報局次長）、谷萩那華雄（陸軍報導部長）、平出英夫（海軍報導部長）、後藤文夫（翼贊會事務總長）（代讀）、青木一男（大東亞大臣）（代讀）的祝詞；佐佐木信綱、高濱虛子、川路柳虹朗等人宣讀自己的詩歌作品；蒙古代表（恭佈札布）、中國代表（周化人）、滿洲國代表（古丁）、日本代表（菊池寬）的致詞和南方各地區文化代表寄與大會的賀詞。在齊藤瀏的「當此大東亞戰爭熾燃之際，東洋全民族的文學家濟濟一堂，團結一致，向蠹害我東洋的一切思想宣戰，迎接新世界的黎明……」的誓詞之後，開幕式在島崎藤村帶領下的三呼萬歲聲中結束。

奧村喜和男在大講「向在過去的一百多年裏侵害亞洲的美英文化宣戰——亞洲文人聚集在此積極參加並協助大東亞戰爭,具有至關重要的意義。諸位早已不是舊『文化的擁護者』了，我們必須成為新時代的『文化戰士』」的時候，據說有一位白髮作家站起來說了聲「哼，都是無聊的話」後而離去。那是德田秋聲的聲音。⑮這可能是允許作家們對文化破壞者的最大限度的抵抗。「無聊的話」的全貌可以通過旺文社出版的《尊皇攘夷的血戰》一書中所收錄的演講〈亞細亞是一個整體〉一文瞭解。

全體大會的會程是第四、第五日兩天，地點是大東亞會館。形式為圓桌會議，由户川貞雄擔任主持，菊池寬任議長、河上徹太郎任副議長。會議進入議事議程後，第一個議題是大東亞精神的樹立（發言者—武者小路實篤、柳雨生、齊藤瀏、錢稻孫、香山光郎、巴伊科夫、龍瑛宗、龜井勝一郎）。第二個議題是大東亞精神的強化及普及（發言者—長與善郎、爵青、周化人、藤田德太郎、恭佈札布、横光利一、俞鎮午、吳瑛、吉屋信子、尤炳圻、吉植庄亮）。會議第二天討論的議題是如何通過文學融合思想文化的方法。在討論中，富安風生在演講中提出，要通過普及正確的俳句，以恬静頑強的生存之路為大東亞文學的土壤。隨後，華中代表龔持平、細田民樹、華北代表張我軍、潘序祖（予且）、加藤武雄、尾崎喜八與丁雨林和木村毅、川路柳虹、舟橋聖一、高田保、山田清三郎與周毓英等又分別提出設立「大東亞文藝協會」、「共同研究東洋精神」、開展「文學家、學術交流」、推進「大東亞研究院」的設立、「大東亞範圍內的兒童教化方案」、設立「大東亞文學大獎」、出版「大東亞詩人共同詞華集」、「增強日滿華文科大學的古典講座」、「保存支那戲劇」以及「每年召開大會」等提案或建議。下午議題改為通過文學如何實現大東亞戰爭的對策。發言者的提案歸納起來有如下幾項。首先是片岡鐵兵的「協助新民運動」，然後是滿洲、朝鮮、台灣代表小松、芳村香道、張文環的「日、滿、華作家的相互派遣」，許錫慶的「給南洋各地寫來賀詞的文學家回函」。此外，朝鮮代表辛島驍還提到向重慶的中國作家呼籲「儘快領悟大東亞精神的真髓」的必要性。吉川英治、柳雨生以及一位大會委員還分別提到，通過各地電台向美國的作家和民眾、向南洋華僑和向同盟國陣營進行宣傳的必要性。

除此之外，中河與一還把這場戰爭比作「上帝與猶太之戰」，從而強調意識形態之戰的重要意義。村岡花子則從婦女的立場提出在兒童時代培養大東亞精神的語言問題。而後，豐島與志雄發表了他的從英美語感向東洋語感轉化的文學實踐，高田保、長與善郎、一户務、林房雄等又做了補充說明，高橋健二（大政翼贊會文化部長）、中村武羅夫、川面隆三（情報局的第五部長）做了總結性發言，最後會議朗讀了由户川貞雄等六人共同起草的「大會宣言」，議長致閉幕詞後，東京大會在三呼萬歲聲中落下了帷幕。

6 日到 8 日參觀了霞浦的土浦海軍航空隊、文部省美術展覽會、帝室博物館以及大學等。晚上是各報社的座談會和宴會，大概沒有一個外國代表能得到自由時間。

大會一行於9日赴關西地區，參拜伊勢神宮內、外宮之後，在大阪中之島中央公會堂舉行了文報與朝日新聞社共同主辦的大東亞演講會（主講者：井上司朗、吉川英治、周化人、張我軍、吳瑛、恭佈札布、谷崎潤一郎），閉幕式後，12日在京都解散。

關於閉幕式會場的光景有如下記錄——

推開一樓的門向裏看去，座無虛席，一排排穿著西服和穿著和服的人中白髮及禿頂者隨處可見。因滿員連備用椅子也用上了。……

台上有一對金屏風，演講台上裝飾著一大籃兒美麗的菊花。正面右邊一排是情報局次長、陸海軍報導部長等政府方面的來賓，他們都佩帶黃菊的徽章，左邊一排是佩帶紅菊徽章的各國代表和佩帶白菊徽章的日方代表。只有一位身著支那服裝的是面色紅潤的錢稻孫先生。⑯

會場實錄——

正面掛著日滿華的大國旗，旗子之前是議長席和圍繞著它呈U字型的議員席位。中央桌子上的菊花散發著幽香，議席上身著滿洲服裝的吳瑛女士彬彬有禮地坐在身著和服的村岡花子女士以及身著洋服的吉屋信子女士之間。……發言規定在10分鐘之內……10分鐘一到，菊池議長就會搖響他從家裏帶來的玩具的鈴鐺，的確是文人會議的景象。菊池會長首先發表致詞說，文學家不習慣開會，所以說錯了也不要互相嘲笑。並鼓勵大家要開誠布公、言無不盡地交換意見。隨後即進入了議事議程。⑰

全體會議通過的幾個議案有幾個隨即移交實行委員會，有幾個積極付諸政府相關部門。其中最早具體化的是，即於第二天決定播放對重慶、美英的彈劾、譴責書和致軸心帝國的感謝激勵書。被委托執筆的片岡鐵兵（重慶）、高橋健二（德、義）、久米正雄（美）等3人，在1個月內即提交了廣播稿。12月9日第一次向重慶播放，到年末實現了在所有波段播放。

第二次大會——比原定於中國的雙十節10月10日召開的預定提前了一個月，於1943年8月25日舉行，為期3天，地點是帝國劇場和大東亞會館。

此前，為了準備此次大會，文學報國會略稱曾派遣審查部長河上徹太郎，企劃課長福田清人到中國和滿洲，以期保證第一次大會決議的運行、實現日華兩國文學家協調和緊密關係，努力體現所謂「常在戰場」的思想。到了6月末，會議日程基本擬定，8月8日在報紙上公布了代表的名單及日程等會議詳細內容。

關於大會的宗旨，文報有如下介紹：

> 大東亞戰爭的戰況現已進入白熱化，為了取得勝利，目前當務之急是需要共榮圈做好決戰準備並進一步強化之。在此邀請大東亞參戰諸國的文學家，在堅定於文化方面互相協助之意志的基礎上，就戰而必勝的決心及其實現對策，敞開胸懷聚首相談，並通過實地觀察等方法展現我國國民及國家之尊嚴，以期促進參戰文人挺身相助。

跟第一次大會「大東亞文藝復興」的夢境般的印象相比，第二次大會可以稱為「決戰會議」，僅此也可以嗅到日本苦於戰況惡化的焦慮感。阿圖島的覆沒，所羅門海域的激戰，基斯卡島的撤守等都是第二次大會前後的戰線。其間有意識地宣傳的是汪兆銘政府（用當時說法即「國民政府」）是站在日本的立場上參戰的。在第二次大會前夕發表的文學家談話中，誇大和強調「中國的參戰」的部分十分明顯。在第一次大會之後，以出席大會的柳雨生、周毓英等人為中心的「中國文化協會」成立，並於 4 月 1 日召開了由其主辦的為期 3 天的全國文化代表大會（南京）。（日方派遣了 10 人組成的文化使團）。在台灣，12 月 2 日則由台灣文藝家協會（會長：矢野峰人）舉辦了「大東亞文藝演講會」，並在各地進行了巡迴演講。1943 年 5 月台灣文藝家協會改組為文學報國會台灣支部。如同台灣的台灣文藝家協會一樣，朝鮮和滿州也各有朝鮮文人協會（幹事長：芳村香道）和滿洲文藝家協會（委員長：山田清三郎）。滿洲於 1 月也舉辦了由協會主辦的「文藝家愛國大會」。文報本身也於 1943 年 4 月的 8、9 兩日在九段軍人會館召開了文學報國會第一次大會，並就「消滅美英與文學家的實踐」組織了探討。⑱

大會第一天的開幕式於上午 9 點拉開了帷幕，主持為户川貞雄。齊唱國歌和遙拜天皇宮城的國民禮儀之後，由久米正雄致開幕詞。下村海南被推選為主席，在通過感謝皇軍的決議之後，情報局總裁天羽英二、大東亞大臣青木一男（代讀）、陸軍報導部長谷萩那華雄、海軍報導部課長栗原悦藏⑲、興亞總本部總理水野鍊太郎依次祝詞，然後是各國代表的致詞（日本：横光利一、中國：周越然、滿洲：古丁、蒙古：包崇新），此後，中島健藏朗讀了來自亞洲各地的賀詞（泰國：德・柴南、緬甸：巴・哈洛、菲律賓：克・因・雷克多、爪哇：阿・巴奈、馬來：伊・賓・穆哈特、印度：錢德拉・博斯）。接著，吉川英治朗讀了宣誓文，最後在高島米峰帶領下的三呼萬歲聲中結束了開幕式。歡迎午宴後，下午繼續舉行歡迎祝賀會，首先由黑田國際文化振興會理事致詞，然後是由山田耕筰指揮日本交響樂團演奏的《鬥魂》、《明治頌歌》，前田夕暮、富安風生、渡邊綠村的詩歌朗誦和宮城道雄的琴曲及松本幸四郎的舞蹈等。

決戰會議的第二天，26 日早 9 點開始在大東亞會館舉行討論。議題是「高揚決戰精神，消滅美英文化，確立共榮圈文化及其理念與實踐方法」。主持仍是户川貞雄，議長、副議長也跟上次一樣是菊池寬、河上徹太郎。

關於大會的情況當時文報的《文學報國》⑳中又有如下記載：

> 會議一開始久保田萬太郎即提出應該向去世的島崎藤村表示弔唁的緊急提案，因此由主席指定佐藤春夫、久保田萬太郎、古丁（滿）、張我軍（華）四人代表大會前去參加了同一天在青山殯儀館舉行的藤村氏告別式。
>
> 會議上午的討論雖然始終都是一般性問題，但無論什麼題目都充滿激情和暗示，即：必勝的信念（武者小路實篤）、大東亞戰爭的勝利方案（陳寥士）、為聖戰獲勝的先驅文學創造案（山田清三郎）、皇道精神的滲透（佐藤春夫）、徹底認識滿州建國精神（吳郎）、廣泛推行和平運動（謝希平）、日本精神的進展（包崇新）、皇民文學的樹立（周金波）、新東洋精神的確立（大木惇夫）、大東亞文學中心理念的確立（魯風）、關於決戰文學理念的確立（俞鎮午）、消滅美英文化（芳賀檀）、文學家的合作（小林秀雄）。
>
> 上午的日程結束後，鹽谷溫氏在午餐席上用華語〔漢語——譯註〕致歡迎詞，加深了和睦的氣氛。下午一點半會議繼續進行，就「實踐性問題」很多議員發表了鮮明而率直意見。首先是野口米次郎站起來提出了「聲援印度獨立」的提案，坐在來賓席旁聽的印度獨立聯盟支部長梅塔尼感激不盡地立即向主席申請發言，在表示謝意的同時並激呼「印度的獨立必將到來」。接著是為菲律賓獨立派遣代表（木村毅）、在朝鮮實施徵兵制度及文學運動（崔載瑞）、祝賀並聲援走向獨立的緬甸（高見順）、大東亞文

學建設要綱的設定（田兵）、爭取圈內知識層的運動（小田嶽夫）、爭取圈內民眾的運動（尾崎喜八）、爭取南洋華僑的運動（陳揆）、關於大東亞文學者總崛起的提案（津田剛）、加強出版界以發展文學運動（沈啟無）〔原文為「沈啟旡」，誤植，茲訂正，下同——譯註〕、東洋古典的復興（高田真治）、女性文化的交流（古屋信子、窪川稻子、關露）等一系列熱烈提議，當天五點按日程安排結束了會議。

會議的第三天於上午 9 點 10 分開始，齊唱國歌和遙拜天皇宮城的國民禮儀後，大會即分成 3 個組討論，第一組委員長高島米峰，以下 44 名代表，第二組委員長白井喬二，以下 40 名代表，第三組委員長川田順，以下 41 名代表。隨後各組按照各自領域的題目展開了討論。

第一組的提案包括日滿華電影文學合作社的設立方案（久米正雄、柳雨生的贊成演講、中村武羅夫的電影合作社的設立方案）、兒童文化的交流（加藤武雄）、美英東亞侵略史記實小說的創作（丹羽文雄）、共榮圈文學史的共同創作（鹽田良平）、新劇運動的促進（柳致真、陳綿）等。其中由張我軍的提案「設置島崎藤村獎」還贏得了「滿場的掌聲」。在第三組，陶亢德、山田清三郎、章克標、古丁、河上徹太郎等提出了創辦共同發表雜誌，設置共同翻譯機關的方案。吉川幸次郎、林房雄、徐白林等就作家留學生的常駐交換分別發了言。

在第二組，希望中國文學的確立（片岡鐵兵）、文學家針對重慶地區的工作（小田嶽夫）、東亞共同文學研究機關的設立（石川達三、田兵、春山行夫）、「日滿華文化協定」的促進（中島健藏、大內隆雄、俞鎮午、津田剛、崔載瑞）等要求、提案中岩倉政治的緊急發言成了當時最集中的話題。對此當日的

《朝日新聞》有如下報導：

> 突然申請發言的退役軍人作家岩倉政治激呼，「我不能同意僅僅是消滅美英文化。就是有一千冊莎士比亞全集從空而降也不會成為問題，但是有一枚炮彈從空而降，對我們來說就不能不成為大問題，在這種情況下，我將成為防空員，成為士兵。我們需要的是棄筆持劍，即使沒有劍也要赤手空拳跟敵人搏鬥的覺悟。大會不能成為流於國際親善的大會、禮儀性的大會，而應該以此次決戰大會為契機，使文學精神有一個大轉換」……。

岩倉政治恐怕對會場上文化至上主義的氣氛不能滿足吧。白井喬二委員長說「岩倉先生的提案非常熱烈……我個人很受感動」，並表示希望大會重新考慮岩倉的意見。但草野心平卻對此表示：「應該把這種情緒藏在心底並默默地使其文學化，這才是日本作家的態度」，而他的意見，「作為處於決戰體制之下，日本文學家所吐露的心聲，的確讓旁聽者非常感動」。此外，關於第三組所提出的創辦共同機關誌的提案，據說河上徹太郎代表文報方面做了答覆，說是預定於9月以《大東亞文學》的形式創刊。（據太宰治年譜記載，《竹青》的中文譯文發表於1945年1月的《大東亞文學》，但關於這本雜誌到底是以怎樣的形式發行的詳細情況到目前我尚未見到。）㉑

下午1點大會繼續進行，各組的報告以第一（今日出海）、第二（中島健藏）、第三（川田順）的順序依次進行。謝希平的緊急提案「以文學大會的名義向前線的將士發慰問電」之後，由久米事務局長頒佈大東亞文學獎（第一次大會尾崎喜八、丁雨林、木村毅等提議的「大東亞文學賞」的具體化）的得獎者名單，接著是在日滿華各地區的文學活動報告、由大會宣讀大會宣言決議（朗讀者火野葦平）、文學獎領獎儀式，最後大會在祝天皇陛下萬歲的呼聲中閉幕。大東亞文學獎的一等獎空缺，二等獎是《陳夫人》庄司總一、《對海高歌》大木惇夫、《沃土》石軍、《黃金窄門》爵青、《日本印象》及《予且短篇小說集》的予且和《貝殼》袁犀。

28日晚，在軍人會館舉行了文藝大型演講會（主講人：久米正雄、井上司朗、田兵、柳雨生、包崇新、沈啟無、小林秀雄），此後是各處參觀。9月1日乘特快「飛燕號」西下，3日又在大阪朝日會館舉行了演講會（主講人：川田順、井上司郎、龜井勝一郎、關露、吳郎、陳綿、王承琰、片岡鐵兵）。在參拜了近畿地區的神社，又參觀了幾個地方之後，於5日晚在京都的都飯店解散。當我看到諸如：「是誰企圖破壞世界文化，我們有必勝的信念，唯今正是實現在統一亞洲這一宏偉構思下建設大東亞之秋」、「粉碎美英敵人的陰謀，迎接民族結盟的大文學」等空洞文字，心情頓有沉重之感。這大概就是所謂的「說的是一件鬱悶壓抑的事情」的感覺吧。以如此空空如也的熱情徹底暴露出日本近代文學無土壤、無根基的真相的事件，竟然在近代文學的歷史上確實發生過。

朝鮮代表之一俞鎮午曾這樣寫道：「那一天（在名古屋下車那天）的傍晚，格外深沉有力的空襲警報給人留下了難忘的印象。市裏的招待會是在一間緊閉著窗子，而且還掛著沒有絲毫縫隙的防空窗簾的屋子裏，在親切友好的氣氛中舉行的」。在全體會議結束後的轉天，阿圖島覆沒的詳細報導充滿了各種報紙，在這種緊張狀況下，參加者當然不難感受到跟決戰大會的名稱相符的那種令人焦慮的緊迫感。正如織田作之助所寫的，也是嚴谷大四所講述的那樣，參加者之間跟第一次大會不同，彼此的親近感加深了。換句話說也可能是處於不堪的精神狀況下的同病相憐。

第三次大會於1944年11月12日在南京召開，會期3天。當初是滿洲代表最先提出申請，新京也是候補地。但「鑒於戰局的推移」在南京召開的主張被最終定下來了。大東亞文學者大會是夢想家久米正雄構想成功的一個好的例子，這種看法也是可以成立的。久米為決定下次大會的舉行地，於 1943 年末，大約在滿洲和華中逗留了 1 個月，並為南京大會進行了積極的活動。但是，由於在短歌部的總會上他把滿州國皇帝譽為「現身神」受到了當局的注意，於 1944 年 4 月 1 日機構改組時，不得不辭掉事務局長的職務，後來由中村武羅夫接任。在這次改組中，事業部變成實踐部，新增了企劃室，廢除了審查部，原屬其工作範疇的報紙編集和年鑒編纂工作被統一併入直屬於事務局長的編輯室。總務部長北條秀司所謂「第一期的建設時代在莊嚴的祭典下結束。第二期是使其健壯的翅膀在大東亞的上空展翅翱翔的時代」的說法，事實上只是講述第一期即久米時代這部分與事實相符合。在久米退陣的同時，一些文化人寄托於虛妄的大東亞文學的夢也就消失了。「大東亞的文藝復興」之後迎來的是「決戰會議」。決戰的下一步不是勝利就是失敗。因此，第三次大會的主辦者從日本移到中國（應該說是從日本文學報國會移到中日文化協會），從某一個方面來說這是必然的趨勢使然。大會第一天是開幕式，於下午 3 點開始。第一天的議程，首先大會主辦者通過了陳寥士（南京偽國民政府檢察院參事、宣傳部副秘處長）關於組織召開本次會議經過的報告，接下來推薦錢稻孫、陶晶孫為議長、副議長，然後是議長致詞、國民政府（南京）方面行政院周代院長、宣傳部林部長、教育部李部長、日本大使館的岸情報部長、日本陸軍報導部出淵部長、滿洲國駐華大使館代表等的慣例祝詞。

第二天的大會於上午 9 點 30 分開始，各國代表就以下 4 項議題發了言，日本的長與善郎、豐島與志雄、高田真治、高見順等也發表了意見：

一、如何運用小說、詩歌、戲曲等激勵士氣、昂揚鬥志、協助大東亞戰爭、驅逐美英，以求大東亞民族之解放。

二、如何復興東亞固有文化及精神。怎樣創造新東亞文化及精神。

三、如何積極實施與大東亞宣言第三項相關的各文化事項。

四、如何提高、昂揚大東亞各民族的文化水準及其民族意識。

下午的大會分為三個分組會，討論由各位代表提出的20件問題。討論內容如下所記：

第一分組會——在大東亞新文化建設中尊重古典（中國代表）、促進共榮圈內全部演藝人員踴躍交流（北條秀司）、長期相互派遣詩人、文學家的具體化（百田宗治）等。

第二分組會——大東亞文藝院的設立（芳賀檀）、翻譯機關的設置、以中日文化交流為目的定期刊物的發行（中國代表）。

第三分組會——以漢詩為中心的文化聯盟的具體化（土屋久泰）、以大東亞共同宣言的原則為基礎，以大東亞文學者大會精神為本，作為全體代表綜合意見，起草堅決實現該原則的聲明書（戶川貞雄），最後是滿洲代表提出的希望下屆大會在新京召開的請求，對此內部已經基本決定。

第三天的大會是上午10點開始的，首先推選宣言決意文起草委員（日本代表、阿部知二、高見順、北條秀司），宣言由中國的梅娘代表和日本的火野葦平代表朗讀，贏得了滿場的掌聲。接著是第二次大東亞文學獎的頒獎儀式，與上屆相同，一等獎空缺，二等獎授予5位作家，他們是《滿洲建國史》鐘田研一、短篇集《蟹》梅娘（中）、《新生》古丁（滿）、《這就是人生》道・麥・索德（泰國）、《塔隆・瑪麗亞》荷・埃・克魯沙（菲）。

根據大會出席者高見順的《高見順日記》記載，會場是中德文化協會，大會給出席者發了紀念章，午宴也是豐盛的西餐。他還有幾幅有趣的大會素描，我不妨引用一下：

> 中國人基本上沒在聽，偶爾聽聽但大多是在看桌上的雜誌或報紙。
>
> 的確是自由的態度，沒什麼顧慮呀客氣什麼的。——有些令人羨慕。
>
> 滿洲國代表的發言都是「現在正是決戰的激烈時刻等等」，全是千篇一律而又無聊的演說。
>
> 中國一方多是改善文人生活窘境的實際性提案。
>
> 日本人都是手拿講稿長篇大論地進行演說，演說水平很差。中國人僅拿著筆記進行演講。演講內容顯得話題不但豐富而且精彩。（自己因注意到這一點發言時連筆記也沒拿）

會後，代表一行人首先赴上海出席了各種演講會、座談會、電台廣播，之後又到了北京。在北京參加了《中國文學》召開的文學座談會和華北作家協會主辦的演講會，在上述活動日程結束後，大會派遣團解散。

長與善郎、户川貞雄、北條秀司、高見順等此後又出席了在

新京舉行的滿洲文藝協會創會式。（11 月 28 日至 12 月 3 日）

文報機關誌《文學報國》就第三次大會特別發表了附記：

> 此次在南京召開的第三次大東亞文學者大會，主辦方是責成國民政府宣傳部的籌備（準備）委員會，該籌備委員會的核心是由宣傳部策劃成立的中國文學年會。中國文學年會早於本大會，於 11 月 11 日由中國文學家組織召開。決議聯合華北和華中結成中國文學家一元化團體「中國文學協會」㉒

第一次大會召開的前一日，北原白秋去世，第二次大會的前三日島崎藤村突然去世，在大東亞五大宣言之文學作品化發表之後，曾經稱奧村的演講「都是無聊的話」的德田秋聲逝世，南京大會的第一天又傳來汪兆銘的訃告（逝世 10 日）。當然，這 4 人的死和文學大會的召開不過是偶然的一致，但它又好像不能不讓人把它們聯繫到一起，彷彿確實是象徵性的巧合。汪兆銘的死似乎暗示著大東亞文學者大會的將來。

第四次新京大會還未召開日本就戰敗了。

四

在內山完造自傳《花甲錄》裏，關於大東亞文學者大會，在〈昭和壬午 17 年〔1942〕〉的記述中，有如下記載：

> 大東亞文學者大會召開。當我正在猜想中國方面將有誰去參加的時候，發現我知道的文學家一個也沒有出現，諸如周越、予且、陶亢德、柳雨生、婦女代表關露等人。至於團長是周作人，讓人驚訝不已。當然這也很自然。因

> 為記得好像是興亞院文化部讓我介紹出席這次大會的文學家，我當時回答說，「非常遺憾我認為中國有名的文人沒有一個人會出席」，果然如此。（文中有誤記）

內山的記憶好像把第一次和第二次搞混了。這些都是出席第二次大會的人，如果是這樣的話，這段話應該記載在 1943 年裏。但是我想說的並不是所記載事項的真假，而是所謂「中國有名的文人沒有一個人會出席」這句回答興亞院文化部的話。這對於雖然大吹大擂鼓譟了一番，但終不能讓中國文化人為之心動，到頭來只是日本一廂情願地網羅了一些無足輕重的、既非作家亦非文學青年的人的大東亞文學者大會來說，真是淋漓盡致的諷刺。這正應著田中英光在《醉漢船》裏，讓喝醉了的朝鮮人說的話：「那些人是大東亞的文學代表嗎。現在說起中國的一流作家，要數郭沫若啦、老舍、林語堂什麼的，為什麼不請那樣的先生們？」但是即使能讓大人物級的作家登場，大東亞文學者大會的性質會改變嗎？那種進退維谷的處境正是當時大東亞文學者大會所處的狀況。

在日清戰爭前召開「日支文人大會」時，日本和中國應該是平等的，但日本文人對中國文化及文人的崇拜態度卻表現得很卑屈。讓日本的那種態度發生逆轉的是日清戰爭。卑微感變成了一種毫無根基的優越感。以「清國奴」鄙稱中國人的意識說明了這一點。沿著這條線發展，自然就產生了「大東亞文學者大會」那種傲慢姿態。「日支文人大會」和「大東亞文學者大會」正是日本對中國卑微感和優越感這一盾牌的兩個面。舉一例來看，藤田德太郎在總結第二次大東亞文學者大會的成果時這樣寫道：

> 吉川幸次郎先生指出了中國文學的黑暗面，並盛讚我國高居培養新文學的正確指導位置。對此居然有論者說還

> 不是時候而表示否認，並敦促日本、支那應有相互的反省和理解。在當今的我國竟然還有持這種論點的人，而且像這樣的人物直到昨天還是文化的領導者，現在還仍然在發表同樣的意見，真是令人深感震驚。

藤田在文章的結尾這樣令人啼笑皆非地寫道：

> 最不可思議的是，日本方面，我國人的名字本來頻繁地出現，但在翻譯那裏卻一個也聽不出來。原來因為姓名是用中文發音來讀的。如果藤田被說成FUJITA以外的音，我就根本無法辨別那是自己的名字。即使是即席翻譯的習慣，這種弊習也應該堅決打破。㉓

藤田一邊粗魯地對自己的名字被讀成FUJITA以外的音感到不滿，一邊拒絕考慮跟中國相互反省和理解的要求。他的這種矛盾的思路，正是「大東亞文學者大會」特徵的反映。

在大會期間每個參加者恐怕都有各自的想法，我們不妨大致區分一下。即代表藤田式體制及表現這一體制的意識層；代表久米——把夢想寄托於文學者大會的祭典，開拓順應體制的道路之後，更為積極的群體；功利地利用所謂「亞洲一體」的說法，偽裝的轉向作家群體（不僅僅局限日本）；認同亞洲民族的獨立及其文化之團結的積極意義，並希望在大會上體現它的人們（主要是未參加大會的南太平洋共榮圈諸國的文人）；看穿大東亞文學者大會的虛偽而拒絕參加大會的國內外人士、團體以及一群只追求文化利權的人們。我打算按照這樣六種來分析。滿洲代表中的日本作家在發言中稱滿州國為「我國」，殖民地本地居民作家卻說「我們日本人」，「把以往的一切都劃上句號，為作為日本文化的一環而戰」之類的話。這種混亂在「聖戰」的名義下統一起來的不可思議之處，跟戰後「亞非作家會議東京大會」的做法相比，就不能不使我們去深思。亞非作家會議，實際上包含著需要與前述的第四、第五類群體聯繫起來探討的問題。「大東亞文學者大會」當時，日本站在支配殖民地的地位上，為了動員佔領區域的文化人參與美化日本的侵略的「聖戰」，舉行了這個文學祭典。但今天日本已經失去了它的一切。在此引用一下陶晶孫的話：

> 如果不客氣地說，日本也好、德國也好，都是因為一次強暴，被老師貶成了落榜的秀才，排在了髒兮兮的殖民地人民的後面。如果他們再努力進取而想以「再次優越」來欺負或輕視別的學生，就還會再被老師斥責的。再說，老師根本不允許日本再次成為強國。㉔

陶晶孫對 1945 年 8 月 15 日以後日本所處的國際立場了如指掌。並且把他瞭解的情形善意地講了出來。但我想把他講的話過濾一次後再接受。因為它與日本人的負債有關。陶晶孫作為中國的一位代表出席了第三次的南京大會。但我想，把陶逼上梁山的是日本，所以這與他的名譽並無關聯，不光彩的倒是日本。我以為在這種關係中品味陶晶孫的話為好。這樣的話就在通往亞非作家會議的道路上樹立了一個里程碑。周作人在 1942 年就說過，「在日華文化提攜的問題上，我確信東亞文化的根基是一個，東亞民族的命運也只有一個」。但當時日本指導者（以為通過政策可以控制文化及文人的信徒們）誤會了周作人的話。錢稻孫以其卓識指出的，「我們都不能以管窺豹，只理解了一點便以為什麼都瞭解了」，說的正是這種迷妄。

在出席大東亞文學者大會參加者的分類中，我提到了始終關注亞洲民族的獨立及其在與文化團結方面的積極意義，在文學者大會上，哪怕是隻鱗片爪，只要發現了就希望抓住它的人們。我之所以對此「未出席的參加者」——僅寄來賀電而未出席大會的共榮圈諸國的文人——感興趣是因為我通讀了「致決戰會議」的電文。特別是菲律賓的教育長官克·因·雷克多、印度的博斯以及法領印度支那的維·克伊的賀詞給我留下了深刻的印象：

> 現在東亞各國作為一個大家族聯結成一體，家族的各個成員都覺悟了要爭取自己的自由、主義、獨立，完全認同為了共同的繁榮和幸福，需要相依互助。……與日本不同，不幸的是菲律賓四個世紀以來一直是異民族殖民的目標。菲律賓沒有掌握政治上的自由，因此，也就不可能從岸邊滾滾而來的異國文化的特性中，只篩選出對自己將來以至永遠的幸福有用的要素。其結果，菲律賓人，特別是近四十年間，似乎看到了未嘗有過的物質上的進步，同時在這期間，也使菲律賓的國民精神走向顯著的衰退。然而，從在這次戰爭爆發前夕開始，這種精神被再次點燃，並嘗試著給這種精神注入新的生命和活力……。

雷克多的話和維·克伊的「如果成功的話，文學家大會對『大亞洲』主義的理性一面來說該是一塊試金石吧」，讓我們看到了大東亞文學家大會的另一個側面。此外，還有前邊提到過的博斯派的印度獨立聯盟橫濱支部長梅塔尼在第二次大會的第一天，為感謝野口米次郎的「聲援印度獨立運動」提案，曾要求特別發言，表述了他的致謝。所謂「大東亞戰爭既是殖民地侵略戰爭，同時也是對帝國主義的戰爭」（竹內好）。大東亞戰爭所具有的這兩個側面，是在分析大東亞文學者大會時不容忽視的。

我們來看看在日本文學家當中對大東亞文學者大會的文學上的抵抗。

在誰都怕「趕不上車」而狂奔時，有一個團體直截了當地拒絕協助大東亞文學者大會。那就是竹內好、武田泰淳等的中國文學研究會。竹內好將他的理由在研究會的機關誌《中國文學》上這樣寫道：

> 直截了當地說，大東亞文學者大會對日本文學報國會來說可能是最恰當的大會，但是我認為這並不是中國文學研究會出場的大會。我並非是說不歡迎支那的文學家。而是說歡迎應該受歡迎的人，這才是我們的歡迎方式。我們採用了什麼樣的歡迎方式呢，……昭和 9〔1934〕年始於周作人氏歡迎會的中國文學研究會，在昭和 16〔1941〕年周氏來日時，只在編輯的後記裏記了此事，甚至連公眾性的歡迎會也沒有開。……那是中國文學研究會的傳統、精神和命運。且不說我個人，就站在公眾立場的中國文學研究會來說，讓它去抬官味十足的歡迎轎子，這在傳統上是不允許的。
>
> ……從絕對的立場來說，這是對現代文學信不信任的問題。不說其他方面而僅就日本和支那來說，為了日本文學的榮譽，也是為了支那文學的榮譽，我至少在公的立場上，不能承認此次會合是日本文學代表和支那文學代表的會合。因為我確信有同樣的聚會等待在未來。也就是說我有把握將來在文學上能夠實現 12 月 8 日。
>
> ……受人擺佈的支那文學是可悲的。昭和 17〔1942〕年某月某日有過一次聚會，聚會由日本文學報國會主辦，而中國文學研究會並未參與。這在現在是中國文學研究會最好的協助方法。為了百年後的日本文學，我希望把這一經過寫在歷史上留給後人。㉕

引文也許長了一些，但這確實是留在日本文學上的，中國文學研究會否認文學者大會是中國和日本的文學家的大會的寶貴證言。

中國文學研究會在那之後的 4 個月後解散。竹內在《中國文學》終刊號所刊登的文章〈中國文學的停刊和我〉中列舉了 3 個停刊的理由。即黨派性的欠缺、中國文學研究到現在為止所採取的態度對大東亞文化建設來講其存在的意義已經喪失、中國文學問題轉到日本文學的改革問題才開始具有意義，而中國文學研究會的解散應該成為上述決心的開端。但是只講這些還是不能讓人明白。「今日的文化，在本質上是官僚文化。官僚文化的特徵是自我保全。因此，我們的行動不能從今日的文化的普遍概念來理解，是不得已的，而我們為此解散研究會的鬥爭對象，才是誕生這種文化普遍概念的根源。我確信大東亞文化只有超越並克服了自我保全文化才能建立起來」。也就是說「有人認為大東亞戰爭是在改寫歷史。我對此深信不疑。它是在否定現代，否定現代文化，並在否定的根柢中逐漸自我形成新的世界、和新的世界文化的創造歷史的活動」，「我堅信大東亞文化只能從由日本文化自己去否定日本文化中誕生。日本文化應該從日本文化的自我否定中成為世界文化」。所以「今天，文學正在衰退是無法遮掩的事實。而讓它顯現的正是大東亞戰爭」，「大東亞的新文學不是作為被授與的東西而存在於自身之外的，是通過對今日衰退文學的自我否定，從自己內部無限的底層升騰起來的東西」。

竹內甚至寫道：「我們日本不是已經在觀念上否定了大東亞各地域的近代殖民地統治嗎？」這句看上去矛盾的話重點在所謂的「觀念上」，它是支撐這句話的思路所在。對於前邊引用的「關於大東亞文學者大會」中的「我有把握將來在文學上能夠實現 12 月 8 日」這句話，只有把日本「觀念上」的結構和竹內自身觀念的構思重疊起來的時候，才能理解了它的含義。該會以 1941

年 12 月 8 日為時機，以〈大東亞戰爭和我們的決意〉為題發表了宣言，宣言中情不自禁地寫道：「歷史被改寫了。世界在一夜之間改顏換貌了。我們看到了這一切。我們激動得一邊顫抖，一邊注視著像彩虹般流過的那一線光芒，感受著心裏燃起一種難以言狀的激情。」對〈關於大東亞文學者大會〉和〈中國文學的停刊和我〉這兩篇文章，只有理解了上述中國文學研究會和竹內好的觀念結構，我們才能掌握。大東亞戰爭所具有的雙重結構——這種問題意識正是由此發出光芒的，所以，我想這樣說並不過分——大東亞文學者大會與竹內觀念中的大東亞的文學者大會的距離，便成了他的第一個轉捩點。《中國文學》的停刊使他把自己所持的理想保持到了最後。接著從那時起他開始《魯迅》的創作。對於從「應該通過對魯迅這一象徵進行自我否定，從魯迅本身中發掘出無限的新的自我，那是中國文學的命運，也是魯迅給予中國文學的教訓。至於我，我並未處在那樣地方。」到「我呢，只是從魯迅那裏總結出了我自身的教訓」之後的〈關於魯迅的疑問〉一章中的話語，我都是作為對大東亞文學者大會的批評來讀的。這是我自身想像中的竹內的印象，可能與真實的竹內並不相同。然而，如果不這樣說，我就無法理解竹內好拒絕「大東亞文學者大會」的行為。因此，從這種意義上說，《魯迅》（1944 年 12 月，日本評論社刊）應該是一篇批判大東亞文學者大會的文學作品。

研究會成員的武田泰淳把對大東亞文學者大會的批判以《司馬遷》加以了形象化。從結尾一章似乎能看出寫在背後的含義。「《史記》的世界總體來說是讓人困惑的世界。世界如果像司馬遷那樣考慮是不現實的。不相信世界有中心的觀點與現代日本人的觀點是完全對立的。相信與不相信有中心，兩者是勢不兩立的。如果從相信日本是世界中心，並相信會是永遠的中心的日本人來看，不信任武帝的司馬遷是極端的不忠。宮刑是不夠的，應該處以死刑。」《魯迅》和《司馬遷》是日本的中國文學家向大東亞文學者大會遞交的兩篇絕交書。把這些與在大東亞五大宣言（共存共榮、獨立親和、昂揚文化、經濟繁榮、為世界進展作貢獻）文學作品化期間，森本薰在《女人的一生》中打算通過布引圭、太宰治在《惜別》中打算通過年輕的中國留學生周樹人來表現日本與中國問題的作品對比著看一下，就變得更加鮮明瞭。但我打算另外總結這個問題。

那麼和亞非作家會議東京大會的關聯又是怎樣的呢？雖然目前還未更多的觸及到，但問題卻是存在的。比如，列名於日本協定會的人中還是有些人曾參加過大東亞文學者大會。他們在大東亞文學者大會和這次的東京大會之間，認為究竟什麼是隔絕、什麼是連接，在他們內心，什麼東西怎樣改變了本質，對此我希望聽到以文學家的責任加以說明。而且對此怠慢，作為文學家也是絕對不允許的。前邊說過，「日支文人大會」和「大東亞文學者大會」表現了日本的卑屈感和優越感這一矛盾的兩個面。從這個意義上說這兩者也並未隔絕，它不過是文學的荒蕪之中開出的瘋狂之花。然而，要說與這之後的「亞非作家會議東京大會」並未隔絕卻是有問題的。「日支文人大會」的主辦者公使黎庶昌在日清戰爭爆發前因苦悶而死。但又有誰因為「大東亞文學者大會」苦悶而死呢？「亞非作家東京大會」本來應該是在這個因苦悶而死上召開的。中野重治說：

> 在亞洲最早走向資本主義道路的日本，正逐步走向帝國主義和侵略主義的日本。日本對亞洲的鄰國來說正走向侵略者和加害者。日本的這條道路在第二次世界大戰走到最大的敗局。因此概括地說日本文學和日本的作家多多少少無不與日本同行這一事實，我們感到遺憾。

這是用「概括地說」「感到遺憾」這種說法就可以了結的嗎？我認為所謂「感到遺憾」的說法，未能真正地掌握一定要談「大東亞文學者大會」的那種疼痛。正是因為這種說法太像天皇戰敗時的「寒喧」，我才要強調它。我痛感有必要在今天清除歷史的沉渣，澄清「大東亞文學者大會」的真相。

註：

①香內三郎〈情報局的機構及其變遷〉1961〔昭和 36〕年 5 月《文學》。

②參照東大新聞社研究所內川芳美製作，「情報局內部組織圖」、「情報局職員配置及系統圖」。

③日本文學報國會編《文藝年鑒》紀元 2603〔1943〕年版、桃蹊書房刊。

④參照高見順《昭和文學盛衰史》Ⅱ、文藝春秋新社刊。

⑤根據安藤彥太郎親口所述，是文報的河上徹太郎通過實藤惠秀向他委託此事的。他從 1943 年 9 月 27 日開始每周去兩次大使館，以私人委託的形式教授陶日語。又，1943 年 9 月 4 日的《朝日新聞》所稱實藤惠秀教課的消息乃為訛傳。

⑥《日本學藝新聞》144 號。

⑦實藤惠秀《近代日支文化論》大東出版社、1941〔昭和 16〕年 10 月刊。王韜的來遊之際，日本文人對漢人的崇拜見〈王韜的來遊和日本文人〉一章。

⑧〈發掘相互的美〉1942〔昭和 17〕年 11 月 2 日《朝日新聞》早刊。

⑨〈真情的吐露〉1942〔昭和 17〕年 11 月 15 日《日本學藝新聞》。

⑩〈期盼大東亞文學者決戰大會〉1943〔昭和 18〕年 8 月 7 日《朝日新聞》早刊。

⑪《大東亞文學者大會讚歌》1942〔昭和 17〕年 11 月 1 日《日本學藝新聞》。

⑫參照 1940〔昭和 15〕年 8 月。

⑬紀元 2603〔1943〕年版、桃蹊書房刊。

⑭ 1942〔昭和 17〕年 11 月 1 日《日本學藝新聞》。

⑮嚴谷大四《非常時期日本文壇史》中央公論社刊。

⑯實藤惠秀〈出席文學者大會〉1942〔昭和 17〕年 12 月 1 日《日本學藝新

聞》。

⑰ 1942〔昭和 17〕年 11 月 5 日《朝日新聞》夕刊。

⑱這次大會的情形《高見順日記》有所記載。石川達三發表為寫大文學而確立文學觀時，國文學會的蓮田善明站起來批評說文學觀已經建立，難道你不知道日本國已有日本國文學嗎？

⑲《朝日新聞》的報導中，有矢野部長是錯誤。

⑳《文學報國》第二號、1943〔昭和 18〕年 9 月 1 日。

㉑閱讀了南京大會第二日的第一分組會北條秀司的發言，敘述了文報關於對 10 月創刊的雜誌《大東亞文學》的介紹。

㉒這次大會的幕後工作者，聽說是（南京）汪偽國民政府宣傳部囑托草野心平、宣傳部宣傳事業司長龔持平、宣傳部副秘處長陳寥士三人。並且這次大會邀請了數名住在中國的日本文化人來賓（土方定一、池田克己、武田泰淳、佐藤俊子、內山完造）。山田清三郎回想此次大會並與前兩次的大會進行比較，記述說，「南京大會並不壞」，須田禎一則記述了大會的參加者陶晶孫因受到長駐上海的日本人「欠缺大東亞精神」的批評而與之發生爭吵的事。

㉓〈第二次大會的成果〉1943〔昭和 18〕年 9 月 1 日《文學報國》。

㉔〈落榜的秀才、日本〉收於創元社《給日本的遺書》。

㉕〈關於大東亞文學者大會〉1942〔昭和 17〕年 11 月。

大會議員一覽

1 菊池寬、河上徹太郎、户川貞雄、高村光太郎、武者小路實篤、杉森孝次郎、長與善郎、白柳秀湖、橫光利一、富安風生、川路柳紅、新居格、林房雄、白井喬二、土屋文明、春山行夫、豐島與志雄、藤田德太郎、高田保、水原秋櫻子、尾崎喜八、舟橋聖一、保田與重郎、日比野士朗、山口青邨、細田民樹、中野實、片岡鐵兵、中村武羅夫、久米正雄、甲賀三郎、龜井勝一郎、深田久彌、吉川英治、岸田國士、高橋健二、淺野晃、中野好夫、三好達治、小林秀雄、吉植庄亮、木村毅、加藤武雄、村岡花子、吉屋信子、富澤有為男、山中峰太郎、中河與一、齊藤瀏、下村宏。

台灣——西川滿、濱田隼雄、張文環、龍瑛宗。

朝鮮——香山光郎、芳村香道、俞鎮午、寺田瑛、辛島驍。

滿洲——古丁、爵青、巴伊科夫、山田清三郎、小松、吳瑛。

中國——錢稻孫、沈啟無、尤炳圻、張我軍、周化人、許錫慶、丁雨林、潘序祖、柳雨生、周毓英、龔持平、草野心平。

蒙古——小池秋羊、和正華、恭佈札布。

2 阿部知二、石川達三、池田龜鑑、一户務、岩倉政治、上田廣、圓地文子、小田嶽夫、尾崎一雄、尾崎喜八、魚返善雄、大佛次郎、大木惇夫、大橋松平、加藤武雄、片岡鐵兵、金子洋文、上泉秀信、龜井勝一郎、川上三太郎、川田瑞穗、川路柳虹、河盛好藏、木村毅、久保田萬太郎、窪川稻子、小林秀雄、佐藤春夫、齊藤瀏、里見弴、鹽田良平、白井喬二、田村木國、高島米峰、高田真治、高田保、高橋健二、高見順、林芙美子、富澤有為男、川田順、淺野晃、尾崎士郎、吉川英治、今日出海、伊東月草、久米正雄、菊池寬、甲賀三郎、户川貞雄、河上徹太郎、竹田復、谷川徹三、土屋久泰、土屋文明、暉峻康隆、富安風生、豐島與志雄、中野實、中島健藏、中村武羅夫、長與善郎、丹羽文雄、西尾實、野口米次郎、芳賀檀、春山行夫、濱本浩、橋本成文、蓮田善明、林房雄、日比野士郎、火野葦平、福田清人、藤田德太郎、舟橋聖二、北條秀司、丸山義二、水原秋櫻子、武者小路實篤、保田與重郎、山岡莊八、山口青邨、横光利一、吉植庄亮、吉屋信子、吉川幸次郎、淀野隆三、谷崎潤一郎。

台灣——周金波、齊藤勇、長崎浩、楊雲萍。

朝鮮——俞鎮午、崔載瑞、津田剛、金村龍濟、柳致真、（張赫宙）。

蒙古——包崇新、（青木啟）、王承琰、石塚喜久三、赤塚欣二。

滿洲——山田清三郎、吳郎、田兵、古丁〔原文為「古无」，誤植，茲訂正——譯註〕、大內隆雄。

中國——柳雨生、謝希平、魯風、陳撲、沈啟無、關露、張我軍、周越然、陳寥士、章克標、徐白林、柳龍光、陳綿、丘韵鐸、（蔣義方）、竹中郁、陶亢德、草野心平、（蘇正心）、（有括弧者表示不詳或為翻譯）。

3 日本代表——高田真治、土屋久泰、豐島與志雄、户川貞雄、北條秀司、長與善郎、阿部知二、奧野信太郎、高見順、百田宗治、土屋文明、芳賀檀、香山光郎、火野葦平。

滿洲——山田清三郎、古丁、爵青、田魯、疑遲、竹內正一、小松、他一名。

中國——錢稻孫、陶晶孫、龔持平、陳寥士、路易士、潘序祖、柳雨生、張若谷其他等。

第一次大會宣誓詞（朗讀：齊藤瀏）

當此大東亞戰爭熾燃之際，東洋全民族的文學家濟濟一堂，團結一致，向蠹害我東洋的一切思想宣戰，迎接新世界的黎明。此乃史無前例的創舉。我們作為精神的戰士深思至此，挺身而出，將向世界顯示東洋永久的生命力。時逢明治佳節，選擇此日出發是我們的光榮，我們誓以堅定的意志和勇猛完成此次大會。謹誓。

昭和 17 年 11 月 3 日

大東亞文學者大會議員代表

大會宣言（朗讀：横光利一）

為樹立大東亞精神的並徹底強化之，今能在此論其根本，共議迫在眉睫之課題，確立不移之信念，實堪稱欣快之舉。竊以為大東亞戰爭的爆發，正可促使我全東洋文學家從根本上奮起，樹立起牢固的東洋再建之決心。此乃我日本一擲乾坤之勇猛精神使然。我們將敞開胸懷在東洋的光輝傳統上仰承祖先靈魂的呼喚，誓在長久之忍耐和迷茫中再生。

為東洋的新生奠定基石，讓我們心魂團結歸一。昭告所有之敵國，如今我們正在以大無畏的精神邁進。我們要以強烈的信念和永恆的刻苦對待凡文學和思想之問題。我們將永遠把本大會的感受銘記在心，在溫暖的信愛之下，向世界炫揚東洋之無限的生命力。它的成敗將在於大東亞戰爭的勝利，全東洋的命運也在於這次大戰的勝利，我們全亞洲的所有文學家，將以日本為先鋒，生死與共為東洋迎來偉大之日而竭盡全力。謹誓。

昭和 17 年 11 月 5 日

大東亞文學者大會

第二次大會宣誓詞（朗讀：吉川英治）

如今大東亞戰爭已迎來決戰之日，東亞之荒廢迫在眉睫。我們要振奮勇猛之心，揮動消滅美英文化的最後一錘，但願光輝傳統中的東亞偉大的諸神靈保佑我們。

我們將竭盡信愛之誠，無論遇到什麼苦難，我們都將以決不退縮之志取得最後的勝利。我們已成為戰友，已成為血盟的同志。我們生死與共，為大東亞之新生完成此次大會。謹誓。

昭和 18 年 8 月 25 日

大東亞文學者決戰大會會議代表

宣言（朗讀：火野葦平）

在天空、在海上、在山林、在原野，在如今所有戰場都陷入激烈的決戰之際，大東亞圈內之文學家代表再次聚集於此，共議大東亞精神之樹立及在文學上的創造與建設。今在此達成恢復東洋之傳統與矜持，全亞洲合一的偉大構想。論證已過，惟待實踐。充滿我們心胸的決不動搖身心一致共同朝著發揚大東亞精神的方向邁進，並為此奉獻終身的信念，已凝聚成此次大會的決心。以消滅懷抱狡詐的凶器玷汙污濁東亞的美英敵人、驅逐蠻夷之精神，再建東洋，是我們共同的心願，為了大東亞戰爭的勝利和完結，我們全東洋的文學者將拿起筆和劍成為戰場上的戰士，帶著信賴，帶著敬愛，同心同德，在全新的大東亞精神引導下摧毀一切障礙，為光耀世界的大東亞文學建設團結一致。謹誓。

昭和 18 年 8 月 27 日

第二次大東亞文學者大會

第三次大會宣言（朗讀：梅娘、火野葦平）

我們這次在空襲下的中華民國首都南京召開第三次大東亞文學者大會。更讓我們深深地感受到責任，為完成大東亞戰爭，鞏固確立大東亞文化的決心，我們對以下三條宣誓。

一、我們將為提高大東亞共榮圈內各民族的文化，並為達實現其大調和貢獻力量。

二、我們要讓大東亞共榮圈內各民族的卓越的精神凝聚起來，相得益彰，並以之向著大東亞建設的共同目標邁進。

三、尊重大東亞共榮圈內各民族的歷史和傳統，昂揚大東亞民族精神。

民國 33 年 11 月 12 日〔指南京汪偽政權之年號——譯註〕

大東亞文學者大會

大東亞共同宣言和兩部作品
——《女人的一生》與《惜別》

一

森本薰的五幕話劇《女人的一生》，和太宰治以青年時代的魯迅為主人公的小說《惜別》，都是作為回應大東亞共同宣言文學作品化的要求而創作的作品。

關於《惜別》，在筑摩版《太宰治全集》的解說中，說它是「受內閣情報局和文學報國會的委託創作的長篇」。大致說來這樣介紹也未嘗不對，但是從太宰這一方來說，它未必只是「受委託而創作的」作品。應該說他是按照他的所謂戰爭時期的文學這一概念來思考、並朝著照此概念重新塑造自己的方向從事創作的。從結果來看，也許他根本無力駕馭此素材，所以只是完成了「自我滿足的」膚淺之作。但是，《惜別》在太宰治作品系列中所佔的位置，如果把所謂「自我滿足的」的作品這一點拋開，可以說它確實反映了太宰治為向戰後邁進所付出的努力。雖然遊記《津輕》成功了，但小說《惜別》卻失敗了，這似乎說明了太宰治文學界限的象徵性問題。雖然如此，在到現在為止的關於太宰的評論中，《惜別》確有一些被不適當地輕視的傾向。原因之一，可以說是由於沒有如何評價戰爭時期的文學的標準。即使在戰爭時期，作家也要生存，也要創作，而且付出了與之相應的努力。以「不毛」二字將這些一筆勾銷，不僅是危險的，而且還有可能導致連戰後文學的應有方向都會被曲解。說起戰爭時期的文學，便會提到「不毛」。我以為這樣的評語不宜絕對化地使用。因為，如果認為這一時期的文學屬於「不毛文學」，那麼就不得不將戰後文學直接嫁接於昭和初年，即昭和第一個十年，並由此形成戰後的民主主義文學乃是直接繼承了舊普羅文學運動這樣一種錯誤觀點。因此也就不能正確把握文學者是如何認識 1941 年 12 月 8 日的，同時也就不能正確把握他們又是如何為 1945 年 8 月 15 日所囚困。我不認為戰爭下的文學是不毛文學。作為結果，倘若不毛文學的產生其來有自，那就應該把不毛本身作為對象，研究它與日本近代文學在本質上的脆弱性是如何連在一起的。文學者的戰爭責任論只是被公式化，非文學化地提出，而並未作為日本文學者所擁有的文學主體的軟弱性加以展開，不能說這與用 8 月 15 日之後的積極文學觀來看 8 月 15 日以前的負面文學時，總有一種較強地認為兩者互相斷絕的傾向，從而不能正確地看到兩者相關聯的部份這一點毫無關係。《惜別》和《女人的一生》的創作雖然都是作為「受文學報國會的委託」開始的，但就森本與太宰身為作家從事創作而言，兩者卻都是矚目於戰後的作品，所以對此過程我不能不認真地加以追溯。

大東亞會議於 1943 年 11 月 5、6 日兩天在帝國議事堂舉行。

日本、「中國」〔指汪偽政權——譯註〕、泰國、「滿洲」、菲律賓、緬甸等6方面代表分別為東條英機（總理大臣）、汪精衛（國民政府〔南京〕行政院院長）、汪瓦塔雅昆（總理大臣代理）、張景惠（國務總理）、拉烏雷爾（總統）、巴莫（總理大臣）等六人。當時逗留東京的「自由印度臨時政府」主席錢德拉·博斯以「列席」的形式參加了會議。

大會的第一天，各國代表的演講由東條的「帝國政府對完成大東亞戰爭及建設東亞共榮圈的基本見解」開始，汪精衛藉孫文的大亞洲主義，強調了他的「讓反逆的重慶覺醒」。汪瓦塔雅昆發表了祝願日泰兩國「為了共通的利益、齊心協力以達成共同的目的」。張景惠誓言日滿兩國將保持相互永久的道義國交。拉烏雷爾發表的東亞共榮圈之根本理念是「承認各構成國的自由自主，以此為基礎的共存共榮」，才是取得戰爭勝利的根本道路。接著巴莫強調了所謂「東亞的新秩序和經濟組織是以正義、和平及共榮為基礎的，必須使之立於全亞洲的一體一家主義思想之上」①。翻閱當時的報紙，令人詫異的是所有報導均未注明大會第一天的場所。到了大會的第二天即大會的結束日，才開始出現一般性報導。1943 年 1 月 6 日的《朝日新聞》煞有介事地寫道：「在大道義之下聚集起來的歷史性的大東亞會議迎來了第二天，光榮的會場也第一次摘下了它的面紗」，也許當局的警戒確實是那麼的森嚴。這暫且不提。我想說的是，現在再一次閱讀當時的有關報導及相關文章，看到的只是代表們空虛的演講和無力回天的情形。

特別是東條英機、汪精衛、張景惠等人的發言尤甚。「正確地認識領導者時，誰能不為美麗的詞藻所迷惑……最重要的不是言辭而是潛在言辭背後的精神。」這句話並不是進步學者論及大東亞會議時的言論，而是當時大日本言論報國會顧問白鳥敏夫針對美英的「謀略標語」的批判。然而這句針對美英共同宣言的批判，原原本本地拿來，竟是如此地完全適合日本，適合與日本一道參加大東亞會議的各國代表們的演說。語言實在是方便的。它因了這種方便才得以穿上華麗外表在此次大會上肆意橫行。

大會在全場一致同意通過「大東亞共同宣言」後落下帷幕。讀一下宣言的全文，恐怕即可明瞭此次會議的目的與性質。

世界各國要相互扶助，共有萬邦共榮的幸福乃是確立世界和平的根本要義。

然美英僅為本國之繁榮，壓迫其他國家、民族，尤其對大東亞施以無止境之侵略與榨取，以實現其使大東亞隸屬化，徹底顛覆大東亞安定之目的。大東亞戰爭之原因蓋源於茲。

大東亞各國聯合起來，將大東亞從美英的桎梏中解救出來，實現其自存自衛，基於以下綱領建設大東亞，以期確立世界之和平。

——大東亞各國聯合起來，以確保大東亞之安定，在道義的基礎上，建設共存共榮之秩序。

——大東亞各國相互尊重獨立自主，弘揚互助敦睦之果實，以確立東亞之親和。

——大東亞各國相互尊重各自傳統，發展各民族的創造性，以光大大東亞之文化。

——大東亞各國在互惠的原則下緊密合作，謀求經濟之發展，增進大東亞之繁榮。

——大東亞各國尊重與萬邦之交誼，廢除人種之歧視，增進文化之廣泛交流，開放資源，為世界之進步做出貢獻。

10 月 19 日在莫斯科舉行了美、英、蘇三國外長會議，對發展聯合國憲章，在歐洲結成第二個戰線，以至對戰後的處理方案均進行了實質性討論。我們從「美英之敗若揭，三國會談表明歐洲主導權已喪」的報導與報導大東亞會議開幕消息的「結集十億人之全力，保衛東亞之勢已然形成」前後見諸報端這一事實，也不難瞭解此次大東亞會議在當時的歷史上意味著什麼。其時，實際上義大利已從軸心三國掉隊，日本從瓜達爾卡納爾島「轉進」以來，戰敗的色彩亦已漸濃，太平洋海域內的苦戰亦處在步履維艱的境地。因戰局的膠著狀態而深陷於焦慮的日本領導者，即使是表面化，也不得不開始實行東條首相在開戰當初，於第七九次議會上提出的共榮圈建設方針。也許換句話說，為了掩蓋敗勢，東條「大東亞的各國及各民族行動起來，各在其所，以帝國為核心的道義為基礎，建立共存共榮秩序」的重大策略受到特別的注目，更為合適。

8月1日緬甸獨立，8月20日日本和泰國締結了關於領土擴張條約，9月25日緬甸新領土擴張，10月14日菲律賓獨立，9月5日日本參與印度尼西亞政治，10月21日自由印度臨時政府誕生等一系列臨時網羅成員的情形，均說明徒有其表的「大東亞共榮圈」的具體化確實是在不斷地進行。大東亞會議可以說是這種具體化的集約性表現。從亞洲各國聚集而來的代表們，可以說不過是唯命是從的傀儡而已。只是日本人没有給他們貼傀儡標簽的資格，有權利指責他們的只有戰爭中受日本人統治的亞洲民衆。擺脫資本主義列強的亞洲解放，是包括日本在內的全亞洲民衆的民族性課題。其中，日本在現代化方面有所保留地獲得了成功，從而把社會的許多矛盾向外轉移，在聲稱亞洲解放的同時，不斷地實施軍事上、經濟上的侵略。對亞洲諸地域的民衆而言，日本的登場可能只是新的奴隸統治者取代了舊的奴隸統治者，而這新的統治者卻又如此狡猾至極地口口聲聲在談奴隸解放。因此，毫無疑問，人們當然會面臨勝於以前的困難。在敗勢日漸清晰的1943年，認為日本法西斯主義能實現並永遠繁榮的代表是否真的存在？我不能想像聚集在那裏的代表寄予會議的願望都是相同的。

日本的侵略和納粹德國的侵略，雖然只是形式上的問題，但在不得不採取的不同形態的背後，存在著日本在亞洲所處的位置這一明顯的原因。在日本，20世紀神話乃是「從亞洲全域驅逐掃蕩侵略勢力——美英兩國稱霸世界的妄想」，取而代之的即是以日本為盟主，根據「宇」〔即，八紘一宇——譯註〕的意識建設的「大東亞共榮圈」。為此，甚至割裂岡倉天心和孫文的話，作為與原本精神無關的詞語，為東條派「共榮圈」構想的動員所用。但是讀了巴莫、博斯的演講，也不難發現他們在出席這種由日本法西斯主義一手包辦的會議的同時，也提出了被壓迫民衆的要求，並微妙地涉及到各自的民族性課題，對大東亞大會寄予著與東條的方針不同的願望。

博斯就大東亞大會強調說，「那既不是犧牲弱小國家的陰謀、計謀的會議，也不是欺瞞弱小鄰國的會議，此次會議乃是被解放的各國人民的會議，即在正義、主權、國際關係之下，本著互惠主義及相互援助等尊嚴的原則，在世界的此一地域創建新秩序的會議」，並以共同宣言乃是「東亞各國民的憲章，更祈望它也能成為全世界被壓制國民的憲章」結束了發言。巴莫也說道，在以前進行的推翻英國的全國性運動中，緬甸的一個個村莊被燒毀、婦女兒童被虐殺、有志之士被投入監獄、被絞殺，屢遭失敗。這一千六百萬人未能完成的事業，倘若有亞洲十億民衆團結一致，將一定會成功。這個問題，即使在日本法西斯主義降服之後，也是仍然存在著的課題。即使在大東亞共榮圈的構想不過是侵略行為的詭辯已被暴露的今天，其根源作為仍未明瞭的問題依然存在。

日本說過「亞洲的解放」，因此，忘記這件事再次說「亞洲的解放」是不可能的。不能因為東條死了，就把大東亞共榮圈當作夢境般的故事忘卻。即使東條死了，他留下的債務還存在著，因為侵略的方針曾向這種構想移動，「亞洲的解放」也就因此不能不加倍地成為我們的課題。然而在現實中它並沒有向那個方向發展。8 月 15 日對日本來說雖然是結束日，但在亞洲的其他地域，解放事業仍在繼續。但這已不僅是單純的延續，應該看到，這是以此為契機開始的新的發展。總之，它並沒有結束，因而，才有就沿著延續下來的部分，在文化方面對日本的戰爭責任論加以重新討論的必要。我打算就作為大東亞共同宣言文學作品化的作品《惜別》和《女人的一生》來挖掘這種關係。

二

日本文學報國會雖然已經舉辦了兩次大東亞文學者大會，但大東亞共同宣言一發表，日本文學報國會的機關報《文學報國》就發行了特刊號，決心實現宣言中提到的大東亞建設要領，召開了小說、詩歌、短歌、俳句、戲文、漢詩漢文等各分會的幹事會，並根據仔細討論的結果整理了文化協力方案。

小說分會以五大原則為主題，決定「創作、發行構思規模宏大的小說，向大東亞各國國民宣傳皇國的傳統與理想，滲透共同宣言的偉大精神」，並選定白井喬二、尾崎士郎、户川貞雄、木村毅、福田清人、日比野士朗、濱本浩、富澤有為男、深田久彌、竹田敏彥、久米正雄、中村武羅夫、加藤武雄、吉川英治、甲賀三郎、真杉静枝、林房雄、火野葦平、鶴見祐輔、菊池寬、片岡鐵兵、海野十三、山岡莊八、岩田豐雄、山中峰太郎等人為候補執筆人。

戲劇文學分會也遵循同樣的宗旨，作為文化協助方案，開始著手以五大原則為主題的戲曲、腳本創作及其上演、上映。執筆預定者推選了武者小路實篤、久保田萬太郎、高田保、金子洋文、八木保太郎、野田高梧、北條秀司、中野實、八木隆一郎、岡田禎子、知切光歲、川口一郎等人②。評論隨筆分會、短歌分會、俳句分會、漢詩漢文學分會也都根據宣言的宗旨執筆，通過各機關向國民廣泛宣傳基本理念，動員文學報國會的所有機能舉行朗誦、吟誦等活動，決定「向大東亞十億人民乃至全世界宣傳大東亞建設要綱的精神，為宣揚皇道文化而努力」，並打算為它的具體化而竭盡全力。

古典文學分會在此稍後，於12月初召開了協商會，商討了關於與五大宣言相對應的舉措。古典文學分會在當時有什麼樣的決定，因缺少資料，已無從得知，但根據議事經過概要推測，是以實施五大原則為「古典精神的重生」，制定了使流傳於歷史傳統和文學遺產中的思想明確化，追求振興國學之大路，立足於指導國民精神之前列的實施方案。在各分會制定實施方案，著手具體化的過程中，因小說分會尤為活躍，於是在11月14日的幹事例會上，專門討論了「小說分會關於大東亞五大宣言的對策」。正式商定，指定作家以五大原則為主題執筆創作五部小說，資料由情報局斡旋，執筆候選人的選定由幹事長全權負責。

從幹事會商定事項中「資料由情報局斡旋」一條中可以看出，文學報國會的五大原則實施協力方案並非是文報的獨自提案，它應該是當初情報局背後支援的產物。也許是情報局認為全權委託文報運作未必會如願實行，故於11月24日，文報各分會主要成員再次聚會共謀徹底普及之策。此次會議文報方面有西條八十、白井喬二、谷川徹三、尾崎喜八、尾崎士郎、鹿兒島壽藏、松根東洋城、岡田禎子、金子洋文等共45人出席。大東亞省總務局長竹內新平、調查官太田某、情報局第五部第三科（文藝）長井上司朗就五大原則的意義進行了詳細說明。言論報國會在此之後不久，也以徹底普及五大原則為目的作出了一些舉動。也許是天羽情報局總裁尤為重視通過思想言論活動來普及、張揚五大原則，因為我們還可以看到，當時還有預定邀請35名評論家、學者、思想家，於總裁官邸準備就五大原則根本意義進行說明的報導③。

在這些分會中行動最遲緩的好像是外國文學分會。在1944年1月1日的《文學報國》上，以「面向決戰文化建設之戰，各分會充滿鬥志的布陣」為題，刊登了文報各分會的新年祝詞，但與代表詩歌、古典文學、評論、俳句、漢詩漢文各分會的川路柳虹、柳田泉、河上徹太郎、伊東月草等人，從各自不同的立場談論大東亞宣言的作品化、完善大東亞文化的原有基礎以及與共榮圈各民族的文化交流等問題所表現出的積極熱情相反，外國文學分會常任幹事織田正信就「即使到了完全不能發表的時候，也要有毫不動搖的覺悟」而再三強調，「時代的風潮很有可能使『外國』傳來的東西喪失糊口的資本」，但絕不能讓外國文學研究的火種熄滅的話，給我留下了極深的印象。尤其是關於一位研究外國文學的學生在出征前，用送別時得到的錢去買高價的外國書，並笑著說「回來再讀」那一段，跟其他分會虛張聲勢的新年所感相比，確實是吐露真情的一段描述。況且在外國文學分會中，專攻德國文學者和專攻英國文學的織田正信等人之間，恐怕也存在著明顯的溝壑，因此認為「不緊不慢」的外國文學很有可能從五大原則的實施對策中被甩開的說法，也應該不是捕風捉影。然而，外國文學分會並非沒有進行宣揚大東亞共同宣言的活動，在稍晚於其他分會的 2 月 14 日的幹事會上，他們也討論了這個問題。此後似乎是承擔了向各國翻譯、普及宣傳宣言作品的工作。

如果可以順便提一下的話，那就是平野謙。他對 1943 年進行了總結，其中既未涉及大東亞文學者大會，也未涉及大東亞五大原則的文學作品化動向，而僅談了島崎藤村的死和文化學院的解散儀式，並且肯定地說 1943 年度最大的事項乃是「文壇的解散這一事實」。作為文學者這種態度實非一般。

1944 年元月，小說分會即匆忙舉行了由希望執筆者大約 50 人參加的協商會。1 月 20 日的《文學報國》上記載為 2 月 3 日下午 2 點，恐怕是 1 月 3 日的誤記。會議在麴町的社會事業會館舉行，成員中包括有數名情報局的事務官參加。機關報記錄的參加者名單是湊邦三、平野零兒、立野信之、張赫宙、荒木巍、小田嶽夫、太宰治、船山馨、大林清、山中峰太郎、柴田賢次郎、倉島竹二郎、長谷川幸延、間宮茂輔、白井喬二、庄司總一、大江賢次、竹田敏彥、藤森成吉、芝木好子、辰野九紫、伊藤佐喜雄、川端康成、户川貞雄、保高德藏、貴司山治。如果所說的希望執筆者約50人是正確的話，那麼除這些人以外，還應有20幾名作家參加。所以只把列舉的這些人作為問題的對象是行不通的。相反，與其在此研究誰希望或誰不希望執筆，倒不如瞭解竟然有這樣多的人願意參加，或者弄清楚與最初預定的執筆者多少有所變動這些事實更有意義。特別是太宰治的名字在最開始的時候並未見到，他是直到1944年1月才在報導中出現的，讓我們先記住這一點。在白井喬二幹事長關於到此為止的工作報告之後，會議進入討論議程，並產生如下決議。

——因希望執筆者衆多，請所有希望執筆者把小說的梗概和創作意圖以兩到三張稿紙提出，在梗概審查之後，最多不超過10人將接受本會的執筆委託。

——篇幅在稿紙400頁左右，共10部，1人1部。

——審查委員會是由希望執筆者以外的權威性文學者及政府相關官員組成。

——執筆者方對審查委員的希望為：

(1)對於主題請考慮盡量不拘泥於五大原則的分類。

(2)請考慮作品以共榮圈內哪個國家為對象。④

戲劇文學分會也在2月6日，就宣言的戲劇化問題在幹事會進行了更詳細的討論。也許是由於報名的希望執筆者沒有小說分會那樣踴躍，5月17日分會面向所屬全體會員郵寄了1944年度機構的新構成人員的決定報告、和關於參加戲劇創作的申請信。申請信是以戲劇文學分會會長（武者小路實篤）的名義寄出的兩頁草紙。我們不妨引用一下與大東亞五大原則戲劇化相關的部分：

作為大東亞復興途中的歷史性偉績，將已闡明的大東亞五大宣言戲劇化，對其意義，想必會員諸位都均持有同樣認識，在此無庸多作詳細說明。為了實現此遠大理想，在下切望諸位劇作家竭盡全力。形式、內容、時間等，悉聽尊便。倘能貫穿五大原則全部內容實屬上乘之選，然取原則之一項以為主題，亦屬無妨。

此外還詳細寫道，雖在形式上自由，但在此時局下務請特別考慮能立刻上演之內容，望儘早告知創作所需時日，並請同意將執筆報酬全權委託分會。

此時在戲劇文學分會決定的機構新構成人員中，森本薰首次被推選為文報劇文學分會的幹事。以上引用的劇文學分會的執筆申請信是寄給久保榮的。由此事實推斷該申請書大概寄給了戲劇文學分會的所有會員。久保對此當然未予理睬。但反過來，從保存這些單張油印資料或可以想像他曾是如何打算在戰後以怎樣的形式展開他的戰爭責任論的。對久保來說，8 月 15 日絕不是終結。這裏有一雙不肯把 8 月 15 日看作終結、始終凝視著歷史的雙眼。久保保存這些如同廢紙的申請信這一事實，可以說是研究久保戰中和戰後的思想時不容忽視的問題。

關於五大原則的文學作品化問題，後來因有文報改組、文學總崛起大會、勤勞動員等活動，一段期間裏機關報上的相關報導變少了，再次成為話題是 1944 年終。小說分會從希望執筆者的 50 人中選擇 10 人左右委託作家的工作也未見進展。但到了 1944 年末，終於決定委託以下作家。1945 年 1 月 10 日的《文學報國》報導了當時的詳細內容。

小說——

「共同宣言」貫穿全部內容　　大江賢次

「共存共榮」原則　　高見順
「獨立親和」原則　　太宰治
「昂揚文化」原則　　豐田三郎
「經濟繁榮」原則　　北町一郎
「世界進步的貢獻」原則　　大下宇陀兒

戲曲——

通俗劇　　關口次郎、中野實、八木隆一郎
話劇　　久保萬太郎、森本薰

這 11 名受委託的作家想以怎樣的意圖回應五大原則的文學化？在這些人中好像也沒有投機時局的感覺。至於沒挑選火野葦平、日比野士朗等人而選擇了以上人選，可能是情報局或大東亞省的深謀遠慮。在最初受委託的這些作家中，實際完成創作的好像只有小說方面的太宰治和戲曲方面的森本薰。其他作家是有意識地迴避或拖延執筆，還是雖已完成創作但未出版或上演，已不得而知。

太宰的《惜別》完成於 1945 年 2 月，而出版是在戰爭結束後的 9 月由朝日新聞社刊行。森本的《女人的一生》也是在 2 月中旬完成。原預定於 3 月在國民新劇場（築地小劇場）上演，因空襲劇場被燒毀，於是轉年的 4 月才在澀谷東橫電影院上演。導演是久保田萬太郎，公演共五天。正如太宰的《惜別》是在空襲下完成的一樣，森本的《女人的一生》也是在空襲警報聲中上演的。大東亞共同宣言的文學作品化開始於 1944 年 11 月，直到 1945 年春，才幾經周折終告完成，規模也從當初的設想大大地縮小了。《惜別》和《女人的一生》就是在這種情形下誕生的象徵性文學。這是我們從作品表面看到的情況。然而，我們似乎更有必要傾聽一下它們內側所實際包含的另一種聲音。對太宰來說周樹人意味著什麼，對於森本來說布引圭、堤榮二又意味著什麼。

有些隱藏在其中的東西難道無從得知嗎？

三

> 不錯，《惜別》是受內閣情報局和文學報國會的囑託而創作的小說，然而即使沒有這兩者的囑託，我也曾想過什麼時候寫這樣一本書，並搜集了有關材料，它其實是我構想了很久的一部小說。

這是太宰寫在該書後記中開頭的一段話。創作《惜別》的構想到底始於何時？據小田嶽夫〈在準備《惜別》的時候〉⑤所言，從龜井勝一郎的談話中得知，太宰早就讀過小田 1941 年出版的《魯迅傳》，據此可知他對於魯迅的關心大概是從那段時候開始的。從 1942 年到 1945 年，太宰和普通民衆一樣體驗了那一段「非常時代」。經歷了諸如一天三次點名的竹槍突擊強行訓練、曉天動員等等，以及「在那間隙裏寫的小說發表之後，竟招來了被情報局盯視的流言，1943 年稿紙 200 頁的《右大臣實朝》發表後，竟有卑鄙的「忠臣」將其讀為「猶太人實朝」，說太宰把實朝當成了猶太人云云，惡意地以我為非國民進行彈劾」（《十五年間》）等等窘況。因此，他在《文藝》上的《花火》（1942 年 10 月）發表後，即以不合時局為由而被全文消除。1943 年 6 月預定在《改造》上發表的短篇《花吹雪》也未能刊登。當年秋天由小山書店預約創作的長篇《雲雀之聲》（200 頁）由於擔心通不過審閱，也未得付梓——這就是他戰爭時期的四年。

> 但是，我沒有停止小說的寫作。我想如果那樣，無論如何一定要把寫作堅持到底。這已不是道理，而是莊稼人的倔強⑥。

他自己是這樣說的。「和中國的戰爭沒有止境。一般的人已經認為這場戰爭已毫無意義了。然而，一轉換，敵人變成了美英」。「大本營的將軍們在認真地教所謂每況愈下這個詞語。好像並非幽默。但是我卻無法不笑著説出這個詞。雖然將軍們獎勵所謂無論如何也要把戰爭進行到底這首歌，但終不能使其流行，甚至連民衆都好像恥於開口」，「轉進——這個能讓人聯想到滾來滾去的球的詞語也被發明了出來」，「天王山已向各地轉移」。〔天王山：位於日本乙訓郡大山崎町。1582 年豐臣秀吉與明智光秀在此決戰，史稱山崎之戰。豐臣率先攻戰天王山，打敗了明智光秀。以後天王山常用來比喻勝負的轉捩點。——譯註〕這些話均選自太宰於戰後所寫的《苦惱的年鑒》，同樣的批判還有很多。他憑「莊稼人的倔強」度過了那個苦難的時代。他以「無論如何一定要把寫作堅持到底」的韌性，以創作小說的筆，通過對被拋向滅亡的時代猶徒然開花的實朝的世界的描寫，表達了自己的「祈盼」。一個 17 歲的將軍一邊説「平家是充滿光明的」，一邊又自問「充滿光明就是回光返照嗎」，這是否就是太宰自己充滿苦澀的責問。「我現在，好像是乘上了一列疾駛列車。這列車將開往何方，我不知道，並且也沒有人告訴我它將駛往何方。列車在飛馳，在轟轟作響地飛奔」，那列車就是日本。他正被列車載著不知奔到何方。只有向失敗疾駛的列車聲，讓太宰的肉體感受著一種可怕震動。他在那裏唱著自己的歌。「生活是什麼？」「是忍耐空寂。」太宰所有的就是這種韌性。他以這種對空寂的忍耐蟄居於日本戰敗的「不祥預感」之中。然而，他也並非置日本的去向於不問而任由列車疾駛。「把列車的去向交給志士吧。『慢著』兩個大字突然閃亮在我的額前，但要等什麼我卻不知道⑦。」在當時的日本，從將軍到士兵自稱憂國志士者實在太多，太宰在此使用「慢著」一詞，是因為他預感到，與那些志士操縱的運行方向不同的運行規則就藏在什麼地方。在那種不可名狀的期待中，包含著他對新時代的思考。為此，我想把太宰的中期作品《津輕》和《惜別》作為「期待文學」來讀。

文報在發表五大原則作品化方案的開始，太宰治並沒出現在希望執筆者的名單中。到 1944 年 1 月，在希望執筆者中出現為止，我也沒有找到太宰有心理準備接受文報的委託的證據。1944 年 1 月 30 日他在給山下良三的信中寫道：「新年之際，文學報國會分派下來了把大東亞五大宣言小說化的難題，我想這也是為了國家，就先放下了其他工作，很花了一些心思。」這是現在保留下來的他的最初的動向。前面提到的文報戲劇文學分會寄給久保榮的徵求信是 5 月 17 日，從機關報等的報導來推測，恐怕是小說分會要比戲劇文學分會的動作積極，1943 年徵集的希望執筆者大大超出了預想的人數，為了對應徵進行重新審查，才於轉年 1 月 3 日又匆忙地再次召開了協商會。要求 50 多名應徵者以 2、3 頁稿紙提交出作品梗概和創作意圖，而在戲劇文學分會，僅就寄給久保榮的約稿信來看，並沒有這種繁瑣的審查要求。可能是戲劇文學分會沒有那麼多的應徵者。太宰的信中是「分派下來的難題」，而在文報機關報的報導中，卻是從徵集的自發應徵者眾人中選擇了數名。這可能就是後來一般所認為的「受內閣情報局和文學報國會的委託」。

按照分會的決定，太宰很快就將作品梗概與意圖整理為 5 頁半的〈《惜別》的意圖〉提交了出去。據該文可知，這篇以日本留學生魯迅（周樹人）為主人公的作品，打算從 1902 年，當時 22 歲的周樹人抱著「重建疾病瀰漫的祖國的理想」，以學醫為目的渡日留學，從橫濱登陸開始寫起。接著是周樹人在仙台學習醫學專業，曾受到 2、3 名日本人的欺負，但自從結識了難得的良師益友藤野先生後，「才漸漸開始真正地理解了日本」，開始全神貫注地觀察日本人的生活，並進而「追溯到天皇關於教育的詔書及給軍人的詔令，開始研究日本的清潔感」。周最後得到的結論是，祖國中國的危機乃是「在於喪失理想、因循怠惰、傲慢而可怕的心理疾病」，於是他抱著文藝救國的想法重新回到了東京。「本書的意圖在於，對中國人既無藐視，亦無奉承，僅欲以所謂樸素、獨立、親和之態度，公正、同情地描繪青年周樹人。讓當代中國的年輕知識份子通過閱讀此書，也抱有日本也存在著同情中國人的感懷，使之對日中間的全面和平發揮勝過百發炮彈的效力」。

太宰接受這項工作後立刻拜訪了小田嶽夫，並借走了改造社版的《大魯迅全集》⑧。與太宰素有交往的小田還把實藤惠秀連載於《日華學報》的〈日本留學生史〉等寄給了他。太宰在資料收集中遇到什麼困難一直是與小田商量，小田對太宰的工作也始終給予了積極的幫助。基本準備結束後，為了調查仙台時代的魯迅，太宰於 12 月 20 日啟程去了仙台。雖然從東京帝大的小野清一郎那得到了給東北帝大法文學部部長的介紹信，但與法學部長的會見並沒有太多的收穫。太宰好像難以接受這種官腔似的對話。他通過河北新報出版部，從舊報紙入手，尋找日俄戰爭時期關於魯迅的資料，對那個時期的思潮、世貌風俗等凡認為有必要的東西都做了筆記。當時在河北新報出版部，協助太宰收集資料的村上辰雄描述說，「好像輕易找不到直接跟魯迅有關的資料。只找到一條關於仙台醫專的全體學生去松島郊游的三行報導，他就好像抓到了大線索一樣得意非常」⑨。為了追尋留學生魯迅的蹤跡，太宰去過收容蘇聯俘虜的廣瀨川的川原、魯迅曾住宿過的看守所對面兼辦囚人飯食的客店（佐藤屋），甚至無一遺漏地調查了老咖啡店、飲食店以及劇場等的廣告，訪問了魯迅的同班同學。

返回東京是 12 月 25 日，1 月開始動筆。前一節提到的 1945 年 1 月 3 日文報主辦的「大東亞共同宣言五大原則的理念」會上，太宰作為受委託作家之一出席了大會。1 月 10 日號的《文學報國》上刊登了當時太宰僅有三行的發言，其中他問道：「東亞各國以何種政體獨立都不過問嗎？」僅看這句話，我們無法理解太宰的疑問的意圖，但夾在大串兔代夫、小野清一郎等就這些理念的神話般的發言中的這幾行，總會讓人覺得有些異樣。太宰的疑問是基於拉烏雷爾提出的「承認各構成國的自由自主」等話而提出的。對此大串一定會有這樣的回答，「我認為這是個性而不是共性問題，所以政體是自由的，但這並不是分裂，而應該是合作性的問題。所謂主權的觀念也許可以在行政上予以劃分，不過在精神、文化基礎方面應該是共通的，必須是相溝通的」。這似乎都在預料之中，所以太宰的疑問仿佛另有所指。太宰是按照他自己的方式，以《惜別》的第一主題「獨立、親和」的概念從事創作的。

在《惜別》即將動筆之前，太宰得到了竹內好的作品《魯迅》。竹內在該書出版之前即已出征了。也許是在出發之際竹內已拜託出版社將書寄給太宰，所以書寄到太宰的那裏時，附有「受著者委託敬贈閣下」的便箋。太宰和竹內通過《魯迅》相識似乎是命中注定的。在戰爭中「相當喜歡」太宰文學的竹內，把自己的處女作贈送給了太宰。也許竹內已經得知太宰要以魯迅為題創作長篇的事情了。太宰這樣寫道：

> 在書的跋裏，這位支那文學的英才早就喜歡讀我的拙劣小說實在是意外，這讓我感到狼狽，讓我汗顏，但也因此奇緣而振奮，催我如年輕人一般鼓起幹勁開始創作⑩。

太宰在讀竹內的《魯迅》之前，已基本勾勒出了他的周樹人的形象，然後在此基礎上進行了調查研究。當初魯迅的形象恐怕應該與小田獄夫在《魯迅傳》中用明確的粗線條勾勒的魯迅比較接近。但讀了竹內的《魯迅》，太宰知道了還有另一個魯迅存在。也可以說是他對魯迅的知之未詳的擔心。竹內用自己的語言講述了支撐魯迅行動的內心的掙扎與痛苦。竹內好的《魯迅》，在講述魯迅的犀利的同時，也充滿了一種要誘發表述自己的欲望的不可名狀的魅力。太宰將這一點對比小田嶽夫的《魯迅傳》有如下的說明：

> 小田氏創作了《魯迅傳》這部猶如春天的花朵般甜美的名著，但在我打算開始寫這部小說的前夕，竹內好氏把他剛出版的，如同秋霜一般沉重的名著《魯迅》出乎意料地惠寄給了我。

猶如春天的花朵般的甜美，如同秋霜一般沉重，這種太宰式的認識和表達，準確地抓住了兩部著作各自的短長。在太宰打算「如年輕人一般鼓起幹勁」的同時，他不可能没有感受到一種困惑。他關於魯迅的知識在得到竹內好的《魯迅》之前實在太貧乏了。他改變了在此之前一直打算沿著留學生魯迅的軌跡來寫的構思，而把它作為一位在仙台醫專時代曾是魯迅同班同學的老醫生的回憶——作為日本人眼中的清朝留學生的形象——來處理，我想這裏面肯定有上面那樣一個演變的過程。這樣他在仙台訪問過的魯迅的同班同學的回憶也就派上了大用場。太宰在此瞬間放棄了追尋作為魯迅的魯迅，難道不是決定要假託魯迅講述自己嗎？他受竹內的《魯迅》中其自身執筆態度的觸發，和竹內當時一定要把魯迅寫出來的意識所驅使，卻對作為對象的魯迅的意義——對於竹內來說魯迅的分量——置於不顧。竹內戰後復員歸來讀了《惜别》，坦白地說道：「太令人失望了，自我滿足而已，僅此而已。」

> 而且，徹底地無視魯迅所寫的文章，與其說是僅憑作

> 者主觀捏造出的魯迅像，倒不如說是作者的自畫像。譬如書中的魯迅稱讚儒教什麼的，就算沒讀過留學時代的魯迅的文章，他晚年的文章，也清清楚楚地寫著因為要抵抗儒教秩序才到日本留學，對此硬是視而不見。我不同意創作這篇作品時的環境強迫作者歪曲的說法。因為作者並沒有歪曲的打算⑪。

在太宰向文報和情報局提交的〈《惜別》的意圖〉中，他寫到，「毫不觸及晚年的魯迅，只打算描寫作為一個多愁善感的年輕的清朝留學生『周先生』」。在魯迅的精神史方面，是否注意到赴日本留學乃是一個重要的轉機，如果正確地抓住了這一點，就必定會意識到，以這種形式「描寫作為一名清朝留學生的『周先生』」是錯誤的。小說裏的並不是留學生周樹人，而是太宰受到傷害的青春寫照。關於那個太宰、太宰描寫的魯迅和歷史中的魯迅三者的比較，因已另外詳細地討論過，此處只強調以下幾點⑫。

太宰錯誤地以為描寫從前的自己——受到政治傷害的青春，可以使《惜別》的內容更豐富。這雖然是由於他對魯迅的瞭解水準的不高造成的，但實際上，也是因為魯迅所處的政治與文學問題跟太宰所處的政治與文學確實是斷然隔絕的。太宰對魯迅的仙台之行僅僅解釋成「類似於對自我厭惡的反抗」。太宰的苦難充其量是太宰本人的問題，跟魯迅掙扎、意欲擺脱的痛苦相去甚遠。太宰和魯迅雖受挫於同樣的政治問題，但卻相去甚遠地提出了各自的問題。這些與太宰在《惜別》的第一版的後記中所寫的「情報局也好，報國會也好對我的寫作未發表一句煩人的注意之類具有約束性的話」，「而且當我完成此作提交後，它也是原封不動，未經一字半句的更改就通過了」等情形並非沒有一點關係。

太宰的《惜別》採取的是手記的創作形式。東北地區某一鄉村的一位開業老醫師因不滿地方新聞的採訪報導，於是有了重新整理手記的想法。主人公「我」是一名從某鄉村中學來到東北第一城市仙台的學生。總覺得自己是鄉下人的「我」，天天抱著這種劣等感走進學堂。某日的松島旅行，他認識了唱著走調的歌曲的留學生周樹人，彼此的劣等感得以淡化，開始成為朋友。以後猶如《藤野先生》所述的主要情節，記述了從幻燈事件到離開仙台的經過，其間登場的周樹人，怎麼看都只是一個屬於太宰意趣的人物形象。作品中的魯迅一會兒說 Einsam（孤獨）一會兒說 Silentium（沉默），談話時總是夾雜些半生不熟的德語，是個並不招人喜愛的學生。特別是對「做作」一詞感悟頗深，說「日本的美學實際上很嚴酷」一節的描寫，可以說完全是一個活生生的太宰。還有，讓他把日本的愛國心說成是「太過天真」，這不也是太宰自己的意趣嗎？太宰把魯迅描繪成了一個樂於享受東方的孤獨，文人味十足的人物。在表達魯迅的情感時常用的諸如憂愁、孤獨、寂寞等，在太宰的筆下竟成為現成的詞語，相反對把魯迅的情感逼向那裏的轉換過程卻付之闕如。具體的例子可以說不勝枚舉。

> 這場戰爭其起因也是支那的無力。但凡支那有統治自己國家實力，這場戰爭也肯定不會爆發，這看起來完全就像是為了保全支那的獨立而請求日本發動戰爭似的，這樣想想，對支那來說，這難道不是很不光彩的戰爭嗎。

太宰讓青年周樹人如此評價日俄戰爭，實際上這也就是太宰對太平洋戰爭的看法。但是，太宰並不是如此認識中國的。書在再版時果然刪除了「這看起來完全就像是為了保全支那的獨立而請求日本發動戰爭似的」這部分。但他實在不應該以為這種程度的刪除就可以通行於戰後的日本，而且也確實不應該把它當成是魯迅說的話。例如讓魯迅解釋日本式「忠孝」的本義、從魯迅的口中說「日本具有國體的實力」，甚至最終讓魯迅出入教會，口口聲聲「愛人如己」、「孔孟之學不可輕」。如果讓我們通過這些理解太宰可能更有意思，但它卻歪曲了魯迅的形象。

不可否定，太宰之於魯迅有他特有的愛與恨的共鳴，然而，政治之於太宰，是受心情左右的政治，在與文學掛鉤時所表現出的他的迷惘，和魯迅對政治的迷惘感並無關係。探望故鄉津輕，從津輕的自然與人那裏發現並健筆描繪了「笨拙」與「健康」的太宰，當他選擇以青年魯迅為題材時竟徹底地失敗了。這一點，將是研究他向戰後邁進的第一步的關鍵之一。無論太宰描述的魯迅是多麼「自我滿足」，又是如何「僅憑作者的主觀捏造的」，但太宰選擇魯迅做主人公，並賦予它自己的青春，從而把打算重新塑造自己這樣一個問題留給了我們。不過，在討論這個問題之前我想還是先看一下森本薰的《女人的一生》。

太宰的《惜別》是 1945 年 1 月到 2 月之間創作的，《女人的一生》也幾乎是同一時期，而且僅用了 20 天左右的時間。森本薰的名字在最初的執筆候補者名單上就已經出現了，到最後決定的 1945 年 1 月，話劇只剩下他和久保田萬太郎兩個人。久保田因擔任了《女人的一生》的演出，可能未從事創作。太宰選擇了五大原則的第二項獨立親和及第三項昂揚文化作為主題，森本則可以看作是顧及到了全部內容。在追溯太宰創作《惜別》的過程中，我們發現了一些保存下來的相關資料，而森本類似的情況則很少。並且不僅是少，那些有限的貴重資料也沒有以完全的形式公布出來。現在我們能看到的《女人的一生》的腳本，是以 1946 年文明社刊行之際，由森本修改過的自訂本為基礎，通過了戰爭中的審閱的，這與回應五大原則文學作品化要求的初演腳本相比（可以想像）有很大的出入。所幸的是，在世界文學出版社《森本薰全集》的第2卷，戌井市郎題為〈關於初演腳本〉的文章中，部分地收錄了一些內容。刊載於《新劇》3、4月號，同樣就《女人的一生》上演腳本發表的文章中，也摘引了被後來剪裁掉的台詞、場景等內容。這些使我們可以以此為線索一窺初演腳本之輪廓。

現在我們可以看到的角川文庫版、世界文學社版、還有筑摩書店現代日本文學全集版等收錄的《女人的一生》，是通過歷經了明治、大正、昭和三代的布引圭的一生，反映日本家庭所束縛的女性和跟那個家庭相關的人們各自對中國的反應及其變化過程的5幕7場話劇。布引圭出生後不久喪母，父親也戰死於日俄戰爭。她後來由姑姑領養，因不堪忍受虐待而離家出走。在日俄戰爭告捷的提燈遊行慶祝之夜，她誤闖入堤家。堤洋行的主人原是大陸浪人〔大陸浪人亦稱日本浪人，指的是近代日本明治維新後，失去主家到處流浪的窮困武士。他們中的一些人後來進入到朝鮮、滿洲、中國等地。——譯註〕，他藉日清戰爭之機，涉足日清貿易發了財產。如今主人已病逝，只有妻子靜在弟弟章介的幫助下料理著堤家。布引圭隨後住進了堤家。一直為不顧家業的伸太郎和堤家的將來擔憂的女主人靜，看到圭忘我勞作的樣子，為伸太郎做主迎娶圭作了妻子。圭雖然對二兒子榮二抱有思慕之情，但她還是斬斷了情思，開始以一個支撐日本家庭的新女性形象為堤家操勞。劇情的梗概除序幕及尾聲外大致如此。它成功地表達了森本對日本女性——在日清、日俄、第一和第二次世界大戰期間與中國相關聯的、嚴峻的家庭重負和生活在這種重負之下的悲哀女性——的同情。森本的戲劇無論是《華麗家族》，還是《非常女性》，抑或是《於是乎新年》等，都是以女性為中心的作品。那裏沒有日本的封建家庭意識。在他的家庭劇中即使發生通姦也沒有出現由家庭桎梏引發的糾葛，可以說體現了一種和日本的風土人情截然不同的英國式的內心劇風格。把人的心理糾葛描寫得至善至純的森本，尋求外來題材，並加以潤色以使其成為內容更廣泛、更豐富的戲劇是因為他是文學座的專屬作家。他改編小說、編寫電影腳本，甚至還創作了以北里柴三郎、布引圭等為主人公的文學作品。所有這些也都是因為他身在文學座這樣的商業劇團，而且處於演出活動困難的戰爭時期，所以不能不面對如何努力維持劇團的問題。他没有拒絕五大原則文學作品化的要求，也不能不考慮是為了維持文學座的經營。對太宰來說，《惜別》的創作，是出於面向戰後重新塑造自己的需要。而森本則是為了劇團（包括森本自身）擺脫戰爭困境，為了堅持到戰後而不得不創作了《女人的一生》。森本並不僅僅是把它作為上邊的要求來接受的，而是把這個機會當成了為其自身邁向社會劇的踏板。作為其結果，就太宰來說，暴露了他意外滯後的中國認識，而對森本來說，卻意外地顯示了他所持有的正確的中國觀。在太宰與森本各自考慮其戰後的改定版和自訂本時所表現出的態度上，典型地顯現了這一本質上的差异。

《女人的一生》其序幕及尾聲，在初演腳本和改定通行本中有很大不同，因此登場人物的性格也發生了變化，當然台詞及其他地方也有相當的變動。對改訂及改訂後存在的問題，因野原四郎在其刊載於雜誌《久保榮研究》，題為〈關於《女人的一生》〉的文章中有過總結，故在此僅談其中一、兩個較重要問題⑬。

初演腳本，序幕是1942年正月的一個夜晚，布引圭與榮二的長女和子一邊目送出征的士兵，一邊談論起前所未有的戰局變化，於是思念起作為宣撫班員活躍在大陸的榮二。榮二的另外兩個女兒這時從能樂觀賞會回來，她們對日本的藝術感動不已，激動地談著日本這個國家的神秘，並纏著圭給她們講從前的日本。於是，圭說了這樣的話：「1941 年 12 月 8 日是早晚必定會到來的日子……現在說起來已經是去年的事了，那是從明治的日清戰爭以來，觸及到所有戰爭的日子。我們，在很長一段時間裏，都能聽到這個不可迴避的日子走近我們的聲音，也許這場戰爭會是讓我們國家興亡或者毀滅的分界點」。然後，她又回想起日俄戰爭當時的一個新年的夜晚。在序幕和尾聲最後，圭對榮二的女兒們（母親是中國人）所説的「你們將來都是回到中國建造新時代的母親。在那個新時代裏，我也想把自己的一生投入進去」這一段台詞之間，夾著現在的第一幕的第二場到第五幕的第一場。現在通行本中的第一幕的第一場和第五幕的第二場所能看到的堤家被燒後的場景，時間成了 1945 年 10 月的某個夜晚，而 1942 年的正月被編入第五幕的第一場。1946 年的森本薰悼念公演以來,幾乎每次上演也都有不少改變，比如 1961 年 1 月，文學座創立 25 週年紀念公演時，第五幕的第一場又成了 1945 年 2 月的春分前夜，年代也變成太平洋戰爭從高昂時期轉到漸漸顯露出敗相的戰爭末期。當然這些與森本薰無涉，是由戌井市郎改編的，跟森本的《女人的一生》沒有直接關係。但是初演腳本跟戰後改訂本的序幕及尾聲在本質上的差异，以及榮二、章介的履歷、性格的隨之變化是非常重要的。在初演腳本中，榮二是作為共產主義者於「三一五事件」〔1925 年，日本政府公布了以鎮壓共產主義運動為目的的《治安維持法》。1928 年 3 月 15 日，日本政府以違犯《治安維持法》為由，逮捕日本共產黨及其周邊組織勞農黨、勞動組合評議會、無產青年同盟的大部分領導者及其一般成員共約 1600 餘人，史稱「三一五事件」。——譯註〕之後被逮捕，1937 年轉向〔指公開否定自己的政治立場——譯註〕被保釋出獄後，到大陸去做了宣撫班的工作。但在現在的通行本中，榮二是 1928 年中秋日的下午，為了聯絡工作從中國回國後於堤家被逮捕的。在序幕、尾聲中則改為榮二從長期的監獄生活中獲得解放後（1945 年 10 月 10 日政治犯釋放），出現在被燒過的堤家，賦予了他一個始終立身於他所一貫堅持的主義的鬥士風貌。這些不同是由於初演腳本創作於 1945 年的 2 月，而戰後自訂本修訂於 1946

年所形成的必然結果。這樣說，是因為在這兩個時間之間存在著日本戰敗這一重大的事件，然而，森本實際上在他的創作以及修訂過程中並未在乎這一點。之所以如此肯定地說，是因為森本在創作之初，想寫的既不是榮二，也不是中國，而是布引圭這位女主人公的形像。他對初演腳本和戰後自訂本之間的修改感覺不到那麼強烈的苛責。如果有自責之念的話，也僅僅在於為回應政府方面的要求執筆完成了創作這一點上。太宰並沒有以 8 月 15 日這個日子發生改變，這從《惜別》只是在語言上刪除了一些不適當的地方就能直接適用於戰後這一事實可以看到。森本薰在經過 8 月 15 日後，作為一名作家也幾乎沒有什麼改變。但這種同樣的沒有改變，卻讓我們看到了在森本和太宰的身上完全不同的表現。太宰的《惜別》是以自我為本位的作品，具有面向戰後重新塑造自己的意義，而森本的《女人的一生》是為了維持劇團的生計，對其自身來講又是其邁向社會劇的踏板，這種不同正是由此而導致並呈現出的必然姿態。但在進入這個問題之前，我們還是再稍微探討一下《女人的一生》。

《惜別》中的魯迅，由於太宰急於描述自己的自畫像而勾畫出一個被歪曲的魯迅形象。其理由之一，是太宰的中國認識之膚淺。相比之下，通過《女人的一生》能看出森本對中國的認識是正確的。在初演腳本中，比如榮二所說的「不管怎麼說，中國必須回到中國自己的手裏。所有跟中國有關係的外國都應該把手收回去」等，可以看作是表面上遵循五大原則的宗旨，而實際上講述著另一個內容的實例。在森本的《女人的一生》中，日本人的中國觀有幾種類型。第一種是布引圭，她認為「支那問題是錢」，可以說這是從堤洋行成立以來到布引圭為止繼承、培養出的一種牢固的認識。第二種類型是伸太郎，一位對同文同種說持有根本性疑問的男性。他說「民族和民族的問題如果不尊重相互的文化和傳統是無法解決的」。第三種類型是榮二。正如前文談到的那樣，他夢想做所謂盜匪，投入中國的變革，站在國際主義立場上實現兩國間的聯合。原來在初演腳本中，他從日本的共產主義運動轉向，做了宣撫班員，而伸太郎則是抱著深刻的認識，卻不行動。榮二屬於立志聯合並付諸行動，以挫折為轉機接著做起另一種聯合夢的類型。此外還有章介那種類型。從作品將這些類型分別按照日俄戰爭、辛亥革命前夕，二十一條簽約之後、「三一五事件」、中國國共分裂半年之後、對美英宣戰這樣劃分的五個時期來刻劃這一點來看，森本對中國的認識比太宰深刻得多。通行本已被刪除的，最近又由戊井改編部分地復活了的第三幕章介的台詞，「在他（孫文）的所謂三民主義的思想中，不無與共產主義一脈相承之處，這種思想孫文在世時尚可……但是他的後繼者肯定對此有所曲解，以至形成了一種會把手伸向亞洲的可怕思想」。很明顯這是對後期三民主義理解上的時代錯誤。然而，這與其說是森本的過失，倒不如說是為了迎合大串兔代夫在「大東亞共同宣言五大原則理念說明會」上，借用在日留學生諸如「孫逸仙的想法是生物學式的」話，發表的關於三民主義批判的演說。

在《女人的一生》中最讓人注目的是布引圭對中國的理解。「請看一下美國，再看一下英國人，外國人花好多錢，在中國專橫跋扈，總而言之我認為支那問題是錢。」把這種想法與堤洋行的上一代人唯「錢」是從，存下巨額財富的家庭背景相結合，其中隱藏著一種認為日本自身也是在中國大地爭奪權利的拜金狂的認識。這種認識也被章介所謂「支那政治不好的地方是不管什麼時候，都想利用外國的力量牽制其他國家，自日清、日俄以來」之類的台詞渲染尤為鮮明。森本通過圭、章介等的台詞，對日本大東亞共榮圈的構想賦予了讀者無論持哪种觀點都可以接受的雙重解釋。我想說，森本冷靜的時代觀察和對亞洲民衆命運的同情是「中國問題是錢！」這一意識的基礎。他在所限定的框架中，竭盡全力地講述著這一點。

據杉村春子在其〈演女人〉⑭所述，森本曾對她說：「是趁情報局囑託之便而作，其中寫了自己想寫的東西，在那種制約中寫作不是也很有意思嗎。」森本早已清楚地預知到戰敗。戰後，如果條件允許的話，他肯定會重新創作新的《女人的一生》。然而，1945 年 5 月他被疏散到京都，接著病發，並於轉年 10 月去世。在那一段時間，即從 5 月到當年的 11 月間，他給杉村春子寫過幾封信。這是研究 8 月 15 日前後的森本思想的彌足珍貴的資料。在 1945 年 5 月的某日，森本已預測了戰後的創作進程，他在信中寫道，自己創作活動的方向將是「描寫戰中戰後生活的諷刺喜劇」，「我雖然說不清戰後的話劇將成為怎樣的形式，但首先只能從腳本運動出發，這是肯定的，劇團恐怕還要在艱苦的道路中前進。我想至少這樣的決心、覺悟，以及在此之上的準備是不能不做的」。就《女人的一生》，他還自覺地認識到，「像《怒濤》、《女人的一生》等失敗的地方是僅注重描寫而沒有表現自己……，我不知道怎麼說才好，總之是作者自身在劇中所追求東西不清楚，或者根本沒有」（8 月 3 日）。就情報局、文報的文學作品化，他還說到，「得到錢並非壞事，但認為有了錢便能寫出好腳本的想法是情報局的專利。如果有心白扔 1500 日圓的話，那讓太宰寫可能會更有意思（指《新哈姆雷特》），還有想買那本《弱竹》。」（8 月 28 日）。有趣的是這裏提到了太宰的名字。《惜別》雖然還未出版，但森本恐怕知道他執筆的事。更有意思的是他把《新哈姆雷特》作為例子例舉出來。在所謂文學劇本《新哈姆雷特》中，太宰成功地對一個真實的男人與俗人的鬥爭進行了心理性刻劃。同樣的太宰在《惜別》中借青年魯迅講述了自己，完成了僅有粗大的骨架，卻仍四面透風的作品。這些森本薰當然尚不知情，但是他卻給我們一種僅以《新哈姆雷特》為例，在閱讀《惜別》之前就找到了它的致命要害的印象。把它與作為陸軍軍屬，在赴任南洋之前完成了《弱竹》，隨即手稿便傳閱開來的加藤道夫的立場相比較，則愈加明瞭。因為《弱竹》就是戰中派「青春的遺書」的一種。

森本對戰後的情形看得非常清楚。這從10月12日、11月12日寄給杉村的幾封信中可以看到。「拒絕時代影響的藝術是僵化的藝術，但成為時代奴隸的藝術不過是招貼而已，看一下戰爭中的例子便可明瞭」。「我們要有思想準備，在以後一段時間裏，話劇同戰爭中一樣，甚至更會為政策所利用」。他在病床上恐怕仍在一直想著戰後的新型話劇活動。在11月26日信中，他講述了其新作的構思。他打算迴避作為實踐政治意識的話劇，從「直接娛樂性的現代劇」向「認真思考社會的現代劇」邁進一步。

其梗概如下——一位貴族出身的女性，擺脫了全部舊的習俗，走向戰後的民衆之中。一位有家室的男性也相信民衆的解放事業而投身於政治活動之中。但二人遇到的不是解放的自由，而是漂泊者的私欲、怠惰和來自政治結社在組織上的疏遠。兩個人為了自由割斷了愛慕之情，而男的卻因阻止暴力革命作為背叛者為同志所殺，留下的只有死亡。以此來表現人們追求那種追求不到的「精神自由」的彷徨。「但這樣的題目恐怕會受到（美佔領軍）司令部和左翼的夾擊。不過還是想試著寫」。由此看來，森本已經想好要寫了。然而，疾病使他未能如願以償。他僅對《女人的一生》做了些許修改，即於1946〔昭和21〕年10月16日去世。

太宰又是如何呢？他的《惜別》本來決定於6月由朝日新聞社出版，但7月末才得以付梓，最終又因處於戰爭之中，直到9月5日才發行。戰爭結束時他正在故鄉的金木老家。

> 日本無條件的投降了。我呢，只感到羞愧。一種難以言傳的羞愧⑮。

太宰為什麼感到羞愧？創作了《津輕》，出版了《新解各國故事》，並發表了《惜別》和《御伽草紙》的太宰，戰後回想當時，他寫道，「那時我想，假如我此時此刻死去也可以享有作為日本的作家留下了相當分量的工作的評價。別的人都不爭氣。」既然這樣，他到底為什麼還對8月15日感到羞愧呢？他恐怕並不是為自己感到羞愧。他恐怕是為了他長久居息其土地，使用其語文的日本之戰敗而感到羞恥吧。而就此意義而言，對他來說，《惜別》在戰爭中和戰爭後並沒有任何改變本質的問題。《惜別》出版於9月，對他來說，這不是羞恥。他面向新的時代重塑自我是從《津輕》開始的，他是帶著重塑自我的願望完成了《惜別》的創作。對他來說，這是一個準備讓一切重新開始的時代的誕生。然而，戰後並沒向他希望的方向發展。（日本）共產黨第一屆再建準備會在弘前市召開的時候，他曾「欣然」參加。但他後來又說，「我相信共產主義。但是，日本的共產黨向來唯共產國際是從，這哪裏是日本的黨？倘若不能脱離共產國際的話，我不會加入」。原意大概如此⑯。實際上，共產國際已於1934年解散。他在此所說的共產國際恐怕並不是作為組織的第三國際，而是在以他感受著的帶傷的青春指責政治的「黨派性」。是的，用所謂「黨派性」一詞也許並不恰當，但他肯定是在思考著什麼，只是我們不能簡單地捕捉而已。

> 我期望著全新思潮的出現。但開口說這句話無論如何需要「勇氣」。我現在想像中的境界，乃是以法國道德派作家們的認識為基調的，置天皇於那種道德儀表的，自給自足的，無政府風格的世外桃源。

把《苦惱的年鑒》中的這些話聯繫起來看一下，我覺得對他所思考的東西多少明白了一些。但只是多少明白，不是全部。他在寫下這些話的時候，難道從來没有把所謂大東亞共榮圈之夢的構想作為與他的思考接近的東西反省過嗎？

坦白地說也未嘗不可，在這次大戰中，我們是站在日本的立場上。我們熱愛著日本。

而日本徹底失敗了。……不過，如果戰勝了，我可能就不會像現在這樣熱愛日本。

我現在熱愛這個失敗了的日本。從未有過地愛著。趕快讓那個「波茨坦宣言」的承諾全部實現吧，啊，雖然狹小，但為建立起美麗、和平、獨立的國家，我祈禱，寧願拋棄生命，拋棄一切，我為它而祈禱。

太宰在給通過《惜別》出版的機緣而開始書信往來的貴司山治的信中是這樣寫道：

……忘記了羞恥的國家不是文明的國家。現在的蘇聯又怎麼樣呢！現在日本的「民主主義」又怎麼樣呢！

如果我們的魯迅先生現在還活著的話，他會說什麼呢？如果普希金的讀者列寧還活著的話，又會說什麼呢？

感情中的政治再一次背叛了太宰。他雖然出席了一次弘前市的共產黨再建準備會議，但卻再没有邁進那扇門。他自稱為浪蕩兒，「嘲笑自以為趕上潮流的人」，然後走上了另一條道路。所有這一切，正是試圖以《惜別》的創作，重塑戰後的自我的太宰，在本打算寫魯迅卻没有寫成，而只是描繪了自己卑微肖像的這一過程中，早已象徵性地講述給我們的事實。⑰

註：

①大東亞會議中各國代表講演的全文收錄於同盟通信社出版部 1944〔昭和 19〕年 4 月《大東亞共同宣言》。

②《文學報國》1943〔昭和 18〕年 11 月 10 日。

③《朝日新聞》1943〔昭和 18〕年 11 月 25 日。

④《文學報國》1944〔昭和 19〕年 1 月 20 日。

⑤筑摩版《太宰治全集》附錄七。

⑥參照《十五年間》。

⑦《鷗》。

⑧〈在準備《惜別》的時候〉及 1944〔昭和 19〕年 2 月 28 日給小田嶽夫的書信。

⑨筑摩版《太宰治全集》附錄七，〈緣於《惜別》的回憶〉。

⑩《惜別》初版〈後記〉。

⑪〈花鳥風月〉《新日本文學》1956〔昭和 31〕年 10 月

⑫〈《惜別》前後〉《和魯迅的談話》勁草書房。

⑬ 參照《久保榮研究》第 4、5、6 號。

⑭ 《藝術新潮》1959〔昭和 34〕年 2 月。

⑮《苦惱的年鑒》。

⑯大澤久明，鈴木清，鹽崎要祐《農民運動的反省》，新興出版社版。

⑰後來我閱讀了荒井健的〈兩個魯迅像〉（見桑原武夫編《文學理論的研究》）。在結尾的地方荒井寫道：「跟日本民衆心心相印的太宰，在對中國民族的感情方面是盲目的，他欠缺竹內那種來自民族贖罪感的視點。由於這個盲點，太宰只能創作出一個被歪曲的魯迅像，但同時他也提供給我們一個將阿 Q 和愛德華．斯洛維克連結起來的一條線上考慮魯迅文學的可能性的線索。也許是歪打正著，太宰風格的『花鳥風月』也並不是毫無價值的東西」。關於「歪打正著⋯⋯」以後的說法我表示有疑問。我的〈《惜別》前後〉表達了對此的批評。

第二部分

「滿洲國」文學諸相
——一個傳說般的時代

一

距瓦望店一里地左右的雲台山，有一個古老的傳說。

說是某一年，雲台山一帶持續乾旱，農民遭遇到了嚴重的災難。但是國家的官吏毫不寬容地照例徵收賦役。知道無論怎樣也沒有出路的農民們決定，與其同樣是死，不如以死抗爭，於是他們集中了國內的武器，於雲台山起事，並一舉挫敗了前來進攻的政府軍。政府的首腦們大怒，又派5、6萬大軍包圍了雲台山。但奇怪的是，這次農民們卻沒有任何反抗。攻到山頂的政府軍只好四處搜尋那些突然消失得無影無踪的農民。終於有一名士兵發現在一塊岩石上端坐著一位白髮老人。他面帶微笑，好像正在指揮著不知藏身何處的農民們。不一會兒山上浮現出一片黑雲，眼瞅著越來越大，接著雨一般的箭從天空的一角傾瀉下來。政府軍四散分離逃向山下，無計可施地敗退下來。從那以後，政府放棄了向這塊地方的農民徵收年賦的念頭。

我不知道雲台山是一座什麼樣的山，但我的腦海裏只是不可思議地、鮮明地殘留著在《滿洲文學》的〈滿洲傳說〉上讀過的這個傳說。而且，每當我想像「滿洲」以及在那塊土地上生活的人們時，也常常會親切地回想起關於「滿洲」民族的這個傳説。

有這樣的傳説流傳的民族是了不起的民族。因為它象徵性地講述著農民無抵抗的抵抗。不過，我現在想説的是另外一個——關於 20 世紀的傳説。

這是發生在（日本）對美英宣戰之前的事。説是某日晚，《藝文志》①的編輯、介紹日本文學的翻譯家、作家古丁，與北村謙次郎等人在新京的幾家小店暢飲。北村謙次郎這樣記述道：

> 同席的日本作家不知由什麼引起來的話題，一半像是要讓人領情，一半又像是要引起對方注意地說，新京也在不斷出現的新造的建築，非常壯觀。只是其中也有不太美觀的、恐怕會讓滿人感到礙眼。
>
> 這時，看上去已經喝醉了佯睡著的古丁先生轉向這邊，「嗯？什麼？」，他笑一笑，毫無掩飾地接著說道：「什麼？那些嗎？不必擔心，會原原本本地接受的。」說著接過女招待端來的涼水咚咚地喝了下去。
>
> 我對此感到吃驚。不知道古丁先生是多麼了不起的八卦先生還是預言家，但他卻是用會原原本本地接受的心情來看待那些建築的。儘管日本人在建設滿洲國、建立協和政治方面絞盡腦汁，千方百計地拉攏漢民族，然而對方卻表現出不管三七二十一，堅信一切都會返回到「中華」原有面貌的堅強韌性②。

古丁似乎根本未把在這 130 萬平方公里的地域裏，接連發生的面具歷史劇放在眼裏。「會原原本本地接受的」這句話，也決不僅僅是酒席上的興之所至。它表達的乃是對「滿洲」的自然和人的無限的愛與信賴之情。可以説日本在「王道樂土、五族協和」美名之下的大陸侵略，在那瞬間被徹底地顛翻了。

請允許我再介紹一段關於古丁的軼事。1940〔昭和 15〕年，即日本所謂紀元 2600 年，日本在這一年的 2 月 11 日前後，大張旗鼓地舉行了紀念活動。「滿洲」國政府也許是出於讓偽滿下的中國人作家也感受這種慶祝的氣氛，體會「建國精神」的考慮，特派遣古丁、疑遲、外文三名作家前去參加。在設宴、參觀、聯歡會等千篇一律的活動空隙裏，山田清三郎曾邀請他們到家裏暢談。山田當時是滿洲新聞社的學藝課課長，他以出差的形式參加了那次派遣旅行。

> 那時，古丁等人對日本紀元 2600 年的非科學性和荒唐表示嘲笑，他們說，雖然日本在「滿洲」也營建了類似的「建國神廟」，打算創造新的神話，讓皇帝溥儀的弟弟溥杰娶日本人為妻，在「滿洲王室」裏植入日本人的血液，策劃了如此遠大的計畫，但「滿洲國」本身今後恐怕支撐不了 10 年，不，最多不過 4、5 年也未可知，因為不解除日本的「滿洲」佔領并返還中國，即對中國來說，不恢復東北的失地就無法結束中日戰爭，結果日本也會因此而精疲力竭。東北人都深信日本只能屈服於擁有 4 億人口的中國。
>
> 「就連國務總理張景惠不也是這樣嗎，如果按他說的「滿洲」13 年，這騙人的壽命也只剩下 4 年了。」
>
> 古丁說完，滿座皆愕然無語，接著傳出的是一片——包含著詼諧和諷刺的同感的——哄笑。

以上引文是山田清三郎戰後的自傳性作品《轉向記》③中的一段，這段插曲中的古丁也表現出了與他「會原原本本地接受」的說法完全一樣的態度。古丁即是那位在觀看了「大佛開眼」（日本紀元 2600 年藝能祭参演戲劇）之後，說奈良朝的文化乃是建築在奴隸犧牲之上的文化的人。他的「陽奉陰違」與日本的知識份子所說的「偽裝轉向」尚有本質上的不同。這是寄身於侵略一方的偽裝與被侵略一方抑鬱的抵抗的不同。

古丁的原名叫徐長吉，1907 年（又說 1909 年）出生於吉林省，曾就讀北京大學。參加紀元 2600 年大典時，任總務廳統計處事務官。他的名字為日本所知，是 1939〔昭和 14〕年 9 月，由三和書房出版了以古丁的作品《原野》為書名的偽滿下的中國人作家創作集之後的事。這本創作集，除古丁的作品以外還收錄了小松、夷馳、田兵、袁犀、何醴徵、今明、盤古、遼丁等九人的小說共 12 篇④。這可能是日本讀書階層第一次接觸到偽滿下的中國人作家的作品。但古丁的創作活動並非始於此時。特別是他在《月刊撫順》的社長城島舟禮所贊助的雜誌《明明》上的積極表現，好像已受到部分有識之士的關注。明明社發刊後不久即出版了城島文庫，接著又出版了幾種創作集。古丁的處女短篇集《奮飛》、雜文集《一知半解》等均由明明社出版。他的詩也收錄於散文詩集《浮沉》。此外他還翻譯了夏目漱石《心》，該書則是由「滿日文化協會」出版的。1939 年 6 月，同人雜誌《藝文志》創刊，他在第二集上發表的 200 頁稿紙的中篇《平沙》，獲得民生部大臣獎。該著由大內隆雄翻譯、中央公論社發行後，在日本的讀書界也一時成為了話題。1941 年他辭去官職後，一邊經營藝文書房一邊從事創作活動，曾出席 1942〔昭和 17〕年和轉年，即 1943〔昭和 18〕年的兩次大東亞文學者大會。

古丁借其代表作《平沙》的主人公白今虛之口這樣講道：

> 那江水總在流著，無論是清水，無論是濁水，都是那麼在流著。那江水只是向前流。這說明著你也只是向前生。這是自然的教示，也是自然的命令。⑤

無論是清水，無論是濁水，都會永無休止，奔涌向前。歷史恰似流水，無論清濁也都要遵循自然法則。這番話，與「會原原本本地接受」這一暗含著批判與諷刺的說法比起來，雖然給人的語感多少有些不同，但卻最貼切地反映了他是如何度過「滿洲國」這十數年的生活了。古丁在其《滿洲文話會通信》（滿洲文話會本部機關誌）1940〔康德 7 年/昭和 15〕年 6 月 15 日號的文章中就偽滿下的中國文人與日本文人的合作談了他的感想，其中寫道（參加紀元 2600 年大典的數月之後）——

> 有人取道陸路，有人取道海路，也有人取道空路，但無論怎樣，目的地是不會變的。那目的地就是文學的故鄉。
>
> 文學的故鄉只有一個。對此文學的故鄉，所有的文學者都在感受著一種莫大的鄉愁，都抱有莫大的熱情，都在一心一意地奔向它。……滿州、日本的文化人的合作只能是這些人的結合。（大內隆雄譯）〔未見中文原文，茲據大內隆雄所譯日文復譯—譯註〕

這講的是擺脱政治性要求的、兩國在藝術、文化上的合作。如果雙方真摯聯手的話，那麼（以語言問題為首的）一切障礙就會迎刃而解了。

> 我突然想起了北條民雄逃出痲瘋病院去見川端康成。痲瘋病院建在天堂之中，但卻是與天堂完全隔絕的地獄。然而，他們通過文學在天堂與地域之間開闢了一條通路。我又突然想起了魯迅與二、三個日本青年。他們通過文學成了不同民族的好朋友。……〔同上——譯註〕

他所謂的「天國」指的到底是什麼？他的所謂「地獄」恐怕就是「滿洲國」這個偽國家，而所謂「天堂」恐怕就是「會原原本本地接受」的日子的到來吧。他特意提起想到因漢森氏（痲瘋）病倒下的北條民雄，並且引魯迅以為例證，這其中肯定包含著這層意思。

然而，在他所謂的「在唯一的文學故鄉努力實現各自（各民族）的遠大夢想」這句話中，究竟包含著多少具體性呢？

在考慮帶引號的所謂「滿洲文學」時，我所關注的是，日本作家寄託於那一方土地與文化的遠大的夢想與中國人作家「陽奉陰違」的夢是如何交織在一起的。這也許是逃離戰爭色彩日愈加深的日本，為尋求浪漫主義的夢想而來到新土地的日本浪曼派的一群，和那些從普羅文學運動中被淘汰，自願與之斷絕關係的的一群「轉向作家」，在這「王道樂土」的新天地裏所創造的奇妙而混雜的一現曇花。

福田清人認為大陸開拓文學「並非殖民地文學，因為其文學理念之中，在以現代的方式體現著日本古典中的本質精神」，是「民族本源精神的現代體現」。他所謂的「民族本源精神」，即「化異已為大同之力量」。如果把它應用於「滿洲文學」，那麼「滿洲文學」就可以稱作是以「民族協和的理念」為主題的文學吧。因此，這裏所說的「滿洲文學」，主要是指從「滿洲國」成立的前後到其終結為止的大約15年戰爭時期的文學。因為也有人稱滿洲出身的學者、文人的創作為滿洲文學者，為避免混淆，特在此予以區分。

二

最能概括滿洲文學史的作品恐怕是大內隆雄連載於《藝文》（1941年12月創刊）的〈滿洲文學二十年〉吧。該書於1944年由新京國民畫報社出版。我以為在「滿洲國」已從大地徹底消失的今天，像這樣周密地收集資料，事實上已不太可能了。儘管它有羅列資料、論據缺乏視點之嫌，但仍不能抹殺它的價值（我僅僅瀏覽了《藝文》上的數篇文章，即有如此評論，也許失之偏頗）。戰後出版的北村謙次郎的回想錄《北邊慕情記》（1960〔昭和35〕年9月大學書房刊）也是一部值得參考的作品。該書曾在北村謙次郎戰後主管的文話會機關誌《文話》上連載。此外，尚有淺見淵的《滿洲文化記》（1943〔康德10/昭和18〕年10月國民畫報社刊）、福田清人的《大陸開拓與文學》（1942〔昭和17〕年10月滿洲移住協會刊）等作品，但都不是通史性著作。除了這些，就只能直接從原著著手了。僅以這樣缺乏的文獻，現在讓我冒險整理滿洲文學史無論如何是不太可能。因此，我只打算圍繞雜誌和文學團體的興衰，追溯一下，為探索「滿洲國」的文學諸相而需要弄清的粗略的歷史變遷。

「滿洲國」的中國人作家幾乎都是在中國五四文化革命、五卅運動的影響下成長起來的一代。即使沒有受到直接影響，也受到了隨著那個時代的波瀾而展開文學運動的「東北作家」的作品的強烈影響，因此，在文學創造的基礎上培育起了強烈的民族意識，這應該是毋庸置疑的事實。

中國革命的勢力，大概是從1925、26〔民國14、5〕年開始波及到東北地區。湧向未開墾的荒蕪之地的時代激流，在北滿、南滿各地播撒下了民族新文學的種子。

對當時滿洲社會的情況，秋螢有如下描述：

> 一方面受到外力的壓迫，而內面卻是少數的軍人以及政客的極端奢侈、糜爛。至於民眾，其大多數則過著困苦貧乏、饑寒交迫的生活。所以多數作者願意反映的作品題材，多半幾乎都是描寫軍人政客的野蠻行徑、社會的黑

暗，以及農村的蕭條（引自《北邊慕情記》）。

他們描寫了東北農村在日本對東北地區經濟、軍事上的野心和東北軍閥殘酷掠奪的雙重桎梏下的悲慘情景，對生活在此的民衆的同情隨即發展成一種強烈的憤怒。《關外》等雜誌由於過於激進，結果被鎮壓了。東北文學研究會（奉天）〔今瀋陽——譯註〕的組建應該也是在那一時期。九一八事變爆發後，東北文壇一時走向了衰退。但是一年後，又恢復了活力，而且增加了事變前所未出現過的尖銳的抗日色彩，展開了有活力的運動。其活動據點在哈爾濱，白朗主編的《國際協報副刊》、《文藝週刊》等是當時具有代表性的雜誌。以三郎（又稱三浪）、悄吟的筆名活躍著的蕭軍、蕭紅為其中最知名者。

1932 年 3 月偽國家「滿洲國」誕生，年號定為大同。在這一年的夏天，以東北救國義勇軍為中心的「反滿抗日」活動達到最高潮，據稱人數多達 30 餘萬。作家中率先參加義勇軍的人也增加了。三郎、悄吟大概在此前後開始同處，轉年，即 1933 年，共同創作的處女創作集《跋涉》問世。他們雖然在其他北滿作家的協力下共同經營著《新京大同報》副刊〈夜哨〉等陣地，但由於日本的嚴酷鎮壓，1934〔大同 3〕年春，他們離開哈爾濱經青島去了上海，蕭軍的《八月的鄉村》、蕭紅的《生死場》在上海文壇受到矚目即為在此之後。

北滿作家中除蕭紅、蕭軍夫婦之外，尚有尚舒群、洛紅（羅烽）、劉莉、代生、默映、金人、梅陵、白朗等人，南滿作家有秋螢、夢園（小松）、文泉（石軍）、石卒（陳因）等人。在這些後來逃往中國內地的作家與滯留在「滿洲國」的作家之間，曾出現過很大的作品傾向上的差異。一種是向外表達抵抗之聲，而另一種則潛心向內走向抑鬱。分為明、暗兩條道路。

從 1933〔大同 3〕〔此處有矛盾，大同 3 年為 1934 年——譯

註〕年至 1935〔康德 2〕年，有《平凡》、《野火》、《響濤》等雜誌創刊。其中大型雜誌《鳳凰》促使了尹鳴、張蕭薇等新人（1934～1937 年）的大量涌現。該雜誌由奉天的東方印書館發行，1937 年由於弘報處的言論統制政策而被迫停刊，其他的雜誌也接著陸續消失。

繼此之後出現的是 1937 年創刊的《明明》，古丁、疑遲、小松、石軍等人守著碩果僅存的陣地，刊出了〈魯迅紀念特集號〉等。然而，以前那種迎合民族情緒高潮的熱情不見了，代之的是暗淡陰鬱的氣氛開始色彩濃厚地充滿中國人作家的作品。到 1939 年 32 開的《藝文志》創刊時，抵抗的火焰更是被隱藏起來，一瞥之下，滿紙充斥著似乎要跟舊文藝握手言和的傾向。這就是前邊提到的創作集《原野》被翻譯後成為一時話題的那一年。關於該組織此後不久即被滿洲藝文聯盟吸收的過程，我打算在後一節詳細敘述。

「滿洲國」的日本作家的活動，早就開始了。但初期，大多不過是以大連為中心展開的一些小規模的沙龍性質的集團。值得注目的恐怕是，在近代詩的歷史上不可忽視的北川冬彥、安西冬衛等人的詩歌雜誌《亞》創刊（該誌始於 1924 年持續到 1927 年）。接著 1927 年 11 月雜誌《大陸生活》創刊（該誌的經營者是後來成為《鳳凰》贊助人的飯河道雄），其文藝欄開始廣泛地向外開放。1930 年安西冬衛、瀧口武士、加藤郁哉、城小碓等開始刊行《塞外詩集》（第一集 1930 年 6 月、第二集 1933 年 6 月、均為自費出版）。此後主持大連詩書俱樂部的城小碓，自 1929 年以來計劃了《戒克》、《椎木》、《東行》、《新大連派》等的詩歌同人雜誌，是在滿洲最早創立文學獎——G 氏獎者。矢原禮三郎、長谷川四郎等人創作的詩歌雜誌《鵲》的刊行大概也是那段時期。均出自大連。

到了 1932 年，這些小規模的文學團體，加上所謂「滿洲國」

成立這種政治氣候，開始向正式的同人雜誌發展。大同元年10月以《文學》為題發刊，第二期以後改名為《作文》的團體即是其一。該誌以住在大連的詩人、小說家為主體，成員有青木實、吉野治夫、竹內正一、町原幸二、城小碓、落合郁郎、島崎恭爾、高木恭造、日向伸夫、富田壽等，實際主持人是當時就職於大連圖書館的青木實。雜誌雖然在第16期曾改稱過《一家》，勉強繼續到1942年停刊。在《藝文》創刊以前，它一直作為滿洲的日本作家最有權威的據點發揮著作用。發行册數也從200開始，最好的時期曾超過了2000。山田清三郎評論說，「開拓滿洲文學界的第一鏟，可以說是從以滿鐵職員為主的業餘文學開始的」，他所指的即是大連為中心的詩歌雜誌的創刊和同人雜誌《作文》的活動。該誌同人的大部分確為滿鐵職員（在《作文》前後創刊的還有同人雜誌《高粱》、《彩》等，《高粱》持續到1935年秋）。隨著「滿洲國」首都（長春）的建設，文化中心也漸漸地開始轉向新京。

在1932年12月，日本電報通訊社和日本新聞聯合社（於日本本國結為同盟是1936年）合併，作為完全的國策通訊社，滿洲國通訊社誕生。撤銷了「關於處理言論通信機關的協議會」，進而新設立了所謂「弘報委員會」的聯絡機關，在情報方面新體制的強化又前進了一步。到了轉年1933年4月，滿洲國通訊社脫離了日本的支配，轉移到了滿洲國政府的管轄之下。1936年，隨著情報體系國策性一元化的強力推行，滿洲弘報協會成立，並強制在滿的所有報社加盟。滿洲國通訊社被歸入特殊法人、滿洲弘報協會通訊部。1933年，為了對抗蘇聯的對外廣播，具有強大播放功率的放送局在新京開播。跟大連的20KW，奉天的10KW相比，新京廣播電台的播放功率為100KW。

1933年12月，滿日文化協會創建。總裁由准執政者溥儀擔任，第一代會長為鄭孝胥，經費是日滿兩國各半，會名決定在日本稱為「日滿文化協會」，在滿洲國稱為「滿日文化協會」。工作內容具有較強的學術傾向，諸如設立國立奉天博物館、刊行《大清朝實錄》、熱河行宮的保護等專案。但是，自 1937 年滿洲皇帝訪問日本後，國策性傾向增強，純學術性色彩開始淡化。

我們把話題再回到文學方面來。1934 年文話會的前身「滿洲筆會」組成。成員中可以看到有大木一男、鈴木啟佐吉、齋藤和郎、宮川靖、吉野治夫、西村真一郎等人。（轉年 1935 年在新京開始發行《文藝集團》，又有今村榮治、晶埜富美、大脇一雄等人參加）。

「滿洲文話會」組建於 1937 年 8 月。會員 433 名，9 月開始發行機關誌《滿洲文話會通信》，最初是 16 開僅 4 頁，但很快就變成了 24 頁的雜誌，並一直設有滿文〔即中文——譯註〕頁。該會為熱衷於文化文藝的在滿文人綜合團體，目的是，在密切會員相互聯繫、和睦相處的同時，積極幫助、促進「滿洲國」所有文化活動。所列舉的主要事業包括，設立滿洲文話會獎、編輯發行滿洲文化年鑒、編輯發行滿洲文藝作品選集、組織會員之間相互約稿、與日本文化界、各文化機關的聯繫、日滿文化的相互交流等。其中有幾項內容得到了具體化實施。總部開始設在大連，後即轉到新京，在大興大廈的三樓滿日文化協會設置了事務所。

會長是後來成為滿日文化協會第二代會長的榮厚。文化部長為岡田益吉、美術部長淺枝青甸、話劇部長馬冠標、音樂部長大塚淳、電影部長根岸寬一。柴藤貞一郎、衛藤利夫、杉村勇造、半田敏治、石原巖徹等人分別任各地支部部長。事務局長由吉野治夫擔任，另外文藝部委員中還能看到大內隆雄、山田清三郎、古丁、辛嘉、吉野治夫等人的名字。

在這一時期移住新京的「日本浪曼派」作家北村謙次郎，對當時新京文化界的氛圍有這樣的回憶，「只是充斥著一種不可思議的衝動，議論極多，從早到晚總感覺到一種焦慮」。這肯定是新興國家「滿洲國」的建設節奏把文化人同樣帶進一種興奮之中。《大新京日報》改組為《滿洲新聞》，社長由和田日出吉擔任，編輯陣容裏增加了山田清三郎、綠川貢等來自普羅文學的轉向者，並新開闢了小說欄目。《滿洲日日新聞》（大連）也擴充了小說欄目，以迎合當時的文化進程。滿洲映畫協會的工作也開始於這一年的 11 月。

說到那時的滿洲國官吏，不光有一種能吃會玩的感覺，看到他們換上協和服談起建國精神、協和理念來，其颯爽氣概倒讓我們難以消受。我也還記得來滿當初的困惑。如果僅限於新京還算說得過去，但他們不管是去日本，抑或是去大連出差，也會這樣恬不知恥大吹特吹這股「滿洲風」，肯定有很多人感到了為難。於是，以滿鐵職員為代表的自由主義的大連觀念便與被稱為新京觀念的這股「風」形成了對立。原先居住在關東洲、滿鐵附屬地區，長年以來在此孜孜不倦自成一家的人們，在大正時代思潮的背景下，加上自由港大連的影響，其觀念自然是市民階層的、自由主義的。而有力地支撐著這種觀念的正是滿鐵這個大溫室⑥。

北村謙太郎關於滿鐵人的心情和新京意識形態的對比實在耐人尋味。雜誌《滿洲浪曼》的創刊可能就意味著對這種新京意識形態的消極抵抗。北村謙太郎與弘報處職員木崎龍（筆名仲賢禮）〔本名仲賢禮，筆名為木崎龍，原著有誤。——譯註〕協商，並得到「滿日文化協會」杉村勇造的幫助，成功地創辦了一本新雜誌，這就是 1938 年秋開始發行的《滿洲浪曼》⑦。同人有木崎龍、北村謙太郎、綠川貢、逸見猶吉、橫田文子、大內隆雄、長谷川濬等，執筆者包括吉野治夫、今村榮治、坂井艷司、町原幸二、牛島春子、竹內正一、長谷川四郎、荒牧芳郎等。白俄羅斯作家巴伊科夫的《馬肖卡》也是在該《滿洲浪曼》上發表的，這可能是一般日本人第一次見到作品。淺見淵與山田清三郎以同樣的角度談到了滿洲文學的情況：

> 現在所見的滿洲文學，最早，現在仍然是由在奉天創刊的同人雜誌《作文》開始的……該雜誌同人和稍後在新京創刊的《滿洲浪曼》的同人一起構築了當今的滿洲文學。《滿洲浪曼》的同人都是隨著建國而聚集到國都新京的一些年輕知識份子。換句話說，即建國的基礎鞏固之後，因為《滿洲浪曼》的同人都是活躍在政府、新聞社、電影公司等第一線上的成員，所以得以與政府文化關係方面的人員協商，強化了現有的滿洲文話會。在民生部的支援下，滿洲文話會把總部設在了新京，在各地設了分社，並集合了各層的文化人。在此文話會運籌中，應該特別注意的是，文化會會員中還廣泛地召集了以古丁為筆首的中國人作家，以及滿人知識份子⑧。

偽滿下的中國人作家，正如前面介紹的那樣，創刊了《藝文志》（1939 年 6 月），並把它作為了最後的據點。同人以古丁為首，此外還有爵青、王則、石軍、小松、夷馳、西原、君頤、袁犀、寶熙。該雜誌 32 開、200～300 頁，是一本較厚的不定期刊物。為祝賀創刊，滿日文化協會還舉辦了慶祝會。某位日本人作家邀請某中國人作家加入文話會時，得到了這樣的回答，「我們正在考慮暫時迴避文學，全身心地投入到作為政府職員、公司職員的生活中去，所以儘量不想在這樣的聚會露面，這是真實的心情」。這實在並非託詞，它確實表達了他們懷有這樣一種感慨，即打算站在靜觀的立場上，對屹立在眼前的這個偽國家，乍似輝煌的建設進程暫做冷靜觀察。這也是刊登在《藝文志》上的一些作品所流露的想法。在因小說集《原野》的翻譯出版而備受日本文壇矚目的中國人作家們的心底，潛藏著這種並非直接對抗的抵觸情緒。

另一方面，日本的文學者們對大陸開拓的關心也在不斷高漲，1939年1月，由伊藤整、荒木巍、福田清人、高見順等幾位作家和拓務省的梁井總務課長牽頭，設立了大陸開拓文藝座談會，明顯地顯現出其順應國策運營的趨勢。（據說它是與八田拓務大臣有親屬關係的近藤春雄背後努力的結果。）

至此，在「滿洲國」的文學情況，我們可以用《作文》派與《滿洲浪曼》相並立，在加上以《藝文志》為據點的中國人作家，與以大陸開拓文藝座談會為典型的日本文學者，來勾勒出一幅圖表式輪廓。然而，這四個文學團體，在決戰體制下相互是以怎樣的形式接觸的？古丁的所謂「在唯一的文學故鄉為實現各自遠大夢想」而努力的諷刺劇，是如何編造了自己的傳說，然後又是如何走向流產的。關於這些我想在下一節予以追溯。

三

《滿洲浪曼》在1940〔昭和15〕年5月，出版了題為〈滿洲文學研究〉的評論特集號。因為這是唯一的一本對評論與研究作了歸納的特集號，因此請允許我在此介紹一下它的某些內容。

特集共分為五個部分，第一部分是「滿洲文學的一般性考察」，第二部分是「側面研究」，第三部分是「作家作品論」，第四部分是「特殊研究」，第五部分是關於繪畫、音樂的評論。其中包括三好弘光的〈滿洲詩論〉、北村謙太郎的〈探求與觀照〉、王則的〈滿日文學交流雜談〉、木崎龍的〈滿洲作家論．序說〉、宮井一郎的〈《作文》到四十期〉等具有資料價值的文章。它們反映了在1939〔昭和14〕年末急速升温的「滿洲文學爭論」的氣氛。偽滿下中國人作家的創作集《原野》的翻譯版，於1939〔昭和14〕年9月發行。前邊已經介紹了這本書備受日本讀者階層的矚目的情況。新聞界的關心更是涉及到住在「滿洲國」的東北人和日本人作家。於是，受此觸發的作家、評論家開始就滿洲文學理念的創造、個性強化展開了活躍的討論。然而，實際上包藏著文化統制的鋒芒。作為以1940〔昭和15〕年2月11日（紀元節）為中心展開的所謂「皇紀2600年大典」的滿洲版，將在兩年後舉行的「滿洲建國10周年大慶」，已在運作。生活在滿洲的作家、評論家們關於滿洲文學的理論性建設，其結果不過是滿足了為創建「滿洲帝國」而奔走的體制方面的野心。總而言之，在這段時期裏，「滿洲文學爭論」的活躍化只不過是象徵性的東西而已。

我讀了收錄於《滿洲浪曼》的〈滿洲文學研究〉中的近20篇評論，其中可以看出就所謂滿洲文學的印象並非一致。

後來作為巴伊科夫的翻譯家為人所知的詩人長谷川濬在其〈建國文學私論〉中說，「探討建國思想在日本的歷史，以及由其動向所觸發的新興民族意識，在滿洲國如何塑造自己的存在形式；探討原本就存在的，或隨著生活沿襲下來的風土人情，以及在民族間的接觸中將會形成具有怎樣特殊形態的新生活。我把由貫穿這一過程的新精神所孕育、產生的文學稱為建國文學，作為滿洲文學精神的基本理念」。認為自己既是日本人同時又是滿洲人的長谷川濬，在日滿兩個民族精神的紐帶上，描繪著一個烏托邦式的偉大夢想。「以前我就主張滿洲文學要成為世界文學，這主張始終未變。又曰滿洲的建國也是世界性的建設……。這兩種說法是一條相通的大道。滿洲文學和滿洲的建國只能是生息與共的、亞洲性的人類精神。即天心〔岡倉天心（1862—1913）近代日本思想家——譯註〕所謂『亞洲是一體的』——它預示著新興滿洲國文學的方向」。然而，他所頌揚的乃是熱河的遺跡、三河的哥薩克部落、白雪覆蓋的原始森林裏野獸的吼聲、伏特加的味道，而並不是穿起協和會服的臨時政客。如果借他自己的話來說，就是捕捉「全滿州實實在在的自然和人生的美」，並在那裏創造建國神話（烏托邦）。

大連的評論家西村真一郎說：滿洲文學不是日本文學的延伸。因為對於理解「日滿同心同德」，向著實現以日滿兩國的因果關係為基調的理想社會邁進的我們來說，滿洲國，這個作為我們已決心永遠居住的地方，如今確實存在著。作為這個獨立國家所當然必要的、並且應該理所當然地發展成自己的文學才是「滿洲文學」。因此，應該強調其廣義上的政治性，當然它也必須是「使浪漫性特徵得以發展的現實過程」。長谷川和西村的論點在歸結點上是一致的。不同的只是，前者為創造建國神話，把眼光投向了滿洲的自然與人，而後者力主政治性的強化。但他們在以浪漫的特徵為基調這一點上沒有不同。

後來以《第八號轉轍器》獲得第一屆滿洲文話會獎的日向伸夫，界定說，「滿洲獨自的文學乃是這個國家的文學者（文學者即是勤勞者）根據各自不同的個性創造出來的文學集合」。與日向同為《作文》同人之一的作家吉野治夫指出，「滿洲文學論，乃是針對在滿洲將來應該構築怎樣的文化這一方向的討論」。

與上述諸說相比，我們看到《滿洲浪曼》的統帥，不愧為日本浪曼派的老成員，作家北村謙次郎則強調個性的藝術創造。「現在我們的課題雖然是品評滿洲文學和考慮滿洲文學的發展方向，但是除了追求個性的鮮明以外還有更重要的嗎？……因為國策所以嘴上喊協和，因為遵循建國精神就稱為建國文學，其實不然。其本質所包含的乃是我們作為藝術家的靈魂，乃是對美的意識淨化之憧憬」。於是他繼續就《滿洲浪曼》的精神講道，與其說它是作為派別繼承了日本浪曼派的，不如說是日本浪曼派的氾濫，也是它的實踐」。日本浪曼派和《滿洲浪曼》的關係，除了人的因素，在把創造建國神話置於基本理念這一點上，仍然有相通的地方。北村所主張的作為理念的滿洲浪曼，乃是作為大陸人所表明的決心，以及對這種決心的熱情的獲得。這同時也應該是《滿洲浪曼》派的理念。但是，收錄了上述文章的〈滿洲文學研究〉特集，並非只是《滿洲浪曼》派表述其理念的場所，它還包括《作文》派及文話會的作家、評論家，甚至還包括了中國人作家及其代言人的論述，也正是因此，它才有了特集的價值——從理論上鳥瞰當時「滿洲文學」的魅力。

值得注意的是中國人作家、評論家針對日本人作家、評論家基於「同心同德」這一綱領的浪漫主義精神，對「滿洲文學」的認識。

《藝文志》同人王則清楚地講述道：

> 滿洲人誰也不否認日本文學的存在。但滿洲也有文學。這好像是日本人最近才發現的事情。……滿洲也有文學。此乃幸事。滿洲文學與日本文學進行交流。此尤為幸事。而且一部分人已「幸」在其中，日滿文學已在交流之中。

王則的話猶如突然扯起了那些夢想創造建國文學、鼓吹滿洲文學獨自論的日本人作家的腿。對王則來說，日本文學和滿洲文學是一對一的存在，他的意見是交流而不是統合。他心底裝著東北先驅文學的分量。中國人作家的介紹者、翻譯家大內隆雄（山口慎一）也沿著王則等人的意識，在其〈滿洲文學的特性〉的開頭闡述道，「在筆者的心裏，存在著歷史上作為支那文學的一部分發展而來的滿洲文學這一概念」，這恐怕是他的實際感受，也是五四以來，作為一直翻譯中國文學的翻譯家自然會有的認識。

他引用《藝文志》的實際主宰人、作家古丁說的話，把滿洲文學解釋為「具有滿洲特色的文學」。所謂「滿洲特色」，換一個說法，在中國就是「北方特徵」，大內隆雄把它解釋成「廣漠雄壯的自然影響」、「自然條件對人的重壓」、「豪壯且具有極強韌性的人格」、「在開拓移民的基礎上建立起來的帶有較多半封建殘渣的社會構造的影響」。《藝文志》成員之一爵青，就作家的創造主體指出，「所謂現代滿洲文學，我想說，它是面對一切惡劣條件，不斷奮起向上的青年對被壓抑生活的本能呼聲的表面化的必然現象」（〈我們的文學散步〉轉引自木崎龍的文章）。爵青的說法與認為滿洲文學是建立在建國文學、協和思想上的「同心同德」的文學創作的日本人作家、評論家們的觀點實在是相去甚遠。與其說是相去甚遠，不如說是他們對此理解的立場完全不同。這裏面包含著，在「面對」強迫建設偽國家「滿洲帝國」的「一切惡劣條件的同時」，青年作家們本能地希望逃脫此境遇的「陽奉陰違」意識。在這一年 6 月出版的《藝文志》成了〈紀元 2600 年紀念特集〉。儘管從目錄來看，該特集刊載了光天翻譯的《芭蕉俳句選譯》、古丁翻譯的武者小路實篤的《井原西鶴》、外文翻譯的山本有三的《海彥山彥》、莫迦翻譯的鷗外的《阿部一族》，以及日本作家北村謙太郎、大內隆雄與竹內正一等著者的作品，但給人的仍然是王則所說的「滿日文學交流」的印象，一對一的意識並未減弱。對他們來說，在滿日本人作家的作品充其量仍不過是移民文學。

日本作家用漢語（或謂「滿語」）〔在當時的滿洲稱漢語為滿語——譯註〕創作作品，在中國人作家的雜誌上發表的可以說完全沒有，但相反的例子倒能例舉幾個。如果說這是殖民地統治下產生的必然現象，實在是太殺風景了，但要堅持王則所說的一對一意識，在「滿洲國」那種近似窒息的政治狀況下，應該是難以想像的困難。王則更是舉出「滿日文學交流」的實況，講述了這種困窘的實情。即因為翻譯家極少，所以只有極少量的作品介紹給了日本讀者。而且，由於有翻譯家的主觀性選擇，「滿洲文學」的實際情況越來越偏頗地被讀者認知。另外，雖然有所謂文化人士的滿洲視察，但是他們只看重與「滿洲國」建設的偉大夢想相適合的部分，對其他則視而不見。「來參加的人，取了茶點。舉行了會談，因語言不通，內容不過是一兩個人用外語介紹了滿洲文學的近況，然後是進行『視察』的作家以前輩的身分述感想作指示。最後『盡歡而散』」——對王則的批評不覺得刺耳的視察者恐怕不多。只是「盡歡而散」的「視察」文學是毫無意義的。把花費在這裏的費用的一半用到稿費，即使是翻譯也好，希望能讓讀者更多一點讀到中國人作家的作品。他的訴說應該理解為是對日本新聞界、文化人的全力抗議。

王則的〈滿日文學交流雜談〉於雜誌發表數月後，岸田國士訪問了這個新興國家的新興都市——新京。岸田所謂期待的「反映五族協和形象的理想的現代都市建設」，在那裏完全落空了。那哪里談得上什麼「健康文化的果實」，有的不過是文化的頹廢與謊言的橫飛。關於作為王則所說的「視察」者出現在新京的岸田，對此是如何理解的，我們可以看一下安田武的〈翼贊會文化部與岸田國士〉⑨。總之，在滿洲視察歸來後即決定接受擔任大政翼贊會文化部長的岸田的心裏，一定同時存在並鼓動著識破和必須捅破滿洲建設這一謊言的重大責任感。

四

對「滿洲國」的文藝統制，是在 1941〔昭和 16〕年 3 月滿洲國弘報處公布的〈藝文指導要綱〉的基礎上推進的。多彩的「滿洲文學」因此公告而色彩趨於單一，與此同時，各文化團體的統制、統合也在迅速進行。

〈藝文指導要綱〉分為宗旨、我國藝文的特徵、藝文團體組織的確立、文藝活動的促進、文藝教育及研究機關等5部分，明確了以建國精神為基調的文藝創作、培養與普及（參見142頁所附〈藝文指導要綱〉）。擔任起草要綱的弘報處長武藤富男，在3月3日召開的要綱發表藝文大會上，以〈滿洲國的文化政策〉為題作了演講，對指導要綱中的各項內容作了解說⑩。據此這裏所指的「藝文」的意思，已背離了漢語本來的所謂「藝文」一詞，倒是有日本人意識中的「藝術與文學，或者藝術與文化的簡稱」的意思。要綱中的「將文藝、美術、音樂、演藝、電影、攝影於文化概念中抽出，稱為藝文」，這便是證據。至於為什麼在此有意只把「藝文」作為問題，武藤富男有如下說明：「在物質建設的同時必須花力氣進行精神建設的工作。這個指導要綱就是精神建設工作方面的方針」。這即是說在建設工作中不管怎樣也要補上精神面的落後。當時，把這份〈藝文指導要綱〉與1933〔大同2/昭和8〕年3月發表的〈滿洲國經濟建設要綱〉做對比而成為話題，可以說很具有象徵性。武藤也講道，「到現在為止，沒有制定出明確指示藝文的方向、竭盡官民全力使藝文發展、普及的體制確實是政治上的缺陷」。

第三項的第二條「為了藝文之綜合發展，將以各團體為成員組織滿洲藝文聯盟（暫定）」的組織化方針得到了大力推行，雖然多少有些抵抗，但仍在數月之後開始了具體化的運作。弘報處承擔起藝文聯盟的組織工作，開始與既有的幾個文學團體進行個別交涉。在野文化綜合團體，滿洲文話會成了第一目標。但是，自1937〔昭和12〕年以來，以老字號自居的文話會，直到最後仍對參加一元化組織表示為難。這好像倒不是因為不能接受〈藝文指導要綱〉，而是反對受弘報處的主管。實際上，其背後圍繞著藝文行政的主導權，民生部和弘報處的對立曾介乎其中。（據說文話會總部從大連移到新京時，曾得到了民生部的資金支援。）

文話會在〈指導要綱〉公布後立刻（也可能是在公布前）在其散發的《文話會通信》（3月15日）上登載著下列標語。「一、不管組織有什麼樣的變化，一定堅持文話會的精神。二、讓各地的文化（話）會永遠繁榮。三、文話會是所有文化問題的精神源泉」。這是文化職能團體——文話會所表示的微薄的抵抗。文話會和弘報處進行了數次協商。文話會方面也開始籌劃召集臨時總會，以再議關於本會的發展性解散問題。但事態好像比料想的困難。3月的某日，在民生部講堂召開了文話會臨時總會，出席該會的北村謙次郎對當天的情況有這樣的描述：

> 除民生部的官員以外，武藤弘報處長也應邀出席。這意味著，作為文話會的全體意見，是想把處長的意圖徹底弄清楚——這可能是這次臨時總會的主要目標。/議長是誰記不起來了。現在只記得坐在裏面的吉野（治夫文話會）事務局長那張蒼白的面孔，在他旁邊並排坐著武藤、山田清三郎。/會員開始提問，武藤處長回答，接著別的會員再提問。總是率先提出問題的是曾對文話會的設立盡過力的橋本八五郎。/「到底，文話會想做什麼。」/武藤處長幾乎是在問，藝文指導要綱也有了，文藝家協會的目的也講清楚了，在此之上還期望什麼呢？對此，橋本站起來做了回答說/「總而言之，從今以後，政府打算做的事情，就是把以前文話會要做的事情，按既定方針去執行」⑪。

講堂裏坐滿了會員，時間在異常緊張的氣氛中流逝。給這種對立畫上終止符的是山田清三郎。他突然站起來發表了意見。

北村謙次郎繼續寫道——

> 他面孔赤紅，正面盯視著大家，以「今天並不是為了

討論文話會今後怎麼辦，或者這樣那樣辦的問題才把我們聚集到這裏的。（強調地）因為政府已經發表了藝文指導要綱，希望得到文話會員的協助，因此響應要求，整頓一億國民的總崛起之勢態……」的口氣，滔滔道來。橋本八五郎以下，全場會員鴉雀無聲地聽著。

文話會隨形勢發展而宣告解散的事實，由山田的發言一錘定音。在山田清三郎的回想錄《轉向記》中，文話會臨時總會一段被省略了。但從 1941〔昭和 16〕年 4 月，川端康成等人訪問新京之際，因為是滿洲文話會和政府弘報處共同舉辦了歡迎會，所以，不管怎樣似乎兩者之間的隔閡還是消除了，而且滿洲文藝家協會的組織化進程也在前進。文話會的各專業部門，分別為滿洲劇團協會、滿洲樂團協會、滿洲美術家協會（後兩個協會於文藝家協會之後稍晚成立）等各藝文團體所吸收，並於 7 月 27 日結成了滿洲文藝家協會，8 月 25 日〈藝文指導要綱〉所稱滿洲藝文聯盟創立。

關於這其間的原委，在文藝家協會的〈介紹〉上有如下記載：

我滿洲國之藝文政策，一如本年 3 月政府所發表之藝文指導要綱，至於其確立過程，在此之後，以此藝文指導要綱之理念為基礎的，藝文各界有志之士之間、各專業藝文團體的結成準備工作，始終在與政府的緊密聯繫下進行，7 月 5 日，首先，滿洲劇壇（團）協會誕生。我滿洲文藝家協會，自 6 月以來，山田清三郎、大內隆雄、宮川靖、古丁、筒井俊一、梅本捨三、逸見猶吉、山崎末治郎等諸位，即與武藤弘報處長、中島事務官、磯部主管進行了數次商談，在政府的關照下，著手團體設立之準備，7 月 27 日於國務院講堂，由弘報處長召集，召開了滿洲文藝

> 家協會設立大會，即日，本協會宣告創立。在弘報處長召集的總計78名全滿各地（包括關東洲）的文藝家（作家、詩人、文藝評論家）中，除因交通及其他原因不得不缺席的若干人外，大多數人員均出席了本次大會。當時適逢雷雨將至，會議伴著雷雨，於下午3點半開始。岸本參事官報告了至召開設立會議為止的經過。弘報處長的祝詞之後，被推選為議長，會議隨後開始進入討論議程，討論並慎重地審議了已經過準備委員們多次推敲的滿洲文藝家協會設立要綱，全場一致認可以其為會規。合著窗外的雷雨在狂瀾般的掌聲中，我滿洲文藝家協會正式成立⑫。

這裏引人注目的是「納普」（NAPF—「全日本無產者藝術聯盟」）的經驗，通過山田清三郎在藝文聯盟組織中的反映。我們在山田的《轉向記》中看到，他自身似乎是有意識地發揮了這種經驗。「我没有忘記利用無產階級文學運動的經驗，例如，把文學、演劇、音樂、美術等各個獨立的團體結成滿洲藝文聯盟等，也是以我效仿NAPF時代的經驗的提議為基礎的」。提議者自己的告白肯定不會錯吧。如此類比，那麼滿洲藝文聯盟就相當於全日本無產者藝術聯盟，滿洲美術家協會就相當於AR（「日本無產階級美術家同盟」），滿洲劇團協會就相當於PROT（「日本無產階級劇場同盟」），滿洲樂團協會就相當於PM（「日本無產階級音樂家同盟」），滿洲文藝家協會也就可以看成是日本無產階級作家同盟。按照這種方式類比下去，在藝文聯盟創立的轉年五月，新創立的日本文學報國會的專門部會制也可以跟前期「納普」（NAPF）的制度進行對比吧。

山田清三郎思想上的轉變，帶來了此後巨大的雪崩現象。他主動地將自己的「轉向」意識合理化的姿態，在此暴露無遺。滿洲文藝家協會除了擔任委員長的山田以外，還有幾個原屬於作家同盟的人。第一期幹部野川隆，和島田和夫、横山敏男（池田壽夫）、林田茂雄、上野壯夫、牛島春子、綠川貢等人均為原作家同盟的成員。

對以「轉向」為免罪符，流亡到「王道樂土」，在此匯入納普的滿洲版——滿洲藝文聯盟中的他們的行為進行批判是容易的。然而，僅對這些個體的人進行批判，並不能找出導致這種頽廢結果的根源。

在滿洲藝文聯盟結成的8月25日，滿洲國通信社法、新聞社法、記者法公布。該三項法規是對滿洲國新聞通信統制的法制化。由這些法令導致的當時各報紙的合併情況大致如下。

首先中文報紙合併為《康德新聞》社，將至此為止的《大同報》、《盛京時報》、《三河新聞》、《黑龍江民報》、《錦州新報》、《熱河新報》等各社的權利、義務移交於康德新聞社（政府出資200萬日元）。日文報紙併為《滿洲新聞》（新京）及《滿洲日日新聞》（奉天）兩社，包括《東滿日報》的《滿洲新聞》、《哈爾濱日日》、《東滿日日》、《滿洲日報》由前者所繼承，而包括《大連日日》的《滿洲日日》及《安東新聞》的運營由後者所繼承。

1942年3月，在完成「滿洲國」政府的言論、文化統制之後，進行了「慶祝建國10周年」。《大滿洲行進曲》響徹各地，來自東京的由音樂學校成員構成的音樂使團、歌舞伎尾上菊五郎第六代傳人以及來自北京的京劇大師程硯秋均來滿祝賀。而這個國家的慶典，標誌著一個傳說時代終結的喧囂開始漫布各地。

五

保田與重郎說道：

> 大陸——不是地圖上的滿蒙支以外——的出現，首先改變了文學鑑別法和批評的分類學。明確地說，所謂大陸，既非地形亦非風土（非地理學現象的），而如今所說的大陸乃是作為那個皇軍的大陸而儼然存在的現實，因此，是象徵的浪漫主義，是將在新的未來展現的理想主義的混沌的母體。即，作為文學母體的大陸正是這混沌的一面⑬。〔以上引文注釋稱引自『新潮』（第35卷11號），但實際上依照的可能是1938年發行的單行本『蒙疆』中所收錄的該文。因為保田氏在將該文收錄於單行本時做過訂正，故引文包括著重符號的位置與『新潮』所載之文均有异同——譯註〕

這裏所説的「大陸」是將在新的未來展現的理想主義的混沌的母體，文學必將在這母體之上開放——保田的這個想法，可以説給了當時知識份子的「大陸」觀一個適當的説法。在寫下上面這些話的1936、1937〔昭和12、13〕年，「大陸」確實是作為象徵而存在著的。然而，在它已然消亡的今天（其實使其消亡的方法存在問題），這不過是一個空洞概念。

「滿洲國」文學，説起來應該建築在那樣的理想之上的文學。借用保田所説的話，即應作為「首先改變了文學鑒別法和批評分類學」的，具有實驗性特徵的文學。但在現實中的「滿洲國」文學又是什麼樣子的呢？

前邊已經介紹了關於基於滿洲國弘報處〈藝文指導要綱〉的各文化團體的統制、廢除、合併，以及在文話會發展性解散之後，一元化組織「滿洲藝文聯盟」的創立情況。在此之後，在各地的各種性質的文化團體均被該組織迅速收併⑭。如1932〔昭和7〕年10月創刊，歷史較長的《作文》，也在藝文聯盟成立之年的12月停刊。《滿洲浪曼》在1941〔昭和16〕年春《春季作品集〈僻土殘歌〉》發行之後，僅發行了幾本文庫本樣式的「滿洲浪曼叢書」續刊即告自然消亡。由中國人作家主辦的《藝文志》也在發行「紀元 2600 年紀念特集」後進入休刊狀態，其後藝文社創刊的文化綜合雜誌《藝文》填補了此一空白⑮。雜誌《藝文》和滿洲藝文聯盟的關係不甚明瞭。（淺見淵在其題為〈關於滿洲藝文聯盟〉的隨筆中明確寫道「由弘報處斡旋創刊」）。也有說，兩者關係的深化是在文藝春秋社進入滿洲，協助《藝文》復刊之後的事⑯。第二次發行的《藝文》也在不久的雜誌合併中與《滿洲公論》合而為一，據說曾預定刊行新的綜合雜誌《蘭》，但在具體化前即迎來了 1945 年 8 月 15 日。

因此，滿洲藝文聯盟可以說沒有正式的機關誌。聯盟麾下的滿洲文藝家協會除《藝文通信》外，也沒有其他特別的雜誌。這一時期的作家活動，與其說是圍繞文藝誌（或者說是文藝同人雜誌）展開的，毋寧說是以直接整理發行單行本，或把與生產現場緊密結合的報導文學直接提供給報紙等媒體的形式進行的更為合適。

如果把個人創作集除外，所謂滿洲作家的作品集可以列舉以下四冊。

《廟會——滿洲作家八人集》1940〔昭和 15〕年 5 月、竹村書房刊⑰。

《日滿俄在滿作家短篇選集》山田清三郎編。1940〔昭和 15〕年 12 月、春陽堂書店刊⑱。

《滿洲國各民族創作選集Ⅰ》1942〔昭和 17〕年 6 月、創元社刊⑲。

《滿洲國各民族創作選集Ⅱ》1944〔昭和 19〕年 3 月、創元社刊⑳。

此外還有文話會從 1937〔昭和 12〕年到 1939〔昭和 14〕年逐年刊發的《滿洲文藝年鑒》和滿洲有斐閣出版的《滿洲短篇小

說集》（由筒井俊一、梅本捨三等人編輯），因未見到，故不在此涉及。《廟會》雖名為「滿洲作家」創作集，但實際上僅限於《作文》派的作家，由淺見淵在該同人雜誌所登載的作品中選擇了八篇整理而成。《短篇選集》的刊行也得到了由當時與春陽堂有關係的淺見的鼎力相助。這些在討論關於滿洲文學時，均為不應忽略的事實。

在以上4冊作品集中，日本人作家的作品有34篇，中國人作家的作品12篇，白俄羅斯人的作品6篇，蒙古人學生作品1篇，共計收錄了53篇作品。但是，通讀這些作品之後，我發現，概括這個可以稱為複合民族國家的各民族作家的理念的東西，竟然踪影皆無。說「踪影皆無」可能有些誇張，但是，除了從一部分日本人作家那裏可以看到多少有些強加於人的協和意識外，它們實在不過是拼湊在一起的馬賽克。在所謂的「滿洲國」的精神風土中，如果存在的話，我曾想試著找尋共存共榮的各民族作家的統一姿態。但是我的嘗試徹底失敗了。因為各民族所特有的文化傳統已在他們那裏扎根，我只能看到那些執著的表情。這種從根本上徹底推翻保田與重郎所說的，所謂「大陸」並非地理學現象，而是「象徵的浪漫主義」這一說法。頑固的自我限定已滲透到它們所描寫的末端，使他們與日本作家之間形成了一條難以融和的鴻溝。編輯《創作選集》的岸田國士、川端康成等人好像也認識到了這些。因此，岸田才會這樣說道：「用幾種語言創作的這些作品，也許仍是日本文學、中國文學，或俄羅斯文學。也無論作家是否能意識到，其所受文學培養的環境和時代的影響都不會不清楚地反映在他的思考與感性認知上。滿洲文學越是年輕，我對它則越具有更大的希望㉑。」

本應已經「徹底根除」的文學的表現，卻仍然殘留在這些作品中，這並不是因為「滿洲國」文學年輕，而是因為俄羅斯文學、中國文學傳統的分量。因此，把文學的含義固定在作為地理環境上的「滿洲國」上才是可能的。

首先讓我們看一下中國人作家的作品。

他們的作品都是昏暗的。當然，不光是封建遺制和生活環境的昏暗，它也包括關於偽滿下的中國人社會的全部狀況。只要他們留在塞外，就必須始終面臨偽國家「滿洲國」的貪婪野心。從中產階級淪落是注定的，為了明哲保身，只有「陽奉陰違」這一條道路。而且他們也絕不會離開祖先的這片土地。出現在石軍《黃昏的江潮》〔未見中文原名，茲據所譯日文復譯——譯註〕中的劉興家，只靠微薄的渡船生意養活妻兒，然而，這點兒生意也隨著最新式小型汽船的開航而丟失了，最後剩下的只有耗費體力的重勞動。與此相比，疑遲在其《擺渡》〔未見中文原名，茲據所譯日文復譯——譯註〕中描寫的擺渡老人，在架橋工程開始後，卻並沒有動搖。因為在老人的意識深處有達觀二字。搬到滿目瘡痍的、蛇似的彎曲狹窄的小街《狹街》（山丁）中的「我」，目擊了劉大哥一家的悲慘死去，《法文教師和他的情人》（小松）描寫了一對因貧困而不能結婚的相愛男女，還有描寫紡織女工悲劇的夷馳的《黃昏後》，描寫圍繞滿、鮮邊境走私發生的悲慘事件的小松的《人絲》，所有這些均停留在未能解決的昏暗之中。而且把他們逼向死亡或貧困的並不是日本人，而是滿人的官吏、商人等一群被叫做「掌櫃」的人。中國人作家的眼到底沒有觸及潛在背後的日本人的統治，只是在限於偽滿下中國人社會這個條件中，摸索矛盾的各個層面，而並未打算涉及帶來這種矛盾的根本問題。當然他們的社會也有缺陷。在第一章介紹的古丁的《原野》中，描寫了一個瀕臨沒落的土豪家族。這一家自祖父時代遷移到滿洲的原野。第一代在積攢了些家財後，祖父即迎娶了年輕的小妾，開始了揮霍的生活，成為官吏的父親雖然畢業於美國的大學，但整日無所事事，沉溺於吸食鴉片。第三代長子雖然畢業於日本的大學，但學業無成，只是麻將大有長進而已。他求人幫忙當上了當地的官吏，並沉湎於和上司女兒的冒險戀愛。然而，無論怎樣，如果追溯他們的出身，這些人都是山東、河北等地為了尋求土地流浪而來的貧民。

淺見淵在談到古丁的作品《原野》時評論說——「古丁對隨著滿洲國建國、新文明的到來而正在消失的古老文化以及它的消失過程不僅贊成，而且用辛辣的語氣進行了描繪。作品規模宏大，人物也各具特色，是一篇耐人尋味的作品。它比其他任何作品都更執著地描寫了所謂滿洲國中產階級的滿人氣質、包含著許多所謂風俗習慣等，這些描寫引起了我們的極大興趣㉒。」使土豪走向頹廢的社會動蕩，並非來自被統治層的反抗，而是由近代文明裝扮起來的「滿洲建國」。可以說正是它賦予了古丁等中國人作家一種複雜曲折的意識。木崎龍（仲賢禮）評論古丁說，「像他這樣拒絕情感的人很少。也就是說，他的人生觀建立在對情感的懷疑之上」。他甚至說「《原野》實際上是他的實驗室。在它和作者的距離之間存在著現實主義的尖銳。㉓」這裏所指的也是這種意識。古丁沒打算把批判指向外面，而是把批判的利刃扎向了他自己。因此才會不斷地有被虐待性的對話。可以說，在他的作風中所表現出的那些玩世不恭的乖僻、幽默趣味都是在這種激烈摩擦中產生的。這種傾向不僅僅限於古丁，它也是中國人作家所共通的精神構造。古丁在《原野》中講述的對現實的認識，在其後的中篇小說《平沙》〔原文作《常沙》，恐為誤植。——譯註〕中得到進一步明確。讓我按照他自己整理的梗概大致介紹一下：

主人公是個名叫白今虛的青年官吏。他早年喪母，大學一年級時又失去了父親，於是由曾是父親前上司的馬五爺領養。馬五爺夫人的女兒其妹，只有一隻眼睛，但卻是個美人。馬五爺讓他們訂了婚，但因為其妹沒有文化,所以白今虛要她學習，他自己也回到學校繼續學業。不久馬五爺和夫人都染了病，他回鄉探望，卻看到未婚妻和馬的姨太太常常打麻將度日而從不學習。他抱著再也不回到這裏的決心返回學校，靠寫寫稿件等繼續其學生生活〔此處沿襲了原出處的誤植，茲訂正後譯出——譯註〕。在這期間馬五爺去世，姨太太因通奸被趕走，未婚妻在這些變故之後神志恍惚而投井身亡。白畢業後成為地方官吏，工作數年之後調到新京，不久又被派到故里工作。他寄居馬家，此時馬五爺的遺孀和馬的弟弟及其患有肺病的孩子正過著黯淡的生活。後來姨太太返回，但其子已經死去，她便大鬧，說是被大家害死的。馬家的朋友高某前來勸解，最後終於定居下來。高以鴉片賺錢，有個漂亮的女人。那個女人及高的兒子的秘書柳似雲等人常在馬家和那位返回馬家的姨太太一起打麻將。姨太太任意欺負馬家年輕的養子〔養子，即馬的弟弟患有肺病的孩子，為繼香火過房於此——譯註〕夫婦。柳氏提出和白交朋友。白離開了馬家。後來那對年輕夫婦曾找過他尋求幫助，然後不知去向。柳後來也不見了。於是馬家又是占卜又是算卦亂成一團。白也踏上了旅途。他在火車中一邊讀著《沙寧》，一邊在「為什麼而活呢？為了要滿足我的自然的欲求」的地方劃上了引線㉓。

這個梗概不能說寫得很好，但是為了尊重作者的意圖還是直接引用了。爵青所謂的「來自面對所有惡劣條件，發憤向上的青年的，被壓抑的生活本能的吶喊」，在古丁作品中得到了典型的體現。「我們的欲求是一切。人在消滅欲求的時候，那人生也便消滅。人在殺自己的欲求的時候，那人也同樣自殺。」從《沙寧》中摘取了這句話的古丁，就是打算通過白今虛來寫他自身的

「被壓抑的生活本能的吶喊」。主人公白今虛從書架抽出一本《沙寧》，然後乘火車去旅行了，但他要去的地方在哪裏呢？小說在讓我們可以預想到白今虛會再次回到他現有的小天地中結束。和白今虛同行的古丁的腳步，也不得不回到這個受壓抑的生活環境中來。作品集《原野》除古丁之外還收錄了 8 位中國人作家的小說共 12 篇，其中的小松、夷馳、田兵、袁犀等人都是受過五四以來中國文學洗禮的作家。木崎龍說：

> 經過這樣的過程，他們還是要在混沌摸索中悲嘆、煩悶。我不清楚這在內部造成了多大的動盪。在這一階段，重重地加上滿洲建國，可以想像在某種意義上妨礙了他們苦惱的純熟化。蕭軍投奔上海也是這段時間。他們中的多數不得不把自己圈進自身裏面，同時又讓自己顯示出極端茫然的姿態㉔。

偽滿下中國人作家與所謂中國的東北作家之間的關係尚缺少有證據的資料。特別是關於作家之間個別交往的情況不甚清楚。但是在以哈爾濱為中心展開活動的北滿作家，與蕭軍等人曾合作過的成員很多。且不說以山丁為筆名，曾涉足過電影劇本創作的梁夢庚等人，在哈爾濱二中畢業前後即與蕭軍有過交往，而畢業於哈爾濱法學院的疑遲也不能說沒受到過間接的影響。更何況古丁曾在北京大學學習，所以不可能沒有受到中國五四以來文學傳統的影響。從古丁的文風中可以看到魯迅的影響，而吳瑛的腦子裏恐怕有蕭紅的存在。

> 你啊！在這個深宅大院
> 為什麼籠罩著那麼多的憂傷。
> 猶如帶著一把枷鎖。

永無解脫之日。
那裏燒剩下的
是一塊輕飄的白骨
我心痛不已地凝視著……
〔未見中文原文，茲據所譯日文復譯——譯註〕

以這首詩開頭的吳瑛的短篇小說《白骨》中描寫的，住在沒有陽光的潮濕小屋，僅以回顧已逝（主家的）夫人生前那些體貼善良的話語度日的老人；《望鄉》的主人公，落魄的劊子手，十年後回到故鄉，他在那裏看到的與其說是沒有變化，不如說是變得愈加的悲慘貧困；《旅途》中的那位年輕媳婦，被丈夫出入的社交場所疏遠，不得不回到嚴厲的婆婆管制下的封建家庭等都讓我們看到，由於吳瑛是女性作家，所以在凝視朽骨的眼的深處尚藏著一顆溫暖的心，這使得一種抒情風格流動在她的作品底層。她在吉林高等女子學校學習時就立志文學，曾師從劉太中、何靄人等人，25 歲時出版了小說集《兩極》。丈夫吳郎是評論家。吳瑛出席了第一次大東亞文學者大會，吳郎出席了第二次。17 歲結婚，當時已是兩個孩子母親的吳瑛，為了參加第一次大東亞文學者大會去了東京，並參加了與羽仁說子、森田玉的三人會談。談了兼顧寫作與家務的艱難，希望滿洲的女性關注社會形勢，成為具有生活能力的社會成員而獨立起來。她的社會意識可以說是源於既是主婦又是母親的生活體驗。

爵青的情況比起古丁等人更為徹底。正如所謂「真正的藝術，必須像《伏爾加船歌》一樣，能夠超越時間與空間，擁有給人類的生活賦予本能的力量」（〈看俄羅斯人演的歌劇〉）那樣，在他那裏可以看到突破昏暗現實的本能欲求。而且人生派作家容易陷入的超現實主義使他的作品也常常具有華麗的文體和粗獷的結構。木崎龍也評論說他是「滿人作家中最擅長寫華麗的文章，具有輕快筆致的人」。短篇《賭博》探討的是在哈爾濱中央大街的一個俱樂部裏，把一年的薪水壓在一局輪盤賭上的男主人公的心理。《大觀園》則是以蠕動在50萬人口的大都市底層的一個下等妓女、吸毒者、毛賊、流浪漢的群像為背景，描寫了一個被投入此污濁漩渦的少年的行踪。他以筆名遼丁發表的《哈爾濱》雖尚不成熟，卻是一部以一位大學生家庭教師和本是舞女的第三夫人的歡愉為主題，來挖掘社會矛盾的作品。爵青評價疑遲是「為了觀察人而勉強維持生命的人」，評價古丁是「觀察赤裸的現代人與社會之間所產生的矛盾的文學家」，評價山丁為「往來於大時代中追求理想的人」。可以說爵青的細膩的感覺和粗獷的文風最好地體現了滿洲文學中共通的「被壓抑的生活本能的吶喊」。

爵青在其《賭博》發表的1942〔昭和17〕年，出席了第一次大東亞文學者大會。在會議的第一天，他做了以下發言：

> 我覺得我們必須擊退美英，雖然在去年12月8日才決然宣戰，但從實情來說，應該說戰爭早在十多年前就開始了，這就是大東亞共榮圈建設的序幕，就是我滿洲國的建國。我滿洲國的建國雖不是以戰爭的形式表現的，但如果深究一下它的本質，實際上不僅超過了戰爭，而且也是第一次以美英為敵，用東洋人的手為東洋文化的世界奠定一塊基石。

以上這些想法不僅限於爵青。「滿洲國」代表之一的古丁也毫無顧慮地盛贊「大東亞是一個整體，貴國乃大東亞之太陽、我滿洲國之父母」。他們都以一幅鄭重其事的面孔，重複著同一套台詞。然而，讓我們懷疑的是，他們恐怕不會感覺不到他們的作品與在大會上面對日本的發言之間的矛盾。讓我們再回憶一下古丁的所謂「會原原本本地接受」。「滿洲建國」的神話時代過不了幾年就會結束，東北失地的歸還也不是遙遠的夢想，那時「會原原本本地接受」，古丁的這番話，讓我們在他稱讚「日本是大東亞的太陽」這種禮貌發言的背後聽出了嘲諷的意義。如果古丁對「會原原本本地接受」這句話負責的話，他也應該對自己「日本是大東亞的紅太陽」的發言負責。只要他身為文學家，也不管他走到哪裡，「日本是大東亞的紅太陽」的發言，都會追逐著他。因為就文學家來說，語言便是一切。如果說他的話不足以信賴的話，那麼我們還可以相信什麼呢？在古丁呼喊「日本是大東亞的紅太陽」的時候，說明他已開始向虛妄的方向邁出了一步。但是，在追究古丁走向頹廢之前，我們絕不能放過把古丁逼向那裏的日本的責任。因此，討論古丁等人的頹廢（即使那些都是假話，是「陽奉陰違」的權宜之說），終究會歸結於對日本文學者的頹廢的追究。

因創作《第八號轉轍器》而獲得第一屆滿洲文話會獎的《作文》派的日向伸夫在〈滿洲文學之我見〉中闡述道：

> 我在考慮以滿人〔指偽滿下的中國人。下同。——譯註〕為題材的小說創作之前，我想把他們當作同樣的人來考慮。在描寫滿人的習俗或生活之前，我首先想寫的是滿人。誰能說因為通過滿人描寫了人生的分量、人類的美、真實，就是文學的邪門歪道呢？㉕

日向曾就職於奉天鐵道總局營業局的旅客課。在當時所在職員總數的 300 名中，250 名為偽滿下中國人，特別是他的科室，據說 8 位職員中 6 位都是偽滿下中國人。在這種環境下，對於打算從事文學的日向伸夫來說，給自己貼上「滿人素材作家」的奇怪標簽肯定是件討厭的事。況且沿著國策，有意識地「不強調獨自性的獨自性」等都是極無意義的。他清楚地說道，「文學不是宣傳的媒介。現在的滿洲，否定面和肯定面是互相交錯存在著的，這在新國家這一點上，具有顯著的特殊性。因此，面向這種現實的作家，他們的興趣恐怕也會不比尋常。我覺得為了否定而否定，為了肯定而肯定，都是作家應該感到羞恥的行為。我希望文學總是真實的」。

他的作品多能積極地捕捉到在滿洲日、滿、朝等各民族相互間的心理碰撞。以 1935（康德 2/昭和 10）年 3 月北滿鐵路讓渡協定簽訂之後的滿洲為背景的《第八號轉轍器》應該算是他的代表作。我們看到了他從正面直接入手民族問題的意向。然而，想切入到不同民族固有性格的細微之處並不是輕而易舉的事。作者的人道主義精神有時會畏縮、困惑、留下焦躁般的意念。而且他的誠實的文學行為，在所謂國策時代的暴力面前也不可能不走向瓦解。「日向最近好像陷入了低潮，這是不是……因為離開了勞動的現場。日向君陷入低潮的根本原因該不是……對自己個人小乘式的人道主義精神的懷疑吧」。淺見淵可能確實認清了，日向伸夫的人道主義文學——總是希望文學是誠實的、他的創作方向——恰恰是由於這種誠實性而不能為時代所接納。日向在《新潮》上發表了《寒冷的車站》之後便一直保持沉默。戰敗的情形加重時，他應召從軍，戰死於沖繩。

牛島春子是以短篇《王屬官》入選第一屆建國紀念文藝獎，從此躋身滿洲文壇的作家。在她的作品中，有一篇以縣長辦公處的翻譯為主人公的短篇作品《姓祝的男人》。像這樣直截了當地描述與其他民族的協和是如何困難的作品可以說並不多見。祝廉天的行為可說是充滿了難以理解的傲慢或蠻橫。他努力忠實上司，仇視與王道建設的理想背道而馳、在如今政治之手尚未觸及的農村，因循著舊傳統、舊習俗，像毒草一樣蔓延的一切醜惡現象。但是他的行動既不能讓滿人覺得高興，也不能讓日本人高興。作者借祝的上司真吉之口說道，「實際當上了一個縣的縣長，給三十餘萬縣民實施政治時，我們日本人以日本人的感覺去理解滿人是多麼危險的事啊。這種善意的不慎又會使滿人產生怎樣的誤解或背離心理呢。一想到這些就會感到後背寒氣逼人」。這些懷疑恐怕是那些陶醉於高高在上的「建國神話」中的高級官僚們難以理解的吧。即使有民族協和誕生的餘地，那也應該來對民族差異的互相理解上。不留情面地揭露滿洲警官的暴行，批判日本官吏不法行為的祝某，手槍從不離身，他對上司真吉半認真半尋釁般地說，「滿洲國一旦崩潰，我祝某將第一個遭迫害」。作者說，「他（祝）仿佛以本民族的敏感性感覺到，一部分看上去忠實於政治、從不提出異議，相貌溫和的人，有朝一日，說不定會突然舉起反滿抗日的旗幟，掉轉槍口。即使不是那樣，在槍不離身的祝的心底肯定也有一層悲哀的陰雲」。

對我來說，與古丁傲然的「原原本本地接受」相比，槍不離身，並流露說「有朝一日，第一個遭迫害」的翻譯祝廉天更能讓人深深地感到民族問題。1940（昭和15）年7月去滿洲旅行的淺見淵曾在新京與古丁一起喝酒。據說古丁在那時用激烈的口吻對他講過，「淺見先生，你是大和民族的後裔吧，我是黃帝的子孫。讓我們彼此為祖先的榮耀好好幹吧」。與作家古丁一樣，翻譯祝廉天也是黃帝子孫，只是古丁與翻譯祝廉天之間有一條無法填補的鴻溝。藉著酒力表達的自虐性的「會原原本本地接受」的話語，與槍不離身的辦公處翻譯所流露出的「第一個遭迫害」的自言自語究竟哪個包含著更大的民族苦悶呢。

為紀念建國10周年，在由滿洲文藝家協會編輯的《慶祝詞華集》㉖上有古丁投寄的一首題為《建國十年頌》的詩歌。我們把「親邦大日本帝國，愛護東亞民族如同親生幼子，崇高的天日，照耀成八紘一宇！」這些空洞的詩句，與「貴國乃大東亞之太陽、我滿洲國的父母」（1942〔昭和17〕年10月28日給《朝日新聞》的投稿中的一句）結合起來看，這位大吹自己是黃帝子孫的古丁，實在是並不那麼光彩。

牛島春子的《姓祝的男人》在此之後被選為芥川獎的候補作品，再次為《文藝春秋》所收錄。但是作品中提出的民族問題未被正確地理解與接受，僅得到一些諸如具有異國風情之類的平淡的評價。

在《作文》派作家竹內正一擅長描述的人物——北滿的帶有漸漸走向賤民化的白系俄羅斯人的哀愁生活中，在可以說是具有成人的童話、浪漫、細膩風格的《滿洲浪曼》派作家北村謙次郎的關照中，都未出現民族問題。北村所描寫的寬城子的街頭、遠離家鄉流落到偏僻的滿洲的女人們的鄉愁都十分精彩。竹內所描寫的由高大林木所圍繞、路燈稀少的馬家溝，以及生活在那裏的移民的淪落情形，也充滿著清澈的詩意與哀愁。此外，還有鈴木啟佐吉追蹤滿人勞動者水深火熱生活的《閃電》，富田壽描寫漢民族與蒙古人在蒙古爭鬥的《沙草地》以及大量描寫殖民地各種類型的人物和以滿洲的自然與人物為背景的作品。只是這些人物都只是存在於未與日本人發生任何關係的狀態中，或者說只是一個稍縱即逝的瞬間像。因此，現在總結起來，就像中國人作家肩負著中國文學傳統一樣，這些作品中也只是溫存著日本文學的傳統，在他們眼裏的滿洲，實際上只看到了日本人。

〈藝文指導要綱〉的實質性推進者，弘報處長武藤富男是從另一個角度來看這一點的：

> 日本人在打造滿洲，在逐漸打造滿洲的文化中，同時有舊事物和新事物。舊事物是以大連為起點，沿著滿鐵沿線發展到奉天。新事物以新京為起點，首先向北滿、東滿延伸，以後逐漸至南滿。前者完成於日俄戰爭開始到滿洲事變為止的期間，後者隨滿洲建國而產生。文學亦然㉗。

武藤的說法在某種程度上是對的。

我在第二節的結束之處寫道，「滿洲國」文學的情況，我們可以用《作文》派與《滿洲浪曼》相並立，再加上以《藝文志》為據點的中國人作家，與代表大陸開拓文藝座談會的日本文學者，來勾勒出一幅圖表式的輪廓。這種情況是九一八事變以後形成的。在此之前，有以哈爾濱為中心的北滿作家團體、和以奉天為中心聚集起來的南滿作家集團。北滿作家中的佼佼者因抗日運動失敗而逃到關內，而大部分南滿作家開始了所謂「陽奉陰違」的生活，在那裏為表現「被壓抑的生活本能」而努力。不消說，圍繞在《藝文志》周圍的中國人作家當屬這一系列。然而，如前面所述，隨著藝文統治國策一元化的大力推行，原有的文學團體均迅速為藝文聯盟麾下的滿洲文藝家協會所重組。

武藤富男繼續寫道：

> 以大連奉天為中心的舊文學可以說是從所謂日本文學這塊莖上長出的一片新葉，而北滿、東滿的文學是種植於滿洲建國的文學。因此，它是日本人在追從建國大業的過程中獲得的體驗的表現。也就是說，滿洲的新文學是從報告文學出發的。

的確，到那時為止，住在滿洲的日本人作家都是一邊看著滿洲的現實，一邊看著日本。在文學上越是追求誠實，就越能瞭解與民族協和背道而馳的、不可迴避的鴻溝之存在。參拜「建國神廟」，呼籲「一德一心」，這些為政者們的努力，均未得到任何效力。

武藤富男不是從現有文學者，而是要從外行的通訊報導中挖掘新滿洲的建國文學，這也許是他要打開困境的一種權宜的方法。《哈爾濱日日新聞》社為紀念皇紀2600年而徵集的現場報告文學集《走在地平線上》（1942〔昭和 17〕年 6 月，赤塚書房刊），《滿洲新聞》社所編《現地隨筆》（正續·1943〔昭和 18〕年 8 月，《滿洲新聞》社刊）中，雖然包含著在某種程度上能讓弘報處長感到滿足的作品，但它到底給文學增加些什麼呢？日本作家也好、中國人作家也好，他們都只能以傳統中的東西從事文學創造。〈藝文指導要綱〉的精神，是在那些把臉朝向他們所指定的方向的作家們的面前唱的一出蹩腳的、直到垮台為止一直在不停叫囂滿洲建國精神的獨角戲。白俄羅斯人的文學也是一樣。女詩人楊科夫斯卡婭，以日本撤退後的符拉迪沃斯托克為背景的多數作品與戈魯恰庫軍出身的納斯麥羅夫、巴伊科夫以及與他們齊名，擅長描寫密林生活的波利斯·尤利斯基，不管哪一位，都沒有寒磣的政治氣息。巴伊科夫在《普魯杰瓦里斯基的遺言》的結尾的一句話，「俄羅斯也好，全世界也好，都有許多變動。不變的只有茂密的森林」，就完全站在了無視「滿洲建國」神話的立場上。他們即使描寫移民充滿苦澀的黑暗生活，也與日本人、中國人都不同，洋溢著斯拉夫民族的風格。是生息在大自然中的動物和樹海的沙沙聲給予了巴伊科夫創造的喜悅。可以說，古丁的所謂「在唯一的文學故鄉努力實現各自的遠大夢想」的願望，是與「滿洲建國」神話並無關聯的，在各自的傳統、各自的時間裏塑造著的自己的文學。

作為「象徵的浪漫主義」的「大陸」，文學意識的變革尚未實現便和建國神話一起消亡了。

六

在「滿洲國」終結的同時，大陸開拓的夢想亦告瓦解，開拓文學亦隨之雲消霧散。泡沫般的作品遭到這樣的命運又有何怨呢？因為那本來就是作品及作家的責任。把所有的概括起來說是追從國策的責任是簡單的，但這樣便無法認識把文學逼到那裏的歷史禍根。為了不喚醒過去的亡靈，也許有必要將其暫置於歷史的整理櫃。但那樣的話，又怎能整理大陸開拓文學這朵錯開的花朵呢？

大陸開拓文藝懇話會誕生於1939〔昭和14〕年春（1月開始準備，結成典禮於3〔2月之誤——譯註〕月4日，在拓相的官邸舉行），是由拓相八田嘉明的侄子近藤春雄策劃組建的團體。根據會員之一福田清人的回憶，起因由荒木巍打算創作以滿洲開拓者為主題的作品，於是拜託高校〔這裏說的是舊制高等學校——譯註〕時代的友人近藤，把自己介紹給拓務省開始。考慮到如果來滿洲，有一個在某種程度上可以推進它的年輕的作家組織可能比較方便，於是，近藤、荒木和福田便在拓務省及滿鐵，廣泛動員友人暫且組建了一個組織。委員除此上述三人外，還有田村泰次郎、春山行夫、湯淺克衛，會長由前輩岸田國士承擔。會員有伊藤整、井上友一郎、豐田三郎等二十幾人。成員中雜誌《行動》培養的新人較多的原因，當然有福田等人的人際關係問題，但不能否定，想從狹隘的島國小說中脫胎換骨的願望，曾在聚集到大陸開拓文藝懇話會的年輕作家之間起過作用。就像政府試圖通過有計劃的集體移民打開現狀一樣，他們在顯示協助國策的姿態的同時，也一定抱有向新文學飛躍的夢想。這對於參加該組織的和田傳、丸山義二等農民文學者也不會例外。1940〔昭和15〕年版的《文藝年鑒》中，記載著該會的目的是「關心大陸開拓的文學者聚集起來，在有關當局的緊密聯繫與提攜之下，幫助國家的事業走向成功，讓文章報國結出碩果」。但在每位會員的心中，肯定還隱含著急欲把由開拓精神所培養出來的創造力，進一步攝取到創作主體的希望。

該會開展的工作內容之一包括：「推薦或獎勵有助於大陸開拓的優秀文藝作品」，設立並實施了「大陸開拓文藝〔原文作

「文學」，恐為誤記——譯註〕墾話會獎」；「為大陸開拓事業的視察或參觀提供方便」。從第一次6名作家的滿洲視察開始，直至為20多名作家提供了方便：「舉辦與大陸開拓文藝相關的研究會、座談會、講演會及講演會講師的派遣」，包括參與滿鐵主辦的大陸事情研究會的講演、開拓劇的上演、座談會等。除會員個人的作品之外，該會還刊發了12名會員共同創作的創作集《開拓地帶》，刊發了《開拓文藝叢書》等。1941〔昭和16〕年以後還從事過開拓地的文化工作。總之，恐怕在當時寫大陸開拓文學的作家中，沒有間接或直接得到其恩惠的不過是極少數吧。

該會後來在某種程度上實現了當初的目的，1942〔昭和17〕年隨著日本文學報國會的創立，它隨形勢發展而解散，改組為文學報國會的一個委員會。大陸開拓文學委員會會規的第二條為，「大陸開拓文學委員會將綜合一切與大陸開發相關的文學活動，審議並推進凡以文學形式對開拓事業的協助、以及文學者的現地派遣等其他一切文藝性計劃」。由此可以看出，懇話會時代的工作內容和目的均被直接地繼承了下來。這從委員會構成的會員名單（岸田國士、近藤春雄、田鄉虎雄、湯淺克衛、福田清人等）中亦可明瞭。

在此讓我們簡單地追溯一下滿洲的移民史。

在滿洲事變爆發為止的30年間，日本人的移住，幾乎僅限於以滿鐵沿線為中心的帶狀地域。而且其中的大部分人居住在關東州，據說當時那裏的23萬人中農業人口不滿1000人。因此對於滿洲移民的將來，一般都持悲觀見解。

滿洲移民的構想是由兩位人物——東宮鐵男與加藤完治的相遇開始的。東宮的移民方案是1927〔昭和2〕年在他擔任奉天獨立守備中隊隊長時構想出來的，想法雖然在一段時間內，因為他轉到岡山步兵第十團而中斷。但滿洲事變後，成為吉林鐵道守備司令部軍事顧問到長春上任的他，在負責治安維持的同時，再次著手研究關於復員在鄉軍人的屯墾方案。他向石原莞爾關東軍參謀及關東軍參謀長報告了自己的意見。其構想是把武裝農民（退伍軍人）安置到北滿的各地，達到移民的目的，使其同時作為支援滿洲國軍、協助維持治安進而以備對俄國防之需要。

而加藤完治的滿洲農業移民方案，是根據擔任農林次官的石黑忠篤、京大教授橋本傳左衛門、東大教授那須皓、農林省農務局長小平權一等人構思的計畫，加藤完治實際上負責其實踐，從與東宮的軍事性理念不同的角度提出的方案。加藤在東大畢業後曾到丹麥旅游，歸來後在山形縣開設了一間農民自治講習所。加藤是一位站在農本主義的立場上，堅持獨自性農業教育實踐的指導者。此 5 人早先曾以同志關係，在朝鮮的群山和平康建設過農村青年的移民部落，後鑒於滿洲事變的爆發，他們把視線轉移到滿蒙寬廣的土地，提出了大量的移民計劃，以解決處於農業危機和饑餓狀態的日本農民問題。而且他們的理想不僅是想從經濟意義實現農村救濟，其精神特色在於建設基於農本主義的理想社會。加藤等人在 1932〔昭和 7〕年將他們整理的 6000 人移民方案提交到內閣會議，得到首肯後，他們為日本國民高等學校北大營分校的開設去了滿洲。但是此移民方案因大藏省的干涉而中止，在取得關東軍的理解後，開始了所謂「一人一把鋤、一把鍬」的移民訓練。加藤通過石原莞爾的介紹見到東宮是 1932〔昭和 7〕年 7 月。因為五一五事件〔指 1932 年 5 月 15 日，日本青年海軍軍官，謀刺日本首相犬養毅，迫使政府戒嚴，建立軍閥政權，推動日本發動全面侵略戰爭的事件——譯註〕後，新誕生的齋藤內閣的拓相永井柳太郎開始籌劃復活移民方案。為了向在那年夏天召開的臨時議會提交滿洲移民方案，作為其基礎資料，加藤接受委託移住地的整頓工作，這成了這次見面的直接契機。

拓務省的第一次試驗移民案在第 63 次臨時議會上通過，自 9 月 1 日起，以東北地區為主的 11 個縣的退伍軍人為對象開始募集工作。被募集者首先集中到岩手的六原、山形的大高根、茨城的友部等各訓練所後，10 月 5 日從神户港出發，14 日到達了佳木斯。完成全部遷入目的地永豐鎮的工作已經是轉年的 4 月了。遷入當初治安情況惡劣，物資缺乏，再加上嚴寒，通信也經常中斷，計劃也一項又一項地發生了分歧，在這種異常環境中，很多人由不適而導致神經衰弱。1933〔昭和 8〕年 7 月，團員間的排斥事件發生後，東宮想出了迎娶「嫁給大陸的媳婦」的方案。從他創作的「嫁給大陸的媳婦」歌、委託奉天某畫家畫宣傳畫的書信中，不難看到他人性的一個側面。在治安尚不安定的 1934〔昭和 9〕年的 5 月，第一批「嫁給大陸的媳婦」個個手持步槍嫁到了日本人的遷入地。

在永豐鎮（後改名為「彌榮村」）的第一批移民之後，1933〔昭和 8〕年的第二批移民遷入的是離彌榮村四十公里外的七虎力（千振鄉），1934〔昭和 9〕年的第三批是北安省王榮廟區的北大溝（瑞穗村），1935〔昭和 10〕年的第四批是東安省的城子河以及哈達河，1936〔昭和 11〕年的第五批是黑台等四地，接連進行了不同的試驗移民。此後開始進入根據國策的大規模集團移民計劃。第一次到第五次試驗移民遷入是以軍事（治安）為目的，這在當時已在關係者之間傳説，特別是第一次到第三次移民都是在抗日游擊隊的勢力圈內，或選擇了他們的交通要塞，第四次和第五次則是以林口、密山間新設的軍用路線的警衛和治安維持為直接目的。不容忽視的是這些不僅切斷了抗日游擊隊和民衆聯繫，同時在被放棄的現有耕地的無人地帶實施移民的策略，每次遷入都是作過周密考慮的。關於滿洲移民和反滿抗日運動的關係，可見〈滿洲共產匪的研究〉以及山田豪一的〈滿洲的反滿抗日運動和農業移民〉等文章。根據這些文章，以東北救國義勇軍為中心的反滿抗日活動的最高潮，是在第一次遷入的前後。作為吉林軍顧問，自 1932〔昭和 7〕年就任以來，一直擔任指揮吉林省東北部依蘭地區的抗日軍討伐工作的是東宮，所以他把第一批移民團作為了其軍事行動的輔助部署。從它又被稱為佳木斯屯墾第一營可知，這是一個由一位中校擔任營長，營之下又分為 4 個連、12 個排的軍隊編制的移民組織。

因二・二六事件〔1936 年 2 月 26 日，東京日軍陸軍第一師團 1400 名官兵暴亂，佔領首相府，刺殺內相、藏相、教育總臨等多人。事件後，統制派在日本陸軍中佔據了領導地位，促使政府確定了全面對外進行侵略擴張的國策。——譯註〕岡田內閣倒台之後的廣田內閣，打出了確立高度國防國家體制和農村第一主義政治綱領，決定實施基於戰略要求的大量移民的計畫（20 年送出百萬戶計畫）。這是一個將 20 年分為 4 期，以 10 萬户、20 萬户、30 萬户、40 萬户遞增的形式，在 20 年後，完成遷入 500 萬，即佔屆時滿洲國推定人口 5000 萬之一成的大計畫。當然在這背後，好像也包含著為了滿鐵新路線的收支核算，也要求大量移民進行沿線的產業開發。作為移民的實施機關，1935〔昭和 10〕年設立了滿洲拓殖株式會社，轉年滿洲移住協會誕生，移民也開始進入實質性階段。

第一、第二個 5 年計劃分別於 1937〔昭和 12〕年與 1942〔昭和 17〕年開始。在此期間加藤完治等人提出了關於組建滿蒙開拓青少年義勇軍的建議書，並於 1938〔昭和 13〕年開始實施，同時在內原創立了訓練所，所長由加藤擔任，在轉年即 1939〔昭和 14〕年，開始施行滿洲建設義務勞動隊制度，在這些成果的基礎上，於同年的 12 月制定了滿洲開拓政策基本要綱。

讓我們把話題回到文學上來。在大陸開拓文藝懇話會因發展需要解散、而成文學報國會的一個委員會是 1942〔昭和 17〕年，這時正值 20 年 100 萬户移民計畫的第一批末尾、第二批的開始階段。從這種意義上說，大陸開拓文藝懇話會，就在 5 次試驗移民的結果上，承擔起了第一個五年計畫運行中開拓（移民）問題的啟蒙工作。有趣的是，「開拓」一詞開始常常在政治範疇使用起來，也是在大陸開拓文藝懇話會創建的 1939〔昭和 14〕年。

當然，作為開拓文學研究對象的「分村」、大陸移民等問題，也是農民文學的主題。因此我們也不能忽視與大陸開拓文藝懇話會幾乎在同一時期創建，經過同樣歷程，後被編入文學報國會農民文學委員會的農民文學懇話會的動向。

農民文學作家與曾擔任第一次近衛內閣農相的有馬賴寧進行會談是 1938〔昭和 13〕年 10 月。那時，有馬與發表過創作集的兒子賴義以及豐福前秘書官一起出現在丸之內的常盤公館。作家方面參加的人有和田傳、島木健作、鑪田研一、打木村治、和田勝一、鍵山博史、丸山義二、楠本寬。他們從農業問題到農民生活、農民文化、文學等就廣泛話題進行了交談，並在談話間還就農民文學懇話會的組建、農民作家的大陸視察、後方派遣、農民文學獎的設立等進行了協商。本來會談的最原始動機，是因為在產業工會中央會的大會上，有馬農相在演講中，談到關於農村的保健問題時，引用了和田傳的《沃土》開始的。一直夢想農業用地解放的善意的改良主義者有馬賴寧，雖然同樣也畢業於東京大學農學系，但卻與低一年級的那須皓、加藤完治等人對待日本農業問題的視角截然不同。不能設想從很早就抱有樹立新黨構思的有馬，會沒有把包括農民文學者在內的一切力量集中起來的意圖。

該會的結成典禮於 1938〔昭和 13〕年 11 月 7 日，在丸之內的中央亭舉行。有馬當時說道：

> 我們衷心地希望不單從解決糧食問題這一點出發，而是要從人口的構成，讓佔絕大多數的農民以及農村今後走向繁榮。然而農村到底能否像我們期望的那樣繁榮起來，能否持續下去呢？遺憾的是農民、農村的將來很難說必定

多福。如果農村的繁榮意味著日本國家的繁榮的話，我覺得國家不能不保護在國家的發展中被甩下而走向凋敝的農村。如果要說為此必須做些什麼的話，我想到只有農民文學（大意）。

這即是說，農業問題的專家們即使費盡口舌也還是限於內部人士，而不能成為普遍的關心。為了使得與農民有關人士以外的人瞭解農民和農村，文學最具有說服性：

讀了火野葦平的《麥與士兵》及《土與士兵》，我才第一次瞭解到前線的戰鬥和將士們的情形。松田甚次郎的《呼喚土地》改編為新國劇後在有樂座上演了1個月，使得與農村沒關係的人更多地瞭解了農村的實況。農民文學也是一樣，我期望再有《麥與士兵》這樣的作品出現，期望農村能被國民所理解，所以才務請農民文學作家鼎力協助。

好像沒有必要再對有馬賴寧的農民文學觀及他對懇話會的期望再作任何說明了。我感興趣的是他在典禮上，對島木健作「我要沿著國策之路積極地行動起來」的發言所作的回答。他說道，「農民文學不是要沿著現有的國策，而是希望它能成為今後制定真正地解救農村的國策的原動力」。他甚至說，「並不是因為國策就不得不那樣做，只要在藝術良心所允許的範圍內，請你們高興地盡自己的全部努力」。這也是他一貫強調的主張，即所謂「對土地的親密而熱情的愛」。提出「我要沿著國策……」的島木，遭到有馬的駁斥後，對此卻寫道，「這個提議可以說具有卓越的見識」。會員之一鍵山博史叙述說，在典禮之前召開的與作家的交流會上，有馬曾對他發問：「為支援某個政策而創作作品，是不是作家的旁門左道。」因此開幕式上島木的發言，也許源於交流會上有馬的發言。鍵山推測，這個發言可能是在試探作家方面對有馬農政的反應。在這次懇談會及結成典禮上，有馬的發言卻被媒界以歪曲的形式傳出，結果引起了產生森山啟、鍵山博史等人的意見，以及本間喜三治等人的批判。這雖然是平野謙在其《昭和文學史》中很早就觸及了的問題，但重要的是應該把島木的《滿洲紀行》、《一個作家的日記》等放在此議論的延長線上加以討論。㉘田村泰次郎對當時的島木描述道，「島木就日本農民進入大陸，始終是他們的擁護者，同時也是立案者和實行者的監視者」。據說島木等開拓文藝懇話會的會員一起去內原訓練所參觀、與那裏的人交談時，島木再三重複開拓民的前途未必一定樂觀，使得接待他們的人感到很難對付。「他的說法是有理論的，而且其理論包含著對生活現場實態的縝密調查，所以對對手來說是被擊中了要害。那副高度近視的細架眼鏡閃閃發光，與加藤完治所長極力爭辯，弓著背要跳起來似的島木的模樣，不免會讓人想到豹子要捕獲獵物時的姿態」㉙。

農民文學懇話會決定派遣島木到大陸。他繼和田傳之後，於1939〔昭和 14〕年 3 月經由朝鮮到達滿洲。關於在那期間的見聞，他回國後歸納為《滿洲紀行》，同時借小說《一個作家的手記》的主人公太田的感想進行了描述。他滿懷期待，遍歷了北滿的一個個開拓地，參觀了各種各樣的設施，結識了很多人。他用自己的眼睛看，自己的耳朵聽，以身心來體會，並打算把這一切在自己的內心深處慢慢消化。某個開拓團的幹部一邊笑著一邊對他說，「沒有心思讀那些描寫開拓地的作品。都是贊揚，真不好意思。看到那些不切實際的讚揚，不僅覺得不好意思而且覺得很無聊，讓人生氣」。滿洲之行歸來後，他重新閱讀了有關開拓地農業方面的各種文章。接著陷入一種無以言傳的憂鬱，感到的只是氣憤。「總之，現在世上流傳的關於滿洲開拓地的書籍，要說其大部分是漿糊加剪刀拼湊的東西並不過分……開拓政策的重要性等都是千篇一律，怎樣使勁地寫，也不能讓人從心裏接受，讓人鼓舞。在現階段，只有對具體事實的進展作批判性的考察，讀者才能從中讀到、感到它的必要、它的精神，這恐怕是作者們沒想到的吧。」

他與所謂開拓文學的熱情陶醉不同，完全站在了另一個立場上。他是根據日本農村的現實來凝視滿洲移民的實況的。「對待孤獨和寂寞，一種強烈欲望盤踞在我的心裏」，從不引用達比的這段話便覺得不足以表達自己的、島木健作的這種屈折意識，反而正是從他所持有的這種屈折中，讓人看清了時代的屈折。

大陸開拓文藝懇話會組建於農民文學懇話會的兩個月之後。一個是仰仗有馬個人資助的「土地文學」團體，另一個是與協助國策路線的拓務省有關係的協助團體，這兩個團體前後誕生。是否有偶然以外的意味，我不能妄下結論。但是追溯那之後的歷史，我們看到農民文學懇話會派的作家們也積極地著手開拓文學。叫人強烈地感覺到，使兩者相割裂的界限，從作品開始逐漸趨於瓦解。從向大陸「分村」問題著眼的農民作家，向開拓文學的方向跨進一步也許是理所當然的。只是在農民文學這片天地裏，與產生了伊藤永之介的《鶯》、《鴉》、和田傳的《沃土》、江馬修的《山之民》等，即使在今天也還是值得閱讀的優秀作品相比，開拓文學中的多數作品幾乎都難以經受歷史的風霜而消失了。這恐怕是因為開拓文學並沒有描寫滿洲移民的真實情形所致。

在《沃土》（1937〔昭和12〕年）中成功地描寫了某貧户人家新舊兩個時代的不同狀況的和田傳，還創作了取材於龍爪村〔原書作「龍瓜村」，疑手民之誤，茲訂正。——譯註〕第六次移民的《殉難》（1939〔昭和14〕年），他迴避了與農村的頑固習俗的對抗，而把視線轉移到通過移民而解決問題上來。1939

〔昭和 14〕年 6 月出版的《大日向村》是一篇圍繞長野縣南佐久的大日向村的分村問題的長篇小說，在初版本的後記中，作者對參觀內原訓練所時的感動心情有這樣的描述，「我不能不把內地農村的各種問題置於與大陸相關聯的條件下來考慮。我突然覺得眼前豁然開朗，對大陸有了切身的感覺。感到好像日本海填平了，滿洲就是相連的陸地了」。從農民作家轉向開拓文學，這不僅僅是發生在和田傳一個人心裏的雪崩現象。

和田在去滿洲視察之前就已有了創作大日向村的計畫。他實地調查了位於千曲川上流峽谷的村莊，並在滿洲新建的分村地四家房（第七批集團移民）直接拜訪了團長等衆多的人。作為調查的藝術是突出的，但是作為小說，形象化卻很弱。也許是應該作為紀錄文獻來讀的作品吧。這個太陽照不到、被人們俗稱為「半日村」的大日向村，乃是由 8 個部落共 406 户，其中農家 336 户，耕地僅有 49 町 8 反、旱田 216 步構成的的巴掌大小的村莊。在這個水、旱田合計只有 6 反 1 畝〔1 町＝10000 平方米；1 反＝1000 平方米；1 畝＝100 平方米；1 步＝3.3 平方米——譯註〕的谷底之村，當然無法維持生計。昭和初期的農村危機之後，村民的貧困日漸激化，以至瀕臨破產。由井啟之進辭職之後，硬被村民推到村長位置上的淺川武麿，作為擺脫貧困狀況之策他想到了移民滿洲。作者雖然精心地講述了從用農林省的補助金還清了村裏的欠債後，一直到遷入吉林省四家房村為止的曲折經歷，但作品中絲毫沒有留下作者自身的心理矛盾。

另外，屬於大陸開拓文藝懇話會的作家福田清人也創作了長篇《日輪兵舍》（1939〔昭和 14〕年）、傳記《東宮大佐》（1942〔昭和 17〕年）等作品。《日輪兵舍》是一部以宮城縣遠田郡南鄉村的高等國民學校校長杉山的行為作為主線，就滿洲移民各個側面將話題廣泛展開的作品。日本的農業人口多，但耕地少，杉山老師根據第一批武裝移民團員的信件以及間或來視察的加藤完治的指導，萌生了滿蒙移民的想法。他挑選了八名畢業生進行了實地訓練，結果有五名堅持到了最後，再加上做送報員的小森為男共六人決定赴滿，他們先在北大營的高等國民學校分校接受訓練，然後被送到國境附近的饒河。杉山也曾一度隻身前往，歸國後即辭去工作專心為移民之事而奔走。此後不久即誕生了南鄉村滿蒙移民支援會。該作品與《大日向村》一樣，具有現地調查的特點。雖然我們能通過詳細的記述等感受到作家犀利的目光，但這並不能喚起我們對所述人物的共鳴，這在經過戰後 20 年的今天實屬無奈。福田創作《東宮大佐》是由紀念事業委員會發行了《東宮鐵男傳》㉚之後的事。《東宮大佐》與其說是主人公生涯的忠實傳記，不如說是講述了反映作者心情的東宮像。作者為了創作再次來到大陸，重新追訪了東宮的足跡。在〈大陸開拓與文學〉㉛（1942〔昭和 17〕年）中，作者還談到了東宮的詩，在引用了東宮辭世前的詩句「在秋高氣爽的原野高興地與部下共處」之後，作者寫道，「只知道大佐勇敢一面的我，看到這些發自肺腑的詩句，更是完全被打動了」。

在開拓文學中，作為反映當時話題的作品，有木村治描繪第一次武裝移民團——彌榮村人的《創造光芒的人們》，取材於第二次千振鄉移民的湯淺克衛的《先驅移民》，追踪第六次湯原東海村建設的德永直的《先遣隊》，以及取材於山形縣東田川郡大和村分村問題的丸山義二的《庄內平野》（1940〔昭和 15〕年）等作品。僅福田清人的《大陸開拓與文學》（1942〔昭和 17〕年）中的〈大陸開拓文學單行本目錄〉就有作品 80 餘册，要給每一本下評論需要有相當的耐性。居住在滿洲的日本作家對開拓文學很冷淡。拓務省進行的渡滿派遣好像還招致了反感。如果除去一部分作家，兩者的交流好像談不上融洽。所謂對滿洲根本不知道卻以為知道與所謂不過是地方文學而已這樣兩種意識奇怪地交錯著。且不說表面如何，它確能讓人感到在意識的底層有一種奇怪的不和諧的東西存在。總之，開拓文學不是從滿洲文學中培育出來的。不管到哪裏，它也始終是日本人隔海遙望的東西。居住在滿洲的日本作家，他們比起開拓文學來，倒不如說是更直接熱衷於「建國神話」。這就是在建國十周年前後，為迎合這一時代要求，由北村謙次郎創作的《春聯》（1942〔昭和 17〕年）、竹內正一創作的《哈爾濱入城》（1942〔昭和 17〕年）、菊池寬（實際是山田清三郎）創作的《滿鐵外史》（1942〔昭和 17〕—1943〔昭和 18〕年），甚至連當時在日本的作家也捲入到了這一趨勢之中。林房雄創作了《青年之國》（1943〔昭和 18〕年），鑓田研一創作了《滿洲建國記》（1942〔昭和 17〕—1943〔昭和 18〕年），湯淺克衛創作了《鴨綠江》（1944〔昭和 19〕年），鷲尾雨工創作了《滿洲建國的人們》（1944〔昭和 19〕年）。然而，在這些作品中，說得上是當時歷史真實寫照的作品又有幾本呢。

作為戰爭中的「幌子文學」之一而大量創作（也許說「生產」更貼切）的開拓文學在「滿洲國」消亡的同時亦隨之消失了。然而，27 萬餘人（戰爭結束時在冊人數）的開拓團員又是以怎樣的感受接受這個「神話時代」的終結的呢？這種歷史體驗恐怕是無論如何也無法還原到起點的。小林秀雄在 1938〔昭和 13〕年滿洲旅行之後發表了短文《滿洲印象》，文中談到了他對滿蒙開拓青少年義勇隊孫吳訓練所的少年們的印象，他難以抑制地寫道，「少年們不像大人一樣具有戰勝困難的意志。取而代之的是不以困難為困難的年輕活力。他們尚無為希望而生的抱負，當然也不會產生諸如絕望之類的觀念。當我清楚地看到這些少年的臉上那天真無邪的表情時，我的胸口被深深地刺痛了」。這一段內容，比任何一篇「幌子文學」都貼近歷史。正如平野謙也談到的那樣，島木健作從有馬的提議中可能敏感地覺察到了普羅文學時代的「政治與文學」問題的顛倒。也許正是因此，他才在遊歷了開拓地後，引用了迎接臨終的達比的「對待孤獨和寂寞，一種強烈欲望盤踞在我的心裏」這段話。我以為，把對迎合現實、巧妙地創作了響應國策作品的轉向文學者——這不僅是開拓文學中的現象，在居住在滿洲的藝文聯盟骨幹中也同樣存在——的批判包括在內，來一起討論戰爭時期的「幌子文學」才是有意義的。而戰後 20 年的今天，我倒很想讀到（應該有人重新寫的）以當年「滿州」移民的題材的文學。

〈藝文指導要綱〉

一、宗旨

1.文化概念蓋有廣、狹二義，第一乃意味著人類為完全的人生而進行的一切價值創造，廣泛之包含政治、經濟、產業、交通等。第二乃指由科學、道德、藝術、宗教等人的精神創造所體現的真、善、美、聖。然今文化一語使用多有歧義，甚至僅以其中之一部分的藝術稱為文化者，遂導致觀念混淆，阻礙文化自身之健全發展。茲為破此弊風，特將文藝、美術、音樂、演藝、電影、攝影於文化概念中抽出，稱為藝文，以明確觀念。

2·與產業、經濟、交通及其他各部門的發展相比，鑒於我國藝文之水準乃處於較低之跛行狀態，茲特確立藝文指導方針，以培育、指導藝文與其他各部門相協調，並普及全國之目的，與物質建設並行完成精神建設之工作。

二、我國藝文之特徵

1.我國藝文乃以建國精神為基調，故應是充分體現八紘一宇大精神之美的體現，以移植至此國土的日本藝文為經，以原住各民族固有之藝文為緯，吸取世界藝文精華而渾然一體、獨自之藝文。

2.我國藝文乃適應國民各階層及各民族、易親近之藝文，故應典雅、壯麗、健全，以將來佔據世界藝文最高峰為目標，使其內容具有深度與厚度，具有城市性、地方性，具有高尚、平易之特徵，具有彈性與親和性之藝文。

3.我國藝文乃是以促進國家建設進行為目的的精神生產過程及產物。故其將給予國民大衆以美好、以快樂，使國民情操更純潔、更高尚，給予國民生活以歡快與力量，又以其發展與滲透，鞏固國民之團結，創造優秀國民之特徵，以固國家之基礎，以助國家之生成與發展，以貢獻東亞新秩序之建設，又以貢獻世界文化發展之藝文。

三、藝文團體組織之確立

1.為活躍藝文家之創作活動，相互切磋，指導培養後輩，將按照文學、音樂、美術、演劇等部門，組織具有專家參與的鞏固之團體。

以上的團體之於音樂、演劇領域將以樂團或劇團為成員，在文學、美術領域將以個人為成員組成。以上團體原則上各部門一個，於重要之地設立支部。

電影，鑒於滿洲映畫協會之性質不再組建其他團體。

文藝表演，根據其發展程度，逐漸組織適應各種類的團體。

攝影，適應特派攝影制度的發展，組織特派攝影家團體。

2.為了藝文之綜合發展，將以各團體為成員組織滿洲藝文聯盟（暫稱）。

3.政府對各團體實施直接指導，但劇團及演藝團體將根據滿洲演藝協會之發展，逐漸明確隸屬關係。

四、藝文活動之促進

藝文政策之目的乃促使藝文家及藝文團體以其活動豐富地創造藝文作品，廣泛將之滲透於國民大衆之中，使國民享受鑒賞的喜悅，使自己得到藝文創造的喜悅。為此促進藝文活動，使藝文普及、滲透於全國國民，廣得藝文之益，特採取以下的措施。

1.藝文家、藝文團體應自覺肩負其國家的使命，以建國之鬥士之軀、熾熱之情、旺盛之創意致力於滿洲藝文之創造、貢獻於文化之發展，以輔建國之大業。

2.政府在對藝文家及藝文團體進行指導、培育，保障藝文活動興旺的同時，在全國力促藝文家之湧現，於鄉下、於都市分別促進地方的、都市的藝文之興旺，以帶動其地域，特要將先於在都市創造之藝文普及滲透至地方。

3.各新聞社、各雜誌社、滿洲映畫協會、滿洲電電會社放送部、滿洲演藝協會、滿洲留聲機會社及其他的宣傳機關，要認識自己所擔負的我國藝文哺育者之責任，進一步密切情報與藝文之關係。

4.政府、公共機關、宣傳機關等要對藝文家及藝文團體的藝文活動給予相當的報酬，以此盡力助成其發展，特別於報紙、雜誌、電影、廣播、唱片等各機關，要逐漸解決通過對藝文家的作品支付相應之報酬，以保障藝文家靠藝文活動而生活。

5.設立藝文家獎賞制度，對各部門的優秀作品頒授國務總理大臣獎。

6.作為文藝作品發表的機關誌，發行綜合雜誌。

7.於各地方結成小音樂團，由都市音樂團指導。

8.都市音樂團及廣播機關應著手民謠之調查研究，進行健全之民謠創作，並通過唱片及廣播普及之。

9.滿洲國美術展覽會照例於新京舉行，另外亦將在其他地方舉行展覽會。

10.計畫地方劇團的組建，滿洲演藝協會將對其進行輔導培養。

11.以特派攝影制度之徹底化，提高照相藝術水平。

12.向開拓地滲透藝文，以在此地培育不斷發生發展之藝文。

五、藝文教育及研究機關

將來創設藝文學院，募集學生於該學院，以建國精神陶冶之，教授一般性基礎知識，同時按美術、文藝、演藝、電影、音樂、舞蹈等各科分別教育，以培養造就藝文家。

藝文學院受政府監督，各相關情報團體負擔其費用，關於藝文之研究調查於藝文學院進行。

「滿洲文藝家協會」

○構成人員

委員長——山田清三郎

委員——宮川靖、大內隆雄、古丁、逸見猶吉、爵青、宮井一郎、竹內正一、筒井俊一、楳本捨三、李守仁、穆儒丐

書記——山田清三郎（書記長）、今村榮治、張穎斌

會員——夷夫、今村榮治、上野市三郎（島田和夫）、植村敏夫、上脇進、牛島春子、袁犀、梅本捨三、大內隆雄、王則、王秋螢、岡本隆三、尾田幸夫、奧一、神户悌、外文、希文、北尾陽三（畑中久良人）、北村謙次郎、北小路功光、疑遲、季瘋、弓文才、共鳴、小林實、吳瑛（吳郎夫人）、顧影、古丁、吳郎、爵青、坂井艷司、山丁、小松、晶埜文、島田清、辛嘉、高森文夫、高橋勇、檀一雄、張我權、筒井俊一、陳守榮、杜白雨、仲賢禮（木崎龍）、長谷川濬、林田茂雄、逸見猶吉、松畑優人、丸山海介、綠川貢、三好弘光、宮川靖、望月百合子、山田清三郎、山崎末治郎、横田文子、李文相、劉漢、勵行建、徐

春甲、青木實、安犀、石河潔、小杉茂樹、成弦、譚鐵錚、班子松、穆儒丐、富田壽、中山美之、日向伸夫、町原幸二（島田幸二）、姜炙非、宮井一郎、三宅豐子、山田健二、楊野、李維森、八木義德、靈非、加藤秀造、君頤、支離、平八郎、陳隄、王孟素、黑烽、山田正幹、竹內正一、莫迦、馬㓗〔原文如此，此字原典為（㔹）——譯註〕、塙政盈、沫南、岩本修藏、上野凌嵱、金音、古屋重芳、大野澤綠郎、秋原勝二、菅忠行、李夢周、苦土、黃河、鈴木啟佐吉、石軍、高木恭造、工清定、棚木一良、陳蕪、田兵、李妹、酒井美津子、麻生練太郎、井上麟二、加納三郎、島崎曙海、城小碓、武田勝利、西村真一郎、古川哲次郎、木風、八木橋雄次郎、也麗、吉野治夫、川島豐敏、田村昌由、福家富士夫。

目的——按照藝文指導要綱的宗旨，組織滿洲在地的文藝作家，激揚創作以建國精神為基調的文藝作品之熱情，以資我國的藝文水平之提高、國民思想之昂揚與強化。

組織及事業——體現政府發表的「藝文指導要綱」理念，以滿洲文藝家（作家、詩人、文藝評論家）為主體的組織，且與政府公認的團體，滿洲劇團協會、滿洲樂團協會、滿洲美術家協會各藝文團體一起構成滿洲藝文聯盟。

一、各部門分別的研究活動。

二、關於作品發表的介紹斡旋。

三、關於著作發行的支援。

四、優秀作品及文藝功勞者的表彰。

五、出版及編輯。

六、通過研究會、講習會等對後輩的引導。

七、通過演講會、展覽會等的文藝普及。

八、資料的搜集及對會員的提供。

九、會員的相互幫助。

十、對與國外文藝團體及國外作家的友好關係，特別是對日、滿、華文藝交流的積極促進。

十一、其他機關誌《藝文通信》。

註：

①《藝文志》1939 年 6 月創刊的中國人作家的文藝雜誌。不定期刊。1939 年 12 月、1940 年 6 月發行。爵青、田兵、疑遲、小松、吳瑛、古丁、石軍、夷馳等人投過稿。

②《北邊慕情記》大學書房、1960〔昭和 35〕年 9 月刊。133—134 頁。

③《轉向記》理論社，1957〔昭和 32〕年 9 月刊。第二部 19—20 頁。

④《原野》三和書房，1939〔昭和 14〕年 9 月刊。大內隆雄譯編。收錄有古丁的《原野》、《小巷》；小松的《洪流的陰影》、《人絲》；夷馳的《黃昏後》；田兵的《阿了式》；袁犀《鄰三人》；何醴征的《他的積蓄》、《媳婦》〔未見中文原名，茲據所譯日文復譯——譯註〕；今明的《三種雷同的人物》；盤古的《老劉的年》；遼丁的《哈爾濱》。

⑤《平沙》發表在《藝文志》的第二輯。大內隆雄譯《平沙》中央公論社版，164 頁。

⑥《北邊慕情記》51—52 頁。

⑦附《滿洲浪曼》第 1 輯至第 3 輯目錄，以供參考。

第一輯

〈小說〉吉野治夫《姐妹》、長谷川濬《傳說》、下島甚三《一份記錄》、福家富士夫《浙江旅社》、今村榮治《同行者》、北村謙次郎《鶴》、橫田文子《白日之書》、田兵（大內隆雄譯）《阿了式》。

〈詩〉矢原禮三郎《霧宿》、坂井艷司《蛞蝓之歌》、長谷川四郎《長城論》。

〈隨筆〉町原興二《雜草》、坪井與《六月的雪》。

〈評論〉木崎龍〈打開窗户〉、牛島春子〈描寫農村〉、愛莉絲·巴里 Iris Barry（松本光庸譯）〈電影演技論〉、藤川研一〈滿洲戲劇的建設〉。

〈特輯〉諸家〈關於滿洲文化〉。

第二輯

〈小說〉竹內正一《白眠堂徑徂》、長谷川濬《騎鴨王》、青木藜吉《浮雲》、長谷川四郎《狂人日記》、袁犀（大內隆雄譯）《鄰三人》、工清定《滿洲的胎動》（紀念國際聯盟承認滿洲國文藝當選作品）、用韋（大內隆雄譯）《魚骨寺的秋天》（紀念國際聯盟承認滿洲國文藝當選作品）。

〈詩〉藤原定《在天壇》、坂井艷司《地平之門》、逸見猶吉《汗山》。

〈隨筆〉吉野治夫《所謂電影性》、冬木羊二《電影雜記》、荒牧芳郎《新京片斷》、今井一郎《佳木斯繪畫日記》（繪畫和文章）。

〈評論〉木崎龍〈文學的表情〉、森信〈關於滿洲的文化電影〉。

〈同人語〉編輯同人

第三輯

〈小說〉長谷川浚《大同大街》、H·A·巴伊科夫（大谷定九郎譯）《馬肖卡》、古丁（大內隆雄譯）《晝夜》、岡田壽之《石田君的青梅竹馬》、北尾陽三《談議部落》、北村謙次郎《某個環境》、比士川久雄《日記本的翻譯》（建國記念文藝當選作品）、李夢周（大內隆雄譯）《春的復活》（建國記念文藝當選作品）。

〈詩〉逸見猶吉《地理兩篇》、坂井艷司《天使變形》、矢原禮三郎《黃昏的訪問》、長谷川四郎《唄》、藤原定《獻給肖邦》。

〈隨筆〉町原幸二《叔父與油燈畫》、中村能行《語言的衣裳》、坪井與《國語和電影》、綠川貢《夏日斷想》、池邊青李《牛》（繪畫和文章）。

〈俳句〉金尾梅之門《從春到夏》、伊東月草《武藏野的初夏》。

〈評論〉西村真一郎〈竹內正一論〉、松本光庸〈電影的作家精神〉、木崎龍〈島村抱月論〉。

〈特輯〉詢問文化機關當事者。金丸精哉、根岸寬一、青木實、磯部秀見、吉野治夫、山崎末次郎、大塚淳、藤山一雄、奧村義信、金澤覺太郎。

⑧〈滿洲的文學·文化運動〉1942〔昭和 17〕年六月《若草》。

⑨《文學》1961〔昭和 36〕年 5、8 月。後來改題目為〈大政翼贊會文化部長的椅子〉，收錄於《戰爭文學論》。

⑩這期間的演講筆記收錄於東文堂刊《讀書人》第 2 卷第 9 號，題為〈滿洲國的文化政策〉。此期作為建國十周年慶祝特輯曾計劃刊行《滿洲國文化的動向和文獻》，動員了各方面的很多作家，總論（奧村義信）、文學

（福田清人）、地理（藤山一雄）、古代文化（神尾弌春）、法律（瀧川政次郎、石田文次郎）等。藏原伸二郎的詩《祝建國十周年》也載於此期。

⑪《北邊慕情記》199—201 頁。

⑫引自大內隆雄〈滿洲文學二十年〉。

⑬〈大陸與文學〉《新潮》第 35 卷 11 號。

⑭截至 1940〔昭和 15〕年末，月刊雜誌有 286 種。其中大部分是與學界、官公署、社會等有直接或間接關係的定期刊物。

⑮1941 年 12 月創刊。第一任主編為石河潔。包括壇一雄的《魔笛》、晶埜富美的《鶯》、神户悌的《縣城》等創作，以及大內隆雄的〈滿洲文學的二十年〉等優秀作品。

⑯滿洲文藝春秋社創立於 1943 年 11 月，常駐新京的代表是永井龍男（專務董事）、池島信平（編輯部長）、千葉源藏（營業部長），後來替換為德田雅彥、小松正衛。

⑰竹內正一《流離》、青木實《一個農夫》、吉野治夫《伊凡的家》、秋原勝二《草》、高木恭造《風塵》、富田壽《沙草地》、町原幸二《有駱駝的小鎮》、三宅豐子《雪來了》、日向伸夫《春遠胡同》、淺見淵《跋》。

⑱山田清三郎〈編者序〉、北村謙三郎《砧》、楊科夫斯卡婭《沒有神也沒有戒律》（上脇進譯）、爵青《大觀園》（安東敏譯）、鈴木啟佐吉《閃電》、竹內正一《故鄉》、奈斯麥羅夫《紅頭髮的仁珂》（上脇進譯）、牛島春子《姓祝的男人》、吳瑛《白骨》（森谷祐二譯）。

⑲編輯者山田清三郎、北村謙次郎、古丁、川端康成、岸田國士、島木健作。木崎龍《一位少年的記錄》、富田壽《幾山河》、橫田文子《美麗的挽歌》、長谷川濬《烏爾順河》、山丁《狹街》（大內隆雄譯）、疑遲《塞上行》〔原文為「寒上行」，為誤排。——譯註〕（藤田菱花譯）、吉野治夫《手記》、石軍《黃昏的江潮》（藤田菱花譯）、尤利斯基《斷崖》（上脇進譯）、野川隆《去屯子的人們》、秋原勝二《膚》、高木恭造《風塵》、吳瑛《望鄉》〔原文為「望仰」，為誤排。——譯註〕（岡本隆三譯）、晶埜富美《綠之歌》、鈴木啟佐吉《土龍》、牛島春子《雪空》、納斯麥羅夫《雪上的血痕》（上脇進譯）、三宅豐子《亂菊》、筒井俊一《蘋果園》。

⑳編輯者相同。第一卷序文由所有編者都執筆，第二卷則僅有山田,川端兩位執筆。牛島春子《女人》、山丁《鹼性地帶》（大內隆雄譯）、北村謙三郎《砧》、天穆《貢獻》（大內譯）、吳瑛《旅》（石田達系雄譯）、青木實《鐵警日記》、爵青《賭博》（大內譯）、上野凌峪《嫩江祭》、高木恭造《晚年》、中村秀男《鴨越分隊》、小松《法文教師和他的情人》（大內譯）、烏魯托穆朵（滿洲建國大學蒙古學生）《呼倫具爾紀行》、檀一雄《魔笛》、尤利斯基《米隆·加巴諾夫的臨終》（高田憲吉譯）、山田清三郎《老宋》、巴伊科夫《在老嶺山》（高田譯）、疑遲《擺渡》（大內譯）。

㉑《滿洲國各民族創作選集 I》的〈編選者的話〉。

㉒〈關於滿人文學〉1939〔昭和 14〕年 12 月在早大的講義。收錄於《滿洲文化記》。

㉓〈滿洲作家論·序說〉收錄於《滿洲浪曼》的〈滿洲文學研究〉特集號。

㉔參照木崎龍〈滿洲作家論·序說〉（〈滿洲文學研究〉）。

㉕《滿洲浪曼》特輯〈滿洲文學研究〉。

㉖發行於 1943 年 6 月。收錄有岩本修藏、川島豐敏、高木恭造、棚木一良、田村昌由、大野澤綠郎、大內隆雄、八木橋雄次郎、山口正幹、古川賢一郎、占屋重芳、福家富士夫、江藤京太郎、坂井艷司、島崎曙海、城小碓、木風、古丁、石軍、白鹽、成弦、李夢周、冷歌、爵青的詩、以及今村榮治、林田茂雄、富田壽、鳥羽亮吉、神户悌、加藤秀造、吉野治夫、工清定、筒井俊一、上野市三郎、尾田幸夫、山田清三郎、小林實、青木實、秋原勝二、麻生錬太郎、北村謙次郎、宮川靖、晶埜富美、望月百合子、鈴木啟佐吉、菅忠行、劉漢等人的散文。

㉗〈滿洲國的文化政策〉。

㉘參照《昭和 14 年版·土地文學作品年鑒（農民文學懇話會編）中所收錄的森山啟〈文學的新世界〉、鑓田研一〈今後的農民文學〉、和田勝一〈農民演劇的發表〉、鍵山博史〈文學和政治的關係〉、新居格〈日本文學和農民文學〉。另外可以參照在〈文學和農村問題〉（《文藝日本》1939〔昭和 14〕年 6 月號）中本間喜三治的批判。從收錄在《為了開拓民運動》（清談社，1940〔昭和 15〕年 8 月）的若干論稿中可知，在戰爭中，本間作為追隨開拓民運動的人，從實踐的立場出發對開拓文學、滿洲文學有過探討。

㉙《我的文壇青春記》新潮社，1963（昭和 38）年 3 月刊。

㉚1940 年 11 月，東宮大佐紀念事業委員會刊。

㉛作為滿洲開拓叢書的第 7 卷發行。雖然是小册子，但內容充實，共 8 章：大陸發展和日本文學、日本古典和開拓精神、作為國民文學基礎的開拓文學、作家對大陸關心的變遷、以大陸開拓為主題的文學、地方文化運動和興亞運動、東宮大佐的詩句、開拓地的文學，並附有〈大陸開拓文學單行本目錄〉。

第三部分

決戰下的台灣文學

一

戰敗後不到三天。

我曾和同一個隊裏的一位台灣出身的學徒兵——台北帝國大學文政學部的三年級學生，一起討論過台灣的將來。

> 日本戰敗了。台灣光復了。蔣介石的軍隊不久也要進駐台灣了吧。但是，就台灣方面來說，其生活文化水平還是蠻高的。這當然是日本50年統治的結果。我們跟他們一定會合不來。可除此之外，又怎麼辦才好呢？第三條路就是獨立，獨立後與中國和日本都建立平等關係。

雖然話不一定是原話，但他的意思就是這樣。那時我還很年輕，注意力全都放在局勢的變化上，没能理解他話裏的真正含義。但是，在16年以後的今天，我卻清楚地認識到了他那波瀾不驚的話語的沉重。而且含意是雙重的……

其一，是關於使他們台灣出身的學徒兵相信「台灣的生活文化水平更高」的「日本統治」；其次是作為結果他希望台灣獨立，並擁有「與日本和中國平等交往」的夢想。不論哪一點，我覺得都是日本人不能逃避的問題。這篇文章權算作我對16年前①他的見解的太過遲延的回答（並不是解決）吧〔此部分1971年版《舊殖民地文學的研究》與1991年版《近代文學的傷痕》有異。茲從1991年版——譯註〕。

二

說到決戰下的台灣文學，我想應該是指從1940〔昭和15〕年1月《文藝台灣》②創刊，到戰爭結束這段時間。這五年，用一句話來說，就是把每個作家或者組織所擁有的個性及其實現的可能性全部搗碎，並將之統制、統合到南進基地台灣的文化決戰體制上來這一過程的最後階段。

台灣文學的短暫歷史，由於日本50年殖民統治的介入，走過了既不同於中國文學歷史，又不同於日本文學歷史的不正常的發展道路。這表明他們的所謂「現代」是在統治民族日本強制推行語言教育（奴化政策）的基礎上逐步形成的結果。他們為了用母語從事文學，在磨練技術之前，首先必須同日本的語言政策做鬥爭。日本佔領台灣當初，對於繼承了清朝以來傳統的讀書人是比較寬容的。但在採取培養獎勵文學的政策的同時，對於自五四以來，在新文學運動影響下出現的台灣白話文運動，卻進行了徹底的取締，七七事變以後鎮壓尤為嚴酷。在「皇民化運動」的名義下，當局開始禁止中文的使用和中國傳統戲曲上演，廢除寺廟，壓制信仰，在公學校（台灣人上的小學）禁止使用台灣話。甚至命令各地方警察機關封閉了漢語的私塾。當然，實際上在即使門口掛著「國語常用家庭」標牌的台灣人家，其家人之間大多仍然使用台灣話，只不過在別人家或在公函文件中擺出經常使用日語的樣子罷了。然而，1937〔昭和12〕年以後，就文學而言，用漢語發表作品已絕對不可能。要想發表文學作品，無論如何也不能不使用日語。因此，這一時期在文學上受到修煉的台灣人作家，在戰後面對又可以用母語創作的現實，肯定有一種難以言傳的苦澀。這不得不讓我想到在日的朝鮮作家同樣體驗到的「重新開始的苦鬥」③。

與台灣文學史相關的文獻，有島田謹二的〈台灣文學的過去、現在和未來〉④、神田喜一郎和島田謹二的〈關於台灣文學〉以及黃得時和池田敏雄共同編著的〈台灣文學書目〉⑤等。此外還有郭千尺的〈台灣日人文學概觀〉、龍瑛宗的〈日人文學在台灣〉⑥等，但這些文章在許多地方都是參考了前面提到的《台灣文藝書志》。下面讓我們參考黃得時的〈台灣新文學運動概觀〉⑦、廖漢臣的〈台灣文學年表〉⑧、王錦江的〈日據時期的台灣新文學〉⑨等書，統覽一下直到決戰期為止的台灣文學史。

島田謹二將日本殖民統治下的台灣文學史分為三個時期，第一期是從 1895〔光緒 21 即明治 28〕年「領有台灣」開始，到日俄戰爭結束的大約 10 年，第二期是從 1905〔明治 38〕年到 1931〔昭和 6〕年的 20 幾年，以後為第三期。

第一期是「因為明治以來首次擁有所謂『外地』〔即「殖民地」一譯註〕，所以日本內地非常關注台灣」的時期。可以說欲以台灣為南進基地，進而將觸手伸向西南太平洋的日本國策，直到 1897〔明治 33〕年秋廈門統治失敗，「台灣統治的一舉一動都在日本本土喚起了鮮明的反應。」

森鷗外掀開了日本文學在台灣的第一頁。他是作為陸軍軍醫監來到台灣的。1895〔明治 28〕年夏成為台灣總督府陸軍局軍醫部長，大約兩個月後凱旋東京。但在此期間，他和軍醫橫川唐陽有幾篇唱和之作。因此，我們在談論台灣漢詩文學時，和森槐南、土居香國一樣，森鷗外也是不容忽視的。實際上日本的漢詩在台灣扎根（？）是始於第四代總督兒玉源太郎時代。這正是日本鞏固其在台灣殖民地統治基礎的時期。其間，兒玉採納民政長官後藤新平的施政方案，接連實施了限制台灣人自由的特別立法。同時，後藤為了實施對台灣的知識人的教化善導，創刊《台灣日日新報》，前後聘來許多漢詩詩人擔任該報漢文部主任。最初是籾山衣洲，接著還有當時號稱大橋豹軒的鈴木虎雄。兒玉在其在任期間，也曾經召集全島的漢詩詩人，在他的別墅「南菜園」⑩舉行吟咏會。其他經常出入其南菜園和後藤的書齋「鳥松閣」的詩人，還有村上淡堂、館森袖海、佐倉達山、中村櫻溪、尾崎古村、小泉盜泉等人。其中正如島田所說，小泉盜泉是一位「博學無類、奇才縱横、心性高潔」的怪才，很可惜在日本的漢詩史中没有留下他的名字。

那時，在漢詩詩人中，知事、民政長官和高級官吏較多也是它的一個特徵。或許當時有一種謅不出絶句便不能成為統治者的風氣也未可知。總之，當時的狀況就是，提到文藝，不外乎是寫漢詩、讀漢文。從這個意義上講，統治者和台灣的讀書人之間有了相互溝通的基礎。這也是統治者在有意識地使其對統治有效的結果。

但是，日俄戰爭後，隨著以滿洲、朝鮮為主軸的大陸經營的推進，台灣已經不像領有當初那樣被關心，來台的著名文化人士也減少了，似乎進入了文化的停滯期。然而，這種停滯說的只不過是當時漢詩文學的興盛不見了。進入大正期後，由於世界性民主主義的影響，尤其是在文學運動方面，受中國五四運動的刺激，出現了許多的雜誌。島田的評論寫於 1941〔昭和 16〕年。或許是受到這一時代的制約，關於上述時期的文學他基本上没有具體涉及。只寫道：「一般來講，不僅本島人（台灣人）的漢詩素養在喪失，對日語以及日語文章的微妙也很難深入地品味。大正中期以後，在本島人中間漢文的衰退尤甚，因此，一方面，將漢詩視為傳統，呼籲以其為中心的集會及雜誌的出現，同時，另一方面效仿中國大陸文學的新機運，白話文運動也興盛了起來。於是，內地人和本島人之間共通的文藝領域逐漸喪失」。「即使是這一派（白話文運動派），也分以主張以北京話寫作的白話文學和以台灣話（？）寫作的兩派，但作品幾乎大多還是停留在模仿階段，基本上没有優秀的作品出現。」

在台灣民衆中間，始終潛藏著一種自鄭成功以來的叛逆意識。對於諸如反對台灣割讓，建立「台灣民主國」，擾攘日本征討軍的傳統，即使有「六三法」的制定、「匪徒刑罰令」以及實施保甲制度、招降（轉向）政策均仍未能使這種傳統根絕。據細川嘉六的報告，從 1897〔明治 30〕年到 1901〔明治 34〕年間，共捕獲抗日鬥士 8030 人，其中處死 3473 人在 1902〔明治 35〕年的大討伐（應該是指南部抗日鬥士林少貓一派的叛亂）中又有 539 人被處以死刑，4043 人被以其他手段殺戮。〔根據對作者所參照原文的核查，作者此處的表述似乎對原文的理解有誤，正確的理解似乎應該是「共捕獲抗日鬥士 8030 人，處死 3473 人」——譯註〕⑪。1900 年前後的武裝起義是受到義和團事件的影響。到了 1907 年以後，由中國革命同盟會會員羅福星等人領導的苗栗事件，由余清芳等人領導的西來庵事件等抗日武裝運動再次掀起波瀾。對於這些運動，主張嚴懲主義的日本當局，在確立以武力鎮壓保證治安後，改為文官總督制。一直實行的歧視政策也開始向同化政策轉變（第一代文官總督田健治郎於 1919〔大正 8〕年就任）。

另一方面，辛亥革命以及世界性的民主主義思潮，也使台灣的進步知識份子行動起來。以林獻堂為核心的東京留學生開始走到一起，準備組建啟發會，進而成立了新民會。他們向帝國議會請願，要求設立由台灣住民公選出的議員組成的台灣議會。在這次運動中，以台中為本部設立了「台灣文化協會」，擁有會員兩千名，開始進行文化啟蒙活動。但是，隨著台灣經濟的資本主義化，在各地發生了因為收奪土地而引起的農民反抗和勞動爭端。

在「台灣農民組合」、「台灣工友總聯盟」的結成過程中，經歷了文化協會的激進化，由此導致的右派、中間派的退出，最終誕生了合法政黨——「台灣民衆黨」。另外，由屬於台灣文化協會左派的莫斯科留學生，結成了「日本共產黨台灣民族支部」。

台灣人自己的新文學運動，就是在這樣的社會情形下產生、發展起來的。連溫卿在《台北文物》第3卷第2期收錄的座談會發言中說：「用一句歸結起來，形成台灣新文化運動基調的底流、思想，就是台灣人反日的民族自決，民族主義思想，綜合起來也可以說，台灣新文化運動始終是和民族解放的政治運動合在一起的，兩者有不可分的關係。」⑫廖漢臣列舉的促進台灣新文化運動的主要原因是祖國五四運動的展開；台灣本身強烈的民族思想潛在人心；舊文學、舊詩沒有內容，喪失了生命；在新思潮刺激之下，對現實感覺不滿。如果再深究一下，我想日本民主主義運動的影響也是不容忽視的。

1920〔大正9〕年7月《台灣青年》的創刊，點燃了台灣新文學文化運動的火種。這次創刊源於同年春天在東京舉行的新民會成立大會上所提出的議案，主要成員以林呈祿、蔡培火、羅萬俥為主。雜誌聯合了在日的八百名留學生，一時成了替全體台灣人要求作為人的各種權利的有組織的運動中樞。設置台灣議會的請求、台灣文化協會的組建也均是由此而來。

該雜誌以日文為主，中文為輔。從使用台灣總督田健治郎的題字這一點，我們或許可以看出，當時創辦雜誌的困難及合法界限。1922〔大正11〕年4月〔原文誤為1923〔大正12〕年1月，茲據實訂正——譯註〕，《台灣青年》改為月刊《台灣》，1923〔大正12〕年4月又發展成半月刊《台灣民報》。1927〔昭和2〕年8月，發行所遷到台灣。雜誌雖然一直是民族問題和社會運動的言論及實踐基地，但在上述過程中，總督府警務局的干涉和壓制也在逐年加強。1932〔昭和7〕年〔原文誤為1931〔昭和6〕

年，茲據實訂正——譯註〕4月，該《台灣民報》發展成日刊，改為《台灣新民報》，面目已全然改觀。

開始，文學運動作為政治啟蒙宣傳運動的一環並未分割出來。作為台灣人最早辦的雜誌，根據榮峰的記錄⑬，最初是1924〔大正13〕年5月21日在台北發行的赤陽社版《文藝》，加上封面，一共16頁，全部都是日文。編輯發行人是林進發，執筆者除了林，還有徐富、高氏月英、碧霞生、林高深等人。此外還收錄了艋舺慈惠義塾2年級女生李氏雪英、陳妹以及3年級男生林鐘的文章，轉載了日本詩人高山樗牛、佐藤春夫、三木露風、生田春月等的詩歌作品。據曹介逸的〈日據時期的台北文藝雜誌〉⑭說：「僅發行一期即休刊」。此外，曹介逸還提到了在《文藝》發行前，由台灣人發行的文藝雜誌《台灣詩薈》〔原作者作《台灣詩會》，是筆誤，以下同〕（1924〔大正13〕年2月到第二年10月，共發行22冊）和《台灣詩報》（1924〔大正13〕年2月創刊，發行了兩年多）。但這兩本雜誌都是詩文雜誌，與新文學運動並無關係⑮，相反倒可以說是新文學運動所攻擊的舊文學運動的基地。台灣的白話文運動，由留日學生黃呈總發表於1923〔大正12〕年正月號《台灣》上的〈論普及白話文的使命〉，以及黃朝琴的〈漢文改革論〉（中文）兩篇論文揭開序幕。⑯作為其實踐，《台灣民報》在改為半月刊後全部改版為白話文。接著，林呈祿等人隨後創建了「白話文研究會」。第二年，在北京求學的張我軍加入了進來，提出以北京官話為主的白話文運動。在白話文運動中，還有蔡培火等人主張的羅馬字運動，但那是後來的事。

歸台後的張我軍非常活躍。或許可以說，是他將五四運動的氣息引入了台灣。他在推動白話文運動的同時，開始抨擊台灣的舊文壇。其目標是連雅堂等台灣詩薈。舊文壇在日本人漢詩會、文人連的支援下，利用《台灣日日新報》、《台灣新聞》、《台南新報》等的文化欄目（漢文欄目）進行了反擊。這次被稱為新舊文學的論爭，可以稱得上是台灣文學史上最大的爭論。由於篇幅的緣故，我們在此不能詳細地討論它。其結果是台灣的舊文學宣告終結，取而代之的新文學雖然尚未成熟，但卻充滿了清新的進步氣息，並開始掌握著文壇的主導權。⑰張我軍還發表了〈文學革命運動以來〉、〈文藝上的諸主義〉、〈新文學運動的意義〉等評論。他以「白話文學的建設與台灣話的改造」為旗幟表現得異常活躍，親自執筆創作了《買彩票》⑱等小說。這一時期，比較有代表性的作品有賴懶雲的《鬥鬧熱》、楊雲萍的《光臨》⑲等，張我軍隨後又出版了他的處女詩集《亂都之戀》⑳。關於此後直到中文作品被禁止發表為止這一階段的多種文學活動，我想另找機會討論。在此且先追踪一下幾個文藝雜誌和文學團體的變遷。

據吳瀛濤的〈台灣新文學的第一階段〉劃分，認為 20 世紀 20 年代的 10 多年為「台灣新文學運動的啟蒙期」，30 年代大約前 8 年為「台灣新文學的全盛期」，七七事變以後為「戰時文學期」。啟蒙期的文藝雜誌，除了剛才提到的《文藝》，還有楊雲萍編輯的白話文雜誌《人人》㉑。此後，到 1930〔昭和 5〕年綜合雜誌《伍人報》㉒創刊為止，中間是空白。那一階段的出版機構幾乎是限制在《台灣民報》一家。後來的《明日》㉓、《洪水報》㉔等都是由脱離《伍人報》的人創辦的。此外還有《大衆時報》、《新台灣大衆時報》、《現代生活》、《赤道報》〔《赤道》之誤。——譯註〕㉕等也應該是在這前後創刊的，但詳情有待核實。

我們再看一下生活在此的日本人自己的文學。明治末期開始衰退的漢詩熱，因國分青崖、勝島仙坡的來台㉖，曾一度復興。後來雖由久保天隨㉗等人所繼承，但未能再成為文壇的主流而開始趨向興趣化。繼漢詩漢文全盛期之後，在整個大正時期

（1911～1926），日本的短歌和俳句雜誌不斷地出現。各地也不斷出現自封的宗匠，開始上演出版份數甚少的創刊、停刊、再創刊的鬧劇。其中以渡邊香墨為中心的俳句雜誌《想思樹》㉘、《明星》派系統的《新星》㉙、自由律的《綠珊瑚》㉚、《杜鵑》派系統的《尤加利樹》㉛、《水瓮》派系統的《璞》㉜飯田蛇笏的《潮》㉝等都是有代表性的團體。漢詩把接力棒傳給了短歌和俳句，於是，後者也繼前者一起走向興趣化，不過倒是可以説它們填補了小說和詩的空白期。伊良子清白等人長期住在台灣，卻幾乎和台灣的詩社沒有來往。對於散文藝術的野心，只是在大正末年，台北高校文藝部的一些學生有所嘗試（《翔風》、《足跡》、《文藝批評》等）㉞。但到1930、1931（昭和5、6）年為止都沒有作品刊發。昭和初期，取代短歌俳句，新詩雜誌開始增多。如中山侑的《紅色支那服》㉟、《水晶宮》㊱《蜻蜓玉》㊲、西川滿的《洎芙藍》㊳、《扒龍船》㊴、藤原泉三郎的《無軌道時代》㊵等都是當時的雜誌。

在島田謹二的劃分中，他把第三期的特徵歸納為，把台灣作為南進基地的自覺，內外都在高漲，台灣的日語教育開始普及，從實用性理解向前更邁進了一步，已達到鑒賞、創作的水平。對此如果反過來看，也可以說是台灣人忘記了自己的母語，作為日本戰時體制的一環，台灣人成了日本入侵大陸的尖兵。然而，在九一八事變到七七事變這幾年裏，卻是台灣人文學成就較多的時代。

1931〔昭和6〕年6月，在平山勳、藤原泉三郎的努力下，台、日文學家的一元化組織——台灣文藝作家協會成立。別所孝二被選為幹事長，除了他以外，幹事還有藤原、平山、水野至、奧村榮（下川末秀）、山本某、福田哲夫等七人。台灣人作家中有王詩琅、張維賢、周合源等人。平山和藤原等人在台灣的作家中，是屬於最左派的，由於受日本普羅文學運動的影響，他們開始思考殖民地民衆所受的苦難。然而，這個協會只出了三期機關誌《台灣文學》（中日兩種文字）就被解散了。從創刊號就被禁的情況來看，我們可以明瞭的是當局對這份雜誌的警惕心很高。㊶

台灣文藝作家協會的成立以及這項運動的展開，從普羅文學運動的整體來看，也許是非常不成熟的，但在台灣文學史上卻是一個重大的里程碑。關於這一點，在日本的普羅文學運動史上卻付之缺如。對此，我作為文學史研究者之一感到非常的羞愧。

該協會（台灣文藝作家協會）於1931〔昭和6〕年6月31日〔原文如此。台灣總督府警務局《台灣總督府警察沿革誌第二編領台以後之治安狀況（中卷）台灣社會運動史》第296頁有同樣的記載。從文章前後內容來看，疑為5月31日之誤，待考證——譯註〕，在台北市西門町的高砂食堂舉行了成立大會。會場貼出的口號是「台灣文藝作家協會創立萬歲！」、「新文藝的確立」（是指普羅文藝的確立吧）和「文藝大衆化」。出席者有別所孝二、中村熊雄、湯口政文、青木一良、林耕三（平山勳）、藤原泉三郎、王詩琅、張維賢、周合源、下川末秀等23人，會員總數為39人，其中有10名是台灣人。遺憾的是其機關誌《台灣文學》只出了3期（創刊號被禁）就停刊了。到了第二年因為在協會的一些會員中出現了對運動方針的批判而分裂。雖然没有證據可以證明，但是可以想像，一定是針對主張直接與已結成陣營的日本普羅文學運動KOPF結為一體，將運動向著具體的方向展開的政治主義集團的行為，使得主張相對學術的、温和的別所孝二派退出了。剩下的人在分裂之後召開了第二次大會，此前的運動目標修改為「探究、確立新文藝」，舉出了「確立、宣傳建立在新的世界觀和新的社會認識上的文學」的新旗幟，選出南風原幸子（平山）、柏木静夫、李彬、矢代仙吉（下川）、南谷二十三、山本太郎、瀧澤鐵也等7人為新幹事，同時《台灣文學》的發行人也換為青木一良。

以總書記資格負責台灣文藝作家協會幕後工作的下川末秀，好像從最初就有將這個組織發展為台灣作家同盟的計劃。他在分裂的鬧劇過去之後的1932〔昭和7〕年3月，為報告台灣普羅文學運動的實際情況及在運動過程中發生的問題，接受日本無產者文化聯盟KOPF指導（也有日本無產者文化聯盟KOPF的批判）而前往東京的途中於神户被逮捕。失去了運動中樞的台灣文藝作家協會，從此開始走向自然消亡。據下川親口所說，他受平山勳所託帶信給德永直，於赴東京途中被捕，信的內容不太清楚。

《台灣文學》的發行量大約為1000冊。作家協會的中心成員大都來自台北高校組織，參加過台北高校事件和膠印勞動爭議。（日本共產黨台灣民族支部在1931〔昭和6〕年兩次的大逮捕中被摧毀）。平山勳設立了台灣版的產業勞動調查所〔1924年由野坂參三創立——譯註〕，即台灣社會經濟調查所，並發行了機關誌。但到了1934〔昭和9〕年夏天以後，該組織更新為台灣經濟史學會。

在台灣文藝作家協會成立的第二年，即1932〔昭和7〕年1月，以思想和文藝普遍化為目的創刊的中文半月刊《南音》㊷，連續發行了12期，由於被指責為「資產階級的娛樂刊物」，曾一度被迫將發行地遷往台中。但以此為起點，相繼組建了文學藝術團體。1933〔昭和8〕年〔原文為1932〔昭和7〕年3月，茲據實訂正——譯註〕以東京留學生張文環、王白淵、蘇維熊、巫永福、施學習、曾石火、吳坤煌、楊基振等人為中心的台灣藝術研究會誕生，並由東京本鄉的平野書房出版了他們的機關誌《福爾摩沙（Formosa）》，發行量為500份。㊸受此影響，在台北的學生團體，由郭秋生、黃得時、陳君玉、王錦江、廖毓文等人以機關誌《先發部隊》㊹為據點，組織了台灣文藝協會㊺。協會成立於《福爾摩沙（Formosa）》停刊的3個月之後，《先發部隊》的創刊是轉年的1934〔昭和9〕年7月。由於當局的干涉，該雜誌也只發行了一期就停刊了。1935〔昭和 10〕年 1 月雜誌妥協，將刊名改為《第一線》㊻，並在加入了若干日文內容後復刊。

接著是具有劃時代意義的組織，台灣文藝聯盟的創立。台灣人作家擁有自己的聯絡組織，是他們長期以來的夢想。與平山等的文藝作家協會不同，這個完全由台灣人作家組成的組織，於1934〔昭和 9〕年 5 月，在台中市一家酒店召開的台灣文藝大會上通過了成立決議。大會的出席者有 82 人。會議雖然一直在與會前即聞訊趕來的警察的緊張關係中進行，但會議通過了規章和宣言，最終圓滿地結束了。在準備委員會所提出的標語中，還有諸如「消滅腐敗文學、實現文藝大衆化」、「擁護言論自由、擁護文藝大會」、「打碎偶像、創造新生」等。大會的宣言從在世界性經濟恐慌下，逐漸尖銳化的殖民地台灣的問題說起，接著回顧了 1930 年以來台灣新文藝運動的動向，說明了大會召開的情況。然後提到文藝團體的建立、對創作活動的獎勵以及文藝大衆化等問題。倡導要以此大會的召開為契機，更加積極地展開活動。列舉了要開展的事業的具體內容，諸如發行雜誌、單行本，召開文藝演講會、文藝座談會等。誓言在打擊一切反動性的作品的同時，也要對自己的錯誤毫不遲疑地徹底清算。最後，對給予大會幫助的各位人士表示感謝，並希望以後仍給予幫助。在全場一致通過規章後，選舉了委員。北部選出的委員有黃得時、林克夫、黃純青、廖毓文、吳逸生、趙櫪馬、吳希聖、徐瓊二；南部有郭水潭、蔡秋桐；中部有賴慶、賴明弘、賴和、何集壁、張深切等人。正如賴慶在他的開幕詞中所言，這一天成了「台灣文化史上極為重要的一日」。機關誌定為中日文併用的月刊《台灣文藝》㊼。8 月嘉義支部誕生。隨後東京留學生的藝術研究會也併入該台灣文藝聯盟，改稱東京支部。台北的學生組織台灣文藝協會，由於也允許以個人名義參加，所以不久也被該組織所吸收。

然而，文藝聯盟好像並沒有如規章所盟誓的那樣順利發展。

楊逵、賴和、賴慶等人在轉年末，又新創辦了《台灣新文學》㊽，打算高舉火炬，克服不滿，努力發展。這份雜誌並不是機關誌，而是以文藝雜誌的名義由台灣新文學社發行的日中兩種文字的雜誌。在此再次實現了自成立台灣文藝作家協會以來的與左翼日本作家的聯繫，因為在編輯委員的名單中可以看到藤原泉三郎、田中保男等人的名字。雖然不太清楚該雜誌的主宰者楊逵和日本的無產階級作家同盟之間的關係，但是此雜誌起著《文學評論》㊾台灣支部的作用，計劃在《台灣新文學》的第八期出版「高爾基特輯」㊿，並且為了回應法國《國際文學》的呼籲，也在協助世界各民族童話叢書的編輯出版（台灣連溫卿參加）。此外，專為報告文學騰出篇幅恐怕也是該雜誌的一個特徵。然而，楊逵等人的新嘗試不到兩年，就被連根清除了。這就是 1937〔昭和 12〕年報紙漢語欄目的廢止乃至漢語（台語）刊物的取締。以同年 4 月 1 日為期，台灣總督府命令，同時廢止報紙的漢語欄目。以《台灣四日刊》（？）為首的數十種報刊隨即響應，唯有《台灣新民報》表示抵抗，只減一半。結果，使當局的高壓手段全部集中到《台灣新民報》。6 月 1 日，該報也只能在強權面前屈從。楊逵就此次鎮壓寫道：「6、70 歲的老人現在開始接受國語教育將來要幹什麼，難道學了アイウエオ之後到墳墓裏去看報嗎。不過，當今的報紙都是歪曲事實的報導，倒是適合給墳墓裏的人看。」㊿①作為從台灣人手中剥奪漢語欄的補償，《大阪每日》的台灣版從 1937〔昭和 12〕年開始，提供了每週一次的〈南島文藝欄〉〔據下村作次郎《從文學看台灣支配者・言語・作家》（田畑書店 1994），〈南島文藝欄〉並非由《大阪每日新聞》的台灣版提供，而是由《大阪朝日新聞》開設——譯註〕，作為台灣人作家的發表園地。（戰爭中，在台灣的報界，《每日新聞》社的力量較大）。此後，台灣人作家用日語以外的語言發表作品已不再可能。

1936〔昭和 11〕年 12 月，郁達夫訪問台灣，受到了並非期待的台灣總督府外事課的「大歡迎」。對於郁的訪台，台灣的文化人抱著極大的希望。可是，在一週左右的時間裏，他依次訪問了台北、台中、嘉義、台南等地，只出席了由《台灣日日新報》社主辦的文化演講會（題目為「關於中國文學」）和台灣新民報社主辦的座談會，幾乎避開了所有的私人會面，便逃也似的走了。表面上的名義是考察台灣民情，由《台灣日日新報》社接待，但他訪台的真正理由是什麼？對我來說到現在仍然是個迷。㊾

三

第一期台灣文藝家協會適於「皇紀 2600 年」〔以第一代神武天皇即位為紀元元年——譯註〕之際，即 1940〔昭和 15〕年 1 月成立。其機關誌《文藝台灣》創刊號的〈後記〉中寫道：「昭和 14〔1939〕年 2 月以來就懸而未決的台灣文藝家協會，在台灣政府和民間有關人士，《台灣日日新報》、《台灣新民報》兩社文藝部、以及各文化團體的積極支援下」終於結成。為慶祝皇紀 2600 年，由在台北的日本人作家策劃的該組織，與後來的文學報國會台灣支部、皇民奉公會文化部等不同，是以文學家自主性和睦團體的面目出現的。

在印刷出版等條件遠遠落後於日本內地，讀書層又少的台灣，經營文藝雜誌是非常困難的。而從事創作的人，又必須首先營設這樣的場所。西川滿的手工藝性質的單行本的出版嘗試等，可以說是打開這條通道的特有方法。台灣人作家在當局禁止用中文創作後，也陷於幾乎喪失了所有發表機關的困苦之中。來自日台兩地作家的強烈要求，成為支持《文藝台灣》創立的基礎。看一下編輯委員會成員，除了赤松孝彥、池田敏雄、川平朝申、北原政吉、邱炳南（永漢）、黃得時、高橋比呂美、中村哲、中山侑、長崎浩、西川滿、濱田隼雄、龍瑛宗等人，還網羅了從詩、小說、評論到民俗學、政治學等更大範圍的文化人，給人一種好像是綜合性雜誌的傾向。然而，不知道什麼原因，在不到一年的時間裏，該台灣文藝家協會的招牌就被收了起來，同樣的成員卻向同仁組織的《文藝台灣》改變了方向。

1940〔昭和 15〕年 1 月成立的台灣文藝家協會，剛才已經提到過，是在《台灣日日新報》社、《台灣新民報》社的文藝部以及各種文化團體的支援下創建的，但它並不是全島性的組織。發展成為包括全島作家文化人士的組織是在 1941〔昭和 16〕年 2 月以後。兩者名稱雖然一樣，但與前者只是網羅了部分作家、記者等有志之士比起來，後者可以看作是更具有國策性質的組織。第二次台灣文藝家協會從紀元節開始活動。藉此機會《文藝台灣》脫離了台灣文藝家協會，由西川滿等人重新組建了文藝台灣社，著手繼續出版《文藝台灣》。於是《文藝台灣》從第 7 期（第 2 卷第 2 號）開始改為月刊（此前為雙月刊）。給人一種好像台灣文藝家協會收起招牌，向同仁組織後退了一步的印象，是因為這一階段的經過，單從雜誌的篇幅上並看不出來的緣故吧。順便補充一下，台灣文藝家協會還發行了自己的會報。

這樣以來，本來就是帶著各自的意見參加到協會這個一元化組織的各位成員，也開始考慮擁有其他的雜誌。不久，中山侑、張文環等人退出協會，組建啟文社並創刊了《台灣文學》，殘留派以西川滿為中心繼續經營《文藝台灣》。直到戰爭後期被強行統一為止，這兩個組織一直作為兩個對立的文藝團體存在。曹介逸曾這樣記錄道：《台灣文學》「和西川滿主編的《文藝台灣》為戰時中台灣文藝界的雙壁，而在思想上形成著兩個對立的陣營」。

《台灣文學》（季刊）作為日文文藝雜誌，於 1941〔昭和 16〕年 5 月創刊，在一定程度上彙集了日台兩地的文學青年。比較活躍的有張文環、呂赫若、黃得時、吳新榮、吳天賞、玉碧蕉〔王碧蕉之誤——譯註〕、張冬芳等人。日本人中除了中山侑、中村哲以外，還有名和榮一、坂口䙥子、澀谷精一[53]。據說其對立源於日本作家與台灣作家之間在文學上和思想上的衝突。但無論如何是《台灣文學》的中山侑和《文藝台灣》的西川滿二人，將台灣文學這塊狹小的世界一分為二，並培育了各具個性的文學。《台灣文學》與《文藝台灣》不論從思想上還是文學意識上來講都是性質根本不同的雜誌。

黃得時這樣寫道：

> 以上二誌雖同為台灣的代表性文藝雜誌，但各具特色。即與《文藝台灣》的同仁七成為內地人，與同仁相互向上發展為唯一目標相反，《台灣文學》的同仁中本島人多，而且是為了全島文化向上和培養新人，不惜放開版面，致力於真正的文學的訓練場。因此，前者在編輯方面過於追求完善與趣味，看上去非常精美，但由於覆蓋面窄、脫離生活，一部分人的評價並不太高，而《台灣文學》無論怎麼講，始終堅持貫徹寫實主義精神，非常野性，充滿了「霸氣」和「豪氣」。（〈輓近台灣文學運動史〉）

這是發表在《台灣文學》上的文章，可能多少有一些偏袒之情，但確實是極客觀的評價。相對於住在台灣的日本作家多傾向於趣味性作品而言，台灣人作家理所當然地會顯得更講求實際，更注重寫實主義。這也明確地反映了統治和被統治的關係。

《文藝台灣》開列其全體成員名單是始於1941〔昭和16〕年11 月號。[54]其後記〈葭月消息〉中這樣寫道：「隨著時局的發展，作為代表台灣的唯一一份月刊綜合文藝雜誌，我們深感責任日愈重大。本社編輯同仁決心恪盡職守奉公努力」，揭示了他們於開戰前夜的決心。

對美開戰不久，《文藝台灣》在開頭的對折頁用 3 號大小的鉛字印著「文章報國之決心」，但共 96 頁的本文中沒有一處能看到是有關國策的色彩，而幾乎都是諸如降妖圖、花鳥圖照像圖版，或者台灣車伕在路旁對奕時用的葫蘆運的圖版等。創作欄裏也看不到「決心」所表現出的勇敢行為，甚至讓人感覺到的是想以開頭表明的勇敢之決心，緩和當局責難㊺。然而，這種保持藝術至上主義的編輯，自 1942〔昭和 17〕年 2 月開始急速走向崩潰。接著特別編輯了包括詩歌《悼夏威夷奇襲戰陣亡勇士英靈歌》、《大東亞戰爭》、《皇威之光普照大地》、《贈大東亞民族》等只看題目便可知其內容的作品，以及可用於由皇民奉公會組織的話劇敢死隊演出的「島民劇」（皇民化劇）四部特集。讓人感到前一期與該期之間，形成了 180 度的大轉彎。對此僅從封面上圖案化的軍隊的刺刀這一點也能說明。㊻

由於這裏提到了皇民奉公會，所以我們先簡單地來看一下關於七七事變以後思想言論統制的強化問題。

七七事變後不久，總督府就設立了臨時情報委員會。這是擔心殖民地民衆的民心向著自己的祖國，從而誘發思想問題的當局，為了把國內外形勢的報導限制在一定的範圍內而沿著國策的路線對言論報導實施統制的舉措。

8 月 16 日，通過開戰後的首次告諭，向台灣島民發出必須認識戰時體制的重要性的警告，並在 25 日召開了地方長官緊急會議，將臨時情報委員會改組為情報部。隨著戰局的擴大，該情報部的宣傳工作、言論統治策略被日益擴充強化，機構也日益完備。我再三說過，在一切方面禁止台灣話的文章，並且以鼓勵穿國民服裝、改日本姓、使用日語等推進皇民化的實施。1938〔昭和 13〕年的特別高等警察大量增員，就是為了鎮壓島民反抗、強制實行「皇民化」的警戒措施。

1940〔昭和15〕年10月12日在大政翼贊會成立的同時，也在殖民地各地區實行了戰時新體制運動，在朝鮮組織了國民總力聯盟，在關東州組織了興亞奉公聯盟。1941〔昭和16〕年4月18日在台灣設立皇民奉公運動準備委員會（準備委員128名）。規定了運動重點、規章和實踐綱領，19日皇民奉公會成立。設整體統轄機構於中央本部，於各行政單位下設分支機關。5州3廳、11市、51郡、56街、209庄分別設支部、支會、分會；市支會下又設257區會；街庄分會下再設5404部落會；最下邊則組織了68334個奉公班。㊼皇民奉公會總裁由台灣總督出任，機關誌除《台灣時報》外，還有各部報和中央本部編輯的《新建設》月刊。一時間，所謂時局解說書、皇民化讀本之類的讀物被接連不斷地出版，時局演講會等也被大肆推行。當局尤其在對外廣播以及在對台灣人的特別廣播方面熱心傾注，組織了皇民煉成特別節目。雖然未對紙張的統制做過調查，但是供應機構被一元化是在1942〔昭和17〕年7月左右。到那時為止，40幾個劇團被合併、重組為「皇民化劇」的巡迴演出劇團。劇團的合併是在1942〔昭和17〕年1月，通過台灣戲劇協會的成立而完成的。其核心人物是松居桃樓、三宅正雄以及呂訴上。1月12日由皇民奉公會支援組建了演劇挺身隊，同時通過皇民奉公會青壯年團開展青年演劇運動。（曾經主宰《台灣新文學》的進步派楊逵等人組織台中藝能奉公隊也是在這個時期。）挺身隊中還有台灣音樂挺身隊之類的類似組織。台灣的電影製作，從大正末年蹣跚起步。到1931〔昭和6〕年3月日活公司在台灣拍攝了《南國之歌》的外景後，其製作更趨活躍。以1938〔昭和13〕年1月，第一電影公司拍攝的《望春風》為期，此後台語電影便被禁止。後來的電影都變成了諸如《榮譽的軍伕》之類的出征軍伕的讚歌（該片的主題歌是在台灣人中廣泛流傳的鄧雨賢㊽的《雨夜花》的曲子上，填了具

有軍國色彩歌詞的一首悲歌），1941〔昭和16〕年9月後由統制團體所謂台灣電影協會所統轄。㊾

當時發行的具有代表性的定期刊物，除了上面提到的屬於台灣文藝家協會的《文藝台灣》、啟文社發行的《台灣文學》之外，還有民俗研究誌《民俗台灣》㊿、綜合文化誌《台灣藝術》(61)、文藝誌《南方》(62)和綜合雜誌《台灣公論》(63)等。報紙有《台灣日報》、《高雄新報》、《台灣新聞》、《興南新聞》、《東台灣新報》、《台灣日日新報》等。但戰爭末期被全部合併。以台灣人為對象的報紙有《台灣新民報》、《皇民新聞》（台灣日報系統）。

下面讓我們再回到文學問題上來。

大政翼贊會的成立也波及到了殖民地台灣。上面所提到的事件波及到了文化的各個領域，那麼1942〔昭和17〕年6月日本文學報國會（以下簡稱「文報」）的成立，又會對南方殖民地產生怎樣的影響呢？

作為文藝後方運動的一環，日本曾向台灣派遣作家，在文藝報國運動中也曾計劃讓作家渡台，但因對美戰爭開始而中止。作為替代（？），在某雜誌社的主辦下，豐島與志雄、村松梢風、濱本浩、窪川稻子等人來過台灣。奉公會文化部、總督府情報課等都準備不放過這個絶好的機會以助促進皇民化運動。歡迎的興奮尚未平息，日本文學報國會成立的消息就傳到了台灣。

其影響的第一階段是台灣文藝家協會的改組。協會會報《台灣文藝通信》(64)第6期報告了其改組情況。刊登了會長矢野峰人在8月21日由台灣文藝家協會主辦的「文藝與電影晚會」上的發言。他回顧了台灣文學的歷史，然後講了協會今後的發展。他説，從1902、1903（明治35、36）年開始直到今天的40年間文學界形形色色的雜誌不斷出現、又不斷倒閉，顯示了相當大的波瀾，敢於重蹈覆轍之輩也大有人在。這一切證明他們自我表現的欲望是如何的強烈，他們又是如何渴望釀造出文學的氛圍。本島初期文學運動的特點是其領導者幾乎都是當時的官員，也就是說文學運動是從「上面」開始的。在當時「新歸順」的島人之間，今天能夠看到用日語表達的文學正在形成的事實，確實可以讓人感到本島「新文學誕生的黎明終於來臨」。過去的文學運動是分散的，未發展成一個整體的社會勢力。但是現在開始仍不算晚，讓我們進一步密切文藝家彼此之間的關係，通過強化相互間的互助合作，獲取個人所不可能得到的「文藝報國的碩果」。

會報列舉的協會事業計劃包括：「台灣文學史的編纂」、「協會會員的培養」、「文藝演講會、文藝座談會的召開」、「北原白秋遺墨展及其追悼座談會的舉行」、「國民詩朗讀短歌朗誦講習」、「過世文學家遺墨展」、「報導作家的派遣」、「文藝年鑒的刊行」、「大東亞文學者大會代表的派遣」等。修改了部分會則，決定追加新會員張文環、松居桃樓、竹村猛、陳逢源為理事。在該會報的記事中，最有趣的是一封來自台中的通信。這封沒有署名的發自水秀街靜的台中的通信稱，文藝家協會的改組，倒讓我回想起了 1934〔昭和 9〕年的全島文藝大會，回到了台灣文藝家聯盟結成的過去，於是接著說到《台灣文藝》和《台灣新文學》。信中說，終於高漲起來的運動「因為在支那事變爆發那年，《台灣文藝》和《台灣新文學》相繼停刊，島內的文藝聯盟人員的大半流向海外而降溫了」，字裏行間包含著強烈的指責。曾是這段回憶的當事人之一的進步作家楊逵在其題為〈會報的意義和任務〉一文中寫道，當此台灣文藝家協會重新起步之際，應置任務於「文化啟蒙」與「會員間的相互啟發向上」。所謂文化啟蒙即是「對一般民衆」的啟蒙，會員間的相互啟發向上即是會員的技術磨練。不過，他的這番話可以有兩種理解。然而，戰爭的發展很輕易就粉碎了他們在語言上的雙重表達。第一次大東亞文學者大會，決定由龍瑛宗、張文環和西川滿、濱田隼雄參加，台灣人作家與日本作家各兩名，而且是分別來自《台灣文學》和《文藝台灣》，這是推薦者們充分考慮的結果。（另，矢野會長在這個集會召開的時候，被選為新設的皇民奉公會文化部文藝班班長。）

文報的機關報《日本學藝新聞》㊅對這 4 位作家做了如下介紹。

西川滿——（35 歲）明治 41〔1908〕年生於會津若松市，3 歲渡台，台北小學、中學後，昭和 8〔1933〕年畢業於早稻田大學法文系，昭和 9〔1934〕年開始從事《台灣日日新報》文化欄目的編輯，昭和 17〔1942〕年 4 月辭職，現從事寫作。昭和 9〔1934〕年出版《媽祖》、昭和 15〔1940〕年開始出版月刊《文藝台灣》。著作有詩集《媽祖祭》、《鴉片》、《華麗島頌歌》、《採蓮花歌》，小說集《梨花夫人》、《浪曼》、《赤嵌記》等。被文藝泛論社授予「詩業功勞獎」。台灣出版文化協會理事、台灣文藝家協會理事。

濱田隼雄——（34 歲）明治 42〔1909〕年生於宮城縣。曾就讀於仙台中學、台灣高等學校〔應為「台北高等學校」之誤——譯註〕，東北帝國大學國文系畢業後，先後任教於台北靜修高女、台南一高女，現任台北一高女教諭。作為《文藝台灣》同人，在該雜誌發表過小說《橫丁之圖》、《公園之圖》、《被盜之圖》等，著有長篇小說《南方移民村》。皇民奉公會文化部特約顧問、台灣文藝家協會理事兼事務役員。

張文環——（34 歲）明治 42〔1909〕年生於台南州嘉義小梅莊。昭和 2〔1927〕年 5 月留學東京，昭和 7〔1932〕年在東京組織了台灣藝術研究會，發行了《福爾摩沙（Formosa）》。同年東洋大學退學，昭和9〔1934〕年與台中文藝聯盟合併成為《台灣文藝》之一員。昭和11〔1936〕年回台，昭和12〔1937〕年在《台灣新民報》連載《山茶花》，同年任台灣映畫會社經理，昭和16〔1941〕年退職，組織啟文社，發行季刊《台灣文學》，並在該誌發表《夜猿》、《藝旦之家》、《論語和雞》、《部落的慘劇》等短篇。台灣文藝家協會理事。

龍瑛宗——（32歲）明治44〔1911〕年生於新竹州竹東郡北埔莊。昭和5〔1930〕年台灣工商學校肄業後，就職台灣銀行。昭和12〔1937〕年小說《植有木瓜樹的小鎮》為《改造》所收，此後先後於昭和14〔1939〕、15〔1940〕、16〔1941〕年在《文藝》、《文藝首都》、《日本風俗》〔原文如此。《日本學藝新聞》亦記載為「日本風俗」，但正確名稱為「日本的風俗」《日本的風俗》——譯註〕發表了小說《黃家》、《宵月》、《貘》。昭和17〔1942〕年離開台銀，就職《皇民新聞》。《文藝台灣》同人，台灣文藝家協會會員。

引文較長，但從這4位台灣文藝家協會會員的簡歷中，可以在某種程度上看出台灣文學各不同的譜系，以及被統一到協會，並被送往大會的變遷過程。台灣代表在這次大會上的發言詳細地刊登在《文藝台灣》第5卷第3期，以及《台灣文學》第3卷第1期——大東亞文學者大會特集中⑯。由此我們知道龍瑛宗在4日下午作了「感謝皇軍」的發言。西川滿在5日上午的會議上提議「通過日語實現民族與民族的融和」。濱田隼雄表示了「希望下次大會在台灣舉行」的願望。張文環做了向為新東亞文化建設而奮戰的「對軍旅作家表示感謝」的發言。西川滿對這一日的感動之情更是溢於言表，他說，「日本、滿洲、中華以及南洋各民族的靈魂是相通的。值得讚揚的大東亞文學者大會，使得民族之心更加高貴」。67

我想在此暫停一下，因為張我軍作為華北代表之一當時也在場。張我軍祖籍福建省南靖，從台灣來到早稻田大學，後又去北京留學。當時任北京大學文學院教授。在第二章中，我曾提到過這位台灣新文學運動的先驅者。20 年前的大正末年，他曾在北京聲援台灣同胞，並在新文學運動中注入五四文化精神。在他的影響下成長起來的張文環等人，在大東亞文學者大會上，是帶著怎樣的心情來聽張我軍的發言的呢？或者可以說作為台灣文藝聯盟成員的張文環也許在此發現了對自己的諷刺。

台灣文藝家協會在迎來出席大會的 4 名代表回台以後，在皇民奉公會中央本部的支援下，決定展開全島性文藝運動。12 月 2 日在台北市公會堂舉行「大東亞文藝演講會」，接著 12 日在高雄、13 日在台南、14 日在嘉義、15 日在台中、16 日在彰化、17 日在新竹等地連續舉行了演講會。以鼓舞鬥志為目的，在全島各主要城市還舉辦了國民詩朗誦指導會。

1943〔昭和 18〕年 2 月 11 日，第一次台灣文學獎頒發。獲獎者為上述出席大東亞文學者大會的 3 位（濱田、西川、張文環），作品分別是《南方移民村》、《赤嵌記》和《夜猿》。此獎為皇民奉公會新設的文化獎，該獎分為文學、音樂、戲劇 3 個部門，此次頒獎屬於文學部門中的小說獎。

大概在此次台灣文學獎頒發後不到一兩個月，台灣文藝家協會鑒於戰局的推進和時局的重大化，進行了為發展所須的解體，即新的文學團體——台灣文學奉公會在皇民奉公會的羽翼下誕生了。但其成員構成基本沒有什麼變化。此時日本文學報國會台灣支部也已成立，於是兩者互相合作，開始向「樹立台灣皇民文學」的目標進軍（美術團體、台灣美術奉公會也在此前後誕生）。在第一次大東亞文學者大會召開之後，台灣文學奉公會成立之前，即1943〔昭和18〕年5月左右，文報台灣支部成立。目的是加強和日本文學報國會之間的橫向聯繫。如支部規定的第三條所述：「支部謀求所屬成員之間的親密聯合，通過台灣文學奉公會，來實現本會第三款中所規定的本會目的，並致力於宣傳皇國文化」。名義上，文報台灣支部是面向日本內地，台灣文學奉公會是面向台灣的，而事實上這只不過是名稱上的差異，實質上是相同的。連支部長以上的幹部成員都是一樣的。差別只是在於，參加第一次大東亞文學者大會的成員是由台灣文藝家協會決定的，而第二次則是由文報台灣支部選定的。參加第二次大東亞文學者大會的代表有長崎浩、齊藤勇、楊雲萍、周金波。與第一次大會相比，第二次大東亞文學者大會的人選具有非常濃厚的戰時色彩。《文學報國》（文報機關報）創刊號⑱上刊載這4位代表的基本情況。長崎浩（36歲），詩人，當時任皇民奉公會文化部工作，台灣文學奉公會幹事。齊藤勇（40歲），法政大學出身的詩人，當時任台北師範教授。楊雲萍（38歲），文化學院出身的詩人評論家，曾參與《台灣文藝通信》（台灣文藝家協會報）的編輯，台灣文學奉公會會員。周金波，年方24歲的年輕作家，畢業於日本大學口腔醫學系。

1932〔昭和7〕年，楊雲萍曾在文化學院聽過菊池寬一年的課。1941〔昭和16〕年2月，菊池寬在他的《話的紙簍》中，提到關於楊雲萍，說「久未謀面，一見得知他成為支那的文獻學者，甚喜。因他精通日本文學，故其存在亦非常特殊。若從台灣文化方面來講，值得更加受到重用」。楊從1933、1934〔昭和8、9〕年左右就開始參加台灣新文學運動，是第一次台灣文藝大會的出席者之一。他在大東亞文學者大會第三天的第二分組會議上請求發言，說到:「我的提法非常的失禮，可是我認為恐怕沒有一個人能夠瞭解我們台灣的文學」。對此，片岡鐵兵提出了不同看法，誇張地說在座的各位都熟知中國的文學史。楊不肯就此罷休，說:「聽了片岡先生的話，我非常高興。因此我收回我剛才的失言，或者是認識不足。……但是，我還是懇切地希望大家能夠贊成我的提案」。希望對中國文學研究家提供研究補助。真是了不起！作為一名作家或者評論家，不談別的，直接提出因為沒有錢買書而請求贊助（這樣理解他的發言，或許有點過分），實在是值得欽佩。對於自清朝末年開始歷經約 50 年的台灣文學的艱苦奮鬥的歷史，片岡鐵兵到底清不清楚，是很有疑問的。在楊雲萍對片岡鐵兵的無知進行抨擊的態度裏，閃耀著台灣人作家的血汗凝成的歷史結晶。

戰爭開始出現失敗的跡象，進入了決戰階段。在不知什麼時候就會成為戰場的台灣，開始實施全面戰時體制的「敵前展開」。尤其是 1943〔昭和 18〕年 10 月 19 日頒布的政令，規定從 1944〔昭和 19〕年 9 月 1 日開始在台灣也實行徵兵制。在《文藝台灣》上圍繞「徵兵制」，長崎浩、周金波、陳火泉、神川清舉行了座談會。⑲其中，長崎通過兩件事，即，在第二次大東亞文學者大會的分組討論上，退役軍人作家岩倉政治曾發言說，如果從天上降下來的是許多部莎士比亞全集，那不會成為什麼問題，但如果是一枚炸彈，那就是大問題了，所以他要投筆從戎。此外，石川達三也曾說過，要放棄自己的作家身分和文學，為了更崇高的作家精神而活，向大家表露了決戰文學家的決心，他的發言頗引人注目。

1943〔昭和 18〕年 11 月 13 日，在總督府情報課以及皇民奉公會中央本部、文報等的支援下，由台灣文學奉公會主辦的台灣決戰文學會議在台北市公會堂召開。其中心議題是「本島文學決戰體制的確立和文學家的戰爭合作」。約有 60 名日台作家參加了此次會議，並就理念和實踐方案進行了討論。上午 10 時宣布會議開始，在例行的齊唱國歌和遙拜天皇宮城的國民禮儀之後，會長山本真平（台灣文學奉公會會長、皇民奉公會事務總長）闡述了思想戰的重要性，並希望文學家以思想決戰之戰士而奮起。接著總督府情報課課長森田民夫就在必勝信念下決戰文學的實踐的發言。在皇民奉公會宣傳部長大澤貞吉的期待適應國家要求創造宏偉文學的賀詞之後，大會宣讀了文報會長德富蘇峰的祝詞、大會誓詞。文學獎頒獎式結束後，大會進入討論。會議在議長山本真平、副議長矢野峰人的主持下進行，最後朗讀了決議書⑳，三呼聖壽萬歲之後結束了會議。討論中，西川滿代表《文藝台灣》全體同仁的意見曾前後 3 次發言，表示將為配合「文藝雜誌的戰時部署」自願地奉上《文藝台灣》。發言中讓人印象最深的就是這個「奉獻文藝雜誌」問題，和圍繞台灣文學史編纂問題上楊雲萍和黃得時引發的爭論。在決戰的時局下，即使再三講述台灣文學史編纂的必要性，結果還是不了了之，楊雲萍、黃得時等人的夢想只有留待戰後完成。總督府的保安課長的告誡，「對決戰無益的都是没用的東西，即使是文學作品，也應該只發表那些在當前決戰時局下所不能欠缺的」，淋漓盡致的反映了該會議召開的時代背景。

在戰爭時期創辦、成長起來的台灣文藝雜誌，就這樣不得不適應權力要求的「戰時部署」，為台灣文學奉公會的機關誌所統合。1944〔昭和 19〕年春，西川滿主辦的《文藝台灣》、張文環、呂赫若以及中山侑等人的《台灣文學》均被迫停刊，取而代之，台灣文學奉公會主辦的機關誌《台灣文藝》㉑誕生。作家們抱著「投筆從戎」的決心，或被動員補充軍力，或被動員做宣傳報導。從 1944〔昭和 19〕年 6 月在總督府情報課的要求下實施的作家派遣可窺見一斑㉒。當時，作家們分別被派遣到台中州下的謝慶農場、或台南州下的斗六國民道場、高雄海兵團、石底炭礦以及金瓜石礦山等地，並強迫他們以當地的見聞為素材創作小說。不論是原來反對日本的台灣人作家，還是浪漫派的詩人，都被作為筆頭尖兵編入了「要塞台灣」的戰鬥行列。於是，50 多年以來的台灣文學遺產被徹底掩蓋、粉碎殆盡，尤其是那些台灣人作家，對於在戰爭鐵蹄下掙扎的台灣民衆的形像也只能機械地描寫。當他們發現這種描寫使用的日語已令人痛心地成了自己的語言時，台灣人作家將會做何感想呢？

四

關於決戰體制下台灣文學的種種現象，在前面一章中我們已經主要從運動方面做了回顧。接下來應該看一下作品。但選擇哪些作為這一時期的代表作品，由於論者的立場不同，多少肯定會有差異。我打算從能把問題歸結起來的意義出發，以這個時期台灣文學所負擔的苦難深重的民族問題為坐標進行探討。

在當時的台灣，民族問題是以「皇民化」這樣一種被扭曲的形態表現的。

日本對台灣50年的統治，是不是可以用一句話來概括，這就是通過精神方面的「一視同仁」、「日台同化」來掩飾經濟上和社會上的不平等，鏟除抵抗力量，籠絡、培養順從「皇民」的歷史。當然這期間，並非沒有民族獨立的抵抗。包括尋求在日本的統治下的自治在內，台灣人始終進行著不屈不撓的抗爭。即使在有組織性的運動被鎮壓後，仍不能說解放的夢想已在他們的心底深處破滅。但是，從社會表層看來，這一切已被清除乾淨，無論是否喜歡「皇民化」，它已被強制接受，這的確是事實。

《台灣新民報》編輯總務竹內清這樣寫道：

皇民化運動並不是從今天才開始的，而是始於43年前。但自上次支那事變爆發以來，這一運動發展到今天這種熱烈的程度，好像是佔領台灣以來的第一次。……所謂「皇民化」就是「日本人化」，但是，本島人在43年前就

> 已經是日本人了，所以單說做日本人是不充分的，應該是「做一個好的日本人」。這不僅是台灣人的問題，而且也是所有日本人的問題。與本土的日本人未必就是臻於完全的日本人一樣，作為新歸順的台灣島人，多數尚未成為臻於完全的日本人，這是理所當然的。㉝

作者竹內清是作為監督者由台灣總督府派出的日本人，而一直抵抗廢除報紙漢語欄目的《台灣新民報》，於1938〔昭和13〕年9月終於刊載了這樣的文章，由此可以明顯地看出時代的變化。然而，我在此原原本本地引用上面的話，實在是無法抗拒想藉此諷刺「皇民化」運動的誘惑。皇民化的藍圖，從佔領台灣以來，或更嚴密一點來講，是統治方式從歧視政策向同化政策轉化以來，早已由日本統治者預先制定了的。但如果日本統治能如其所願地實現日台同化的話，就沒有必要在七七事變以後又如此大張旗鼓地鼓吹「皇民化」。現實的狀況恐怕距離「皇民化」還實在太遠了。借用一下他們當時的老生常談的話，就是如果同化政策意味著成為日本人，那麼「皇民化」就是要「成為一個好的日本人」，日本統治者對於「皇民化」的期待實際上不是台灣人要「作為日本人而活」，而是「要作為日本人而死」。「成為一個好的日本人」的意思是要明白「作為日本人而死」的方向，並向這一方向奮進。在「皇民化」的美名下，隱藏著特別志願兵制度、徵兵制等一系列包藏著使台灣成為軍事要塞的實戰動員計劃。在這種體制下，作家們也就無論如何都不可能被允許避開這個主題而從事其他創作。

那麼，當時的作家是如何把握作為日本50年統治結果的「皇民化」問題的呢？由於不可能列舉出針對各種情況的作品，所以我想通過幾部與此比較接近的作品來探討這個問題。

獲得第一次大東亞文學獎（二等獎）的庄司總一的《陳夫

人》⑭，是一部以描寫嫁給台南名門陳一家的長子陳清文為妻的日本女性安子多災多難的半生為主線的長篇小說。安子通過共同信仰和陳清文結合在一起。她不顧父母反對，來到這個從風俗習慣到生活感情等一切都迥異於日本的台灣。碌碌無為、守著陳家的財產做著老莊美夢的老父親阿山；儼然就是大家族制度和封建遺規縮影的老母親阿嬌；忙於理財、勢利的次子景文及其花枝招展的妻子玉簾；儼然闊少但又行為蹩腳的三兒子端文以及懦弱的妻子春鶯，還有他們各自的偏房及孩子。安子就是在與這樣一個家族集團的接觸中，作為陳家的一員在努力溶入這個集體。丈夫清文是一個虔誠的教徒，他的理想主義使他和現實社會格格不入，遂絕意仕途，在一所長老派教會所屬的學校當了一名教師。但隨著時代的迅速發展，他並沒有得到一個安身立命之所。在歐文主義理想下著手經營的鳳梨加工廠，也因為與在物質方面提出更高要求的工人之間分歧日甚，而被一家新創立的大公司台灣鳳梨株式會社所兼併，淪為它的系列成員。

只要陳清文的理想主義不放棄繼續做台灣人，苦難的挫折就接連不斷地發生。因為殖民統治體制定會斬斷他們的夢想。比如，清文絕意仕途，是因為有一個成績比他差得多的同學，只因為是日本人，就成了他的上司，這讓他明白了不可跨越的現實。此外諸如在日本人出入的教會裏，偶爾穿著台灣服裝的清文，常常被人叫作「清國奴」被擋在門外。一部分特權階級為了建造高爾夫球場，竟然挖掘台灣人的墓地，並且每座墳墓還要交納20日圓的負擔金，這樣的事件在殖民地隨時可見。老父親阿山對於日本的統治則感到是蒙恩被澤感激不已。確實，對於資產階級的一員阿山來說，他從清朝統治時期民衆反抗的對象變為被當局保護的對象，捐稅也相對的降低了。然而，對於台灣的一般民衆來說，被日本剥奪的遠比給予的更多。陳清文和安子為之苦惱的這些苦痛也遺傳給了他們的女兒清子。清子因在同學中不被稱為

「清子」而是稱為「陳小姐」而感到難以承受地自卑，對總是穿著台灣服出現的父親也是抱著一種類似憤慨的情感。所有這些問題，作者是如何來回答的呢？

「——愛，安子在心裏對自己說。」作者庄司總一用這樣一句話結束了全文，可能也想以此代替答案。然而，只要殖民地體制不改變，他們就永遠難逃藩籬。「愛」雖然只是心中的低語，但無論對於作者，還是對於主人公陳清文或安子來講，這已經包括了他們可能做的一切。

《陳夫人》的背景台南，曾是作者庄司總一居住過的地方。他在台南一中就讀時期，雖然不太準確，大概應該是關東大地震前後的 5 年間。說到 20 世紀 20 年代，正好是台灣文化協會在台中設立總部，積極展開文化啟蒙活動時期。當時協會會員突破了兩千人，當時由於治安警察法實施的延長，政治活動雖然受到一定的限制，但合法的文化活動卻適時地興盛起來。不久，在台中州二水成立了台灣第一個蔗農組合〔「組合」指工會而言——譯註〕，隨後發展成台灣農民組合。台灣文化協會內部也孕育著向布爾什維克主義轉變的趨勢。《陳夫人》正是以 1921〔大正 10〕年為中心，大約從大正初期到 1935〔昭和 10〕年左右的 20 年間為時代背景的。在出國旅行歸來的清文曾一度加入文化協會，於演講、創作中，均站在托爾斯泰式人道主義立場上，主張精神社會改良論的一節，還有對他的機會主義傾向受到激進的學生的批判，自然而然地逐漸遠離文化協會的過程等，對清文這樣的資產階級知識份子身上所具有的典型性均有令人信服的描述。至於《陳夫人》的時代、社會背景以及風俗片段，都曾是從小在台灣長大的作者庄司總一親眼所見、親身經歷的事實。對他來說，這似乎是非寫不可的題目。且不論所謂戰局的推進、「皇民化」的課題以及國策的要求，僅僅是作為一名在台灣成長起來的日本人作家，這些恐怕也都是不允許他擱置的問題。讓我們再回到庄司總一的回答上來。「愛」到底能夠拯救台灣人的不幸嗎？作者自己在某個地方這樣寫道：「都說本島人是有錢人，可事實上是，只不過有一些 10 萬 20 萬的小資本家……由於物質方面發展的限制，打算以精神上的奮發有所補償的他（清文），在開創新事業時的那些美好的理想、抱負和熱情，深究起來，並不是由他那純粹的思想和清廉潔白的人格所釋放出來的耀眼的光輝，充其量也只不過是透過絕望的陰影流露出的一點微弱光芒而已。」清文心底的絕望，也是安子的絕望，而這種愛只能存在於他們的絕望上。無論是「一視同仁」，還是「皇民化」都不可能使它解消。

女兒清子承受的精神負擔更為沉重。「我是內地人也是台灣人。這不也就是說，其實什麼也不是嗎。」她的苦惱或許有一部分可以得到「愛」的安慰。但是，要徹底地平復，單靠「愛」是不夠的。在此，讓我們再看一下屬於《陳夫人》這一系列的新垣宏一的《城門》⑮。

《城門》明顯受到了《陳夫人》的影響。但《城門》發表於 1942〔昭和 17〕年 1 月，因此新垣讀到的應該只是《陳夫人》的第一部。《陳夫人》是通過日本人的妻子安子及其女兒清子來講述民族問題的。而《城門》則是通過一個從小學到專門學校都在講著日語度過，始終與日本人混在一起的台灣女生的眼睛來看這一問題的。主人公金葉是市議會議員、台灣名士劉木川的女兒。作品通過她給以前的老師的書信，講述了一個台灣人家庭的悲劇。書信中講述的是因身為市議會議員、每天把「皇民煉成」掛在嘴邊的父親蓄妾的矛盾，表達了她的不滿和由衷希望改變「家族制度」的心情。

女學生劉金葉的苦惱，雖然從表面上看是來自於想成為日本人的苦惱，但實際上是因為她知道作為現代人的自覺和她所處的封建家庭環境之間存在著無法填覆的鴻溝。這種現代的自覺確實是拜日本殖民統治所賜，但只看到表面，以為日本帶給了恩惠，這是一種錯覺。日本不過是為了更順暢地實現其殖民統治，將所需要的現代引入到了台灣而已。實際上，即使是痛訴苦惱的劉金葉，也並不是以現代人來明確地意識這種悲哀的。所以她的苦惱中常常有一種作為「皇民」而感到羞恥的傾向。作者新垣宏一好像曾在台北某女子學校任過老師。他的週圍肯定不乏像劉金葉那樣的、誠實的女學生。問題在於日本的殖民政策將現代女性的視角替換為「皇民煉成」的視角。

作者借劉金葉之口這樣說道：

> 當我想到我父親的地位和名聲的時候，我就不能不將這種生活和那些地位比我們低得多、沒有受過教育的青年為了當志願兵而寫血書的誠心相比較。

和台灣的資產階級相比，台灣一般百姓接受「皇民化」的程度要深得多。台灣作家周金波的短篇小說《志願兵》⑯談的正是這一點。

東京留學歸來的張明貴，在基隆碼頭見到了前來迎接他的義兄和公學校時的同學高進六。明貴厭倦東京留學生的平庸與怠惰。受一種要被時代所拋棄的焦灼感所驅使，他每週一次到圖書館去看台灣的報紙，十分關注皇民煉成、生活改善、改姓以及志願兵制度等問題。因渴望瞭解台灣的現狀，遂於畢業之前回了一次台灣。去迎接他的高進六，已自己改名為高峰進六，說著一口無異於日本人的流利日語。這時的進六已經加入了報國青年隊，正熱衷於「神人一致的崇高的人的修練」。「你們報國青年隊員擊掌之儀與所謂皇民煉成運動有關係嗎？」對於明貴的疑問，進六激動地回答：「這就是你認識不足了。藉著擊掌之儀接受衆神的引導，是對神的親近。……祭政一致難道不正是皇道政治的根源嗎？我們通過擊掌之儀努力接觸和體驗大和之心。這曾是本島青年以前所不可企及的貴重體驗。」進六滔滔不絕地主張「排斥理論，只需祈禱與實踐」，對此，明貴提出了只有知識份子才會有的懷疑。「如果按照這一套就能培養出台灣的中堅青年，我感到不寒而慄。即使是現在，這中堅青年實際上不也是為數不足為道的人種、……文化水平最低的人們嗎？……而皇民煉成的當務之急不正是要儘快地將這種所欠缺的教養和訓練補上嗎？不正是要提高到和日本內地同樣的水平嗎？」但進六還是要按照自己的信念走了下去。這次談話的10天後，明貴等從報紙上得知高進六寫了志願從軍的血書。

高進六從公學校畢業以後即住進一家日本人開的食品店，並開始在那裏學習日語，也是那一帶有名的孝子，大概也是貧寒家庭裏長大的窮孩子。就是這樣一個進六，在申請進入報國青年隊後，又為「唯一的信念而生」而寫了志願血書。然而，這樣一個認真的台灣青年寫了志願血書後，結果又是如何，周金波沒有明寫，相反卻以暗示的筆調，以知識份子明貴受到進六行為的刺激後，更加努力於皇民化的道路結束了全文。

陳火泉則是從苦惱的知識份子的立場進一步思考高進六所走的路的作家。在其台灣文學獎獲獎作品，6萬5千多字的中篇小說《道》中⑺，他以自己的體驗，描寫了走皇民化道路所經歷的苦惱。

《道》的主人公是在專賣局樟腦製造研究所負責改造樟腦蒸餾原動力爐竈的一名台灣技師。雖從事該工作已有10年，又是4個孩子的父親，全家擠在一間庫房般的小屋生活。但卻一直努力地想在「天皇信仰」和「滅私奉公」的生活中發現作為日本人的生存價值。他的火旋式爐竈改良方案被採用，受到表彰並獲得上司的信任，於是開始執筆寫《通往皇民之路》。然而，身體裏流淌著的台灣人的血液，會使他常常冒出懷疑的念頭。「菊是菊。花是櫻。難道牡丹終究不是花嗎！我等島人畢竟不是皇民嗎？啊

——終究不是人嗎？」。在得知台灣陸軍特別志願兵制度實施後，他在日記裏這樣記載了自己的苦惱。「因為沒有血統，所以我一直主張「精神譜系」，通過精神譜系和神的精神——大和之心進行交流，這難道沒有可能嗎？請不要那樣說吧。如果一定那樣說，只能說明我的修練還不夠。可是，看吧，到底是血統能贏，還是精神能贏。不是說『一念通天』嗎？」主人公的獨白，其實就是作者內心的獨白。窪川鶴次郎說這部作品「浸透著作者的心血，隱藏著咄咄逼人的魄力的力作、實錄」。⑱濱田隼雄也稱它是「恐怕沒有比這一篇把從心底深處走向皇民的熱忱描述得如此強烈、如此鮮明的作品了。」⑲可能確實如此。然而，陳火泉的凄切的呼喚到底是針對什麼？皇民化、為成為日本臣民而生、為成為聖戰的尖兵，這些不都是把槍口對準作為同胞的中國民衆，並背叛亞洲民衆的行為嗎？

當我重讀陳火泉的這部尚不完全成熟的力作時，沒有辦法不讓浸透在字裏行間的作者的苦澀，把無法排遣的反響深深地刻進我的心裏。

《道》的主人公不久即志願參加了志願兵。

身為日本之民唯血不同悲莫大焉
願為天皇之盾雖死猶榮喜莫過此。

這是他行前留下的詩句，並對一個女子留下遺言說：「如果我戰死了，拜託你在我的墓碑上寫下這樣的話——『青楠（《道》的主人公的創作俳句時的筆名）居士，生於台灣，長於台灣，作為日本國民而死。』或，『青楠居士，日本臣民也。居士為輔佐天業而生，為輔佐天業而活，為輔佐天業而死。』」

對這種精神上的荒廢，戰後的台灣民衆是否曾懷著憤怒回顧？而日本人又是否是帶著自責去想過呢？倘若沒有這種嚴峻的反省，戰時的那種精神的荒廢，還會持續到現在。

曾以創作《植有木瓜樹的小鎮》⑳入選《改造》文藝獎佳作作品的龍瑛宗，在珍珠港事件後寫道：

看，像海浪在怒吼的，是我們的鮮血，
在歷史的野菊中盛開的，是我們的驕傲。
（略）
大東亞的各民族
覺醒吧
自豪吧

為我們的新生命
為我們的新道義
為我們的新思維

現在，我們就站在東洋的門口，
我們即將展開大東亞雄偉的藍圖。㉛

在《植有木瓜樹的小鎮》中，龍瑛宗在因患肺病而死的翠娥之兄的手記中寫道：「如今，深重無邊的苦難即將要過去，美好的社會就要來臨。我一邊想像著在那洋溢著幸福的土地上的各種各樣生活，一邊走向冰冷的地下，走向長眠」。此後，不到5年，即1942〔昭和17〕年1月，他又不得不對大東亞各民族的覺醒加以頌揚、大加誇耀。這種變化可以說是龍瑛宗的墮落，但也是「皇民化」的強制性，把即使在戰爭中打算走向「長眠」的作家也都拖下了水，並使他們歌頌空洞的聖戰。當然，並不是所有的台灣青年都願意當軍伕或者志願兵，也有的甚至被毆打得站不起來，仍然不肯在志願書上按手印。但狡猾的警察、教員騙他們說已得到他們父母的同意，強迫他們提交志願書。其中，確有如《志願兵》或《道》所描寫的那樣，由衷地相信聖戰，寫血書志願加入志願兵的。對於不加思索地接受信念的人來說，就不會有那麼多煩惱，而對知識份子來說則需要理由。於是，所謂的「懲罰英美」、「解放亞洲」就被扔到了他們面前。然而，派遣到華南地區、海南島、東南亞各地的志願兵或通譯，其對手大都是中國的同胞。因此，與他們自身相悖的聖戰邏輯很輕易就崩潰了，而不能不產生懷疑。

在談論這一問題之前，我想先來看一下決戰下的台灣文學中，被視為代表作的兩部長篇。這就是濱田隼雄的《南方移民村》和西川滿的《台灣縱貫鐵道》。

《南方移民村》的前半部分自 1941〔昭和 16〕年 10 月至第二年 7 月連載於《文藝台灣》，後半部分也於同月末出版發行㉜。如同作者在連載部分的開頭所書，該長篇是「在漫長的 40 年間，在台灣的大地扎根，一直進行基本開發的移民的……鮮為人知的美麗插話」。

距離台灣東海岸的台東街約 6 里的地方有一個鹿田村（可能就是鹿野村）㉝，它處於北絲鬮溪與卑南大溪相匯合的緩坡台地，為 300 米左右的丘陵所遮罩的中心地帶。在那裏開始出現開拓村是 1915〔大正 4〕年的事。來自多雪的東北農村，尋求土地的移民集團，渡海來到南國。他們指望著對開墾後能夠以適當的價格擁有其中一部分土地的承諾的兑現，日夜辛勤勞作。但是，由於小資本的製糖公司在鋪設鐵道和開設移民村的經費超過了預算，在大家正要稍事喘息的時候，第一次世界大戰後的經濟危機又接踵而至，於是，所有的夢想都被打碎了。開拓民抵抗著尚不習慣的亞熱帶酷暑，與本地方特有的疾病鬥爭，克服了一次又一次的風災、水災，一心一意地開拓著未開墾的土地。然而，本該歸自己所有的土地，雖然擺在眼前，卻讓人感到竟是那麼遙遠的東西。以1年100日圓的速度遞增的公司借款，又使他們動彈不得，只好過著自暴自棄、借酒澆愁的生活。醫生神津珪介夫婦正是在這時，作為鹿田村的村醫來到這裏的。他和農業指導員國分、石本巡查、嘉兵爺以及村裏的青年一起，為村落的再建傾注了不懈的努力。然而，由於河水年年泛濫，水田和埤圳屢屢被沖垮，村子也幾度陷於絕望之中。在30年的歲月中，國分殉難於暴風雨，石本巡查走了，嘉兵爺老了，珪介臥病不起，村裏的年輕人也都被趕上了戰場，移民村的未來籠罩在一片黑暗之中。到年近七十的嘉兵爺告訴村裏的青年，沒有水的村落，除了滅亡別無他路，讓我們越來越明顯地看出漫長的開拓史，終只不過是虛妄一片。無論遭遇什麼，也無論受多大打擊，既不悲觀，也不樂觀的農民，他們下決心遷移乃是萬不得已。難道當初放棄日本東北地方貧瘠的村落，渡海來到台灣的他們，現在又要在30年的苦鬥之後，重新開始嗎？

被嘉兵爺叫來商量遷移方案的一個青年人最終想到的是，以村民們以往充滿苦難的經歷——忍耐酷暑的身體和甘蔗種植技術為南太平洋日佔地區的「亞洲新建設」所付出的貢獻。這樣的結尾，看上去確實不太自然。這一部分，也和東北出身的作家一直以來的那種樸實厚重的文風不相符合。但是想一想，如果讓鹿田村的開拓者們，再移住到爪哇或蘇門答臘去發現新境地，那麼這30年虛妄的歷史還會變得加倍地虛妄。因為這些移民用不了幾年就要隻身返回因戰爭而荒廢的祖國日本，還有讓他們在戰後的日本，為了新的開拓，在遷入的土地上，不得不重新回到起點，開始基地建設的可能。但不管把他們置於怎樣的狀態，農民都不會不熱愛大地，不會放棄在他們所在的那一方土地上求生。這是因為他們具有並不把歷史的虛妄只是作為虛妄來理解的韌性以及強壯的生命力。

濱田隼雄當時在台北第一高等女校任國語老師。對於曾經抱著改造社會的理想，並投身於實踐的濱田來說，《南方移民村》表達了與本庄陸男在《石狩川》中所要表現的內容相一致的要求。他以東北人特有的韌性，描述了移民的歷史，其中也包含著其自身的新的發展。但時代背叛了他的願望，這部烙有時局扭曲烙印的《南方移民村》，本來可能要寫的只是開拓移民充滿血汗的慘敗的歷史，而並不是具有光輝的、當局所熱衷的「南方經營」〔指日本帝國在南太平洋地區的擴張——譯註〕發展史。雖然日本殖民統治者及其聽命於權力機構的官僚、政商們的手上沾滿了污垢，但移住民、開拓者們並不是這樣。只是，作者在正確地提出了問題的同時，又將這個移民村置於與高山族或者台灣人部落不相往來的位置上（事實上可能是這樣的），以致阻礙了探索日本和台灣農民的團結關係。而日本開拓移民所走的滿是荊棘的道路，明明也是台灣農民所遇到的……。

殖民地台灣的糖業資本與甘蔗種植業問題，以及以蔗農為中心的農民運動問題，都是濱田從學生時代就開始關心的題目。繼《南方移民村》之後，他還以台灣的糖業史為題材，創作了《草創》。

西川滿和濱田隼雄無論作風還是資質都是完全不同的作家。西川滿負責《台灣日日新報》的文藝欄有將近10年的經歷，1942〔昭和17〕年辭職後，開始一邊從事著述，一邊經營昭和礦業公司。《台灣縱貫鐵道》對有強烈浪漫主義傾向的作家而言，這是他少見的歷史性題材作品。

台灣的鐵道鋪設始於光緒13〔1887〕年6月，巡撫劉銘傳的時代。最初是在基隆和台北之間，建了20英里。劉銘傳卸任後，工程曾一度停止，光緒19〔1893〕年末完成了台北到新竹之間的工程。日本統治當初，鐵路也只鋪設到新竹。（台灣縱貫鐵路直到高雄全線開通是在1908〔明治41〕年4月）

長篇小說《台灣縱貫鐵道》㊹是以北白川宮能久親王從澳底

上陸至死去為縱線，以草創時期的鐵道建設秘話為橫線的歷史性大作。故事以隨軍攝影家恒川清一郎和隨軍記者村上為中心，以日本軍隊沿鐵路進攻而逐步展開。雖然第一部〈白鷺篇〉完成後擱筆至今，但大體上可以看出該著是以1895〔明治28〕年到1907〔明治41〕年鐵路全線開通的日本統治史為背景來構架的。

西川滿出席了大東亞文學者大會第一次東京會議，自詩歌《一個決心》發表以來，他似乎即專心致力於這部《台灣縱貫鐵道》的創作。只是他一直以來的文風不太適於從總體上把握歷史。應該說有進攻就有退卻，而且還會有抵抗。要使《台灣縱貫鐵道》能夠作為歷史小說取得成功，就必須使歷史中的人物和當時社會的整體活動相關聯，能動地表現各階層、階級。但是，在這部長篇裏，事件不過是一段插曲而已，而連貫事件的視角也只是來自統治者，即侵略者這一個方面的。當然，這也並不限於西川滿，這樣的視角也是當時在台灣的日本人作家所持有的一般認識。因為在戰時狀態下從事創作活動的他們，如果發現是站在別的立場上來看問題的話，其書馬上就會被禁止。

西川滿3歲時，也就是縱貫鐵路開通的幾年後，隨父親來到台灣。此後，父子兩代居於台灣，對他來說，台灣可以稱為第二故鄉。因此，除了時代的要求以外，恐怕他自己心裏也希望回顧一下日本佔領台灣以來的歷史。

在我看來，撇開上面談到的批判，《台灣縱貫鐵道》確實是一部很有意思的小說。比如，帶路人鹿港出身台灣人顧振泉會讓人聯想到辜顯榮；北白川能久的隨從恩地管家，竟是恩地孝四郎的父親，還有其他人物也可以看到森林太郎、明石元二郎等具體人物的影子。此外，他還合理地利用了大衛森《台灣島的過去和現在》㊇中所記載的故事、井出季和太等的著述㊈中所介紹的逸事以及《台灣鐵道史》㊉等資料，其穿插安排堪稱絶妙。但同時又讓人覺得，作為浪漫派的西川滿的本事也只盡於汲取《女誡扇綺譚》⑻的流風而已。

前面已經提到所謂統治者的視角，那麼被統治者的視角，在戰爭下的文學中該怎樣定位呢？台灣人作家對於「皇民化」問題的例子，可以讓我們看到其所處的角度。但我再次確認，這也並不是全部。

楊逵所創作的，作為「皇民化」劇、島民劇運動之一的兩幕戲劇《撲滅登革熱》⑼，表面上說的是撲滅流行於台灣貧窮農家之間的登革熱運動，但實際上是包含著楊逵所特有的痛烈的諷刺，矛頭指向壓榨農民的高利貸者李天狗的淋漓盡致的作品〔日語中「登革熱」（デング dengue fever）與「天狗」（テング tengu）即日本民間傳說中的妖魔為諧音——譯註〕。該戲劇一字未改，公然刊載於台灣某綜合雜誌。官方肯定是把它當作了一般性撲滅登革熱的宣傳劇而讓其順利過關的。然而，毫無疑問，楊逵寫的不是「撲滅登革熱」，而是「撲滅高利貸者李天狗」。老農夫林大頭一家，兒子被拉去當壯丁，失去勞動力的同時又患了登革熱。高利貸者又提出他如果不在秋收前將帳還上，就帶走他家女兒的無理要求。李天狗的傭人同情他們，為了撲滅引起登革熱的蚊子幫助他們掏陰溝，一直照顧窮人的熱心醫生也免除了藥費。但是，李天狗居然想把藥費搶走。村裏不分男女齊心合力撲滅登革熱，替老農夫一家收割了莊稼，最後大家唱著歌聚集到舞台中央。

堅持啊，堅持，大家生死與共
我們個個都是村裏的頂梁柱

男的唱，女的和。

撲滅它，撲滅它，大家生死與共

我們個個都是村裏的頂梁柱

村裏的人們圍著已嚇呆的李天狗擁來擠去，邊跳邊唱，最終滿臉恐懼的高利貸者李天狗淹沒在人潮的旋渦之中。

楊逵在表面上遵循國策的同時，也在積極深入到農民中間。他帶領著巡迴劇團，以報國演出隊的名義活動在農村。其演出內容，實際上強烈地貫穿著台灣人的、具有階級性的尖銳視角。在當時的台灣，有因為「皇民化」而苦惱的作家，但與之相反，也有像楊逵這樣的作家。他把批判的矛頭指向高利貸者的同時，也即指向了日本的統治。楊逵以寫「島民劇」的手來反擊，這就是他深邃、迂迴的抵抗方式。

楊逵是連日本文壇都知道有其自己明確立場的作家。他的處女作《送報伕》⑩也是在台灣文學史上有爭議的作品之一。作品通過對一個家庭離散後，來到東京作送報伕的台灣少年的描述所表現的他的被壓迫民族的憤怒，令選取該作品的德永直嘆為：「散發著美國資本主義征服印第安部落時的血腥味」，龜井勝一郎也說是「滲透著不吐不快的真情」。楊逵在《送報伕》的末尾寫到：「好，我們攜手罷！使你們吃苦也使我們吃苦的是同一種類的人！……」指出了與日本的勞動者所共通的問題，也顯示了他企圖尋求超越民族界限的國際主義立場。雖然問題的提出還停留在觀念性、圖解式階段，作為小說尚未得到充分地提煉，但是，隨著這部作品向日本文壇的推出，使得台灣文學及其主張也開闢出了自己的領地。此外，《送報伕》也引起了中國文化界人士的關注，世界知識社編輯出版的《弱小民族小說選》⑪中，即收錄了由胡風通譯的該作品。胡風在末尾有幾行簡單的解說，其中他強調，讓讀者記著東北四省（滿洲）的中國人民也有著與台灣人民同樣的命運，這實在是值得注意的。

對中國人來說，楊逵不是日本人作家，而是台灣人作家，是替「在日本帝國主義鐵蹄下呻吟」的民族代言的弱小民族作家。魯迅等人看待楊逵的眼光和看蕭軍、端木蕻良等的眼光是一樣的。因為他們的作品裏都描寫了中國民衆共同的苦惱。

以上，我們以民族問題為坐標軸，通覽了日本作家、台灣人作家、在台灣的日本人作家以及作為台灣人作家之延伸的中國作家他們各自對台灣，尤其是對決戰下的台灣問題的看法。但是，我們還尚未接觸志願被送到中國戰場上的台灣人到底為什麼必須投身於決戰這個問題。

在此，讓我們看一下所謂《台灣文學》派的每個人的情況。在《台灣文學》的最後一期上，刊發了昭和18〔1943〕年度台灣文學獎（第一次）的獲獎者。獲獎者為呂赫若，第一候補獎勵金獲得者是坂口䙥子。評論說「呂赫若氏以《財子壽》及其不斷發表的其他精選作品博得了好評，此外，就文學履歷而言，他也是入選第一侯補作家裏資格最老的」，「坂口䙥子女士除了《燈》之外，她在每一期中也都有力作發表，尤其是《燈》被認為是昭和18〔1943〕年度台灣文壇最大的傑作」。兩個作品都是發表於《台灣文學》的力作。

坂口䙥子祖籍熊本，結婚後與丈夫一起來到台灣。其作品《黑土》在台灣廣播協會紀念10週年的廣播文藝中當選，並以此為契機而登上文壇。呂赫若生於台灣台中州豐原郡，在雜誌《文學評論》上發表《牛車》後，得到認可。坂口和呂都是生於1914〔大正3〕年，並且都是師範畢業。呂赫若從1939〔昭和14〕年開始，曾在東京專修過3年的音樂，嗣後放棄了聲樂，於1942〔昭和17〕年《台灣文學》創刊時，參加了文學行列。坂口䙥子也是在這時加入了《台灣文學》。倆人同時獲獎雖說偶然，但也讓人感到其中存在著某種共同的親和性。這就是雖處於強勁的國策風潮之中，卻未捲入，反而將目光堅定不移地著眼於現實生活。

在評論第一次台灣文學獎評選之際成為議論對象的坂口䙥子

的《燈》⑫，描寫的是送別接到徵集令的丈夫出發的妻子的憂傷。丈夫勝野政治在小學即將畢業的前後，失去了雙親。他憑藉著自己的一雙手經營起今天這個店。没有親人的「我」，淪為養女，飽受欺辱，因實在看不下去而收留她的養母又先走了，所以她只能憑著一股天生不認輸的勁頭活下來。正因為如此，她又有一股勝似男人的豪氣。與勝野相識後，感慨於相同的遭遇而結合，結婚十年後的現在，她仍未能擺脱那種舉手投足還是像男人，不肯讓人看到自己弱點的孤兒所特有的自我保護姿態。然而，其丈夫卻將被一張入伍通知單送上戰場。好不容易建築起來的生活……，一想到明天，她就坐卧不寧。已經有人吹風藉機讓她轉讓店鋪，但是，「我」根本未想過要在將丈夫送上戰場之後，把店鋪轉讓他人。倔強的她曾對丈夫説不到車站送行了，但丈夫一走，馬上又放心不下，以送忘帶的毛巾為由，叫車趕往車站。作品讓讀者由衷地感受到了作為妻子的那種緊張的心理活動和無盡的寂寞。坂口䙥子没有刻意搬弄一句國策性語言，而是盡可能地避開這種虛假，將焦點集中在戰爭危機所帶給一對夫婦的切實問題這樣一個側面。這是一部通篇充滿著把男人送上戰場的日本女性的傾訴悲哀之作。

另外一部獲獎對象呂赫若的《財子壽》⑬，是會讓我們聯想起魯迅之《故鄉》的短篇。牛眠埔村的周海文是村子裏頭號財主的兒子，但他只是一個一心只顧怎樣保持其財產的財主二世，而且總是在與女性的關係上做出蠢事。出生在没落家庭的女兒玉梅，在成為周海文的繼室後不久生了一個孩子。但是，曾與海文有染的女傭，硬是帶著他們的孩子住進來後，她疏遠玉梅，甚至不讓她吃飽，導致玉梅得了產褥熱而精神失常。雖然中國傳統的大家族已經開始崩潰，有兄弟數人的家庭也都分了家，各自獨立。然而，沉澱於周家的空氣卻未發生變化。玉梅個性賢淑，對此毫無抵抗能力，傷心的結果最終只是毀壞了自己的身體。玉梅的悲劇是被束縛在封建家庭中的女性的悲劇，也是亞洲的悲劇。

呂赫若注重研究解放前中國農村社會所見（雖然形式上已經進入崩潰期，但是依然不能擺脫牢固的封建桎梏）的「家族」，並從中探索人類的普遍性問題。其作品雖然創作於戰爭中，但幾乎看不到所謂國策性空話。高見順將呂赫若的文風與朝鮮出身的張赫宙作了比較，並評論說：「我覺得，作者已將這種形式完全自我化，就形式而言，已達到完全可以自主的程度。不僅如此，雖然我只讀了這兩部作品，但已可以讓人清楚地感覺到作品已臻完善，作者也堪稱成熟的作家。」⑭像《財子壽》這樣的作品竟然寫於 1942〔昭和 17〕年，其本身恐怕已能說明呂赫若的文學取向。另外，「財子壽」就是財產、子孫以及長壽的意思。因此把它看作是在殘存著濃厚封建意識的台灣農村社會裏，家長欲望的象徵可能比較合適。

1943〔昭和 18〕年 9 月，清水書店出版了坂口䙥子包括《燈》在內的第一部作品集《鄭一家》，⑮呂赫若也於轉年 3 月，由同一出版社出版了包括《財子壽》在內的第一部作品集《清秋》。⑯尤其是前者和庄司總一的《陳夫人》一樣，都是關於大家族制度以及日台婚姻問題的作品。《陳夫人》以大正過渡到昭和這一時期為背景，而《鄭一家》則是以「皇民化」時代為背景，因而從這種意義上說，後者更深刻地觸及了現實問題。

鄭家是從上一代鄭梧桐時期發達起來的台灣富豪。與做沿海貿易聚斂錢財、行事大膽而又狡猾的鄭梧桐相比，兒子鄭朝則比較圓滑。在日本統治下，他率先追從日本化。學習日語、遵循日本風俗、把唯一的兒子送到日本接受教育、保持皇民的姿態等等。孫子樹虹於大正末年從 K 大學法學科畢業後，與日本妻子一起回到台灣。雖然老太太不肯輕易承認這個日本媳婦，但也漸漸地為這個叫作小夜的媳婦的賢淑所感化。小夜生了樹一郎、球子、路子、阿紀子等四個孩子，但她卻在長子中學畢業的那年秋天早早地死掉了。

《鄭一家》首先設定了這樣一家台灣富豪為背景，然後圍繞鄭朝的葬禮，展開了老太太和孫子樹虹的對立。除了出場人物的姓名和風俗多少有一點不協調之外(97)，可以說作品揭示了《陳夫人》要提出的、但是又沒有完全提出來的問題。因為它對率先企圖追從皇民化的鄭朝的悲劇（同時也具喜劇性）進行了尖銳的衝擊。

作品中，接待某一高官的鄭朝，在談到皇民化問題時，用語焉不詳的日語說道：「家裏也好，外面也好（台灣人說日語時不能區別ダ〔da〕行與ラ〔ra〕行的人很多）〔「家裏也好，外面也好」，正確的日語應該是「內でも外でも」（uchi demo soto demo），但鄭朝說的卻是「內れも外れも」（uchi remo soto remo）——譯註〕我都以不說台灣話為豪。我覺得皇民化就是要將國語徹底化」。而後，因對飯店裏侍候宴席的台灣女招待使用台灣話誇誇其談感到氣憤，本想用日語斥責她「用國語講話」，卻不留神說成了「汝講國語好啦」（台語），在哄堂大笑聲中，鄭朝知道自己的臉色一定非常難看。發表作品的當時，我讀到《鄭一家》的這一節，胸口被刺痛的記憶至今依然。同時我還有一種感慨，這就是對失口吼道「汝講國語好啦」的鄭家主人，作為日本人的我，是否有嘲笑的資格。嘲笑以奴才的態度侍奉主人的鄭朝，在當時是不被允許的。那時，我從藏在鄭朝臉上血色全失的表情背後的滿懷悲哀之情的坂口䙥子的作家意識中分明強烈地感覺到了什麼。

楊逵一定和我一樣，也由這一節感受到了什麼，在其題為《台灣文學問答》(98)的隨筆中，為探究鄭家三代的意識構造，他幾乎原封不動地引用了這一情節。他說：

> ……這鄭家三代共通的東西，不是什麼正義感或者誠

實，而是看風使舵的奴性。觀察主人的眼色，竭盡諂媚之能事。而一旦渡過了財產或名譽上的危難，誰都可能會將小得可以托在手掌上的燈籠捐獻出去。鄭一家三代卑躬屈膝的奴性，發展到了令人哭笑不得的、不著邊際的荒謬。如果說皇民運動能夠製造出這樣的人物就完成了任務，應該是極大的誤算。沒有正義感和誠實感，能算什麼皇民，又算什麼新體制。這不僅是文學的問題，就政治來說，也是個重大課題。我希望當事者應該注意到這一點。

單說作品，即使有許多不滿，但把此《鄭一家》寫到這種程度，並且寫得如此透徹，我對纖弱的坂口䙥子的堅韌和誠實深表敬意……。

正確理解隱藏在這些語言背後的楊逵的真意（對「皇民化」的批判），是十分必要的。⑲

五

最後，讓我們看一下寫於戰爭中，直到戰後才在日本出版的吳濁流的長篇小說《胡太明》（《被扭曲的島嶼》）。⑩

胡太明生於台灣中部鄉下的一個名門家庭。父親開業行醫，祖父是讀書人。日本統治台灣後沒過多久，他遵照祖父的意思進書院學習三字經、四書五經。但是書院在有形無形的壓迫中倒閉，胡太明轉到公學校，接受新式教育。

師範學校畢業後，他成為鄉下公學校的小學老師。但在那兒，不僅存在對台灣人的歧視，他對於同事內藤久子的愛慕之情也隨著久子的調任而被斬斷。他不堪忍受殖民地社會的現實矛盾而留學日本。在東京的留學生中，台灣人的自治要求及對於政治制約的抵抗欲望波瀾激蕩。朋友勸他加入《台灣青年》，他自己雖然也覺得，「排除束縛台灣青年的政治枷鎖為先決條件，因此政治運動才是青年應走的路」，但是他最終也没有邁出這一步，而是逃進了學問的世界。物理學校畢業後，他回到台灣。不久進了昔日同事經營的甘蔗農場的會計科。和農民、女工等人一起在農場勞動，給太明的精神和肉體都帶來了好的影響。恐怕在他的一生中，這樣美好的日子未再有過。然而這樣的快樂，不久也因為大製糖公司的壓榨使農場倒閉而結束。胡太明陷於持續失業期，於是，為求職他來到了大陸。然而在那兒他看到了什麼呢？

在上海，他看到了成群的妓女、洪水般的乞丐和歡樂都市文化的糜爛與頹廢，還看到了列強露骨的掠奪情形。眺望著晚霞映照的紫金山和流淌不息的長江，他明白哪裏也没有自己思想的安棲之所。不久，他愛上了在蘇州偶遇的淑春並開始同居，兩人生了一個女兒。但生活奢侈、社交頻繁、口頭上裝做進步派的淑春和温和的改良主義者、懷疑派胡太明之間漸漸地產生了裂痕。中日關係日益惡化，在他尚未能參加抗日運動，猶豫徘徊之際，卻因為是台灣人而被大陸人懷疑為間諜，遭到逮捕。在學生的幫助下，好不容易得救的他，帶著受傷的心回到台灣。可是，在基隆上岸時，仍受到警察的跟踪。因為那是從大陸回來的人都要作為間諜而受到監視的時代。他避開當局的監視而沉潛於思索。

日本的對華侵略開始全面化，進攻廣東開始後，這個受到監視的人，作為通譯被強制動員到大陸。他聽到看起來很善良的日本士兵們談論他們是如何毫不遲疑地欺辱中國姑娘，暴行之後又槍殺的話。戰爭的悲慘，像徹骨的傷痛灼遍全身。這讓他不禁想到作為其中一員的自己。抗日運動的嫌疑者在他面前被殺害，尤其是救國義勇軍的抗日戰士的被捕，更給了他莫大的打擊。最後，看上去只有 18、9 歲的少年們，高喊著「謀事在人，成事在天，18 年後又是一條好漢……」而走向死亡，太明昏倒了，並未能從這次打擊中恢復，即被帶病送了回來。

在台灣，「皇民化」風暴正猛，青少年被強行驅趕著加入志願兵。就像太明所體會到的那樣，這是一條背叛同胞的路。然而，不改日本姓的人其入學考試合格率極低，而「國語常用家庭」，則都可以獲得所謂「黑券配給」上的格外配給恩典，對此，連國民學校的兒童都在說著諷刺這種現象的牢騷話。對美開戰，提高了台灣在戰略上的重要性，全島要塞化，又把鬱悶壓在了他們頭上。但是，一般的民衆卻興奮地私下談論著「我們的頭家〔台語主人的意思——譯註〕就要跟大財主幹起來了。在這句話的背後，暗含著日本人向美國挑戰，結果一定會輸，台灣解放也不遠了的意思。太明成了國策性統制團體的成員。但是，只有日本人過著受統管體制保護的富裕的生活，而戰時統制的苛酷法綱最終只是針對台灣民衆的。為皇民化工作了20年，只是一味地以日本臣民而盡忠至今的台灣官吏們，在物質方面並未得到補償，日台歧視的原則，把他們釘在了永無出頭之日的位置上。這確實是戰時下殖民地「愚昧的後方」。

其中，也有台灣青年說，「雖然被歪曲的歷史不是單靠個人的力量可以阻擋的。但是，至少我個人想要超越它」。太明和他的舊友日本人佐藤一同策劃出版雜誌，揭露現實。但是佐藤看到了日本將要戰敗，並為那一天的到來回了日本。侄子達雄放棄大學，執意要加入特別志願兵。達雄的理論是「所謂理論未免太過於幼稚」，「只有十萬萬的東亞人民的解放犧牲，才是我們青年的本分」。對此，太明以嚴厲的口吻無奈地質問：「現在，你想要拋棄生命投入戰鬥，可你到底是為誰、又為什麼要拋棄生命呢」。這時，他的腦海裏又清晰地呈現出大陸之年輕的救國義勇隊員滿身鮮血地倒下的情形。

另一方面，弟弟志南被強迫在志願書上按了手印，召集到了勞務奉公班，並死於強制勞動。弟弟的慘死迫使太明開始面對那些迫不得已的問題。他對自己至此為止的生活方式進行了反省，對想誠實地生活，但卻又缺乏戰勝現實的勇氣，以至於以妥協而告終的自己進行了強烈自責。他陷入一種欲「向天地傾訴」的迷惘之中，失神的雙目游蕩於無盡的蒼穹，所有的思緒也都失去了聯絡，異樣的混沌擁塞了他的頭顱。

突然，太明瘋了的消息傳播開了。「汝呀汝呀〔「汝呀」是日本人對台灣人的蔑稱——譯註〕意如何，奴隸生涯抱恨多，横暴蠻威一何猖，同心復此舊山河，六百萬民共蹶起，誓將熱血為義潑」他把清晰的墨痕留在胡家客廳的牆上，便從村子裏消失了。太平洋戰爭進入最後階段時，傳來了太明在昆明電台做對日廣播的消息，而且這消息隨著在台灣人之間悄悄地傳播而愈傳愈廣。「漢魂終不滅，斷然捨此身」——胡家客廳牆上所留下的他的字跡，依然墨色鮮明，暗示著他今後的道路。悄悄地前來觀看此墨跡的民衆踪跡不絶。

我如此冗長地介紹《胡太明》的梗概，是因為這位台灣知識份子充滿苦惱的一生，大概可以說是日本的殖民地統治所帶來的、社會及精神問題的縮影。這裏幾乎包含了所有的問題。只是由於生於一個置根於大家族制度上的舊式家庭，所以胡太明的經歷没有和台灣的貧農以及他們的抵抗、挫折結合得那麼緊密，但確實生動地表現了台灣知識份子的煩惱。作者吳濁流 1900 年生於新竹縣新埔鎮，台北師範畢業後，當了近 20 年的教員，以後開始長期從事新聞記者工作。國民黨遷台後服務於台灣省機械工業公會等機構的同時，兼職創作。作為《台灣文藝》的發行人兼社長，培育了衆多新人。著作有《黎明前的台灣》〔中文名《無花果》——譯註〕、《波茨坦科長》、詩集《濁流千草集》、《風雨窗前》等。(101)

吳濁流在他的自序中這樣寫道：

胡太明的一生，是被扭曲的這一歷史時期的犧牲者，

> 為尋求精神的家園而離開故鄉，遊學日本，漂泊大陸，但到底也沒有找到他安居的樂園。他一生鬱悶至極，充滿了憂傷的記憶。他不斷地憧憬理想，又不斷地被理想所拋棄。終於在遭遇戰爭的殘酷現實時，他脆弱的心靈徹底破碎了。

這部小説在殖民地統治的高壓下的1943〔昭和18〕年至1945〔昭和20〕年間，暗地裏寫了兩年。根據吳的自序，在他家的前面就是警察署的幾棟宿舍，與他面熟的特別高等警察也住在那裏。為了以防萬一，他寫完兩三頁就將其藏在炭筐裏，然後將稿子送往鄉下老家。這就是吳濁流戰爭下的唯一生存方式。

就該長篇我想提出三個重要的課題。一是台灣人和中國大陸人的關係；二是台灣人和日本人的關係；最後，是上述兩點的政治交點——戰爭問題，當然，這三者是密不可分的。第一點，台灣人和日本人的關係，不消説，當然是殖民者和被壓迫者民衆的關係。但是，吳濁流讓胡太明的朋友佐藤登場，和楊逵在《送報伕》的後半部分所提到的一樣，是向日本的知識份子（大眾）伸出了合作之手，而並未陷於將日本人統統看作沾滿血污的鷹犬的偏見。第二是台灣人和中國大陸人的關係。胡太明的學長跟他説：「不論到哪裏，台灣人終究還是台灣人，總是處於被輕視的一方。尤其是在中國，由於強烈的排日風潮，對台灣人也不會有好感」。即使是在東京留學以及在南京的時候，太明周圍也有不少朋友告誡他，「你在這裏不要説是台灣人才好」。坦率地自我介紹「我是台灣出身的胡太明」所換來的結果就是蔑視，就是被疑為間諜，就是讓他陷入無法言説的孤獨。原國民黨官員，現在是掮客的李某對太明説：「你對歷史的進程，不論哪一方面，你都是不能參與的啊！——比如你，抱有一種信念，向某一個方向努力，人家也不會信任你。頂多是被人指做間諜而已。這麼想起來，你真是一個孤兒」。難道太明注定要做孤兒嗎？難道台灣的知識份子，還有人民，除了成為亞細亞的孤兒別無他擇嗎？曾勸他來華，並幫助他找到工作的曾某說：「我們自己並沒有什麼罪過，卻偏要受這種待遇，這當然是不應該的。可是,沒有辦法，須要忍耐，只要不忘記自己是黃帝的子孫，不事空言，而用事實來證明我們自己以外，別無辦法。」

然而，胡太明為了做到這一點，卻不得不經歷另一重挫折。這就是雖然被迫，但卻是站在施暴者的立場上面對同胞的死亡。

隨著日本 50 年的統治，台灣人迫於習慣始終被區別，被歧視，被孤立。而他們那無以表達的憤怒，卻又被殖民地統治的巧妙計策，或被強行鎮壓，或被施以懷柔，不知何時憤怒竟變成了放棄。由於長期遭受日本人的蔑視，他們自身也會產生自卑意識。因此他們看中國，除了日本人眼裏的中國，除了「聖戰」這層朦朧外衣之下的亞洲人的解放之夢還能是別的嗎？而且，在當時，如果拒絕這一切，也意味著死亡。

1939〔昭和 14〕年末，在東京出版的《事變與台灣人》⑬一書，記載著被趕赴戰場的台灣人的悲哀紀錄。雖然浮華、空洞的詞藻，肆意掩蓋著那些罕見的事跡，即使如此，其中仍然充滿了不堪忍受的歷史傷痕。

在註著「活躍於海軍的竹東公學校教員某某君」、「海南島光榮就義的某某通譯」、「某某軍屬無言的回國」等照片中，我發現了一個少年。照片的說明寫著「廈門少年戰士——龍山公學校學生某某君十五歲」，這個少年以特務部的牌子為背景，穿著軍裝可愛地站在那裏。在這張 15 歲的台灣少年的照片上，我彷彿也能看到吳濁流所描述的義勇救國隊抗日小戰士的身影，而且讓我不由得設想著這樣一個殘酷的鏡頭——如果這小戰士萬一目擊了同胞被槍殺的場面又當如何？然而，這裏所傳達的一切，對我來說，不論是由日本的特務活動所動員的龍山學校的學生，還是抗日的戰士，都是同樣的中國民衆。成為抗日勇士與成為日本間諜的台灣少年，這是兩種完全相反的表現。而造成這種事實的是日本加害者，並不是台灣民衆自己。我們日本人要將這兩種不同的表現聯繫起來，恐怕必要的是離開加害者的視角，去沿著兩種被害者所流淌的血跡探索。

天皇陛下萬歲。我是一名日本男兒，擁有大和之魂。不管多苦，只要是為了天皇，為了國家，我也不覺得苦。請准許我成為一名軍部。

這是高雄州潮州郡原住民「巴庫驍青年團」團長達力楊所寫的志願血書。軍伕被誤寫為軍部。我反覆讀著它，竟有一種與日本的農民兵和陣亡的學徒兵的呼聲不同的異樣感慨。

六

戰敗不久，一個台灣出身的學徒兵對我說：50 年統治的結果，台灣人的生活文化水平比中國大陸要高得多。如果我們不跟他們走，除了第三條路之外還有其他路可走嗎？

那時，我什麼也沒回答。要能回答的話，就是日本的殖民地統治所帶來的傷痕實在是太深了。正是由於將這份債務刻在了心上，我才獲得了能回答他這個問題的立場。同時，也想問他一個問題。「曾經作為日本軍的一名士兵，你是如何看待自己的呢？」

二・二八事件爆發於我歸國後的第二年。許多學友被捕、入獄，消息斷絶。也有一些人逃到了大陸。曾向我提出問題的學徒兵至今消息杳然。

那時，我痛切地感到，這些我們日本人必須回答他們的問題，竟是這樣原封不動地遺留了下來。

註：

①該論文執筆於 1961 年秋。故對其中說法也希望以那個時候來理解。

②1940 年 1 月創刊。台灣文藝家協會的機關誌。第二年從新年號開始改由文藝台灣社發行。編輯西川滿。文藝綜合雜誌。1944 年 1 月停刊，此後由台灣文學奉公會發行的《台灣文藝》所繼承。

③關於此問題，請參照〈台灣文學備忘錄〉一章。

④載於《文藝台灣》第 2 卷第 2 期。後收錄於大阪屋號書店出版的《台灣文學集》。

⑤收錄於台灣愛書會（台灣總督府圖書館內）所刊《愛書》第 14 輯〈台灣文藝書志〉。《愛書》為 1933 年 6 月創刊的讀書雜誌。稿件執筆者以台北大文政學部、總督府圖書館成員為主。編輯發行人西川滿。

⑥《台北文物》（台北市文獻委員會發行）第 3 卷第 3 期。

⑦《台北文物》第 3 卷第 2、3 期。

⑧《台灣文獻》（台灣省文獻委員會發行）第 15 卷第 1 期。本文從中獲益頗多。

⑨《今日之中國》第 2 卷第 9 期。此外，王錦江尚有〈台灣新文學運動資料〉（台灣新生報）以及〈半世紀來台灣新文學〉等，但未見。

⑩關於南菜園，請參照〈棲霞伯和南菜園〉一節。鳥松閣可見鈴木虎雄所著《鳥松閣記》以及館森袖海、尾崎古邨所編《鳥松閣唱和集》。

⑪《殖民史》（《現代日本文明史》10）115 頁。原出處可見鶴見祐輔所著《後藤新平》第 2 卷。據細川所記：「為了金錢而成為土匪人質的有 4653 人，因為土匪，人民所損失的財產達 1029723 日圓」。

⑫〈北部新文學．新劇運動座談會〉——此為 1954〔民國 43〕年 5 月 28 日於台北市文獻委員會辦公室舉行的座談會。張維賢、林快青、楊雲萍、廖漢臣、連溫卿、龍瑛宗、郭水潭、吳濁流、陳鏡波、吳新榮、黃得時以及其他共計 21 名主要文化人出席。王白淵主持，會議回顧並討論了台灣文化的特性、新文學（新劇）運動的歷史等。重要文獻之一。

⑬參照《台北文物》第 3 卷第 3 期〈台灣最初的文藝雜誌〉。另見《台灣青年》第 3 期〔該誌為戰後在日本發行的台獨派宣傳刊物，與 1920 年創刊的同名雜誌無涉——譯註〕。

⑭《台北文物》第 4 卷〔第 3 卷之誤——譯註〕第二期。

⑮《台灣詩薈》為台灣文學史中不可遺漏的雜誌之一。為漢詩詩人兼歷史學家連雅堂編輯發行，大量收集了古人遺稿、台灣史上名章名篇中未發表或散佚之作。包括至死抵抗割讓台灣的文人沈斯庵的詩集、台中出身的詩人林朝崧的《無悶草堂詩餘》〔《無悶草堂詩存》之誤—譯註〕、台南詩人陳旭初的詩集，以及《張蒼水詩抄》、梁啟超台灣紀行中的詩作《海桑吟》等。

⑯在此一年之前，陳端明寫過〈日用文鼓吹論〉，但未引起注意。他只指出了使用文言文的三大弊端，強調「日用文宜以簡便為旨」。

⑰張我軍的論文有〈糟糕的台灣文學界〉（《台灣民報》第 2 卷 24 期）、〈為台灣的文學界一哭〉（第 2 卷 26 期）、〈喝破悶葫蘆〉（第 3 卷第 3 期）等。這一部分借鑒黃得時的〈台灣新文學運動概觀〉（上）以及廖漢臣的〈新舊文學之爭〉較多。另外，此後的新舊文學之爭不斷進行，1926〔大正 15〕年、1941、1942〔昭和 16、17〕年，爭論尤為激烈，但此可看做舊文學陣營的內訌。

⑱發表於《台灣民報》，為張我軍的處女作。

⑲《鬥鬧熱》、《光臨》均發表於 1926 年 1 月的《台灣民報》。

⑳1925 年 12 月刊。用白話文創作的第一部詩集。

㉑1925 年 3 月創刊，楊雲萍等人創作的白話文文藝雜誌。只發行了兩期。

㉒1930 年 6 月創刊。是在王萬得倡導下，由王、陳兩家，周合源、江森鈺、張朝基等 5 人共同出資創辦的第一部綜合性雜誌。發行量達 3000 部。該雜誌此後日愈激進化，改名為《工農先鋒》，後與台灣戰線社合併。

㉓1930 年 8 月創刊。由脫離《伍人報》的林斐芳和宣蘭的黃天海創辦的文藝雜誌，張賢維〔張維賢之誤——譯註〕、王詩琅、廖毓文等人執筆。白話文。有不少作品受到普羅文學的極大影響。

㉔1930 年 8 月創刊。由脫離《伍人報》的黃白成〔黃白成枝之誤——譯註〕和謝春木共同發行的綜合性雜誌。曾與《伍人報》〔原文作《伍文報》，恐為誤植——譯註〕相互對抗。

㉕1931 年創刊。由台南的林秋悟、趙櫪馬、盧丙丁等人發行的旬刊雜誌，只發行了 6 期。其他 3 份雜誌未詳。

㉖1926 年 10 月。由上山滿之進總督邀請。在歡迎祝賀會上，上山總督當場作詩，與會者也與之唱和作詩，唯彰化詩人陳虛谷對其詩作進行了痛擊。

㉗久保天隨於1929〔昭和4〕年渡台，1934〔昭和9〕年去世，一直任台北帝大教授。

㉘1904〔明治37〕年5月創刊。原《台灣民報》的俳句詩人，《台灣民報》停刊後開始出版的俳句雜誌。渡邊香墨（台南地方法院檢察官長）來台後分裂，小林李坪等人另創辦了《綠珊瑚》。

㉙1905〔明治38〕年創刊。為白男川敬藏、柴田廉太郎等人出版的短歌雜誌。

㉚1907〔明治40〕年5月創刊。第二年秋以河東碧梧桐的到來為契機開始轉向專攻自由律俳句。1911〔明治44〕年3月停刊。

㉛1921〔大正10〕年10月創辦的俳句雜誌。由山本孕江編輯。

㉜1922〔大正11〕年11月創刊的短歌雜誌。以台北的樋詰正治等為中心成員。

㉝1920〔大正9〕年9月創刊的俳句雜誌。1923〔大正12〕年8月停刊。編選者為飯田蛇笏。

㉞《翔風》創刊於1926〔大正15〕年3月。《足跡》創刊於1927〔昭和2〕年2月。《文藝批評》創刊於1927〔昭和2〕年9月。均為以台北高校生〔舊制高等學校的簡稱，相當於現在的大學教養課程——譯註〕為主的文藝雜誌。土方正巳、濱田隼雄、鹿野忠雄、中村地平、鹽月赳等為主要撰稿人。令人感興趣的是，鹽月、中村等人，後來幾乎每期均有傾向日本浪曼派作家的初期作品發表。

㉟1929〔昭和4〕年11月創刊。是由台北帝大文政學部成員發行的文藝同人雜誌。雜誌中也可見到前島信次、宮本延人、木下廣居等人的名字。只發行了兩期。

㊱1930〔昭和5〕年1月創刊的詩歌同人雜誌。北川原幸朋等人亦在其中。

㊲1931〔昭和6〕年1月創刊的和歌同人雜誌。松村一雄、木下廣居等人參與其中。與《紅色支那服》、《水晶宮》、《蜻蜓玉》相同，均為中山侑所編輯。

㊳1926〔大正15〕年5月創刊的和歌雜誌。

㊴1926〔大正15〕年8月創刊。北台灣詩人聯盟機關誌。只發行了兩期。與《洎芙藍》、《扒龍船》相同均為西川滿編輯。

㊵1929〔昭和4〕年9月創刊。以詩歌為中心的文藝同人雜誌。只出版了3期。

㊶關於該協會動向，多借鑒於王一剛的〈台灣文藝作家協會〉（《台北文物》第3卷第3期）。

㊷同仁包括陳逢源、賴和、張煥珪、郭秋生、周定山、莊遂性、張聘三、許文逵、葉榮鐘、吳春霖、黃春成。據黃得時、池田敏雄所編〈台灣的文學書目〉記載：「內容以白話文為主，涵蓋論說、隨筆、詩歌、創作等文學之各個方面。編輯及發行者為台北市黃春成。從第7期開始，改由台北市的張星建負責。第12期被勒令禁止，同時停刊。據說對於本島的白話文運動以及台灣話的藝術化貢獻頗豐」。

㊸1933〔昭和8〕年7月創刊。台灣藝術研究會機關誌。編輯兼發行人為蘇維熊。發行所為「東京市本鄉1丁目13番2號，定兼（先生）收轉」張文環的住所。一些文獻稱其創刊於1932〔昭和7〕年7月，此為誤記。在創刊詞中，有這樣一段話。轉引自黃得時的〈輓近台灣文學運動史〉（《台灣文學》第2卷第4期）

「……為何在生活於擁有數千年的文化遺產及當今所處的種種特殊情形中的人群裏，卻不曾創造出獨特的文藝。這實在是極不可思議的事情。並非是我們的前輩缺少時間和智慧，而是缺乏勇氣和凝聚力。鑒於此，吾等雖才薄學淺，但我們要以此為鑒，從今而起，充當先驅。消極而言，決心對以前微弱的文藝作品、對當今、對民間膾炙人口的歌謠、傳說等鄉土藝術加以整理研究，積極而言，決心以我們的全部精神創作出台灣真正的純文藝。（略）」

我有幸見到了第2期，現摘目錄如下，以為參考：

詩歌：《詠上海》王白淵、《乞丐・他二篇》巫永福、《梟的生活方式》蘇維熊、《中國民生疾苦詩選二首》（中文）魯迅、鄭世元。評論：〈論台灣的鄉土文學〉吳坤煌、〈自然文學的將來〉蘇維熊、〈一九三三年的台灣文藝〉劉捷、〈白香山之研究㈠〉（中文）施學習。小說：《貞操》張文環、《唐璜與卡邦》王白淵、《小老婆遭難》賴慶、《蕾》吳天賞。戲曲：《紅綠賊》巫永福。

王白淵在《詠上海》中這樣寫道：

過了三十歲
風吹著我胸膛
大陸的天空在紅紅地燃燒

看著我身上的夏裝和服
不禁喊出「打倒日本人」
可愛的鄰家女孩

不慶祝雙十節
而慶祝法蘭西的共和祭
這個可悲的奴隸性啊

感到疼痛的今宵的我
車埃尼夫斯基（車爾尼雪夫斯基？）曾罵俄羅斯的人民是奴隸民族
我今夜痛感他的悲哀

該誌《福爾摩沙（Formosa）》只出版了 3 期即告停刊。

㊹1934〔昭和 9〕年 7 月創刊，中文文藝雜誌。編輯人為廖漢臣。特輯《台灣新文學的出路的探究》收集了黃石輝、周定山、楊守愚、賴和等人的意見。只此創刊號即告停刊。

㊺1933 年 10 月創立。由郭秋江和廖漢臣發起，林克夫、黃得時、陳君玉、蔡天來、林月珠、吳松谷、黃啟瑞、黃成春、王詩琅、李獻章、李茉荆等參加，10 月 25 日於台北市大稻埕江山樓舉行了發起式。幹事長為郭秋生，幹事廖漢臣、黃得時、陳君玉、林克夫。

㊻1935〔昭和 10〕年 1 月創刊。由台灣文藝協會發行。〈台灣民間故事〉特輯除了 15 篇故事以外，還附有黃得時的〈民間故事的認識〉、ＨＴ生的《傳說的取材及其描寫的諸問題》。廖漢臣、李獻章、張深切之間關於民間文學價值的筆戰，也從此特輯開始。

㊼1934〔昭和 9〕年 11 月創刊。台灣文藝聯盟的機關誌。編輯發行人是張深切〔張星賢之誤——譯註〕，中日雙語。共發行 15 期。在第 2 期的卷首語中有如下記載：

「吾之聯盟即非有為之行動團體，亦非無為之行動團體。吾等乃以無為為有為，無行動即為有行動之集團。吾等之雜誌亦非「為藝術而藝術」的藝術至上派，乃是「為人生而藝術」的藝術創造派。」

㊽1935〔昭和 10〕年 12 月創刊。為台灣新文學社發行的文藝雜誌。最初由

廖漢臣編輯，後改為楊逵（貴）。以總卷第 14 期（2 卷 3 期）停刊。其間還發行了兩期《新文學月報》。據雜誌所載大綱，編輯部——賴和、楊守愚、黃病夫、吳新榮、郭水潭、王登山、賴明弘、賴慶、李禎祥、藤原泉三郎、藤野雄士、高橋正雄、葉榮鐘、田中保男、楊逵、陳瑞榮。就當時台灣文壇的情況，楊逵有如下介紹：

「台灣現存的主要組織有，台灣文藝協會、台灣文藝聯盟兩個。……台灣文藝協會和台灣文藝聯盟分別成立於 1933 年末和 1934 年中，入會條件目前沒有什麼約束，凡愛好文學者即可加入。只是『文協』為地方性組織，成員在關係上聯繫比較緊密，好像沒有非從事文學工作者加入進來。台灣文藝聯盟則是全島性組織，而且也分不清到底是作家組織還是讀者組織。因此，前者相對嚴密一些，後者則比較鬆散。在文聯第二次大會上，被指定作支部報告的人竟然失口說自己還沒有正式加入，恐怕是幹部為了方便把他登錄在案了。不僅如此，甚至有相當一部分根本不讀文學的人，也被作為聯盟成員公布了。幹部也基本上沒有統一管理，各種會議恐怕也沒有嚴格執行。因此，在第二次大會前，在一部分人中派別就已成為問題，因此在該大會上，雖然決定要對會員進行整頓、會議制度化、促進與全島各文學團體的聯繫等，但大會結束後，這些措施好像並沒有得到具體化。（略）

從思想層面來說，關於當前的台灣文學運動，進步文學的合作受到極大的關注，這從兩個團體的成員身上也可以看到。然而，甚為遺憾的是指導部門的鬆懈又損害了與其他團體成員接觸的機會。

就迅速發展起來的台灣文學運動而言，包括進步傾向在內的大團結是非常必要的，且應該努力避免所有的分裂苗頭。如果還讓現在這種狀態持續下去，恐怕很容易發展成為無法撲滅的火災。因此，目前對我們來講，最重要的任務就是如何防止分裂，恢復文聯成員和文聯以外的台灣人作家以及讀者的文藝熱。各地的友人建議再出版一份雜誌，我也認為這是一個好辦法。既然文學運動的成果大都是在各雜誌上發表的，不論對編輯還是對經營，如果有兩份以上的雜誌，就不會像現在這樣由長官意志而導致自滅，雙方都會緊張起來。尤其是在沒有發表機構的台灣，新雜誌的誕生，會對作者和讀者都起到刺激作用。」（〈台灣文壇的近況〉《文學評論》第 2 卷第 12 期）

楊逵所說的「另一份雜誌」，不消說指的就是《台灣新文學》。該文發表後不久，楊逵即離開台灣文藝聯盟，創立了台灣新文學社，並發行了《台灣新文學》。他在《台灣文學近況》中還提到了台灣進步文學所面臨的社會問題以及文學的大衆化，論述了台灣新文學的特徵（以及台灣社會的特殊性）。他寫道，尤其在台灣，幾乎沒有狹義上的文學青年，而大都是將文學作為反映生活的手段（為了社會的文學）。此外，台灣新文學運動也是對過去「吟風頌月」、「無病呻吟」等文字遊戲的背叛，「要求文學『吶喊』」，與「如自然主義文學般的社會陰暗面的細緻描寫」相比，它更關心「尋求光明」、「喚起希望」。這篇短文可以說如實地反映了楊逵的文學精神。

㊾1934〔昭和 9〕年 3 月創刊。科學（NAUKA）社刊。渡邊順三編輯。編輯顧問有林房雄、武田麟太郎、森山啟、德永直等。該誌在作家同盟解體後承擔著合法發表機構的作用。共 31 期。

㊿第 1 卷第 8 期（1936〔昭和 11〕年 9、10 月合刊號）、〈戲曲的創作方法〉高爾基（八住利雄譯）、〈在高爾基死亡之際〉基德（譯者不詳）、〈高爾基之路〉健、〈高爾基的教訓〉高野英亮、〈高爾基年譜〉。《文學評論》在其終刊號（1936〔昭和 11〕年 8 月）對高爾基作了追悼。很明顯《台灣新文學》的高爾基特輯，也是依此編輯的。

51《日本學藝新聞》1937〔昭和 12〕年 4 月 20 日號。

52郁達夫的歡迎會於 12 月 24 日在鐵道飯店舉行。參加者有島田謹二、神田喜一郎、稻田尹、黃得時、吳守禮、田大熊、原田季清（學生）共七人。此外，在台南見到郁達夫的郭水潭寫了〈憶郁達夫訪台〉（《台北文物》第 3 卷第 3 期）。

53創刊目錄如下，供參考。

《有一種抗議》中山侑、《煽地》名和榮一、《姐妹》疑雨山人、《藝旦之家》張文環、《再出發》多田均；以上為創作。〈關於陳夫人〉田子浩、〈台灣歌謠詮釋〉稻田尹、〈隨想〉呂赫若、〈剪報的去向〉黃得時、〈小鎮與伙伴〉大道兆行、〈今昔的回憶〉張深切、〈熟柿〉蔡瑞欽：以上為評論和隨想。《礁風》多賀谷俊三、《乳兒》林精鏐、《思念的日子》藤木康太郎、《看不見的頭髮》陳綠桑、《生活的詩》郭啟賢，以上詩作。此外，附有曾石火和陳遜仁的追悼特輯。

另外，王錦江在〈關於日本統治時期的台灣新文學〉（《今日之中國》1964 年 9 月）中，對《文藝台灣》和《台灣文學》作了比較，指出：

「不論是文藝思想還是文藝意識，兩者都未見不同。然而，雖然不明顯，但在民族感情方面是對立的，中山侑等人更相對地同情、接近台灣人」。

(54)據《文藝台灣》第3卷第2期所載名單，會長為是矢野峰人，顧問有安藤正次、移川子之藏、河村徹、素木得一、早坂一郎等共14名。參議有淺井惠倫、小山舍男、金關丈夫、神田喜一郎、工藤好美、島田謹二等共計16名。在顧問和參議中，除了台北帝大、台北高校的教授、講師之外，還有媒體部門的台日社長、廣播協會理事。特別從總督府的警務局長、文教局長、情報部事務官（兩名）等也排列其中這一點，可以看出時代的特徵。從某種角度來看，該組織是參照了日本的文藝家協會的組織方式，其部會組織等則與1942〔昭和17〕年5月創立的日本文學報國會的情形相似。台灣不愧是南進的基地，比日本先行一步組織了國策團體。由詩部會理事（高橋比呂美、新垣宏一、萬波亞衛）、劇作（竹內治、長崎浩、周金波）、小說（濱田隼雄、龍瑛宗）、短歌（齊藤勇、田淵武吉、平井二郎）、俳句（小畔電萃、藤田芳仲、山本孕江）、川柳（磯部都心、冢越正光）、民俗（池田敏雄、黃得時、楊雲萍）、電影（新田淳、宮田彌太郎）、事務總長（西川滿）、總務部（川合三良、松本澶朗）、宣傳部（黑丸郁子）這些名字可知，當時住在台北的文化人士幾乎全部都被動員、網羅到了一起。

一般認為，這一時期是第二期台灣文藝家協會的組成階段。這意味著1940〔昭和15〕年1月成立的作為親和團體的協會，在第二年2月又性質不變地發展成全島性組織，進而成了符合新文化體制的組織。協會會則的第二條規定：「本協會以國體精神為根本，以通過在台灣的文藝活動為建設文化新體制而努力為目的」。

(55)第3卷第4期。

(56)《悼夏威夷奇襲戰陣亡勇士英靈歌》矢野峰人、《西里伯斯敵前登陸》西川滿、《贈大東亞民族》長崎浩、《皇威之光普照大地》高橋比呂美、《東洋之門》龍瑛宗、《戰友》萬波亞衛、《大東亞戰爭》長谷安生：以上為詩歌。《打開城門》西川滿、《鷄》竹內治、《十二月八日》日野原康史、《義士賴順良》長崎浩：以上為島民劇。

(57)文光〈戰時下日據台灣之宣傳工作〉（《台北文物》第8卷第1期）。

(58)鄧雨賢的作品，此外還有《大地在召喚》、《戰爭結束後》、《月升鼓浪嶼》、《鄉土部隊的來信》、《勇敢的荒鷲》等曲目，另一筆名唐崎夜雨。

(59)關於台灣的電影、戲劇史，呂訴上的《台灣電影戲劇史》（銀華出版部，1961〔民國 50〕年 9 月刊）有詳細介紹。關於戰爭下的皇民化劇，可參看濱田秀三郎所編《台灣戲劇的現狀》（丹青書房，1943〔昭和 18〕年 5 月刊）。該著於濱田秀三郎的〈為台灣之戲劇〉、竹內治的〈台灣戲劇誌〉以及中山侑的〈青年戲劇運動〉均有收錄。

(60)1941〔昭和 16〕年 7 月創刊。至 1945〔昭和 20〕年 1 月，共發行了 43 期。以金關丈夫、國分直一為中心的民俗學雜誌。該誌始終保持著對台灣人的生活、文化持肯定性評價的姿態，從結果來看，以其在戰時下居於拒絕「皇民化」方向的立場，給人留下一份正直雜誌的印象。

(61)1940 年 3 月創刊。由台灣藝術社發行。編輯兼發行為黃宗葵。創刊號後記中有如下記載：「本雜誌旨在網羅本島所有藝術組織部門，使其成為一本綜合性雜誌。雖可能會陷於通俗，招至誹謗。但與同人雜誌不同，在經營上或許有不得已之處」。

(62)1941 年 7 月發行，其前身為《風月報》，半月刊。《風月報》為 1937 年 9 月創刊的中文雜誌，主要刊登小說、小品文、漢詩等。

(63)1935 年 1 月創刊。台灣公論社發行。

(64)1942 年 11 月 30 日號。

(65)1942 年 11 月 1 日號。

(66)參照附錄〈大東亞文學者大會有關文獻一覽〉。

(67)《一個決心》（《文藝台灣》第 5 卷第 3 號所收）。

(68)1943 年 8 月 20 日號。

(69)第 7 卷第 1 號。

(70)決議——值此珍珠港海戰以來，戰果又建南海，嚴酷決戰之勢已於東亞全域呈顯端倪之秋，台灣全島文學者會集一堂，共商決戰文學體制之樹立，也恰逢本島徵兵制度之實施，五十年統治始終如一，內台一致之台灣文學正應全力以赴獻身時局之榮光之日，此何幸哉。如今議論之期已逝，唯存實踐一途。吾等將以不屈之鬥志，不動搖之姿態，團結與共，向確立宣揚皇道精神之方向邁進。磨利戰無不勝之筆尖，赴國之所急的決心正澎湃於吾等之胸膺。誓死消滅以凶殘無理的行徑使東亞之天地污濁的英美之敵，重建道義之東洋乃是吾等之悲願。

為大東亞戰爭之勝利，吾等願以筆為劍，奮起為士卒。吾等血盟同志將立足於皇道精神之髓，奉行文學經國之大志，摧毀一切障礙，為台灣文學之建設鞠躬盡瘁。

謹誓

昭和十八年十一月十三日，台灣決戰文學會議。

會議成員名單——阿川晉、秋場夢代、今田喜翁、犬養孝、嬉野悌興、大河原光宏、神川清、川見駒太郎、郭水潭、小山捨男、小山宣治、黃得時、小林土志朗、河野慶彥、吳新榮、齊藤勇、佐佐木浩司、佐佐木愛子、島田謹二、鹽見薰、周金波、高橋比呂美、瀧澤壽一、田淵武吉、竹內治、竹內實次、瀧田貞治、田中保男、張文環、張星建、陳火泉、塚越正光、長崎浩、中島源治、中村忠行、中島梢子、新垣宏一、新田淳、西川滿、野田鹿雄、野田康男、濱口正雄、濱田隼雄、平井二郎、藤田芳仲、松村一雄、松本瀧朗、松居桃樓、村田義清、山口正明、山本孕江、吉村敏、楊逵、楊雲萍、龍瑛宗、呂赫若、渡邊義孝。

《文藝台灣》終刊辭：

無論英美的反攻如何激烈，昭和 19〔1944〕年，我們將迎來大日本帝國將榮光普照世界的偉大一年。除了我們以外沒有一個國家能夠完成這一神聖的事業。

在此一年，我們應該全力以赴捨身盡忠。

如今只能停止出版《文藝台灣》。打破低迷文學之黑暗，將真正貫穿文臣自覺的創造射向敵國。

如此想來，我們《文藝台灣》自昭和 14〔1939〕年作為本島文學之草創以來，一直以誠與美為旗幟，與英美式誹謗及自卑精神相鬥爭，於今已愈五年。其間我們的事業，雖於聖恩之下得效微力，然當此之年不足為道。

事業之成唯在武器，唯在於天皇臣下的精神毅力。

天皇之宏圖恢恢，使戰爭之中文化文學亦蒙恩被澤。

報恩唯此一途，即捨私情，破陋習，於文學途中頌揚皇祖皇宗神聖之旨。

大東亞之希望是嶄新的，大東亞的文學也是有力量的。

即使我們放棄自己之結社，大日本文學之傳統依然故我，大東亞之文化仍然強盛。

我們在此宣告《文藝台灣》的停刊，並向世界發誓我等仍共志文學，鞠躬盡瘁，死而後已。

《文藝台灣》的同人們在停刊的同時創設了皇民文學塾，詳情不知，估計是作為台灣文學奉公會事業的一環而被編入其中了。

(71)1944 年 5 月創刊，台灣文學奉公會發行。由創刊號的目錄可知，《台灣文學》系統和《文藝台灣》系統是交叉存在的。僅就目錄給人的印象《文藝台灣》系統的作家名字佔大多數。在《文藝台灣》上連載的濱田隼雄的《草創》、西川滿的《台灣縱貫鐵道》等均相繼又刊發於《台灣文藝》。此外，編輯委員會中亦可見到矢野峰人、小山捨舍月、竹村猛、張文環、長崎浩、西川滿等人的名字。矢野峰人曾說過：「回想今年一月，《文藝台灣》與《台灣文學》兩雜誌，在它們結束光輝歷史的時候，我們台灣文學奉公會，直接取而代之開始策劃名副其實代表台灣文學會的雜誌刊行之事。並有幸在皇民奉公會中央本部佔絕對多數的協助下，重整新陣容，著手編輯本雜誌。」

(72)作家派遣的結果是出版了兩本《決戰台灣小說集》（台灣出版文化株式會社，1944〔昭和 19〕年 12 月刊）。現錄各作家的派遣地及其作品如下，以供參考。

台中州下謝慶農場（呂赫若）：《風頭水尾》
日本鋁工場（濱田隼雄）：《爐番》
台灣船舶工場（新垣宏一）：《船舶》
鐵道部各機關（西川滿）：《幾山河及其他》
太平山（張文環）：《雲中》
高雄海兵團（龍瑛宗）：《年輕的海》
公用地（吉村敏）：《築城抄》
台灣纖維工場及鐵道（楊雲萍）：《鐵道詩抄》
石底炭礦（楊逵）：《增產的背後》
金瓜石礦山（高山凡石）：《注意安全》
太平山及公用地（長崎浩）：《山林詩集》
油田地帶（河野慶彥）：《鑽井工》
台南州下斗六國民道場（周金波）：《助教》

(73)收錄於《事變與台灣人》台灣新民報社，1939 年 12 月刊。

(74)《陳夫人》（改訂版 通文閣，1944 年 10 月刊）關於與初版的不同尚未比較。
(75)《文藝台灣》第 3 卷第 4 期。後收錄於《台灣文學集》（大阪屋號書店，1942〔昭和 17〕年 8 月刊）。
(76)《文藝台灣》第 2 卷第 6 期。後收錄於《台灣文學集》。
(77)《文藝台灣》第 6 期第 3 期。後作為皇民叢書之一刊行。陳火泉藉此改名為高山凡石。
(78)〈台灣文學半年〉一（《台灣公論》1944〔昭和 19〕年 2 月）。
(79)摘自《文藝台灣》所載關於《道》的選評。
(80)載於《改造》（1937〔昭和 12〕年 4 月）。關於該作品，請參考〈關於台灣文學的備忘錄〉一章。
(81)《東洋之門》（《文藝台灣》第 3 卷第 5 期）。
(82)《南方移民村》（海洋文化社，1942〔昭和 17〕年 7 月刊）。
(83)鹿野村是台東廳下私設的移民村中最大的日本人村。主要以新潟、長野及東北地區的人為主。因為沒有適當的資料可以參考，故簡記 1933〔昭和 8〕年鹿野村的狀況如下。總户 52 户（內地人 49 戶），總人口 283 人（內地人 272 人），開墾面積 243 甲（其中旱田 222 甲、宅地 21 甲，無水田）
(84)連載於《文藝台灣》（1943〔昭和 18〕年 7 月～1944〔昭和 19〕年 1 月）及《台灣文藝》（1944〔昭和 19〕年 2 月～12 月）。
(85)James W. Davidson《THE ISLAND OF FORMOSA》1903 年
(86)《南進台灣史攷》誠美書閣，1943〔昭和 18〕年 11 月刊
(87)台灣總督府鐵道部編《台灣鐵道史》上中下、1910〔明治 43〕～1912〔明治 45〕年。
(88)佐藤春夫以台灣為背景充滿異國情調的作品。
(89)《台灣公論》（1943〔昭和 18〕年 1 月）。
(90)《文學評論》（1934〔昭和 9〕年 10 月）。參照〈關於台灣文學的備忘錄〉一章。
(91)1936〔民國 25〕年 5 月，生活書店版。該書作為『世界知識叢書』的第 2 卷，收集了印度 Miriem Khundkar、阿爾及利亞K．呂海司、烏克蘭 Pettro Paue、台灣楊逵、朝鮮張赫宙、波蘭薛孟斯茶、羅馬尼亞累爾吉斯、保加利亞伊利耶夫、捷克加伯克、希臘理佐布羅斯、愛爾蘭奧法拉蒂以及阿拉伯無名氏等來自弱小民族作家的作品。

(92)《台灣文學》第 3 卷第 2 期。後收錄於《鄭一家》。

(93)《台灣文學》第 2 卷第 2 期。後收錄於《清秋》。

(94)〈上半期台灣文學小說總評〉(《台灣公論》1943〔昭和 18〕年 9 月)。高見所述「二作」所指不詳。其一可能是《牛車》,另一個可能是《月夜》。但不管怎樣,呂赫若的文風始終如一,所以這個短評可以適用於呂赫若的全體文學作品。

(95)收錄有《鄭一家》、《春秋》、《微涼》〔原文為《微源》,疑為誤植——譯註〕、《黑土》、《時鐘草》、《燈》等 6 篇作品。

(96)除了《鄰居》、《石榴》、《財子壽》、《合家平安》、《廟廷》、《月夜》、《清秋》之外,還收錄了台北帝大助教授〔原文為台北大學教授,茲據實訂正——譯註〕瀧田貞治的〈呂赫若逸事〉。

(97)黃氏瓊華〔即黃得時——譯註〕評論說:「可惜的是作者對於風俗習慣的瞭解來自書本上的較多,並有許多尚未完全消化的部分,因此,確有與實際生活不符之白璧微瑕。今後,倘能於此方面多下苦功,置身現實生活,相信她定能夠創作出更優秀的作品。」《民俗台灣》第 1 卷第 5 期。

(98)《台灣文學》第 2 卷第 3 期。

(99)1945 年 8 月 15 日對坂口䙥子來說,不是新文學的結束而是開始。戰後,她仍堅持從日本人的立場來探究台灣人和台灣問題,《蕃地》(新潮社,1954〔昭和 29〕年 3 月,新潮文學獎獲獎作品)、《蕃婦洛寶烏的故事》(大和出版 KK,1961〔昭和 36〕年 4 月)即其研究的結晶。參照〈霧社事件與文學〉一章。

(100)《被扭曲的島嶼》(廣場書房,1957〔昭和 32〕年 6 月)。

(101)《被扭曲的島嶼》為 1943 年動筆,1945 年 5 月完成的長篇小說。1946 年以《胡志明》為名刊行了日文版,但因二・二八事件散失。1956 年又以《亞細亞的孤兒》為名由一二三書房重新出版,1957 年由廣場書房再版刊行。中文版《亞細亞的孤兒》(傅恩榮譯〔原文為「傳恩榮」,恐為誤植一譯註〕)1962 年由南華出版社刊行。

霧社事件與文學

一

亞洲經濟研究所出版的《亞洲經濟》第 100 期紀念特集上，刊登了一篇讓那些立志於台灣研究乃至中國研究的人覺得慚愧的發言。這就是戴國煇所寫的，關於戰後日本台灣研究的回顧與展望一文。他寫道：

「本來，一個國家對另一個國家應有的研究姿態，不應只停留在迎合時代潮流上。但遺憾的是，目前的實際情形卻是迎合潮流的東西佔了『研究』的主流。/當然，日本的對台研究也不可能例外。日本國內的政治、經濟的變化，反映在對台研究上，就是依這種構造著手去研究台灣表現在政治、經濟現象上的變化。因而讓人覺得非常膚淺，甚至對台灣的事實認識都沒有。」

他接著又說到，為什麼不對台灣本身的社會、政治、經濟構造加以深入地認識，而是膚淺地、時事性地流於介紹與解說呢？追究導致台灣研究不成氣候的原因，他除列舉了對外國研究者的身份以及生活保障的不充分；視台灣的研究為禁忌、視寫台灣的人為説客這樣一種特殊氛圍的存在；戰前派研究者的過世或沉默所導致的研究停滯等以上三條之外，還指出了一個更重要的問題，即「作為生活在同時代的社會科學家應將其不幸的殖民地體驗（從民眾的立場來說，統治與被統治雙方都是不幸的體驗）在雙方的歷史過程中正確地定位，並將其系統化」的必要性。我覺得這是一個很重要的意見。尤其是在把日本殖民地統治的遺產作為台灣經濟最近實現高速發展的條件之一企圖加以肯定地評價的狀態下，它對研究者們的台灣觀及其態度都是至為關鍵的。

正如戰前的台灣研究，除個別例外，都為日本的殖民地統治起到了輔助作用一樣，如果現在的台灣研究仍然是甘心為日本經濟進入台灣的合理化而作的調查，或毫無自主性的研究的話，實在是無可救藥。正是因為有這樣的可能性，戴國煇的指摘才讓我們感到慚愧。也即是説，我們必須主動地把握，對於日本人來説，台灣到底是什麼？台灣研究又到底是什麼？

日本和台灣的關係從根本上説，就是日本和中國關係的一個方面，但是因為中間插入了日本對台灣五〇年的殖民地統治這一歷史事實，所以顯得複雜而曲折。正如戴所言，如果站在民衆的立場上看，不論是統治還是被統治的哪一方，那都是不幸的經歷。戰後的一段時間，曾有一種連民衆都要讓其坐上歷史的被告席上接受審判的傾向，然而這與一種有意識地想要把對殖民地統治敷衍過去的健忘勢態一樣，都不能説是正確的態度。對於我們來説，澄清台灣意味著什麼，這等於澄清對日本來説殖民地台灣意味著什麼的問題。我們應該以此來正確地培養日本對台灣，以及對中國、對亞洲的看法。

我説的並不是心靈上的負債問題。雖然有這層因素，但並不完全如此。我想強調的是，我們有必要把這種負債感作為債務加以歷史性地確認，並從研究的角度對待它。專門研究朝鮮近代史的梶村秀樹繼戴國煇的論文之後寫了〈朝鮮〉一文，對於戰後日本人對朝鮮的研究情況作了展望。其中有這樣一節，「隨著戰敗，日本人一般都未就殖民地統治的責任問題作自我批判，只是喪失了對朝鮮的關心。在佔領時期，朝鮮的情報被隔離也是形成這種怠慢態度的要素之一。日本人甚至容許了把殖民地統治看成是出於被迫從而加以肯定的態度」。如果將文中的「朝鮮」部分換成「台灣」，我想也是完全適用的。在朝鮮研究方面，有著與台灣研究不可比擬的高度自覺性，這恐怕是由於朝鮮戰爭的不幸，使日本的研究家們不得不認真地面對現實，並以此為起點，想通過科學性的研究來構築日朝真正的友好關係這樣一種基本的態度所致。旗田巍說「殘留在日本人頭腦中的殖民地統治者這一意識，實際上隨著日朝友好活動中培養起來的聯合意識而正在消除」（〈日本人的朝鮮觀〉）。但台灣的情況則無從得到這種連帶感。事實上現在朝鮮研究的水準，如果除卻與在日朝鮮人研究家的這種連帶感，也就不可想像了。為了培養出這種意識，日本人的台灣研究家是否也有必要使自己的研究態度有一個較大的轉變呢。

對於像我們這樣殖民地生，殖民地長，並親身體驗了殖民地統治與被統治的人來說，常常會被殖民地的體驗與沉重的負債感一起喚醒。比如說，記得發生過這樣的事。

戰爭年代，有一首在殖民地台灣廣為傳唱的軍國歌謠《榮譽的軍伕》。栗原白也作詞，鄧雨賢作曲，這本來是一首叫做《雨夜花》的歌曲。這首歌在哥倫比亞唱片公司被灌成了唱片，背面還有一首似乎是成對的時局歌曲《軍伕之妻》，在台灣一度暢銷。但實際上與台灣總督府的權貴們所花的力氣比起來，也並未如預期地普及。比起「佩著紅色條幅榮譽的軍伕，我們為日本男兒而感到高興」這樣的歌詞，反倒是用雨打花落來比喻女性的美與歲月無情的《雨夜花》的原詞流行了起來。我中學時代就學會了這首歌。邱永漢好像也無法忘掉它，在獲直木獎的作品《濁水溪》中他提到：「當局費盡心力宣傳這首歌的結果卻使原詞的雨夜花風靡全島，甚至也在內地人中傳唱。因而，當局又慌忙禁止。想著不得不將槍口對準一母同胞的大陸兄弟的台灣民衆的悲劇而唱起這首歌時，我們同時代的人，心裏都會有一種撕心裂腹的感覺」。盜用人們所喜愛的舊歌曲的旋律，然後烙上軍國主義日本的烙印，在日本殖民地統治的整個過程中，這可能只不過是極普通的小事一樁。但這時也正是強制將台語（閩南語、客家話）改為日語，實行「國語常用」、整理寺廟、增加神社的時候。想想「為了偉大的祖國，我們接受召喚，來到遙遠的支那海邊，不遠萬里，跨過萬頃波濤」（《軍伕之妻》）的歌詞，和被迫作為日本軍隊的幫凶，走上以自己的同胞為敵的戰場的可悲行為，就能理解這首殘酷得無以復加的歌詞了。他們作為軍伕或者作為通譯被動員到華南戰區，而在戰爭後期又作為一名士兵被趕上戰場。在當時這不僅是被稱為「本島人」的台灣人的遭遇，甚至也包括原住民高山族的青年。在太平洋戰爭後，所謂的「高砂義勇隊」活躍於南洋戰區的情形頻頻見諸報紙。高雄州潮州郡原住民「巴庫驍青年團」出身的達力楊，當時寫過這樣的志願血書：

> 「天皇陛下萬歲。我是一名日本男兒，擁有大和之魂。不管有多苦，只要是為了天皇，為了國家，我也不覺得苦。請准許我成為一名軍部（伕）。」（竹內清《事變與台灣人》）

以這樣的血書表達志願的人中，還包括反抗日本殖民地統治的霧社事件的幸存者。由於不僅把自己納入到體制之中，而且成了軍事上的尖兵，這些希望強調自我存在的年輕人的形象，藉著「高砂義勇隊」的活躍的情況被廣泛地宣傳，也深深地刻在了人們的記憶中。

這樣的實例俯拾皆是。事情雖小，但從質量上來看，都連接著心靈上所刻下的深深傷痕。詩人長崎浩以《高砂義勇隊歸來》（《文藝台灣》第 7 卷第 1 期）為題，寫過這樣的詩句：

為了祖國新的希望
你們將
祖先為了古老的信仰所持的刀子
〔一般稱為「蕃刀」——譯註〕
你們將這帶血的利刃高高揮起
巴丹半島的險峻難以翻越
雖然馬里赫雷斯的密林
阻擋了前進的腳步
但在克里基多島岩角的崢嶸之地
腳步如風般掠過
又如怒濤般挺進
常在面對敵人的時候
將胸膛裸露如盾牌的你們
今天 終於歸來了
沒有放縱的炫耀
只有靜如小溪流動的隊列
……

掀起霧社事件的泰雅族，過去有一種稱為「出草」（割首）的風俗。它的目的並不是殺人，據說因為首級本身代表著至高無上的意義，所以，為了要證明自己已經成年，或者在受到懷疑，想要洗清冤屈，以及要從一般爭論到爭奪妻子等所有的競爭中獲勝，甚至就是為了顯示自己的威武，都會去「出草」。這是一種神聖的儀式，一種祭祀活動。如果不用殺人也可以「出草」，那麼他們恐怕早就改用別的方法了。這位詩人採用了「出草」的遺風，竟寫道：「為了祖國新的信仰，你們把祖先為古老的信仰所持的利刃高高地揮起。」讀著這種投機主義（竟想把日本政府的極端警戒、殘酷壓制——被不時地當作鎮壓藉口的「出草」遺風——作為日本武裝侵略的武器而合理化）的腔調，高砂義勇隊的行為實在就成了一種壓在心口的傷痛。

這些事情也許都是已經過去的問題了，然而只有時間的流逝，而這一切絲毫都沒有成為歷史。只有當我們對此有了歷史性的認識時，這一切才有成為「歷史」的可能。對我們來說，必要的不是感傷地述說過去的傷痕，而是正視傷痕，並在與現實的對比中從中汲取什麼。

二

霧社事件是指 1930〔昭和 5〕年 10 月 27 日，在霧社地區發生的高山族的暴動。參加暴動的高山族壯丁，以能高郡警察課霧社分室所轄霧社的十一社中的馬赫坡、波亞倫、荷歌、羅多夫、塔羅灣、斯庫等六社為中心，共約 300 人。暴動選擇了在霧社公學校舉行小學校和公學校及各蕃童教育所參加的運動會這一時機，襲擊了會場，殺死了包括婦女、孩子在內的日本人 134 人。此外，有兩名漢族台灣人被當作日本人誤殺，兩人受重傷後死亡，1 人躲在竹叢中避難被恙蟲螫死。當時在霧社的日本人只有 157 人，但據說因為一年一度的聯合運動會，聚集了許多霧社分室所轄各警察駐在所的職員和家屬，所以被襲擊時大約有 227 人在場。由馬赫坡社的首領莫那．魯道率領的暴動隊伍，襲擊了 13 個駐在所，奪取三八式騎兵步槍及村田槍 180 支，子彈 23000 發，後在山間道路和山坡上構築了堡壘，準備抵抗日本方面的反擊。

接到事件爆發通知的台中州，緊急集合了州屬警察 178 人，由警察部長親自帶領趕赴霧社，本部設在能高郡役所，警察部長任臨陣指揮。總督府也將其視為重大事件，決定從其他州調遣增援部隊。急命台北、台南兩州及花蓮港廳派出增援警察隊，28 日台中警察部隊開始由埔里進入霧社，台南州的警察增援隊為掩護先發部隊隨後分成兩組進發。先頭部隊和增援部隊會合後，幾乎沒有受到什麼抵抗就進入了霧社，此時已是 29 日上午 8 點 5 分。儘管事件發生兩日後就奪回了霧社，但是暴動的抵抗並沒有減弱，致使除了警察甚至還動用了軍隊，投入小炮、飛機實行殲滅作戰，甚至還使用了毒氣，鎮壓實屬異常。這與其說是莫那・魯道等的拼死抵抗讓他們感到恐懼，不如說是他們為了對於由事件直接、或間接帶來的影響，顯示高度警戒而採取的處置措施。不久，莫那・魯道與其他部下幸存者退守到馬赫坡溪上游的一個山洞裏，在部下自縊之後，他走進密林深處自殺而亡。（以上經過主要參考台灣總督府發表的〈霧社事件始末〉）。

總督府在〈霧社事件始末〉中，關於此事件的起因，說是因為對搬運建築材料的勞苦以及拖欠工錢的不平，由荷歌社青年比荷薩波和比荷瓦利斯策劃以及莫那・魯道的反抗心等所致，將事件歸結為對勞役和支付工錢的不滿或者個人問題。再結合「出草」的遺俗，想儘量給人一種突發事件的印象。所謂勞工問題，據說是到事件爆發為止，駐在所附屬建築物的遷移、改建以及道路橋梁的修鋪等大大小小的工程共有九件，令沒有擔運習慣的他們擔運建築材料，而且只給值漢族台灣人工一半的工錢，並拖欠不發，這當然就更助長了他們的不滿。不過，荷歌社的年輕人就此不滿與不平火上澆油，想利用此機會發洩久藏於胸的鬱憤，這種說法，很明顯是不充分的。即使再加上莫那・魯道的反抗、其妹特娃斯魯道被日本警察部長近藤儀三郎拋棄的仇恨、吉村巡查被毆打等事件，仍然是把民族性問題偷換成了個人的憤懣。所謂吉村巡查被毆打事件，據說是直接負責砍伐並運送小學校宿舍材料的吉村，因拒絕莫那・魯道的勸酒而被打。莫那・魯道因害怕受到處罰，故提前動了手。至於真相不得而知。

參加暴動的霧社分室所轄 6 個部落的高山族人，總共 1373 名。據說在佔絕對優勢的日方火力攻擊下，包括婦女、小孩在內紛紛自縊而死，最後投降歸順者不過 551 人。在投降者中，被視為暴動主謀的 10 多個青年受到拷問並被殺害，此事實直到戰後才被揭明。此外，幸存者也不允許再回到霧社，而被轉移到西寶、羅德夫兩社。霧社事件發生後的第二年 4 月，這些人又遭事件發生時曾協助日本方面的「親日蕃」所襲，慘禍環生。

此事件在島內外掀起種種波瀾。台灣民衆黨向國際聯盟呼籲禁止使用毒氣彈，反對出兵。產業勞動調查所在其出版的《國際》上刊載了台灣一名青年的檄文，宣揚霧社蕃的英雄行為。另外，住在台南的共產主義者陳元，寄稿給上海的《太平洋勞動者》，在指出未參與霧社暴動，而只能眼睜睜地看著他們失敗的台灣左翼勢力的脆弱之後，對在此之前太過低評價原住民的態度進行了反省。上述《國際》第 4 卷第 16 期所載〈擁護蕃人的暴動〉以及陳元的論文，和《普羅科學》第 3 年第 1 期所載〈關於台灣的民族革命〉（署名蘇慕紅）、台灣文化協會的中文機關誌《新台灣大衆時報》1931 年 3 月號上所載〈霧社蕃人暴動的意義〉（署名雪嶺），在 1969 年 8 月的《中國》雜誌上都給予了詳細地介紹。尤其引人注意的是，《普羅科學》所載蘇慕紅的文章，它與台灣總督府發表的〈霧社事件始末〉針鋒相對，宣揚要反抗日本帝國主義的殘酷掠奪，解放自己，除了武裝暴動之外別無他途。指出事件的本質不在於有多少日本人被殺，多少武器彈藥被搶奪以及敢於跟日本軍隊對峙，而是應該站在與無產階級的國際連結的立場上，將事件看作殖民地、半殖民地人民解放鬥爭的一環。雪嶺的文章，犀利地批判了站在改良主義立場的台灣民衆黨很表面地反對出兵以及使用毒氣彈，指出此次事件乃是有計劃的行動，是一次爭取民族解放之戰。實不愧是發表在屬於台灣共產黨系統的台灣文化協會的機關誌上的文章。

事件突發時，石塚總督正在離開東京歸任的扶桑號船上。回到台灣後，又被緊急召回東京引咎辭職。也有說法認為，這也是松田拓相怕此次事件會成為在不久之後將召開的第五九次議會上攻擊政府的好材料，而把霧社事件說成不是政治上的過失，而是事務上的失策，以使政府不會為此而被攻擊的策略。在第五九次議會的貴族院，湯地幸平、川村竹治、志水小一郎等對事件提出質疑，在衆議院，政友會的濱田國松以及全國大衆黨的淺原健三等追問了政府對此次事件的對策。全國大衆黨為了調查霧社事件，特派遣了河上丈太郎與河野密前去霧社調查。當時的調查結果見於〈談霧社事件真相〉座談會（《改造》1931〔昭和 6〕年 3 月號）以及河野密的〈揭示霧社事件真相〉（《中央公論》1931〔昭和 6〕年三月號）。淺原健三還在議會會場依據河上、河野兩人的調查，將霧社事件發生的原因歸為 6 條，並語驚四座地發難說：「你們有没有為了世界和平、為了人類的友愛，翻然以此次霧社事件實現即刻解放殖民地統治的想法嗎（第 59 屆帝國議會議事錄No.1）。」但是，他的話的內容讓人覺得並不如政友會濱田國松說得精彩。而河野密的〈揭示霧社事件的真相〉作為這些不足的補充，可以說在當時日本人所寫的關於事件的報告中是唯一一篇具有客觀性的文章。

河野密談到，台灣總督府在〈霧社事件始末〉一文中所列舉原因過於表面化，根據其調查的結果，除了強制搬運木材的殘酷、工資過低及拖欠、農忙期強制勞役、負責警官的不理解和搶奪、高山族賴以謀生的狩獵區域的日益狹小化等原因外，認為事件的真正起因是理蕃政策的缺陷導致的怨氣的積累，指出此次事件是有計劃的。石塚總督在接到事發報告後的記者會見時說，對待頭腦簡單的蕃人必須要時時小心在意，對任何事情都不能有誤解。但實際上霧社是蕃地中最早得到開發的地區，僅此也可知把霧社高山族的暴動說成是「出草的遺風」實屬無稽之談。河野密駁斥了這些一般的說法，斷言此次事件從根本上來講是勞資問題，是民族問題。

> 我們在台灣所見到的是『專制政治』。是在專制政治之下滋生出來的『腐敗政治』。資本主義政治××策略就是將台灣作為其最好的標本！『霧社事件』不過是由××政治引發的一起事件而已。如果不從根本上否定××，我們無法預料什麼時候就會出現第二、第三起霧社事件。在台灣不僅十四萬蕃人是民族問題的對象，整個全島不是還有四百萬人嗎？

如其所述，在霧社事件的背後關聯整個台灣島民的問題。甚至關係到朝鮮的民族問題。總督府以武裝權力進行如此大規模的討伐，可以說其目的也是要使這些問題防患於未然。

三

日本人有關霧社事件的文學作品並不是很多。除了大鹿卓的《野蕃人》、中村地平的《霧之蕃社》、坂口䙥子的《霧社》等直接以事件為素材的作品外，還可部分地見諸於五味川純平的《戰爭與人》。間接地講述1930〔昭和5〕年10月的霧社事件以外霧社地區反抗鬥爭的作品，還有細田民樹的《一個士兵的記錄》及佐藤春夫的《霧社》。當然，大鹿卓、坂口䙥子、中村地平、佐藤春夫等人也都不是只在上述一部作品中，他們還直接或間接地以霧社事件為題材寫有其他作品，並且都在不同的狀況下顯現出其一定的文學及思想意義，但這並不能說，中村地平、坂口䙥子、五味川純平等有直接殖民地體驗的作家描寫霧社事件是偶然的。這與禰津正志在三一書房出版的《日本現代史》中的告白一樣，他寫道：「我以統治台灣、朝鮮這兩大問題，從被統治者的立場描畫了一條貫穿現代史的粗線」。著眼於現代史的這種視角的新意，如果排除了他在殖民地台灣成長的事實，將無從談起。他經過六年的努力寫成的《日本現代史》，由於在曾作為日本殖民地的台灣、朝鮮以及直接以武力侵略的中國等的種種問題上花費了大量心血，不僅將日本帝國主義的發展過程作了立體性刻畫，而且以被統治民族的視角，將自己的殖民地體驗昇華到了歷史認識的高度。但遺憾的是，由於它是一本啟蒙性的通史而一直沒有得到正當的評價。可以說前面提到的戴國煇的論文是系統地總結禰津正志工作的第一篇文章。戴國煇對禰津發掘了武者小路實篤曾抗議西來庵事件判決的事實、和細田民樹的《一個士兵的記錄》中對事件的描寫、及其研究學問的基本態度的正確性，都給予了高度的評價。

坂口䙥子，1914〔大正 3〕年 9 月生於熊本縣八代郡高田村（現在的八代市內），八代高等女校、熊本縣女子師範本科二部畢業後，就職於八代市小學，1940〔昭和 15〕年結婚後移居台灣台中市。離開台灣歸國是在 1946〔昭和 21〕年 3 月，共在台灣住了 6 年。期間，她還曾經被疏散到以在霧社事件時屬於「親日蕃」的巴蘭社為中心，由塔卡南、卡茲庫等六社組成的所謂中原蕃社。那時的經歷成了她後來直接取材於霧社事件的作品《霧社》，獲新潮文學獎作品《蕃地》（1954〔昭和 29〕年 3 月新潮社出版），以及收錄於 1961〔昭和 36〕年 4 月出版的《蕃婦羅寶烏的故事》（大和出版株式會社）中的一系列蕃地作品的創作動機。她被疏散到中原蕃社大概是戰敗前後的 10 個月左右。有關霧社事件的作品在此之前她已經在寫，發表於她所屬雜誌《台灣文學》1942〔昭和17〕年2月號上的中篇《時鐘草》即是其一。但是，具有絶對的生殺予奪之權的總督府檢查機關，不喜歡讓一般大衆看到她的作品，發表時，極其蠻橫地將作品的45頁全部刪除，只保留了開篇的第1頁和最後7行，致使辛苦的勞作至今無法看到其全貌。她所屬的《台灣文學》是一個聚集著諸如張文環等台灣人作家較多的組織，因此與西川滿等人的《文藝台灣》相比，批判國策的人也多。作者好像曾計劃對《時鐘草》進行改寫，但是由於戰況緊迫而未能實現，被遣送歸國後在此基礎上完成的作品是《蕃地》和《霧社》。新潮文學獎的獲獎作品《蕃地》，描寫的是一個有高山族系的母親的青年的民族性苦惱，而在《霧社》裏，作者則把目光放在了據説在事件中殉職的花岡兄弟這樣的壓迫者一方。這讓我們看到《時鐘草》的挫折，在經過了15年之後，終於以這樣的形式在她那裏固定了下來。據作者親口所説，《時鐘草》也是從一個女性的角度來看高山族和日本人的混血問題的。從諸事實中我們可以感到，坂口䙥子對庄司總一在《陳夫人》中所提出的問題，具有以更尖鋭的方式、更深刻地去挖掘的積極性。尤其是《蕃地》中，她描寫了主人公純，因為繼承了高山族的血統，所以有著在婚姻方面屢受挫折的過去，因而既不能融入高山族，又受到日本人的排斥，最終，在其妻子真子的誠意之下，逐漸解除心靈芥蒂的經過。作者在最後描寫主人公沒有通過日本人知道戰敗的事實，使得他不能不自覺地認識自己究竟處於什麼樣的地位。坂口䙥子這樣設定主人公，正是要將自己心底的累累傷痕訴諸文字吧。

中村地平原籍宮崎，高校〔這裏說的是舊制高等中學校——譯註〕時代曾有數年在台北度過，以後，因和後來一起參加日本浪曼派的鹽月赳以及《文藝台灣》的濱田隼雄等是同級生，所以一起出了一份同人雜誌《足跡》。對於從那時起就開始發表習作的他來説，南方熱帶的景物是寄託浪漫情懷的極好素材。從這個意義上來講，莫那・魯道也好，他的長子達達鄂莫那也好，都只不過是作者藉異國素材寄託鄉愁、寄託對南方熱帶的憧憬與熱愛的素材而已。但是，由於樂觀地描寫了以莫那・魯道為首的高山族生活狀態，所以也給了讀者一個與日本專制統治者想像中的殘忍至極的高山族完全不同的印象，這確是事實。包括《霧之蕃社》（《文學界》1939〔昭和14〕年12月）在內的《台灣小說集》（墨水書房，1941〔昭和16〕年9月出版），雖説是以台灣為題材，但是從大部分描寫的是蕃地的傳説事件這一點來看，可以想像對於中村地平來説，所謂台灣乃是一個敘事詩般的世界。有趣的是，他在《霧之蕃社》的最後，以莫那・魯道的遺體如今被置放在台北帝國大學文政系土俗學教室的一角作為結尾。同樣的描寫，在野上彌生子、野上豐一郎的遊記《朝鮮・台灣・海南諸港》（拓南社，1942〔昭和17〕年8月出版）中也可以讀到。野上彌生子寫道，從嘉義經埔里進入眉溪，想到既然來到這裏，連霧社事件的發生地都不知道就回返實在是遺憾，所以改變計劃順路去了霧社。在聽旅店主人等講述莫那・魯道的勇猛果敢時，不知怎地就忽然想起了托爾斯泰的《哈澤・穆拉特》。不久回到台北，正巧就見到了躺在土俗學教室裏已經成為白骨的莫那・魯道。全書也是以看到了躺在棺材似的細長盒子裏的莫那・魯道的骨架遺體收了尾。我想像這不是野上豐一郎，而是彌生子的手筆。正是這種漫不經意的紀錄，把浮現於她腦海之中的霧社事件留給我們去揣度，去想像。

說到浪漫派，在中村地平的作品深處我們可以色彩濃厚地看到佐藤春夫對南方熱帶憧憬的表現手法。佐藤春夫來台灣時，是1920〔大正9〕年的夏秋之交，當時剛好年滿28歲。從《那一夏》或《詩文半世紀》等可以知道，在伊能嘉矩和台灣高山族研究的先驅森丑之助（丙牛）的幫助下，他遊歷了台灣各地。安平感懷之《女誡扇綺譚》、寺庵見聞之《鷹爪花》、霧社蕃反抗事件之《霧社》，以及取材於高山族傳說的作品《魔島》等。雖然題材不同，但都是以在殖民地台灣的見聞為基礎寫成的作品。只是，佐藤春夫以為素材的霧社事件是1920〔大正9〕年的反抗事件，作品暗示了自1897年深堀大尉事件以來，再三受到壓制的霧社高山族終不會為威武所屈服的自尊性格。作者還就蕃童教育所的見聞，寫了日語教育中數與量等的表達問題，生動地描繪了台灣兒童在學習日語時，將台灣最大的城市是台北，日本最大的城市是東京，日本最偉大的人是天皇陛下，台灣最偉大的人是總督閣下等問題總是搞混，而將台灣最偉大的人說成是東京，日本最大的城市說成是天皇陛下等孩子們學習日語的場面。正如同禰津正志也曾說過的，這難道不是對象徵著天皇制的殖民地統治的絕妙諷刺嗎？（《霧社》初版發行於1936〔昭和11〕年7月，1943〔昭和18〕年再次出版時，原「天皇陛下」處出現四字空白，說明情況起了變化。）受到佐藤春夫的「霧社」的啟發，後來，大鹿卓同樣直接取材於霧社事件的相關者，以《塔茨塔卡動物園》（1931〔昭和6〕年12月）為始，寫了一系列蕃地作品，但卻幾乎未再見到佐藤春夫在毫不經意的描寫中所流露出的那種動人心魄的情節。

大鹿卓是金子光晴之弟，雖然是作為「日本詩人」系統的詩人走上文壇的，但在以蕃社塔茨塔卡分所動物籠中的山貓象徵蕃地孤獨的野性，寫了《塔茨塔卡動物園》以後，開始轉寫小說，並在此後不久以《野蕃人》獲得了《中央公論》獎。《塔茨塔卡動物園》發表於霧社事件的轉年，加上他與赴當地調查的河野密是親戚，可以想像他大概較早即對霧社事件懷有關心。從1925〔大正14〕年的詩集《兵士》開始，中間經過《野蕃人》以及戰爭中的生產文學，到描寫田中正造的《渡良瀨川》、《谷中村事件》等，其文學漸漸脫離城市，回歸野性的志向，在圍繞霧社事件所寫的《野蕃人》和《蕃婦》等作品中表現得非常明顯。尤其在《野蕃人》中，主人公是一個煤礦經營者的兒子，名叫田澤，在父親的煤礦發生勞資爭議時，他竟鼓動礦工，遂導致他與父親的對立。然而，前來助援的工會的組織者卻又對他異常冷淡。為了發洩受挫的情感，他流落蕃地。這種挫折和逃避的想法在與高山族暴動的緊張，以及與山地女人的野性的相接觸的落差中，我們可以看到作者自己對人類的認識。在以這樣的結構引出事件的大鹿卓的認識的背後，我們甚至可以看到，他後來全力描寫田中正造的一生，以至最終病倒的誘因。

在大鹿卓的詩集《兵士》出版的稍早些時候，細田民樹出版了他的創作集《一個士兵的記錄》（1924〔大正 13〕年 12 月，改造社）。在其中一篇《高原的窩棚》中，有一段服役於T的K（台灣嘉義？）的H中尉的回憶。其中一個場面是說，在討伐進入蕃地時，屬下的一個士兵對高山族人講，如果親手殺死自己的孩子就保你性命，接著，被舉起的嬰兒甜甜地一笑，就在那一瞬間，竟聽到「噌」的一聲響，這在他的心裏留下了深深的烙印。在大正末期，好像除此以外，再沒有如此尖銳地暴露殖民地統治的悲慘的作品了。

至此我所介紹的這些作家都是直接或間接地經歷過殖民地體驗的一代。帶著深深的傷痕再回頭來看霧社事件，儘管他們能夠帶著共鳴把那些曾身在這一漩渦中的人復活，但僅此，很難將這些體驗傳播給現在的那些沒有經歷過殖民地統治的一代。我以為在雜誌《中國》1969 年 8 月號上刊載的大田君枝、中川靜子兩人所寫的〈尋訪霧社〉這篇實地報道中，包含了不知道戰爭的一代人對所謂霧社事件的認識。尤其是通過採訪當年暴動的高山族的孩子、事件後一直居住在強制居住地川中島部落的高愛德瞭解到的，那次事件是有計劃的、有思想背景的革命行動這一節，其感人之處，甚至超過了以前那些小說。其中諸如，當看到襲擊自己的高山族竟是平日尚有交往的朋友時，日本的警官用手掩住面孔，喊道「不要開槍，不要開槍」。「正因為是朋友才要開槍，這也是日本所造下的罪孽。」對方說著已然扣動了槍栓，以及最後，莫那·魯道把年輕人召集在一起所說的，「這場戰鬥我們不會勝利。但是如果我們現在不起來反抗，那麼我們將來永遠過奴隸生活。山地需要改革」等章節，都是有殖民地體驗的人們所未能道出的被壓抑者的心聲。

或許，殖民地的傷痕會被把過去的舊殖民地當作另外一個國家，從而客觀地看待的一代所超越。然而，即使如此，對體驗加以主動地認識（和其方法化）難道不也是必要的嗎？

附記：此後，日中友好協會（正統）永福支會曾將中川靜子的〈霧社事件〉作為《日中講座》的第八集出版。據說在《中國》上發表時，因為版面的關係曾刪掉了幾處，而這次是全文。因此，我的評論也許也應該參照這次的全文進行修改。但我覺得主要內容沒有修改的必要。據說中川靜子是屬於昭和第一個十年中出生的一代人，所以稱其為戰後的一代人似乎不太妥當。大田君枝的情況雖不清楚，但從 1945 年 8 月 15 日時，她還是小學生的記載來看，我覺得可以把他們的話理解為不屬於對殖民地統治有切身體驗的人的認識。因此，本章保留了當時發表時的樣子而未做任何改動。

台灣文學備忘錄
——台灣作家的三部作品

一

有個問題，就是所謂台灣文學這個說法是否妥當。這與使用日本文學、中國文學，或者美國文學的情況均不相同，倒類似於愛爾蘭文學或者阿依努文學的說法。魯迅用日語寫作，王爾德用法語發表作品，其作品終歸還是屬於中國文學或英國文學。但是，台灣人作家在日本統治下用日語發表的作品，以及朝鮮人作家在同樣情況下用日語創作的作品該算什麼呢？這跟波蘭作家康拉德入籍英國後，使用的也是英語，其作品當然屬於英國文學這個問題，有著根本不同的意義。

不論是在台灣還是朝鮮，在這種被壓迫民族的文學中，都不乏抵抗或屈從殖民統治的形象。這一切不能用自己民族的語言，而只能用統治者的語言來表達——這種處理方式，我想其本身就包含著殖民地文學的重大課題。

此問題直到戰爭結束後的今天仍然沒有得到徹底解決。在於日朝鮮人作家之間，就用日語創作的作品到底「是朝鮮文學，還是日本文學」的爭論表現得就很明顯。在日本機關紙通信社發行（1959 年 8 月）的〈日本人眼中的在日朝鮮人〉（勞動者通訊集團編）一文中，介紹了「以日本人為主要對象」，「比單純地傾訴更進一步，想要在日本開拓創作領域的作家」金達壽的苦惱。這位「太會日語、太擅長日語創作」的作家，就其作品《玄海灘》，在寄給某社團的回信中這樣寫道：

> 曾經——當然現在似乎也是——由於這種不平等的緣故，使我如此「熟練」地掌握了日語。但是，我沒有想將所學的日語用在其他方面，而只想將它用於我們民族的平等和人與人之間的理解。因此，即使在無形中，這成了我對置我們於那種不平等、不理解的對象的報復，你們也一定能理解。

日本對朝鮮30多年的統治，不僅是金達壽，也給很多在日本的朝鮮人帶來了精神痛苦。因為社會的這種「不平等」而「熟練地掌握了日語」的作家，甚至連日本人的「閒寂」、「古雅」等感覺，也能通過日語來理解的作家才能，所有這一切都讓我們看到日本殖民地統治的陰影。這不是朝鮮人作家的問題，而是日本的問題，應該是日本文學者的問題。我能夠通過自己的肌膚感覺到他們的傷痛。如果除卻這一點，我將無法敘説殖民地文學。台灣文學也存在同樣的問題。

《台北文物》（台北市文獻委員會發行）1954〔民國43〕年12月刊，第3卷第3期收錄了榮峰的〈新文學、新劇運動人名錄〉，其中詳細地介紹了直到日本戰敗，作為文化人活躍於文壇的170人，其中，使用漢語發表作品的作家有53名，使用日文的有73名，使用中日兩種文字的有34名（其他10人為從事新劇者）。如以上數字所示，懂（而且具有能寫小說及評論程度的）日語者，包括能使用中日兩種文字的共107人，很明顯佔了170人的一多半。

二

我手上現有三部台灣人作家的作品。

一部是楊逵的《送報伕》，一部是呂赫若的《牛車》，還有就是龍瑛宗的《植有木瓜樹的小鎮》。

《送報伕》由《文學評論》第1卷第8號，以二等獎作品發表。作者楊逵本名楊貴，台南縣新化鎮（過去台南州新化郡新化庄）人，長期以來為《台灣新文學》的主編，這部作品既是他的成名作，也是他的代表作。

受《送報伕》發表的刺激，《牛車》在《送報伕》發表的3個月後，刊載於《文學評論》第2卷第1號。即《送報伕》為1934年10月，《牛車》是第二年1月。作者呂赫若，台中縣豐原鎮（原台中州豐原郡豐原街）人。《牛車》為其處女作，後還發表了《暴風雨的故事》、《清秋》等，有短篇集。

龍瑛宗本名劉榮宗，生於新竹縣北埔鄉（原新竹州竹東郡北埔庄）。作品《植有木瓜樹的小鎮》入選《改造》第9回有獎小說徵文後開始文學創作。據1937年4月號《改造》記載，龍瑛宗1911〔明治44〕年出生於一個貧窮的商人家庭，九歲入公學校，經過同一學校高等科學習後，入台灣商工學校。畢業後就職於台灣銀行，先在南投分行工作，後轉到台北總行。據說用日文開始寫作始於15歲。正如在〈決戰下的台灣文學〉一章中提及的，龍瑛宗作為台灣代表之一曾和西川滿、濱田隼雄、張文環等出席了1942〔昭和17〕年11月3日至10日在東京和大阪舉行的大東亞文學者大會第一次會議。

《送報伕》、《牛車》、《植有木瓜樹的小鎮》3部小說都是用日語寫的。龍同時也使用漢語發表作品，但楊逵、呂赫若則很少。如果按照年代順序讀一下這3部作品，從某種程度上，我們似乎可以看出台灣人作家的意識從抵抗到放棄，進而屈服這樣一個傾斜的過程。

《送報伕》的主人公「我」，是一個被某製糖公司強行收去耕地，一家離散後隻身來到東京的少年。他用僅有的一點錢作為保證金，謀得了一份送報的工作。可是工作了20天，僅拿到日幣4圓25錢後即被解雇了。在土地尚未被收走之前，一直任村裏保正的父親，因為拒絕按印被警察拘留，並因此而死去。時價2000日元的土地被以600日圓收走後，一家除了離散之外，再無其他選擇。將希望寄託於孩子的未來，病體纏身的母親賣掉祖屋，把得來的150日圓幾乎全部寄給一直念念不忘上學的孩子做了學費後，上吊自殺了。「我」承受著這些苦難，不久由同事田中介紹，認識了叫伊藤的人，參與了解雇他的報站的罷工活動。在回國的船上他確信「這幾個月的學習才是對於母親遺言最忠實的履行」。

概要地介紹，雖不足以傳達作者的悲憤，但卻正如評選者一致評價的那樣，作品洋溢著動人的真摯情感。宮本百合子說該作品「充滿真情」，她寫道：「當然還需進一步藝術化，但是以作者的能力現在還不可能，但它擁有讓人認同它的優點而且能夠抓住讀者的心的力量」。武田麟太郎也說：「雖然從整體上看，其主觀意識比較幼稚，但這又正是他坦率的一面。沒有其他許多應徵作品中的那種世俗氣，所以讓人有好感，打動人的程度也高」。德永直、龜井勝一郎、藤森成吉、窪川稻子等也都給予了類似的評價。確實，作品描寫了殖民地民衆的悲慘狀態，不成熟也並沒有成為阻礙傾訴其真情的障礙，但只是殘留著普羅文學公式化的負面影響。尤其是最後的罷工，讓人覺得像是硬加上的，很不自然。然而，作為在台灣文學界初次登場的，將抵抗意識形象化的作品還是值得讓我們記住的。尤其讓我感興趣的是，楊逵在不熟練的情況下卻竭力要寫的創作欲。他不光是寫了台灣被壓迫民衆的被壓迫一面，而且寫了由同一民族中產生的向日本殖民統治權力獻媚、蜕化為走狗的人物形象，寫了村長、巡查以及「大人」〔指警察——譯註〕，以及當了巡查的長子——「我」的哥哥——欺負村裏人，遭到村裏人厭惡的時候，堅決與其斷絕關係的母親。總之他是在努力地從多視角觀察和表現殖民地民衆的生存狀態。遺憾的是內容不夠豐滿。作為證據，從某些有意無意的段落中所看到的作者言猶未盡、過於觀念化的描述，也讓我多少了解了作者楊逵想寫卻寫不出，無可奈何地停留在未成熟的描述階段這一事實。文中諸如「現在想來，如果母親有讀……的機會，她也許能夠做柴特金女史那樣的工作罷」、「因為，對於陰謀對日謀反的余清芳〔楊逵原著為余清風，余清芳為其別名，茲從作者。下同——譯註〕、林少貓等的征伐，那血腥的情形還活生生地殘留著」等等均屬此例。台灣人説到余清芳、林少貓，就如同在日本談到市川正一、渡邊政之輔。也許稱他們為為民族解放鬥爭而死的英雄更恰當一些。對於日本人來説，對林少貓、余清芳等名字並不熟悉，即使有知道的人，恐怕也只不過是所謂反抗日本統治的「匪徒」首領而已。在日本50年的統治中，反抗日本統治的事件實在太多，尤其是明治30年代初及40年代初期最為激烈。進入大正時期後，抵抗一般不採取直接武裝起義的形式。受大正時期民主主義運動和五四運動的影響，它變為了啟蒙性的東西，轉為要求在台灣設置議會的運動。1930〔昭和5〕年的霧社事件，儘管是霧社高山族近一千人的抗日武裝起義，但和台灣民衆黨或台灣共產黨都没有直接關係。回憶一下歷史上抗日游擊戰的代表性人物，從統治台灣初期算起，有林火旺、陳秋菊、簡大獅、賴福來、林天福、林少貓等領導的宜蘭、斗六、鳳山等地的反抗武裝，以後又有參加北埔、林圮埔、土庫、苗栗、六甲（以上佐久間總督時期）；西來庵、新庄（以上安東總督時期）等事件的蔡清琳、林慶與、黃朝、李阿齊、羅福星、張大爐、余清芳、江定、楊臨等人。

林少貓在1898〔明治31〕年末，在下淡水溪地區與第三旅作戰，失敗後潛伏。受義和團事件影響，於1902〔明治35〕年5月再次組織反叛，後於台灣南部的台南縣後壁被殺。余清芳事件因策劃舉兵於台南市西來庵，故亦稱西來庵事件。該事件是遠受辛亥革命，近受日本對華21條的刺激而組織起來的武裝游擊隊。所受極刑判決的人數堪稱裁判史上未見前例的最多的一次。當時被捕總人數為1957人，其中死刑866人，有期453人，行政處分217人，免於起訴處分333人，無罪86人，其他8人。實際上僅步兵第二連在玉井〔即噍哖呢，另作「噍吧哖」——譯註〕附近虐殺的人數就超過了一千人。

話題好像扯遠了，但從「因為，對於秘圖對日謀反的余清芳、林少貓等的征伐，那血腥的情形……」這句看似無意的話裏，肯定再現著作者楊逵年輕時親眼所見，親耳所聞的血腥回憶。當然，這次事件也是以他出生的原新化郡為中心發生的。

此外，作者的意識還進一步發展到認為被壓迫者可以超越民族的差異攜手共進。作品中讓「我」所說的「在台灣的時候，我一直認為日本人都是壞人，但田中卻是非常親切的人！」，讓伊藤所說的，「不錯，日本底勞動者大都是田中君一樣的好人呢。……好！讓我們攜手罷！使你們吃苦也使我們吃苦的是同一種類的人！」這些都表明了楊逵的政治意識所達到的高度。（大約四年後，他寫了隨感〈輸血〉。值得注意的是，其中談到了文學的頹廢，為了使文學恢復生機，他提出作為從大眾中輸入血液的需要，應該提倡報告文學。）

接下來我們看一下呂赫若的《牛車》。

《牛車》是一部描寫卑賤的拉牛車人楊添丁一家悲慘生活的短篇。主人公的工作被手推車或卡車搶去後，工作常無著落的楊一家因貧窮而不斷爭吵。妻子阿梅為了掙錢撇下孩子先是到鳳梨工廠去工作，最後直至出賣肉體，生活一天比一天悲慘。小說並沒有直接批判日本殖民地統治，而是通過「從清朝就有的東西，在日本天年，一切都是無用的。……日本的實在是可怕」，「農民們以為所有文明的利器都是日本特有的東西」等敘述，進行了間接地批判。楊一心希望攢夠磧地金（押金）然後轉業種田。然而，即使轉業，也會有比運輸行業更大的困難包圍著他。在台灣，半封建的高額的地租，把零散的農民牢牢地困於悲慘的境地。這一事實，僅從地租率高達收成的百分之五十甚至百分之六十這個數字就可以想像。除了高額的地租之外，還有所謂磧地金這一沉重負擔。租種契約不僅是以有利於地主的口頭契約形式隨年更新的，而且還無條件地允許地主隨便增加不正當獲利。更有甚者，在地主與佃農之間還寄生著中間剥削者。殖民地性質的大土地所有在台灣主要存在於製糖業，其對土地的掠奪在小說《送報伕》中有過描述。不論到什麼地方，只要殖民統治不變，台灣民衆就不會有喘息的機會。因而出現諸如因為偷盜而被送到警察局的趕牛車的同事林老那樣的人，「傻瓜，現在幹活的都是傻子。玩才是上算哩」。「日本天年吶，能賺錢的活兒都被……搶走了，我們做工是傻子呀」（刪除的恐怕是「日本人」吧），並非無中生有。「米賤，肥料貴」都是因為「日本天年」。正因為作者的意識沒有充分地表露出來，其描寫的生活悲慘程度就更接近真實。但是，我們與對待楊逵時一樣，不能對呂赫若要求表達上的細膩。到了《植有木瓜樹的小鎮》，類似於這種憤懣的苦悶進而轉化成了絶望與殘敗後餘生的空虛與悲傷。

因五年間成績優異而從衆多的候選者中被選拔出來，以月薪24日元就任小鎮牧場會計助理的陳有三，在那裏看到的卻是許多腐敗和頹廢的情形。對上司和內地人（日本人）阿諛奉承，對下屬則架子十足的副街長；為名譽與金錢所惑，竟將自己的妹妹推給了放蕩公子的戴秋湖；年近30卻被5個孩子繞身，靠微薄薪水苦苦掙扎的蘇德芳；做著住日式房屋、過日式生活的美夢，連結婚也要盤算的洪天送；沉醉於享樂主義、醉生夢死般的生活的廖清炎，在這些人中只有陳有三立志首先通過普通文官考試，然後再花10年時間通過律師考試，並為此而拼命努力。然而，在他喜歡的同事之女翠娥〔《改造》所刊龍瑛宗日文原文誤植為「翠蛾」，尾崎隨之，茲予訂正——譯註〕為了全家而賣身於鄰村的富豪之家後，他為了擺脱絶望與空虛，除了借酒澆愁外別無他術。「個人的力量雖然微弱，但在可能的範圍內，非改善生活、正確地活下去不可」患肺病的翠娥的哥哥將手稿留給陳有三後，卧病不起。翠娥的父親也從此精神失常開始整日徘徊街巷。

在木瓜樹結果的南國初秋，陳有三凝望著遼闊、湛藍的天空，一絲涼風吹進了他絶望、空虛的心靈。所有生命都呈現著空虛茫然的神情，只有患肺病瀕死青年，在他叫人幾乎覺得不是病人的熱情中，生命在鼓動。没有醫療費，没有錢買單行本，只能買過期雜誌《××》（恐怕是《改造》）來探索社會前進的方向。讀魯迅，讀恩格斯「家庭、私有制、國家的起源」令他感動不已，渴望能讀到高爾基以及摩爾根的作品——

> 在我的肉體與精神將消失於永遠的虛無之瞬間為止，我要追求真實。……塞在我們眼前的黑暗的絕望時代，將如此永久下去嗎？還是如同烏托邦的和樂社會將會必然出現？只有不摻雜感傷與空想的嚴正的科學性思索，才能帶給我明確的答案。

相信這一切的是「感到死亡在逼近」的患肺病的青年。而陳有三立身出世的願望卻不斷被暗淡的現實所阻隔。他的夢想只不過是「常穿著和服，常用日語，心裡燃燒著理想、進取之火，找出和同族的他們不同之存在的自己，感覺到一種自我安慰」而已。表面的幸福也只不過是被統治民族在殖民地社會的圈子裏苟且偷生的「自慰行為」。

> 現在雖是無限黑暗與悲哀，但不久美麗的社會將會來臨。
>
> 我願一邊描畫著人間充滿幸福的美姿，一邊走向冰冷的地下而長眠。

翠娥哥哥的這種心願，與產生於黑暗沉重的現實中的，「運氣好的話，跟日本人的姑娘戀愛進而結婚吧」這種不切實際的願望，二者也許都同時存在於作者的心底深處吧。這恐怕也是不幸的台灣民眾不飾偽裝的真實寫照。對於被內地人呼為「汝呀」時，會「緊鎖眉頭，流露出明顯不快」的台灣人陳有三來說，這種矛盾在不經意之間已經潛入了他的意識。龍瑛宗和楊逵交談，在指責台灣人的評論家之後說過，陳有三是作為反面人物，而翠娥的哥哥是作為喜歡的人物形象、正面人物來寫的。（參照 1937 年 7 月 10 日《日本學藝新聞》）

《植有木瓜樹的小鎮》發表於 1937 年，也就是對華全面侵略開始的那一年。從這一年開始，台灣在書報上禁止使用漢語、減少寺廟增加神社的同時，也開始禁止演出中國傳統戲曲。台灣人所熟悉的風俗被從生活中剔除，代之以籠罩在六百萬島民頭上的是，特高警察的大幅度增員和空洞的皇民化運動口號。可以說，正像龍瑛宗所寫的那樣「走向冰冷的地下而長眠」已經開始了。「即使在這虛無的現實中，我們也不要錯過或許在某個地方還殘留著希望的種子」這是龍自身的話。

中國評論家胡風，將楊逵的《送報伕》收錄於《弱小民族小說選》，並於上海出版，但在日本對他們的作品的正確的、歷史性的評價還尚未進行。日本的文學者應該對這些負面的遺產，早有自覺。因為正視這種傷痕，乃是為今後考慮亞、非文學的應有狀態而必須要做的基礎之一。為此，這篇備忘錄，也只不過是我自以為不能不由我完成的一個開端而已。對於他們在日本統治下，只能用日語來表達的苦痛，我們難道不應該把它作為我們自身的傷痛加以重新認識嗎？

附記——關於他們在戰爭中的活動，我於〈決戰下的台灣文學〉一章略有涉及。至於他們戰後的情況如何，甚難瞭解。楊逵戰後曾活躍於《大公報》與《新生報副刊》，二・二八事件後，因涉嫌指導師範學院的學生運動連同妻子一同被捕。暫時釋放後，於 1949 年被再次逮捕，後送至火燒島政治犯收容所服刑。釋放後曾經營農場〔1949 年 3 月 20 日，台大法學院一年級學生何景岳和師院博物系學生李元勳因交通問題與警員發生衝突。兩名學生被打，並被拘押。以此為誘因，4 月初，台灣省主席兼警備總司令陳誠下令清查學運主謀分子，4 月 6 日逮捕愛國進步學生二百餘人，同日，楊逵於台中被捕，因「和平宣言」的文責，被判徒刑 12 年有餘。1985 年去世——譯註〕。呂赫若在二・二八事件後，因大安印刷所事件（作為與當時中共在台地下黨有關係的文件秘密印刷所而被秘密監視），被追捕，逃亡後下落不明。龍瑛宗曾一度協助編輯台灣合作金庫雜誌《合作界》，今仍健在。〔龍瑛宗於 1999 年去世——譯註〕

〔此部分 71 年版《舊殖民地文學之研究》與 91 年版《近代文學之傷痕》有異。茲從 91 年版——譯註〕

國語政策的明暗

一

殖民地的語言問題，說到底就是作為日本殖民政策的一環而強制實行的日語教育（同化＝愚民化政策）和在此過程中所引發的當地民衆的反抗，並由此而導致的他們在語言上的喪失祖國問題，以及日本人對此的反省。

> 陳有三討厭被看成和他們（他的同族、沒教養、低俗骯髒的集團）是一路的。因為這從下面的事例可以明白。偶而，日本人叫陳有三為「汝呀」（雖是「你」之意，本島人卻感到受侮辱）時，他就緊鎖眉頭，明顯地表現不悅，表示不願回答。他也時常穿著和服，常用日語，心裏燃燒著理想、進取之火，找出和同族的他們不同之存在的自己，感覺到一種自我安慰。

這是台灣作家龍瑛宗的作品《植有木瓜樹的小鎮》中的一節。①陳有三是從衆多的志願者中被選拔出來任政府會計助理的台灣青年。他彷彿看見擺在他面前的美好前景。但是現實中的陳有三只不過是個月收入 24 日圓，被任意使喚的下級雇員而已。不論他如何努力工作，如何勤奮好學，殖民地統治者的原則終究不會動搖。龍瑛宗對「汝呀」這個稱呼作了註解，「雖是『你』之意，本島人（台灣人）卻感到受侮辱」。「汝呀」是作為「清國奴」的同義詞來用的。在台灣的日本人，說話時使用這種輕蔑的稱呼，潛意識裏包含著樂於接受台灣人的統治者這一位置。

讓我們參考《民俗台灣》1944〔昭和19〕年12月號（終刊號是昭和1945〔昭和20〕年1月號，通卷第43號）所刊載〈本島青年的國語〉（泉清輝），看一下台灣人使用日語的例子。在以徵兵制實施（1944年）為契機活躍起來的「國語運動」中，泉清輝作為實際國語指導的一員，就其負責的培訓所的一些具體例子作了如下記載。

表示人在什麼地方時的句型是「誰々はどこそこにおります」，表示東西在什麼地方時用句型是「何々はどこそこにあります」。日語裏邊的「おる」、「ある」翻譯成台語都是「在」，所以常常會用錯：

「中隊長在本部」常誤用為表示東西在什麼地方的「ある」。「中隊長どのは本部にあります」

「槍在那裏」常誤用為表示人在什麼地方的「おる」。「鐵砲はどこそこにおります」

此外，日語裏的「借」和「貸」是不同的詞，但是翻譯成台語則都是「借」。「借」的時候，說成「借我」、「貸」的時候就說「借去」。因此，把「借給我理髮剪子」說成「バリカンを借してください」；把「我來借理髮剪子」說成「バリカンを貸しに来ました」。

泉清輝還舉了「刀を交替する」與「見張番を交換に行つて來ます」的例子，注意到「交替」和「交換」在漢語裏都是同樣的「換」，所以也會用錯。當然，最多的還是把台語的語法直接用於日語。比如，說「某某現在去向某某得到某某」，而不說

「某某從某某那裏得到了某某」。在我曾經待過的部隊裏，有個台灣士兵，小隊長對他說：「你最近太鬆懈了，這好嗎？」回答卻是：「好的。」結果挨了耳光。泉清輝也舉了一些類似這種經常發生的例子。這是直接翻譯台語「好了」（相當於日語的「知道了」）的結果。日語裏的「いやだ（不想做）」翻譯成台語是「無愛」，但「無愛」本來的意思是「不想要」、「不要」，因此就會出現這樣的用法——「映畫に行かないか（去看電影嗎？）」，「いらん（不要）」。當日本人問，「どうしたんだ（怎麼了）」的時候，台灣人又會回答，「ありません（沒有）」，這是把「無了」（沒什麼）這句話在頭腦中直接翻譯成日語的結果。在被斥責,「どうして窓をこわした（為什麼弄壞了窗戶）」的時候，回答卻是,「忘れました（忘了）」這也是直接翻譯「無記」（不小心）的結果。

居住在台灣的中國人所使用的台語，也不是完全一樣的，分福建話和客家話。並由於移住人口祖籍的不同，又分為福建系統的泉州、漳州以及其他方言和客家話（潮州、嘉應州、惠州）等，各不相同。這些語言的分布大致是，泉州話主要集中在海岸地區，漳州話主要分布於靠海岸地區內地，客家話主要是在新竹以南接近台灣山脈一帶。說客家話的台灣人相對而言日語發音比較好，而屬於福建系統的台灣人，其發音帶有很明顯的口音。1905〔明治38〕年出版的總督府學務部所編、修訂版《國語讀本參照國語科口語教材》的〈序言〉第9項中，有台灣兒童共同的發音錯誤實例。（參見《日本語教授實際》國府種武著，1939〔昭和14〕年11月、東京書籍KK刊）。其中指出了「ラ ra」行和「ダ da」行，「ザ za」行和「ラ ra」行、「ラ ra」行和「ナ na」行、母音「イ i」和「エ e」、長母音和短母音、直音和促音、濁音和清音以及丟子音和加子音等的發音混淆問題。舉例來說，將「カシラkashira」讀成「カシダkashida」、「デアリマ

ス de arimasu」讀成「レアリマス re arimasu」、「ワザワザ wazawaza」讀成「ワラワラ warawara」、「ヅンリキシヤ jinrikisha」讀成「リンリキシヤ rinrikisha」、「照らない teranai」讀成「照ららい terarai」、「帆掛船 hokakebune」讀成「ホカケムネ hokakemune」、「紀元節 kigensetsu」讀成「キゲンシツ kigenshitsu」、「スコシ sukoshi」讀成「シコシ shikoshi」、「夕方 yu-gata」讀成「ユガタ yugata」、「兵隊 heitai」讀成「ヘタイ hetai」、「六本 roppon」讀成「ロポン ropon」、「取つて totte」讀成「トテ tote」、「運動會 un-ndoukai」讀成「ウンドンカイ undonkai」、「二、三枚 ni san mai」讀成「ニサマイ nisamai」等等。此外，作為尤其需要注意糾正的，文中還例舉了在形容詞和名詞之間加「ノ no」，在形容詞或以形容詞結尾的句末重複使用「イ i」和「ナ na」等問題。（例如：大きいの犬、黒いの著物、あの犬おおきいな、この著物黃色いな）〔例子中帶有著重號的部分為中國人使用日語時，常常會按照漢語的習慣增添的假名——譯註〕

二

1895 年，日清議和的結果是把台灣割讓給日本。從那時起，直到 1945 年 10 月，原福建省主席陳儀的軍隊接收為止的 50 年間，台灣一直處於日本的統治之下。對於台灣這塊殖民地，日本最值得誇耀的恐怕就是經濟開發和教育制度的確立。而這種教育制度的基幹，換句話說，置之於皇民化之中的日語教育乃是整個過程的一個重要部分。據 1933〔昭和 8〕年 12 月 31 日發行的台灣總督府文教局所編《台灣教育》可知，作為招收並非常用日語者的初級教育機構而設置的「公學校」，與招收內地人〔指日本人——譯註〕子弟的「小學校」存在著很大不同，其中最明顯的標志就是列出的每週國語（日語）的課時數。與「小學校」第一學年的 10 小時相比，「公學校」是 12 小時。第二學年是 12 對 14，第三和第四學年與第二學年的比例相同。第五、第六學年均為 9 對 10 小時。作為民族語言的漢語教育則幾乎被完全忽視，而作為隨意科目的日式漢語古文教育，也只是作為例外，在某個期間，在兩三個州開設過，而且每週規定不超過兩小時。

利用日語來進行同化的政策，乃是 1894〔明治 28〕年 5 月 21 日，根據台灣總督府暫行條例的規定，於同日在民政局設置學務部，伊澤修二任學務部長代理以來，直到戰敗始終貫徹如一的政策。在這期間，該政策非但未曾有過緩和，隨著戰爭的激化和日本敗勢的顯現而愈得以強化。據説樺山資紀被任命為首任總督時，在伊藤首相的訓令裏，就教育除了一行「治民部將施行一切行政，掌握教育技藝〔指工藝、美術等技術——譯註〕」之外，並未給予其他什麼特別的指令。但當時樺山已經在廣島的大本營聽取了伊澤修二關於台灣教育的意見申訴。當時，伊澤提出的是應該在台灣實施國家主義教育。因此，樺山在就任總督時，當然會考慮起用伊澤修二。在前面引用的國府種武的《日本語教育實際》中這樣寫道：

> 至於那時伊澤先生向樺山伯爵提了什麼意見，其中詳細情況今已無從考察。但大體上可以想像，當時可能已經考慮到用國語來教育本島人。不，從這種種情況來看，可以斷言，就伊澤而言，對採用國語之外的教育似乎根本未作考慮。

作為其證據，書中還例舉了以下事實。即在教育敕語頒發的那一年，以非國家主義的教育乃是貽誤國家於未來的危險思想，從而，為了普及立足於國家主義立場的教育而創立了國家教育社，並推選伊澤修二為社長。②

7月12日，伊澤把學務部遷到了台北盆地北部士林附近的芝山巖，接著作為其教育的第一步，開始召集士林附近（這一帶讀書人比較多，文化程度相對發達）的讀書人與學務課員一起，著手編纂普通用語、軍隊用語、商工用語、教員用語的單詞、會話等各篇，並通過第一期學生柯秋潔等五人同時開始研究台語。於是便有了《日本語教授書》和《新日本語言集甲號》。③當時，台灣人和日本的對話是通過雙重翻譯來實現的。即，由日本人中熟悉北京官話者與台灣人中會說北京官話的人來轉達雙方的意見。因此，在日語的教授上，採用的也是對譯法（自1900〔明治33〕年前後，在語言教學上古安法開始普遍化）。可以說，正是這種在日語上標注意思相同的台語然後死記硬背的結果，使半生不熟的日語成了通用語（在這種情況下，恐怕日文中的漢字，反而倒起了障礙作用）。

1895〔明治28〕年10月，台灣抗日人民軍敗退，伊澤修二隨軍追逐準備逃亡廈門的劉永福來到台南，在此見到了英國傳教士巴克禮。④

巴克禮向伊澤提出忠告說，對台灣人實施日語教育是一個錯誤。當初，他來台灣後曾在台灣進行過英語教育，結果以失敗而告終。因此，他一直在勸說英國的傳教士學習台語，為利用台語布教的實施而努力。在當時，台灣除了極少數的一部分讀書階層以外，幾乎全是文盲。也就是說，讀書人以文言音讀漢字，而一般民衆只知道說話時使用的口語音。因此，巴克禮意識到教給他們漢字的困難，故提倡使用教會羅馬字來實施台語教育。我們無從知道伊澤修二在聽了巴克禮的採用羅馬字教育而否定日語教育的忠告後會作何感想。他只說了，「日語教育可行與否，經過兩三年試驗便可知曉」，便告別了巴克禮。伊澤所認定的教育路線，其目的是把台灣人同化為日本人，從而使日本的殖民地統治能夠更順暢、更有效地進行。是日本與台灣乃所謂「同文同種」這一荒謬的偏見，導致了所謂可以採用漢字媒介進行日語教育的錯誤方針。而且他的這一信念就成了台灣總督府文教政策的基礎。關於這一點，可以從自1897〔明治30〕年開始招收學生的總督府直屬學校冠以「國語學校」的名稱上看得很清楚。此外，通過至昭和為止經過數次修訂的公學校制度的變化，也可以明顯地看出這一路線不斷強化的過程。⑤

1919〔大正8〕年，在一視同仁的名義下，根據「台灣教育令」頒布的「教育詔書」加到了台灣人的頭上。1922〔大正11〕年4月1日，聲稱以撤銷日台之間的歧視待遇為其根本精神的新台灣教育令開始實施。但其目的那何在，恐怕毋庸贅言。

三

日本在台灣的殖民統治的基礎得以鞏固，是在第四代總督兒玉源太郎時期，尤其是得益於後藤新平在任民政長官時的施政措施。後藤以法律第63號為後盾，多次實施了剝奪台灣人民自由的特別立法。通過匪徒懲罰令（對台灣人民的一切抗日活動都處以極刑的法令。諸如其第一條竟是如此荒誕的「不問何種目的，凡以暴力或威脅行為達成目的而組織人們，均以匪徒罪論處」）的制定、保甲條例（即連坐制，以匪民分離為目的）的實施、招降政策（一種離間政策）的獎勵措施等，對抗日活動的鎮壓總算取得了成功。從1897〔明治30〕年到1902〔明治35〕年的6年間，參加抗日武裝運動的台灣民眾人數非常之多。僅就正式公布來看，戰死者即達7500多人、8700多人被逮捕（其中3000多人被處以死刑）⑥〔以上相關數字亦見於第四章第二部分，但由於作者所參照資料不同，前後頗有差異。今核實原文，其中記載被逮捕人數為4557人，亦與作者所述不同，估計是作者綜合了其他資料，故從之——譯註〕。此後，抗日抵抗運動仍是連續不斷，在義和團事件影響下林少貓派的鬥爭、革命同盟會員羅福星等領導的苗栗事件、江定、羅俊、余清芳等的西來庵事件等，均為其中規模較大的鬥爭。

但是，到了明治末年，武裝起義的高潮開始跌落。隨著台灣經濟的資本主義化，又出現了由殖民地掠奪的直接受害者——工人、農民所發起的有組織的鬥爭。在此之前，受到中國大陸辛亥革命成功及世界性民主運動的影響，台灣也出現了不少以文化人或學生為中心組成的進步團體。受 1910〔明治 44〕年〔原著作「14 年」，誤記——譯註〕年來台灣訪問的梁啟超的影響，林獻堂於1913〔大正2〕年申請設立專門招收台灣人子弟的私立中學。以此為始，板垣退助來台灣創立了台灣同化會。隨後，啟發會、新民會、台灣文化協會等組織也不畏政府的鎮壓及解散令相繼誕生。台灣最初的農民組織應該是在高雄州鳳山成立的、由簡吉領導的蔗農組合（1925〔大正 14〕年 6 月）。

第一次世界大戰後的經濟危機導致了資本的集中，不久台灣的經濟即為三井、三菱、藤山等少數幾家獨占資本所控制。勞動爭議、農民運動在各地頻頻發生，由穩健的自由主義者林獻堂所領導的台灣文化協會也開始出現左傾傾向。（惡名昭著的63法雖已廢除，但日本內地的鎮壓法令卻擴大到了台灣，台灣文化協會即是因此而於 1921〔大正 10〕年成立的僅限於從事文化運動的團體。）1927〔昭和 2〕年，林獻堂、蔡培火、蔣渭水等右派、中間派退出台灣文化協會，重新組織了作為合法政黨的台灣民眾黨。據稱台灣民眾黨是由懼怕民族運動激進化的官方的支援而創立的，其階級特徵在這方面確有明顯表現。另外，信奉三民主義的民族主義者蔣渭水等人結成了台灣工友總聯盟，並領導了淺野水泥株式會社〔即股份公司——譯註〕高雄工廠以及台灣製糖株式會社安平工廠的大罷工，而留在台灣文化協會的殘留派中的謝雪紅等人又與蔡乾等一起組織成立了日本共產黨台灣民族支部。〔日共台灣民族支部組建於1928年的上海，骨幹是林木順。謝雪紅潛回台灣發展，促成台灣文化協會之左傾化。此處所指蔡乾，疑為蔡孝乾之誤。蔡於1946年以中共身份潛台組建台灣省工作委員會，與1928年組建日共台灣民族支部無關——譯註〕

至於台灣的日語教育，這些革命者又是如何抵抗的呢。首先看一下剛剛提到的林獻堂，最初他反抗總督府的教育方針，並申請成立了專門招收台灣人的私立中學，但是不久即為總督府的懷柔政策所籠絡，將學校改為公立學校（即以後的台中州立台中第一中學）。台灣學生去日本留學，直到1917、1918（大正6、7）年一直受到限制，尤其法律政治專業幾乎被完全阻止。在這種困難的條件下，東京的留學生組織的進步性的文化組織相繼誕生。作為學制改革，台灣民衆黨提出了實施義務教育、在公學校實行日、台雙語教學、將文言文列為公學校的必修科目、保障內地與台灣人有受教育的均等機會等要求。日本共產黨台灣民族支部也提出，「反對奴隸教育、義務教育費用全部由國庫承擔」、「各民族一律平等」、「反對日本人和台灣人的差別待遇」等口號。僅就教育問題即可明顯看出，站在改良主義立場的台灣民衆黨和基於鮮明階級意識的共產黨台灣民族支部在思想上有著顯著差距。

四

我們再折回到日語問題上，看一下堅守自巴克禮以來的羅馬字化運動傳統的蔡培火。

蔡培火是和林獻堂一起領導要求在台灣設置議會請願運動的領導者之一⑦。他在普選實施的1928年通過岩波書店出版發行的《與日本國民書》，可以說是了解他的日語批判的極好材料。稍微長了一點，但還是想引用一下矢內原忠雄的部分序文。

> 台灣人民在接受什麼樣的教育？現在普通教育的普及程度還是非常的低下，此點暫且不談，台灣教育的基礎乃是國語教育，這一點非常明確。（略）羅馬字運動乃是本書的作者蔡培火之夙願。蓋台灣民眾之於文言漸次生疏，國語又尚未普及，正為既無表達自己意志之文字，亦無學習知識之憑藉而苦惱。對此民眾進行啟蒙教育，並將此切實納入教育，普及台語羅馬字便成了蔡氏的課題。然總督府卻是站在國語政策的立場上對此進行干涉和壓制，致使羅馬字運動不能得到公認。

蔡培火說：一直以來，日本官僚開口即云，不能將台灣人和沐浴了 2600 年的輝煌，並由這輝煌歷史薰陶出來的日本國民同等看待。如果想要獲得同等待遇，那麼必須像他們一樣學習日語，習慣日本的風俗習慣，領會大和之魂。只有這樣才可漸次獲得平等的權利。

> 在他們支配下的我們台灣島民是可悲的。我們不被允許有個性存在，我們的語言被當作沒用的東西而棄置。——諸位！倘若如此發展下去，等待我們的命運只有一個，那就是在同化的美名下，我們將全部淪為機器，淪為奴隸。

比如說，一個日本人教師教為了進了公學校的 7 歲台灣兒童學習日語，在黑板上寫下「センセイ（老師）」這個詞，並讓他們跟著讀，但並不將意思翻譯成台語，只是做了一個指指自己胸口的動作。回到家裏，父親問孩子：「今天學了什麼？」孩子會回答説學了「センセイ」這個詞。父親接著問「センセイ」是什麼，孩子便回答說「心」。這就是伊澤修二等人努力實行的國語教授法所帶來的結果。如果借用蔡培火的話來說，就是這些孩子「一旦步入校門，就如同馬上就被勒令變成嬰兒一樣」。他們「不得不在6年的時間裏，把在家裏所學的語言和思想全部拋棄，只帶著說不出話的嘴和聽不懂話的耳朵，接受老師的指導。」而且，這樣學會的日語，除了極少數能升入上一級學校的富有家庭的學生，或成為官廳的雜役、商店的學徒之外，幾乎在畢業的同時也就全部化為毫無用處的東西。而作為民族語言的台語教育卻被壓制，「即使在中等程度的學校教授台語，但由於向來的國語中心主義，它反而會成為更滑稽的悲劇」。至於悲劇的實例，想必通過本文開頭的幾個例子即足以略見一斑。「以一視同仁為基礎」的國語，即日語教育的強制實施，剥奪了台灣人的文字，使民族語言混亂，從而導致了日語、台語都不會用的窘況發生⑧。

不久之後，為了能把台灣人作為戰爭的消耗品加以動員，並使這種動員機制更順暢，作為緩衝劑，政府答應了台灣人在政治、經濟、文化等方面提出的諸項要求。諸如，1932〔昭和 7〕年日台通婚制的採用、1935〔昭和 10〕年地方自治的改善（承認了一部分民選議員）、1943〔昭和 18〕年鼓勵台灣人到佔領區域開展經濟活動、和義務教育的實施、1944〔昭和 19〕年台灣人帝國議會敕選議員的任命、1945〔昭和 20〕年保甲制度的廢除等。但與此同時，也有諸如 1936〔昭和 11〕年總督武官制的復活、1937〔昭和 12〕年禁止中國文言使用、縮小寺廟（同時增加神社）、禁止中國戲曲的上演、1938〔昭和 13〕年特高警察的大幅增員、1941〔昭和 16〕年皇民奉公會（大政翼贊會的台灣版）的成立、1942〔昭和 17〕年的改姓日本姓氏、1944〔昭和 19〕年繼志願兵制度之後的徵兵制的實施等措施與上述措施平行推出。

五

我們回頭再來看一下在台灣居住的日本人的語言生活狀況。1941〔昭和16〕年，當時，台灣全島587萬人口中台灣人佔大多數（其中包括極少一部分印度尼西亞系統，即所謂高砂族），日本人只有31萬，而且其中的三分之一都居住在總督府所在地的台北市。其餘的人按照高雄、基隆、台中、台南的次序，主要生活在各州的主要城市。正如從分布上即可看出的那樣，日本人幾乎佔據了所有殖民地行政的中心這些便於對台灣人實施壓榨和管理的位置。台灣人除了買辦資本家、地主之外，不允許靠近權力的中心地帶。這從台灣的中學、高等專業學校、大學等的學生的人數分布上也可以看清，對於台灣人來講，要升入高校——立身出世乃是極其困難的事⑨。公學校畢業的學生在考中學時就會遇到所謂日語理解能力這第一個障礙。即使中學畢業，社會的窗户也仍然是對他們緊閉著的。他們只能選擇商業學校或者工業學校，按照日本人的模子把自己塑造成大量需要的，類似於台灣人勞工現場監督的下級職員。這種傾向在進入專門學校時即已顯現。作為獲得經濟獨立的唯一例外就是立志開業行醫，因而導致了這樣的人在台灣人知識階層較多這樣一種結果。

在經濟和社會上佔優勢地位的日本人，對於跨越障礙擠進日本人小學、中學學習的台灣人抱有一種輕蔑感。他們的所有生活習慣都成了被嘲笑的對象，尤其是語言運用上的差異，常常成為話題集中的笑柄。日本人移民來自九州各縣者佔半數以上。他們的第一代由於家鄉的意識一直使用九州方言。但到了第二代，就成了所謂殖民地的標準語，即語音、語調都很曖昧、單調的日語。同時受台灣人所說的奇怪的日語影響，在說話中還會在無意識中接二連三地摻雜一些特殊的詞語。開始是「Kan-lin-nia（×

你娘）」、「Sam bat lan（笨蛋）」、「La sapp kui（骯髒鬼）」等一些不甚高雅的辭彙，接著就是「Ho la Ho la（好了好了）」、「Gua m tsaian（我不知道）」。然後還可以聽到，「あれ大きいの犬らなあ」、「どしてこのよう」（「敢能如此」的直譯）。這些詞語雖然在日本人之間也用（特別是中小學的兒童），但是主要是對台灣人講話時用的較多。

「どれのもの」（這是誰的東西）這雖然是台灣女性經常使用的日語，但卻經常被淘氣的小學生模仿。日語中的「你要去嗎？」用台語說是「汝要去是無」。有的台灣人將這句話直譯為日語，說成「君行くそうか」。這也成了日本兒童模仿的說法。當然，在不知不覺中台語的發音也有受日本人影響的情況。比如把「人力車」說成「リンリキシヤrinrikisha」等可以說是小學校裏的普遍現象。日本人也有「知らん shiran」、「いらん iran」、「あゐか知らん arukashiran」等在詞尾加「ん ng-n」的說法，台灣人有時候就把它等同於台語「不知有也沒」的「有也沒」來用。

龍瑛宗在他的作品中所使用的「汝呀」，恐怕就是在「汝」的後面加了日語裏的「やya」。就是這樣既不是日語也不是台語的國籍不明的語言，曾在我們周圍不絕於耳。表現在語言上的殖民地化問題，對於殖民者的日本人來說，不是傷痕，而是優越感。即可以讓他們產生所謂「昔日」南國樂土這樣一種甜蜜幻想，可以讓他們永遠保留台灣乃是一個日語通用的近在眼前，而又遠在天邊的異國這樣一種台灣觀。

從被統治的台灣人一方來看，日本天皇及其名曰一視同仁的同化政策，其結果是為祖國喪失與白痴化現象在台灣埋下了伏筆，從而，繼日本統治之後，蔣政權統治下的台灣仍然不是回歸中國，而出現了向著台灣人之台灣的路線發展的傾向。儘管這兩種傾向，一種是統治民族日本的問題，而另一種則是作為被統治民族中國的一部分的台灣的問題，但是讓我們不得不看到的是，在現在的國際政局中，它卻成了導致日本政府「兩個中國」的觀點和台灣獨立運動這兩種扭曲現象的心理前提。⑩讀一下「台灣共和國臨時憲法」和「台灣獨立運動」的早期領導者廖文毅（1965年轉向回台。曾任曾文水庫建設委員會副主任）的文章，我們能夠聞到他領導的運動和「台灣民衆黨」所高擧的一系列口號都散發著相同的氣味。特別是教育方面的言論尤為昭著。曾經一度在天皇制下曾徹底懾服了的台語羅馬字化運動，現在更加明確地復活，這也是很明顯的特徵之一。

不論是日本對台灣的錯誤認識，還是台灣人自己對台灣的錯誤看法，都是由日本的日語教育這一禍根釀成的不幸。對此我們不能不將其作為殖民地問題的傷痕加以認真對待。

註：

①《植有木瓜樹的小鎮》：第9屆《改造》有獎小説佳作。作者龍瑛宗，台灣新竹州竹東郡出身，參照〈台灣文學備忘錄〉一章。

②那時所制定的要領第一條為「要培育並煥發忠君愛國的精神」。

③編纂人員揖取道明等6人於第二年1月被抗日游擊隊所殺。該書大約印刷了1000部。內容詳見國府種武《日本語教育實際》32至37頁。

④Thomas Barclay（1849～1935）生於格拉斯哥，長老教會傳教士，語言學者。1877年始居台南，經營小學校和神學校，完成了新約聖經的廈門語翻譯。對劉永福等的抵抗表示同情，對日本持批判的態度。伊澤曾就培育人才請求賜教，故見過面。

⑤下列公學校規則數條以資參照。「國語傳習所」（公學校的前身）規則第一條：「教授國語以資其日常之用，以培養日本國之精神為宗旨」。

1898〔明治31〕年8月16日總督府令第78號公學校規則第一條：「公學校要對本島人子弟實行德政，授之實學以培養其國民性格〔即：具有可以成為日本國民的性格——譯註〕，同時使其精通國語為宗旨」。

1919〔大正8〕年4月1日敕令第1號台灣教育令第2條：「教育當以教育敕語之宗旨為基礎，以培養忠良國民為根本」。

⑥見向山寬夫〈台灣民族解放運動史 I〉《歷史評論》1950 年 11 月。

⑦板垣退助帶著日台同化論來台的時候，蔡培火曾為他做翻譯，因此被罷免台南公學校訓導一職。林獻堂願出學費勸蔡赴東京留學。在林的影響下，蔡成為新民會副會長，後作為 1921〔大正 10〕年台灣議會設置請願運動的領導者之一，以違反治安警察法被監禁四個月。在台灣文化協會他擔任專務理事要職。1926〔大正 15〕年 2 月的第 7 次請願署名者人數為 2300 人，1929〔昭和 4〕年第 10 次請願時為 1932 名。雖然在 1929〔昭和 4〕年的第 56 次議會（山本宣治挺身而出作鬥爭的最後一次議會）上提出了設置議會的要求，但是審議結果卻不了了之。此後，蔡培火轉變了立場，開始鼓吹所謂「神國」日本的言論，從思想上走向墮落。其詳可見岩波書店出版《東亞之子如斯想》。

⑧ 1905〔明治 38〕年由 6 個人開始的日語教育，在 45 年後，懂日語的台灣人也不過只佔總人口的 53.9％。而且實際情況也非常差。

⑨關於此問題，邱永漢的《濁水溪》所涉頗多。「50 年期間，日本在政策上一直在為割斷台灣和大陸的聯繫而煞費苦心，其結果是我們只能把中國社會作為憧憬的對象來想像。」還有，「我已無國家，無民族，我成了永遠在地球上流浪的猶太人」。這些話可以說是投向 50 年日本同化政策的匕首。

⑩關於這個問題，請讀一下西野英禮的〈台灣在日中關係中的位置——殖民地傷痕與「台灣獨立運動」的本質〉《歷史評論》1961 年 1 月號。該文探討了日本人跟台灣有一種什麼樣的心理聯繫，台灣問題的基本構造及其相互關係並提出了問題。

台灣史筆記

能久之死

歷史的真相往往也會隱藏在假象當中。

民衆的智慧往往會偏移或誇大事實，從而寄託某種願望。

圍繞北白川能久之死的幾個傳説，就饒有興趣地説明了這一點。

在匯入淡水河的兩大支流之一的基隆河轉彎的地方，大直山的山凹處，曾坐落著祭祀北白川宮能久親王的台灣神社（別格官幣大社）〔明治四年制定的神社等級，分官幣大社、官幣中社、官幣小社三級。原著作「官弊大社」—恐為誤植，下同。譯註〕。在國民黨統治下的今天，神社已為圓山大飯店所取代，花崗岩鋪設的參拜小路已蹤跡皆無，成了豪華的游泳池，日式牌樓大鳥居也換成了充滿異國情調的華表。然而，自 1901〔明治 34〕年 10 月的落成式以來，在其後的 40 餘年間，這片靈地卻一直是日本統治台灣的象徵。與第二次世界大戰中，違背民意，把與該神社相鄰的台灣名刹劍潭寺（1773〔乾隆 38〕年建）作為寺廟整頓對象一事相比，台灣神社從別格官幣大社變為圓山大飯店，應該説是歷史對我們的嚴厲教訓。

回想起來，北白川宮能久親王的一生，從上野戰爭到攻佔台灣，一直没有得到什麼回報。拋開被尊崇為台灣統治之師表的歷史作用及對他的客觀評價，我在此只想解讀一個一生坎坷的歷史人物的本來面目。他是被捲入德川家族瓦解那場動蕩的唯一皇族。在上野之戰中，受覺王院義觀操縱，在征台之役中作為第一線指揮官陣亡，死後又陷入死後的假説與傳説中的他的事跡，其趣味性似乎比小説尚勝一籌。

能久是伏見宮邦家親王的第九個兒子，1847〔弘化 4〕年 2 月 16 日，出生於京都御車通今出川下的館舍。母親是侍女幾尾（又說磐瀨）。不知道她怎樣被看上了，假如是小說也就可以隨意地虛構，皇族隱瞞了身份低微的生母，讓鷹司左大臣政熙的第二十個女兒藤原景子作了能久的養母。1848〔嘉永元〕年 8 月他被立為仁孝帝猶子〔即養子——譯註〕，做了青蓮院宮的法嗣，1853〔嘉永 5〕年 3 月被選為梶井宮的附法弟子。1858〔安政 5〕年 9 月又做了輪王寺宮的附法弟子。接著天皇下召列為親王並賜名能久。1867〔慶應 3〕年 5 月接受輪王寺宮住持一職。其間除了擔任過東照宮 250 年祭等活動的大導師外，沒有什麼值得特別提及的事跡，想像中，他過的大概不過是誦經、修經、講經之類平静日子。

這位貴公子被捲入歷史的漩渦，是從幕府倒台之日開始的。那時，在鳥羽伏見之戰中失敗的德川慶喜率松平容保、松平定敬、板倉勝静等從天保山沖乘軍艦開陽丸回到品川。兩天後，有栖川宮熾仁親王率領的征討大軍從東海、東山兩路開始攻向江户。消息不時傳入江户，使得人心惶惶。1 月 18 日，能久（當時為公現法親王）應慶喜之請赴江户城西丸。慶喜為了避免江户蒙受戰禍，請他設法講和。然而在此之前，衆意並未達成一致，小栗上野介、榎本武揚等主戰論者主張應藉法國公使之力一戰到底，或仿效南北朝時期的故事，擁護立輪王寺宮，憑藉箱根之險以禦敵，毫無退縮之意。給糾紛劃上句號的是就任陸軍總裁的勝安房守。但是輪王寺宮卻持觀望態度，並未積極配合。他只是勉強同意讓圓覺院堯延親王帶著親筆書信赴京都通報。最後，慶喜離開江户城自囚於東叡山大慈院，表示恭順之意。旗本〔幕府直屬家臣——譯註〕關口艮輔再三懇請輪王寺宮出面，但仍未得到首肯。於是中條金之助、山岡鐵太郎、大久保一翁等合謀，動員東叡山的覺王院義觀，繼續勸説。這些經過可詳見於關口艮輔的

《默齋隨筆》、《酒問雜話》。彰義隊的研究家山崎有信在其《彰義隊史》（1910〔明治43〕年4月隆文館）中也多有引用。據說他們身著麻衣，以必死的決心向親王請願。雖然《能久親王傳》中說，「親王以身處浮圖塵外之境，終日誦經念佛，不諳世態人情，至於接待辯論本不擅長，且如迎問罪之師於途，亦於義所不容而固辭」。但實際上，也有人說他好像更是一位血氣方剛的貴族，熱衷於武藝而並不讀經書，常常受到週圍人的批評。因此不容分辯地捲進了身邊蜂擁而至的這場波動之中。

輪王寺宮根據義觀的懇請，於2月21日率領龍王院堯忍、覺王院義觀等人，在榊原式部大輔的護衛下，向小田原出發。在小田原暫做逗留，接到先出發的堯忍、慈常的報告後，3月4日繼續西上，在駿府見到了熾仁大總督，轉遞了慶喜的陳情書，請求予以體諒。然而，無論慶喜怎樣表示恭順之意，大總督仍不表示放棄征討。前去與西鄉隆盛談和的義觀也未達成目的。一行3月20日返回江户。此時，征討軍的先發部隊業已逼近江户，輪王寺宮的奔走已無甚意義（到達品川為3月14日）。據義觀的《戊辰日記》、《寬永寺年行事雜簿》中的戊辰條記載，或森鷗外等的《能久親王事跡》（常陰會編纂，1908〔明治41〕年6月、春陽堂刊）等，追述義觀或能久的行動雖然很有意義，但因為更詳細的情況可以從上述文獻獲得，故在此請允許我先行一步。

靠義觀的計策，二千餘人的彰義隊擁立輪王寺宮退居東叡山。能久此時尚為一個21歲的青年。在總攻擊開始的早上，能久依然像往常一樣誦經，不為槍炮聲所動，直至做完所有功課。飯後他叫來義觀，向其追究事態至此的責任，義觀一直沉默幾乎未作回答。在義觀靜坐的時候，不知從哪裏飛來的子彈擊穿了本堂的頂瓦，同席的人們都顯露出極端緊張的表情，只有能久與平常一樣，這也許倒讓義觀更強烈地意識到了自責。

能久身著真岡木棉單衣，外套黑麻衣、麻衣外面是白地棉質的螺紋袈裟，扎著菱形紋樣的綁腿，腳著草鞋，冒雨逃向三河島。因連日降雨，道路泥濘，行路艱難，又從三河島轉向尾久，當夜借宿於一農家的倉舍，天亮後又奔向箕輪方向，輾轉潛伏於淺草東光院、市谷自經院等處。不久逃出江户向東北方向而去。據一同逃亡的一位隨行僕人明治時期的回憶說，「當時我未帶武器、馬具，只拿了一隻長槍在槍炮的嗖嗖聲中先行探路。這時能久殿下也離開了隱匿處，向根岸方向逃亡。因為當時根岸是殿下的領地，農民不顧生死加以掩護，終未被敵人發現。後來，敵人追蹤至此時，農民將殿下藏於稻草叢中，最後用運肥料的船將殿下送到千住，又從千住逃向品川。雖然表面上說是逃往奧州，實際上殿下悄悄返回，藏身在牛込的一個寺院中。殿下具有血氣方剛的性格，所以說不定在打算捲土重來。」話語之間流露的能久與正統的傳記資料所顯現的形象稍有不同。在尾久借宿一夜的農民家是小原長兵衛，介紹去那裏的是當地的里正江川傳十郎，雨中背負能久逃亡的也並不是農民，而是下谷竹町公共澡堂的主人越前屋的佐兵衛。但是除此之外，文獻中還載有其他二、三個人的名字，證明圍繞能久一人，數名農民或商人、手藝人以不同形式救助過他，這在當時即已被人們通俗化地傳頌。

據子母澤寬的《遺臣傳》記載，講武所的榊原鍵吉當時也持槍跟隨了能久。能久後來聽從了義觀的勸說去了東北，但在得知仙台藩業已歸順後打消了念頭，向固守相馬口的四條謌隆投降了。此後不久，在一段時間裏能久的所有位階盡被革除，責令在伏見家謹慎〔即軟禁——譯註〕，完全如同對待叛軍。

整肅解除是在 1869〔明治 2〕年 9 月。又轉一年能久得以恢復其舊名，並奉命以軍事學研究的名義赴普魯士留學，實質上是變相流放。在普魯士留學中的 1872〔明治 5〕年，受封北白川宮家。8 年的留學結束歸國時，授予了陸軍步兵少佐軍階。

接下來請允許我把場面轉向 1895〔明治 28〕年的夏天。在日清戰爭中，能久從第四師團長升為近衛師團長，統帥師團駛向旅順。然而，正所謂無時勢何來英雄，正當能久勇躍率軍到達旅順時，戰爭業已結束，他只是瞥見了金州，便又被派到台灣辦理屬於戰後處理的台灣佔領諸事。

台灣割讓的授接儀式是在停泊於基隆灣的德國船上舉行的。在此之前，反對割讓台灣的台灣島民於 1895〔明治 28〕年 5 月 25 日創立了「台灣民主國」，並向內外宣告了成立消息，開始武裝抗日。然而，本來是應該阻擊日本侵佔的「台灣民主國」的抵抗，卻是意外地脆弱，各地相繼被攻破。基隆淪陷（6 月 3 日）的消息傳到台北城市，即引起人心動搖，秩序大亂。大總統唐景崧竟於 6 月 6 日乘外國船棄台而逃。

從 5 月 31 日早上七時開始，即基隆淪陷的 4 日前，進入台北城的 8 日前，能久率領近衛師團，以閃電式進攻，實現了台北的無血入城，這是他台灣登陸第一步的標誌。近衛師團遭遇頑強抵抗是在新竹以南。6 月 23 日，在發動南下行動的澀谷大佐指揮下的先發部隊在各地均遇到了武裝游擊隊的抵抗，作戰進程出乎預料地花費了時日。抗日的呼聲漸漸深入民心，甚至包括婦女和兒童也拿起武器參加了戰鬥。就整個形勢而言，日本軍的優勢僅限於武器裝備而已。能久率領的本隊大約在 1 個月後追上了先發部隊。7 月 28 日攻佔了新竹城，8 月 26 日入台中，28 日開始向彰化南下。但游擊隊的猛攻也隨著南下而日愈激烈，致使能久也幾次險些中彈。彰化附近的八卦山一戰尤為熾熱，武裝抗日連軍在吳湯興的指揮下進行了頑強的迎擊。僅在這場戰鬥中，日本軍 1 死 8 傷。敵方遺棄的死屍 382 具，追擊中被擊斃者 500 人，獲大炮 40 門，步槍 1200 支。

入彰化城後不久，由乃木希典率領的第二師團與伏見宮貞愛的混合第四師團也會師於此，開始向太平天國名將劉永福統帥親自指揮的台南縣城發起總攻擊。曾經在清法戰爭中以英勇馳名的劉永福的「黑旗軍」顯示了名副其實的實力。他們把戰場從平地引向山間，堅韌不拔地與日軍展開了抵抗。

能久出現發燒症狀是在劉永福收起戰旗，計劃乘德國船逃亡的10月19日的前一天。他的健康在旅順逗留期間便已染微恙，軍醫木村正診斷為「瘧疾」。雖然當日的徵兆不過是舌頭微見白色的舌苔而並無特別異常，但數日後病情驟變，此後便開始走向了死亡。他是被擔架抬入劉永福逃亡後的台南城的。10月24日傍晚他開始全身痙攣。脈搏120，呼吸30左右，右胸部出現水泡音，尿液中蛋白反應顯著，生命已進入危險期。1895〔明治28〕年10月28日死於台南縣城雅橋街的吳汝祥宅，得年48歲。

然而，關於能久的死因，在當時的台灣民衆中卻有不同的傳說。說是大約在連接嘉義與台南的中間地帶一個叫做義竹庄的部落，能久遭台灣游擊隊襲擊被割首而死。台灣歷史學家韓石麟甚至記載了這名游擊隊員的名字叫作翁玉丕。此外尚有評論家稱，他的朋友的父親指揮的部隊即從屬於這位殊勛游擊隊員麾下，因此間接地聽說過這次暗殺的經過。其中還有人說10月11日是能久陣亡之日。

這與我親耳聽到的說法稍有不同。

我聽到的是把日本武尊的傳說原原本本地搬到了一台灣女性身上。說是能久強挾一台灣女性，欲與之盡一夜之歡時，被這位台灣女性用藏帶的凶器一刺而亡。這個台灣版的「女忍者」沒有多大可信性。但我覺得對為何會產生這樣的傳說卻有必要加以考慮。

能久，這位征討軍的高級將校在某河（估計是曾文溪）畔紮營時，曾有過遇害之事。據說，那天清晨，一切尚籠罩在晨霧之中，為洗臉來到河邊的將校尚在睡眼朦朧中即遭到游擊隊的襲擊被割首而死。但事實卻被故意隱瞞了，記錄裏記下來的卻是「患瘧疾而死」。從這樣的實事類推，可知「瘧病」未必只是意味著

「熱帶性風土病」，有時「暗殺」也可以說成「瘧疾」。這也許是民衆獨自的誇張性解釋。與源義經之沒死〔源義經，日本古代深受人們敬仰的武將，死後有眾多傳說；沒死，即「其實並沒有死」之意——譯註〕的傳說相反，能久之死卻產生了死於非命的種種傳言。

這是在歷時50年的殖民統治時期，一切抵抗行動、言論被嚴厲禁止的過程中，對日本佔領者滿懷憎恨的他們，跨過禁令所創造出的能久遭暗殺這一奇怪的幻影。

事實上，從能久死亡前後親自在病床前負責護理的山口透（後為台灣神社宮司）、恩地轍（管家——估計是恩地孝四郎之父）、軍醫部長木村達、副官久松定謨（後為伯爵）、幕僚河村秀一、隨從中村文藏，乃至石坂惟寬（總督府軍醫部長）、谷口謙、西鄉吉義（同為第二師團軍醫部長）等人的片斷回憶來看，是怎麼也不會有能久死於非命這一說法的。

以攻佔台灣為主題的小說，包括通訊有伊藤整的《每年的花》，以及西川滿的《台灣縱貫鐵道》、大谷誠夫的《台灣征討記》和石光真人的報告文學《城下之人》等幾種，但在上述作品中，日本方面的作品幾乎均未記載能久死於非命之說。因為作為統治者的日本人不知道此類傳說。

如果通讀了《風俗畫報》（東陽堂）的臨時增刊〈台灣征討圖繪〉、〈台灣土匪掃攘圖會〔原文如此——譯註〕〉、〈台灣藩族圖會〔原文如此——譯註〉，便可以明瞭當時日本人是怎樣接管台灣的土地和台灣人的。但是這裏也沒有講述能久之死的真相。

有趣的是，都新聞記者大谷誠夫在其所著《台灣征討記》（飯田書店，1896〔明治29〕年4月刊）中，有關於介紹抗日游擊隊娘子軍活動的章節。如在講述坊城少佐（第三連隊第二大隊長）率領的一支部隊苦戰的章節中有這樣一段，「為了打探敵情，他們悄悄地從潛伏的地方出來。20或30人一群分散在各處，其中有持槍的婦女兒童，也有持矛的老人與孩子。糧餉多是依靠婦女運送，宛如一幅美國13州獨立的全景圖」。在敘述到三角涌〔今台北縣三峽——譯註〕附近偵察的山本特務上士等22騎人馬退卻時，還講道，「最令人驚訝的是婦女、兒童竟持矛追趕我軍，此地誠可謂草木皆兵」。由此可推知台灣民衆的抵抗是何等激烈。他們傾家出動，全員投入了這場關係到民族存亡的戰爭。僅此，恐怕也足以讓能久死於非命這似乎頗有説法的傳説漸漸地廣泛傳播開來，以至於最終使能久死於非命的傳説，在武力鎮壓之後，作為台灣民衆的精神依托，化作了抵抗意識的象徵。

最後我想在此介紹一下樺山資紀總督（第一任）所著的《親王萬歲之歌》。

五月末的時候
我大皇國的新領地
台灣島的土民
無知的客家與共和黨
黑旗軍也起兵造反
征討他們的是近衛兵
平定了基隆台北
以足可煉金的赤熱
踏平了大姑陷山匪徒的巢穴
擊退了尖筆山的大敵
攻破了後瓏苗栗
英勇的近衛軍
一舉佔領了要害之地八卦山
攻陷了台灣（=台中）彰化
追擊敗兵是何等愉悦

河深卻無船隻
秋高馬卻不肥
再南進直取嘉義
與第四旅團連合
第二師團由鳳山出發
海陸兩路夾擊
敵人猶秋之落葉
劉永福逃亡
光輝的日之本的
榮譽的近衛兵
高砂島的千秋萬代
能久親王萬萬歲

當這首歌被傳唱時，能久的遺體正靜靜地沿著台灣海峽北上。

1901〔明治34〕年10月27日，在台北郊外的劍潭山創建了供奉除能久之外，還包括另三位神祇的官幣大社台灣神社。

在被強制參拜這座神廟的情形下，台灣民衆是怎樣將能久死於非命之說流傳下來的呢？戰爭末期，在劍潭山麓開闢了類似靖國神社，但稱為護國神社的的神域，與此同時，台灣神社也遷移至此。在用檜木建造的神殿尚保留著新木的香氣，只剩下遷靈儀式還未完成之際，某夜，日本的一架軍用飛機墜向了神殿。

記得當時我們也被動員趕赴事發現場。收拾燃燒殘物的工作進行了幾天。

那時，台灣學生們交頭接耳悄悄地在說「日本也要失敗了」。圍繞能久之死的傳說，此時第一次有了另一種意義。

我一邊在沙石上挖掘帶著燒痕的碎硬鋁片，一邊思索著歷史進程竟是如此意外的快。

那天晚霞的美麗，我終生無法忘卻。

詠沂園

劉銘傳——提起這個名字，恐怕多數人都想不起來他是誰。

在清朝長達 200 年的台灣統治時期，他是首屈一指的著名巡撫。談到康熙、乾隆時期就會提及藍鼎元，那麼同治光緒年間就要提到沈葆楨、劉銘傳，說起來這已是台灣歷史的常識了。他改變了以前的統治形式，將台灣分立出來另立一省，以確保中法戰爭後台灣的戰略性據點地位。

我在此並不想談這種統治形式對台灣民衆是否有益，只是想講一些關於他的瑣碎小事。

劉銘傳將京劇引進到了台灣。

這也說不上是什麼秘史。

其實，他是最初（而且恐怕也是最後）將日式澡堂引進到台灣的人。

1895〔明治 28〕年 5 月末的一天，從北部台灣澳底登陸的近衛師團向駐扎在瑞芳附近的王經國軍發起攻擊，並進而攻陷了基隆，6 月 7 日進入了台北城，此前台灣民主國總統唐景崧業已逃亡。當時在台北的大衛森（Davidson）在其《台灣島的過去和現在》（1902 年版）中，對由日本軍的進攻而帶來的台北城內的混亂有如下描述：

從傍晚開始傷員陸續湧入大稻埕，躺在中國人醫院的路旁。6 月 4 日開始了大動亂。

小官吏們都攜帶家眷，沿河逃亡。店鋪關閉，街上人影稀疏。傍晚風傳唐總統與其親友兼顧問陳將軍一同已棄共和國而歸中國。

6月5日下午2時，共和國的國徽黄虎卷起長尾，因喪失給養而倒下。總統突然逃亡，外交大臣應付著各處事務。一天美金5角高薪俸祿的8名議員，與家人一同為回本國避難，正沿河逃向淡水。留下財物者，也在夜間被呼嘯而至的群眾洗劫一空。於是這個僅僅存在了10天的共和國就此消亡了。

唐景崧在逃亡前給了部下的警衛們5萬美元，讓他們適當地分配。但是，聞知此事的其他兵士在分錢之前，一起叫嚷著擠到了總理衙門，最後竟一怒之下放起火來，一瞬間竟由兵士變成了掠奪者。將銀貨包在包袱中逃亡的官吏、追趕的群衆、以及彷徨於無政府狀態下的士兵，已經為把攜帶的槍支高價賣給商人而紅了眼，在尚未開戰前，台北城的清朝軍隊就已陷入潰敗狀態。

日本兵幾乎是未折一兵一卒就順利地佔領了台北城。雖然一些台灣本地資本家進行了抵抗，但民衆卻挂起了臨時做成的日本太陽旗，迎接近衛師團的入城。

接下來是日軍進入台北城後不久的事。

巡街的一個士兵突然大叫起來。他手指的方向竟然有一家很象日本澡堂模樣的奇怪的店鋪。清國人也會泡日本式的澡，這是進駐的日本兵誰也未曾想像到的。那個士兵半信半疑地看了裏面，在確信那的確是地地道道的日本式澡堂後，為這可以消除汗臭與塵土、可以使征戰之勞得以慰藉的場所的發現而欣喜若狂。於是他迅速向上級作了報告。

日本軍買下了這個浴室。從6月10日起，將士們開始了入浴。

澡堂，換作中國式說法的話，盆浴受到了格外好評。從軍的一位畫家將此澡堂的樣子畫下來送到了日本，這幅刊登在1895

〔明治 28〕年《風俗畫報》臨時增刊上的入浴圖，描繪的是扎著長辮子的清朝人入日式盆浴的模樣。事實上，澡堂被日本軍收買後，便成了日本軍的專用場所，這幅畫只不過是一張想像圖而已。但是，作為說明澡堂深受好評的資料還是很有意義的。

盆浴的入口處有一塊石造的匾額。

匾額上面寫的是「詠沂園」三個字。

這應該是出自《論語先進篇》的「莫春者，春服既成，冠者五六人，童子六七人，浴乎沂，風乎舞雩，詠而歸」。所謂「浴乎沂，風乎舞雩，詠而歸」，說的是在魯國的城南的沂水中沐浴，在舞雩的祭壇納涼，然後唱著歌謠而歸的意思。

向老人們打聽這盆浴的由來，才知道是劉銘傳在當巡撫時，模仿寧波的某個盆浴而建造的。再向人問起為什麼盆浴在寧波會那樣普及時，他們告訴我是移居大陸沿岸的日本漁民（其中恐怕包括八幡船的海盜）使浴盆普及化的。我雖然不能對此妄下結論，但知道這個盆浴總之是有來歷的。

不知從何時起，在我家後院放置著一塊已生有苔蘚的石匾。

我在小學時向父親問起過有關這塊石匾的事。

我雖然還記得父親當時笑著回答說：「這是澡堂的招牌呀。」而我好像還說了句，「好大的招牌呀」，但對於尚未去過澡堂的當時的我來說，所謂「澡堂的招牌」並未引起我的任何聯想。而且，刻在這裏的難解的文字與所謂「玉之湯」、「菊之湯」之類的日本澡堂名稱相比，實在是相去甚遠。

那以後又過了 10 多年。

空襲越來越厲害，我家在庭院裏挖了簡單的防空洞。好像是為加固出入口，台灣的勞工們想到了利用庭院裏這塊長滿苔蘚的石匾。竣工時，「詠沂園」的匾額用在了防空洞入口堅固的基台上。當時身在東京的父親，恐怕作夢也不曾想到過，這塊匾額會被用在防空洞上的吧。

我從防空洞口眺望著被燃燒彈映紅了的夜空，撫摸著這塊澡堂的匾額。這冰冷的石頭此時也彷彿是要向我敘述奇怪的過去。我想問問它，你來自何方，更想問問它所走過的歷程。但它好像並不願意回答這些，只是竊竊地向我低語著台北城淪陷前夜的混亂。在燃燒彈的餘輝中，我看見鮮明地刻在這塊匾額上的「詠沂園」三個大字。

孫文與台灣

孫文與日本的關係，是廣為人知的。但孫文去過幾次作為日本殖民地的台灣，並在那裏研究策略，卻並沒有得到足夠的關注。

孫中山去過台灣 3 次。

這分別是 1900〔明治 33〕年、1918〔大正 7〕年和 1924〔大正 13〕年。1924〔大正 13〕年那次，因為只是在基隆停泊而已，所以也許應該說孫文的台灣訪問是兩次。為了使北伐宣言的計劃付諸實施，於 1924〔大正 13〕年 11 月 12 日從廣州出發的孫文，17 日抵上海。大概是那段時間中的某日，他曾在基隆港停泊過。因沒有直達天津的船隻，他便改變了航程，經由日本赴京。途中，他在神户做了非常著名的大亞洲主義講演。這次旅行，最終成了孫文的死亡之行。

第二次赴台，1918〔大正 7〕年，他曾在台北與台灣的同志聚餐。1918 年 5 月末，辭去大元帥一職的孫文，同廖仲愷、朱執信、戴天仇等一同從廣州出發，經由台北去了日本。由於當時的台灣正處於鎮壓抗日游擊隊的反抗，推行日台同化政策之際，故對孫文在台灣的行動，日本的官方非常敏感。從時間上説，當時正是第六代總督安東貞美退職，明石元二郎就任台灣總督的交替時期。明石是最後一名武官總督。他以後到大東亞戰爭時恢復武官制，一直是文官總督時期。當時的民政長官是下村海南。

當時，抗議日本的對華二十一條的風暴，漂洋過海波及到台灣。不僅如此，五四運動的影響隨後在台灣知識份子的意識中的滲透也開始顯現。因此，孫文的來台，給台灣知識階層，特別是對合法地要求台灣人的各項民主權利，並準備將此運動組織化的人們帶來了強烈的衝擊。關於中國革命的本質與目的，孫文也有很多話要向台灣同胞說。而且，迎接他的台灣人為接受他的言論也進行了準備，但這些均未實現。因為日本官方出人意料的「款待」，阻礙了這一切。

船一入港，日本的官方便隨即登船與孫文會面，並以保護其安全為由，完全切斷了他與台灣民主分子的聯絡，接著孫文又按照被預先安排的行程，很快送到了神户。在台北的日式酒館「梅屋敷」的聚餐，是孫文與台灣人僅有的接觸。

孫文是隱瞞姓名出現在梅屋敷的，據說直到他離去女傭們都不知這個中國人是誰，只是有人評價說，「有凛然不可侵的品格，決非等閑之輩」。當時他應梅屋敷的主人之托揮毫留下的墨跡，長時間保存在該酒家，我也曾見過，但不知後來怎樣了。

與 1918〔大正 7〕年和 1924〔大正 13〕年的兩次走訪相比，最初的訪台，意義最為深遠。

1900〔明治 33〕年，說是義和團事件時期不如說是與惠州起義有關更準確。其原委在鈴江言一的《孫文傳》、宮崎滔天的《三十三年之夢》中均有詳細記載，所以這裏只做簡要地敘述。

1899 年初，孫文在日本。這年的 2 月菲律賓爆發了獨立戰爭。為了援助菲律賓人，孫文為購入、輸送武器而奔走。不幸的是，武器在上海海面連同船隻「布引丸」遭海難而沉於大海。此後，孫文再次接受委托又籌措了大約 65,000 日圓的武器。但由於獨立運動的敗北，這些武器都留在孫文那裏，成了全權委託孫文自由處置之物。

這時，正是義和團搗毀鐵道、電線、外國商品，燒毀基督教堂，進而進入了天津、北京的時期。

另一方面，孫文被選為興中會〔與漢會之誤——譯註〕的領袖，開始策劃惠州的武裝革命起義。7 月在香港海面的船上召開了會議。在所謂日本「大陸浪人」的全力援助下，決定派鄭士良赴惠州，史堅如赴廣州組織起義，東進進攻廈門。陳少白、楊衢雲留守香港負責軍需。孫文留下 2 萬元的軍費前往新加坡，但最終未能登陸。隨後趕來的宮崎滔天等人被捕，孫文轉向香港、上海，並經長崎潛入台灣。

與台灣總督兒玉源太郎、民政長官後藤新平的會見，正是在這個時候。野澤豐在其《孫文》中寫道，兒玉、後藤等人「因企圖打入福建省，故默許了孫文自台灣登陸福建省的軍事計劃」。王樞之（鈴江言一）在《孫文傳》中也提到，二人「於孫文之舉均有共鳴，〈特別是兒玉通過密使承諾孫文舉兵之際將給予援助〉」。井出季和太在其《南進台灣史攷》中亦有說明，「總督曾因華北恰值無政府狀態時期，對支那的革命事業頗有同情，令後藤民政長官接見孫文，約定起兵之際將對孫文不吝援助」。這次會面是由大陸浪人平岡浩太郎斡旋，在民政長官官邸秘密進行的。

我在此不想追究後藤與兒玉是接受、還是默許了孫文的提案，但無論怎樣也不能忽略的是，在後藤等人的好意中潛藏著台灣統治所必要的廈門統治（對岸經營）的勃勃野心。對此只要讀一下，「廈門事件」失敗後，兒玉源太郎的〈廈門事件始末及對岸將來之政策〉一文即可明瞭。第二代總督桂太郎的南進論的基礎中描繪的，也是夢想在對岸福建省建立一個立腳之地，並通過對它的控制進而置中國南部和南方諸地域於統治之下的計劃。同樣為長州閥的第四代兒玉源太郎也決心積極實施這一計劃。義和團事件的餘波波及中國南方，後藤與兒玉的決心就變得愈加不可動搖。後藤明確地説道：「帝國佔領台灣，台灣之經營唯台灣而止，倘帝國之殖民開墾欲以台灣而止則止，倘帝國以北守南進為國是，則浴帝國之恩澤者又不獨止於台灣人民，故應以台灣佔領為『殖民中轉』之地，完成使支那南部及南洋諸島之人民亦能沐浴帝國之恩澤之宏圖，望早日採納卑見，堅決實施之。」這雖是後藤新平作為對岸經營的第一步，開設台灣銀行廈門支店的意見書中的一部分，但可以說，對於南洋諸地域的經濟侵略的藍圖，已在後藤新平的腦海裏形成了。他們想藉義和團事件，以保護對岸諸地域居民的名義採取軍事行動。這是根據桂太郎陸相的命令，派出了台灣守備第一旅團，但在點燃攻擊廈門的導火索之前，由於伊藤博文的干涉，這個宏偉計劃（？）成了泡影。這雖是由顧及英美干涉的伊藤帶來的結果，但後藤與兒玉卻萬沒想到自己成了一場鬧劇中的角色。兒玉提出辭職未果，最後以天皇仲裁的形式（聖旨）了結。因此，對孫文的默許也隨之化為了泡影。雖然不知後藤、兒玉的真實意圖，但他們認為惠州起義多少總是有助於日本的廈門侵略這一點恐怕不會有錯。所謂同情孫文等人的起義這種斷言是否合適，我始終存有懷疑。因為這讓我想起的是，孫文離開台灣之前曾向後藤提出借款請求被拒絕後，又請求從台灣銀行廈門支店籌措，但對此同樣也未得到承諾之類的傳言，在當時已有流傳。

也許孫文與兒玉達成秘密協定，作為借與武器的代價是同意將廈門等沿岸地域的經濟權利讓與台灣總督府（即日本）。據說準備將武器秘密地火速運到廈門的消息已經發出了。鄭士良率領的會黨600人聚集新安縣東南的三州田山寨，打敗了數倍的清軍，並進一步東進，勢力增至將近2萬人。但由於軍需供給不繼，尤其武器補給不足，使戰況陷入膠著狀態。孫文原計劃將從菲律賓革命黨手中讓渡來的槍彈火速運往前線，但由於武器無不是不能用於實戰的廢槍，眼睜睜地望著眼前的勝利卻無能為力。孫文由松隈內閣接到日本，據說是將與第二次山縣內閣的大陸政策一起以日本為基地推進革命運動，但由於第四次伊藤內閣的成立而被擱置。

孫文最終不得不在台灣下達了「政情忽變，外援難期，即至廈門，恐無接濟。軍事之事，仰司令自決進止」的悲痛的命令。

此後，日本的對外政策轉向北進，台灣統治改為內容充實化。孫文於 1918〔大正 7〕年出現在台北時，對 1900〔明治 33〕年的歷史片斷該有何回想呢？對此沒有可以證明的材料，實在是遺憾之至。

南菜園與棲霞伯

因佐爾格事件被判死刑的尾崎秀實，在第一審判決後，讀了《後藤新平傳》（普及版）。

我不知道他是否通讀了全書。但當他看到這本，在嚴格限制的範圍內被允許送進來的〈台灣統治篇〉時，一定會懷念起少年時期的台灣歲月吧，況且，文中還有幾處記載了父親秀真的話。他把這些立即寫給了在獄外的妻子。

> ……通過這本書，台北的山川、我幼小的時候生活過的淡水河邊的模樣、以及我最喜歡的「中國湯麵」的香味，都伴著昔日父母的音容笑貌，朦朦朧朧地浮現在了眼前。

後來在那個月的月末，秀實又一次寫到了後藤新平。

> 我懷著濃厚的興趣讀了前些日子送進來的《後藤新平傳》台灣統治篇的下卷。這本書裏記載了無名大學者小泉盜泉先生的事。我還記得那個人的風采。那是五、六歲的時候。當時我們一家住在台北古亭庄（郊外）兒玉總督的別墅「南菜園」裏，替他看家。他來到這裏，戴著近視眼鏡，身著和服，和服褲裙下穿著一雙皮鞋。同來的還有一位叫館森袖海的漢學者。據說有一次後藤先生來了，我便跑出去問道：「這個就是後藤民政長官嗎？」弄得父母都非常惶恐。好像我小的時候，確實是一個活潑而又無所畏

懼的孩子。

哥哥就讀於後藤先生追求新生事物的傑作——西洋式中學，進入東京大學的大學研究院後，每月還曾得到過若干數額的經濟援助。長大後相見時，後藤先生問及對什麼學科感興趣，回答說是「社會學」。後藤先生接著又問：「教授是誰？」答曰：「是上杉慎吉教授。」後藤聽了態度便突然變了，告誡道：「你可要記住，為青年應當進步，而不能反動」。且不說上杉教授學術上的立場，因喜愛他的為人而接近他的哥哥，此時似乎感覺到了後藤先生進步的一面——或者說是喜歡「嘗試新鮮事」的性格中有著自始至終的進步性。後藤先生當時正在為日蘇外交的恢復而積極地努力，這大概是締結日蘇條約前後的事情。

後藤先生和我們一家的關係用平庸老套的話來形容，可以說是「因緣不淺」。從年齡上說，我並不是能與後藤伯爵相遇的一代。但是對於從懂事起，每有機會就會聽到兒玉、後藤時代的故事的我來說，這一切絕不是遙遠的過去的故事。「後藤先生」這一稱呼所包含著的親切感——足以證明了一切。父親在遇到什麼的時候總是會說「後藤先生如何如何……」，總是用後藤新平來告誡我們。

父親應後藤先生之邀去台灣是1900〔明治33〕年的事。目的是創辦總督直屬報紙。在台灣首次發行的報紙是1896〔明治29〕年 6 月 17 日創刊的《台灣新報》（田川大吉郎曾一度擔任主筆），一週發行一到兩次，當年10月開始改作日刊。轉年的5月8 日《台灣日報》（內藤湖南主筆）開始發行，作為競爭對手，兩報開始展開激戰。後藤先生打算使報導機關一元化，想以一種親和的策略，換句話說，即想巧妙地控制言論報導部門。父親似乎是從很早的時候就開始出入後藤家了。因為他由於原本喜好漢詩文而放棄醫學學業，所以對後藤先生的人生道路應該比其他人更有感觸。傳記中説體貼部下的後藤先生的好心，像磁石一樣吸引著週邊很多人材。恐怕父親也是為這種好心所吸引的其中之一吧。哥哥也感慨地寫道：「這位後藤與我們一家的交情的確不淺，大氣、開朗，我覺得確實是一位優秀的政治家。」

《台灣日日新報》合併了《台灣新報》與《台灣日報》，於1898〔明治 31〕年 5 月 1 日開始發行。編輯上分為日、漢文兩欄。漢文部的主任是漢詩人籾山衣洲，日文主任為栃內蘆山。父親在籾山衣洲手下做了一段時間，衣洲回國後就繼任了主任一職。以看家兼警衛的形式移居兒玉總督的別墅南菜園也是在這個時候。

所謂南菜園，是 1899〔明治 32〕年 6 月，總督用 600 日圓的私房錢購買的台北城外古亭庄的一個別墅。説是別墅，其實不過是所小小的茅屋而已。每到星期日，總督便會帶一名勤務兵到這個小屋來。他親自除草、施肥，開闢了一個菜園子。不管怎麼説，總督親自做農民的活計，據説聞聽此事的附近的台灣人都趕來圍觀。如果説這是在蔬菜缺乏的台灣開拓示範苗圃也許誇張了一些，但總歸是表現了一種忙中偷閑的心境。

據父親的回憶錄記載，當時還有「土匪」經常出没，附近時常有日本人被殺事件發生。總督種植蔬菜可以説確實是一件極其危險的工作，但總督的信念卻毫無動搖。因此守衛絲毫不敢放鬆，在菜園斜對面建了一個眺望樓在那裏戒備。

> 我從籾山衣洲翁撤離內地開始……數年來一直受到這位已故老將軍的薰陶。因為與其說是詩友，倒不如說是酒友關係，所以比起將軍來，後藤棲霞（新平）先生更給我一種朋友的感覺。先生夫婦開始練習自行車時，因為總是將南菜園作為遠行的終點，睡懶覺的我們早上四點鐘左右就要被叫起來，叫人好不難過。

後藤先生的早起給睡懶覺的人們造成一大恐慌，這在長尾半平的回憶裏也曾提及過。

古亭庄外結茅廬。
畢竟情疏景亦疏。
雨讀晴耕如野客。
三畦疏菜一狀書。

（兒玉藤園）

相地城南手結廬。
可知世味貴清疏。
依依蔭美相思樹。
移榻披他種樹書。

（後藤棲霞）

我一直以這南菜園為自家的庭院長大。戰後它已荒廢得面目全非了，然而，又是 20 年過去了，這 20 多年的歲月將又會把它變成什麼樣子呢……

一封抗議書

數年前的一個秋天，在神田舉行的舊書交易市場上，堆滿了5、60日圓一本的廉價書，在這些書中，我發現了一封信。我無意識地從信封中抽出信箋，發現竟然是台灣民衆黨的抗議書。1930〔昭和5〕年4月，台灣民衆黨在台中州北斗街組建了北斗支部，舉行組建儀式時，遭到日本官方鎮壓，很多人被拘捕。台灣民衆黨對此不正當的鎮壓、拘捕、拷問提出抗議，點了幾位直接加害者警察的名字，希望在調查的基礎上給予嚴重處分。抗議書送到警察局長那裏。從使用的信封、信紙是台灣民衆黨的公用信箋來看，可以判斷我如今拿到的可能是當時抗議書的原件。

台灣民衆黨作為台灣最早的合法政黨，組建於1927〔昭和2〕年7月。台灣在成為日本殖民地後不久，根據所謂的第63號法令，規定了台灣總督擁有一切權力，台灣民衆的生殺予奪之權就全由台灣總督掌握了。但是，進入大正時期以後，受到世界性民主運動、五四運動、日本的要求普選運動等影響，在台灣也出現了廢除「六三法」、要求民族自決權、設置台灣議會的請願活動。以林獻堂為中心的知識份子組建了啟發會，後來進一步發展成新民會，並向帝國議會請求設置由台灣居民公開選舉的議員構成的台灣議會、廢除台灣特別法規、制定給台灣議會賦予預算議決權的台灣統治法。以後，他們又再三重申自己的請求與主張，運動一直在持續發展。後來成為運動核心的是1921〔大正10〕年10月成立的台灣文化協會。該協會曾一度擁有兩千名會員，發展為強大的政治勢力。但隨著時代的急速變化，後來分裂成更具戰鬥性的左派、中間派和右派。以中間派、右派為主體組建起來的就是後來的台灣民衆黨。擔心該黨的民族運動走向革命化的日本官方警察，在暗中對它的合法化給予著支援。維持其合法性的主張在當時也佔支配地位。但是這種傾向到了 1929〔昭和 4〕年，隨著與勞動運動接觸的深化而發生了變化。特別是在第三次大會以後它開始趨於革命化。

1930〔昭和 5〕年的國際勞動節，他們抵抗官方的壓制，計劃群衆游行，此後，又出席了夏季召開的國際紅色勞動工會（Profintern）第五屆大會，最後發展到台灣代表與日本代表在會上共商盟誓，打倒日本帝國主義的的階段。北斗事件即發生於此前不久。抗議書的內容如下：

> 該拘捕行動實在是有計劃的、惡意的行動。其證據為在拘留所的預定拘留者名單中包括未出席者，此即是證明，此外在給參加該行動的警官的訓令中尚有：「陳其昌、蔣渭水、謝春木、林仲節等無須等待長官命令，倘有適當機會即可拘捕。」從一一明確的預定姓名之事實，亦（可）知該行動具有挑釁性……

日本官方對拘捕者進行毆打，甚至灌水拷問。當時的被害者有林仲節、顏金福、李格、沈傳為、楊枝、黃拱南、陳傍瓶、楊再禧等人。另外，在強令拘捕的名單中的台灣民衆黨幹部當時都不在場。其中除了活躍於北京的謝春木（南光）外，還包括與林獻堂、蔡培火齊名的蔣渭水等人。我在此看到這些人的名字，想到二．二八當初蔣渭水之弟渭川的行為，實在是感慨萬千。

在歷時 50 年的日本統治之下，類似這樣的鎮壓事件曾發生過無數次。然而這一切，在現今日本人的頭腦裏，幾乎没留下任何痕跡地消失了。難道我們就這樣允許它消失嗎？當我拂去塵埃，取出這封抗議書時，內心深處痛楚地想到的便是這些。現實社會異常緊張，諸多深刻的事態層出不窮，讓我們應接不暇，日常僅僅應付這些就已經讓我們耗盡全力了。這的確是誠實的告白。然而，我還是想問，這難道就可以讓我們將這一切永久地忘記嗎？

戰敗時，我在台灣。國民黨軍隊進駐台灣之前，很多政治犯被釋放了。其中台灣人、日本人混雜在一起，也包括出獄後，即在報紙上大肆宣揚打倒天皇制的沖繩出身的共產主義者。記得我曾懷著驚訝與畏懼的心情從遠處觀望這些生平首次見到的人。因為不滿足於只是在紙張上發表的東西，我也曾與朋友、前輩一同訪問過這些有自己激進見解的「革命戰士」。在有一種十分了得的畏懼感的同時，我也總是有一種對那些豪言壯語的幻滅之感。但是，台灣人没有這樣的豪言壯語，他們不少人打算開始認真著手解決解放後的台灣問題。也許是我們拜訪過的那位日本「革命家」裝模做樣吧。但不管怎麼說，我知道了有很多人確實曾被長期關在監牢中。

在殖民地有不少日本人與那片土地上的被壓迫民衆一起，曾為政治自由而鬥爭。但這些在哪一段社會主義運動史中也均未涉及。日本也有社會運動史，其中那些流血犧牲者的墓碑在戰後被表彰，被重新載入史册。但是殖民地的日本人是如何與殖民地的民衆一同為獨立與自由而戰的，卻並未記載，這是錯誤的。大概很少有人知道在大正末年，曾是衆議院議員的清瀨一郎、神田正雄以及田川大吉郎等人幫助過設置台灣議會的請願活動。山川均寫過《台灣民衆的悲哀》，神田正雄著有《動盪的台灣》，矢內原忠雄也著有《帝國主義下的台灣》。他們對問題所在的探討，也正在被人們漸漸淡忘。台灣文化協會、台灣民衆黨與日本左翼政黨間的關係、日本共產黨和日本共產黨台灣民族支部間的關係，也均尚未明瞭。然而，他們之間不僅有明確的聯繫，其中也應有活躍著的日本人。這些都是應該載入史册的。

北斗事件的抗議書，如前所述，是寫在台灣民衆黨的公用信箋上的。在印有「實現經濟解放，獲得政治自由，確立社會平等」的紅色口號的信箋上，印著台灣民衆党青天三星滿地紅的黨旗。紅底上染了青色，3 顆星星象徵著 3 個政治要求。望著信紙上並不流暢的筆跡書寫的抗議書，我陷入了沉思。

這封抗議書既然是被送到了警察局長的手中，就應該是由其本人或週圍的某位官員保管吧。大概是一個偶然的機會，這封抗議書幸免於扔到紙簍的命運，被裝到某個人的衣兜或抽屜，又輾轉帶到日本，30 多年後出現在了這個舊書交易市場上……

這張紙片不可思議的命運讓我感慨不已，於是我用 100 日圓把它買了回來。直至今日，它依然存放在我的資料袋中。

乃木希典和黑井直

據説第一批越過好望角前往歐洲的日本女性是柳橋的藝妓們，即松葉屋的壽美、加禰、佐登三人。她們是由淺草的瑞穗屋的主人清水卯三郎，以及四方寺村叫作六左衛門的商人率領，在1866〔慶應2〕年10月，乘駛往馬賽的英國船，於轉年3月到達的。

她們搭乘的是運送將軍家的展品赴巴黎參加萬國博覽會的船。

他們在博覽會的會場設置了檜木茶室，院子放著折疊凳，坐在這裏，可以觀賞到活木偶〔日本傳統工藝之一，表現日本各階層人等生活風俗的，與真人同等大小的木偶。——譯註〕。壽美、加禰、佐登三人身著友禪縐綢和服，腰繫雙層帶子，梳著未婚女孩的髮髻，端莊地應待著客人。她們手持長嘴煙袋的姿勢，吸引了人們詫異的目光。好奇的巴黎人也一定對這充滿異國情調的藝妓姑娘們頗感興趣吧。

在35年後，1900〔明治33〕年的巴黎萬國大博覽會上，也有藝妓團參加。那時在渡航的藝人中不僅川上音二郎、貞奴的戲班子成了人們注意的焦點，烏森的藝妓一行也成了人們議論的話題。

當時，作為日本全景畫的一部分，為了把藝妓們當作「活木偶」展示出來，東洋汽船公司與外務省取得了聯繫，但是卻沒有願意繞過好望角，遠赴花都巴黎的人。

值此為難之際，出現了一名自告奮勇的女性。這就是烏森的一個叫作扇芳亭的酒家的老闆娘湯山邦。這位大姐大可能覺得這不僅有意思，同時也是最好的宣傳，所以就毅然決然地決定出馬。

當時要去歐洲那種遙遠的地方，多少有些生離死別、猶如去月球旅行的決心。

以25歲的若太郎為首的壽美子（18歲）、壽美龍（18歲）、勝太（19歲）、喜撰（17歲）、多助（27歲）、蝶蝶（16歲）、絲（27歲）8人，以及銀、若兩位髮型師和負責膳食的相聲演員小勝等，一行共計15人就這樣奔向巴黎萬博會。

她們把絳紫或深紫色的日式裙子權當做制服，精神抖擻地出發了。

每天，她們兩、三人交替來到會場，在日本館充當活木偶。因為沒有什麼特別要做的事情，所以每天不過是彈彈三弦琴，倒倒茶水打發時光。也許是怕引起風紀問題，公司方面禁止她們接待參觀的客人，大家過著近似封閉的生活。結果形成了束縛她們「自由」的流言，以至被刊載在報紙上，致使大使館也因國際信譽問題，不得不與公司進行交涉，最終允許她們白天接待客人。不少太太羨慕她們烏黑發亮的秀髮，竟然問她們使用了什麼染髮劑。在會場，這8名新橋藝妓也是最受歡迎的，以至於發展到某龍騎兵中尉向若太郎求婚的地步。甚至若太郎本人好像也有意思，弄得扇芳亭老闆娘也頗感棘手。

但若太郎並沒有獨自留在異鄉的勇氣。老闆娘趁機提出，在日本結婚必須得到父母的認可。想借此了結這件事，可那個龍騎兵中尉竟糾纏說，他可以作為駐日本武官赴日本。這時，恰好事先交涉的赴歐洲各地的巡迴演出獲得了批准，離開巴黎之日已在眉睫，問題隨之不了了之。至於那個龍騎兵中尉此後如何，就不為人知了。

據說，除了在維也納他們被一對雇為經理人的美國夫婦騙走了所有的錢以外，一路均很順利。在蘇聯的克里姆林宮的日本舞蹈表演、用毛筆簽名等都受到熱烈歡迎。

說到這裏，她們在維也納一籌莫展時，救助她們的，據說是當時在柏林留學的奧宮健之，這讓人很感興趣。奧宮在後來因大逆事件〔1910年5月幸德秋水等社會主義、無政府主義者計劃暗殺天皇，計劃流產後，以大逆罪被逮捕，人數愈百，轉年1月，其中12人被處以死刑，史稱大逆事件。——譯註〕被判處刑。如果這個插曲是真的，在烏森藝妓中，肯定至少有一位在偷偷地為他流淚吧。

結束了3年多的長途旅行，歸國時已是1902〔明治35〕年的1月。

因為是剛歸來的烏森藝妓，所以到處議論紛紛，叫她們來陪酒，想聽聽她們講述經歷的好事者絡繹不絕。不管怎麼說，總之由於人情風俗全是跟日本不一樣的異國的即使是一些漫不經心的閑話，也能引起人們濃厚的興趣。她們還介紹了在巴黎學來的奇怪的化妝方法，但對於好像是在哪個博物館見過的「貞操帶」的說明，卻無論如何也未讓客人聽明白。

據說她們的原話是「人要從腰向下安裝的鎖」，換一個角度看，這完全是恰當的說明。但也許對此加以說明的藝妓們的內心深處，格外認真吧。因為整整三年間，她們是被迫在心理上戴著「貞操帶」的人。

無論是 1866〔慶應 2〕年赴巴黎博覽會的柳橋一行，還是1900〔明治 33〕年的烏森一行，且不論心理如何，從結果上來看，她們都是度過了一段愉快的時光。

但是我們也不能忘記，還有一群與走在通向歷史舞台通道上的她們的華麗的行頭不同，被迫在另一條人生道路上痛苦掙扎的渡海而去的「被賣的新娘」。

到明治末年，即使沒有護照也可以走到香港。於是，被誘拐、販賣的女性以香港為據點，被運往東南亞各地。運載她們的船隻一進港，妓館的老闆們便開始爭奪美女。據說一隻船多時可以運載 100 至 150 人，由此推測，該有多少娘子軍〔指妓女之類——譯註〕去了海外呢？

關於這段人身販賣的歷史，森克巳已有研究，此外，實際參與過這種交易的村岡伊平治的親身經歷的記錄也給我留下了珍貴的資料。然而，埋沒於這段歷史之中的，日本女性的慟哭的聲音尚遠未能將事實傳達給我們。她們的遭遇與 1859〔安政 6〕年為了去京都游覽，從浦賀乘船出發，但在遠州灘遭遇暴風雨而漂泊到夏威夷的深川藝妓小染的一生相比，後者簡直就是天堂的夢境。被人口販賣者欺騙渡海而去的女性，後來發覺自己由於借支的束縛無法脫身，所以，仍不得不繼續漂泊地生活。

據大宅壯一所著文章記載，被送來的女性被稱為「New girl」，按行市從 300 到 1000 美元，美女最高以 2000 美元一位成交。對於聲稱協定並非如此而苦苦哀求的女性，他們甚至周到地準備了假領事出面勸說，「遭遇真是可憐。但是束縛你們身體的錢又是不能不還的。因此，即使身體被玷污了，只要不出賣心靈的貞操，就閉上眼幹吧，也好儘早還了借款回國讓父母安心」。

只要出現了兩三家日本的妓院，其週邊便一定會出現販賣日本雜貨的商店。以此為中心，日本商品的銷路隨之拓寬，並會進一步擴大。借大宅壯一的話來說，她們將收入的幾成送回故鄉維持貧困的父母的生活。這不僅填補了貿易差額的赤字，也成了貿易發展的先導。在香港、新加坡，日本女性進入得較早，台灣則晚得多，應該是從 1896〔明治 29〕年開始的。這時，人口販子伊平治已經廣泛地活躍在東南亞的舞台了。

說到乃木大將，人們都說他是一位十分嚴謹的人，其實未必盡然。青年時代的他不僅十分頹廢，也有不少艷聞。

在一本公開出版發行的青年時代的日記（1873〔明治 6〕年 9 月 21 日至 1880〔明治 13〕年 1 月 7 日）中，我們可以看到青年乃木放蕩的經歷。我想通過出現在該日記中的藝妓，或可以在某種程度上推測一下這位青年將校的心像。

這得從乃木繼桂太郎之後，成為第三任台灣總督時說起。當時有一名女子緊追乃木之後來到了台北。

這是一位與乃木同鄉，山口縣出生，名叫黑井直的 30 歲的中年女性。

乃木是 1896〔明治 29〕年 11 月 9 日就任的，她是乘後一班船到達了台北。

不管怎麼說，到那時為止，女性的正式渡台是被嚴禁的，僅作為第一個獲許渡台的女性就已成了人們的話題，再加之人們得知她大概是乃木總督的特別關照來台的，所以引起了不小的騷動。

她乘坐的船，是當時航行在台灣航線上的「依姬丸」。由於行李是發往台灣總督府的，於是便有了到底是什麼來頭的疑問，傳聞夾雜著猜測，以至煞有介事地捏造出與乃木將軍有戀愛關係的說法。雖然如此，但是關於她當時可以出入下關要塞的身分，也幾乎都是由乃木從中斡旋的說法，恐怕也不能說是空穴來風。

黑井作為不讓鬚眉的女性，據說是通過表兄高波的介紹，於西南戰爭後不久與乃木相識並開始交往的。高波在西南戰爭時與乃木在同一部隊中，彼此早就認識。

到 1896〔明治 29〕年 4 月，台灣施行軍政。因為當時女子軍〔指日本藝妓、青樓女子群——譯註〕渡台被禁止，所以有不少偽裝成軍人、商人的妻子或女傭等偷渡來台，其中也有到基隆後即被驅逐的人。

說是日式酒館，實際上不過是在中國人的房子裏鋪上木地板、草席，用白布代替隔扇圍成幾個隔間的軍隊慰安所式地方。

太差的店，甚至會將食物裝在臉盆裏端上來。慰安婦動員的是中國的年輕姑娘，棉布衣服、纏足等所謂的異國情調，反倒成了那些湧來的、趾高氣揚的官僚及追求利權者的好奇所在。

台灣話將藝妓稱作藝姐。只有 5、6 家的這類的酒館，日以繼夜地接待著客人，有時，甚至發展到爭奪藝姐的狀況。

4 月份基隆曾一度禁止登陸，於是一些人轉到了淡水港。在此前後，從香港回來的女性也被禁止登陸而轉到了淡水，並在淡水度過了相當長的一段時間。因此，日本人，特別是那些趾高氣揚的官僚們，頻繁探訪淡水的人增加了，出差的人也明顯地多了起來。要說是趨之若鶩也許並不誇張。

這些女性幾乎被困在了淡水，不允許她們進入台北縣城。雖然都說追隨乃木將軍千里迢迢來到這南方島嶼的黑井直，是渡航來台女性中的第一個，但實際上，許可自由渡航後，最初來到台灣的，乃是被蕎麥麵館雇用來的兩個九州女子。遺憾的是，我們不清楚她們的名字和履歷。

作為新附的殖民地特權階層的軍人及軍職人員，可謂專橫跋扈之極。大肆揮霍者有之，只要女性肯來斟酒就滿屋撒錢的人也大有人在，那是一個屬於軍人及軍職人員的時代。從事人身販賣的人，當然不會放過此機會。

沒過多久，一個叫兒島幸吉的男子把 10 名藝妓送到台灣。接著，片山某又帶來了約 100 名妓女。台北的這種酒館轉眼間多了起來。

過了一段時間之後，曾在向島、日本橋的老藝妓也來到了台灣，於是才有了與渡航來台的伊藤博文、西鄉從道等人意外碰面的一幕。在藝人圈子中，千歲米坡一行最受歡迎，以至不事先預約，便不能得到她們的應酬。有時一個晚上塞到和服裙帶中的小費就有一千數百日圓之多（當時一瓶啤酒為 20 幾錢，一日圓為 100 錢）。

1896〔明治 29〕年秋，台北發展到共有妓院 32 家，日式酒館 28 家，藝妓 55 人，妓女 48 人，中國人經營的酒館 10 家，藝妲 20 人。進入明治 30 年代後，僅繁華街艋舺（萬華）其數量就增至妓院 55 家，酒館 73 家，一般餐飲店 29 家，藝妓 125 人，妓女 501 人，男侍者也隨之急速增加。

藝妓中小有名氣的是從和服到飾物一律為紫色而頗引人注目的紫衣阿玉、骷髏米雀（隨米坡等一行來台）和因橫鬢上有一塊新月形胎記而自稱新月、擅長男裝舞蹈的頓子。据說，其中的骷髏米雀因為總是穿著自己親手畫的骷髏和寫有「まねくのは恋か無常か枯尾花〔大意：不知招至的是戀情、是無常還是芒草花——譯註〕」的白縐綢上衣，因而也被人傳稱作「地獄太夫」。

讓我們把話題回到黑井直上來。

因為只有 30 來歲，顧忌到乃木先生的太太，黑井乘坐晚一班船來到了台灣。聽說先生的妻子和高堂後來是在 11 月才來到台灣的。

大約在 1935〔昭和 10〕年尚健在的她，回憶當時的種種，是這樣回答新聞記者提問的。

> 因為一到台北，就有一個女人來了，是乃木閣下的特別關照的傳聞，因此遭到周圍人異樣的眼光。那是一個除了喝酒沒有任何樂趣的世界。有時也被勉強給人斟斟酒，但是，想到他們是在為國家服務的軍人，便甘心情願地為他們陪酒、縫縫補補，甚至充當看護病人的護士。

據說，處於特別考慮，她的宿舍借到了一間離總督府很近的軍人及軍職人員的住宅。不管怎麼說，是總督的特別關照，所以不能不處處謹慎，她自己也格外留意，穿著、髮型等都注意不太搶眼，儘量避免與乃木總督的聯繫。不得不聯繫、見面的話，也要避免在夜裏。

後來決定在軍司令部週圍駐扎兩個中隊的步兵，同時開設了一個軍營小賣部。她作為小賣部一員開始在此工作。但是，兩年後乃木辭職回國，留下來的黑井直一直靠在衛戍醫院當護士或在小賣部打雜生活。

就是這位女性，不知為何，曾在夜路上遭到3個男人的襲擊。

她只是說遭到了「匪徒」襲擊，但沒有目擊者，故留下了無限的疑問。

從台北縣城往南走2公里左右，有一所新設置的司令部建築。從台北縣城到司令部之間沒有像樣的道路，途中還有墓地和刑場舊址。單身女人即使是白天走也會感到害怕。因為只顧著說話，等到意識到天色已晚時，南國的太陽已經落山了。

她獨自走在凹凸不平、草木叢生的路上，遭到了3個暴漢的襲擊。她看不清對方的表情，其中兩人發出奇怪的聲音從她的左右兩側撲過來，擰住她的胳膊將她按倒在地。另外一個人突然將手伸進她的懷裏。

她拼命地扭動身體，擺脫了對方的雙手，並向其胯間踢去。也許是這一舉動挫敗了對方的銳氣，乘其退縮之際，她轉敗為攻，撲向另外兩人。

也許被她的氣勢所壓倒，暴漢們在黑暗中失去了踪影。這時其中一人招呼另外一人的聲音，聽起來不像中國人，而像是日本人。莫非是？雖然這馬上就被否定了，但還是留下了疑問。

她對於遭到暴漢襲擊時並不想逃脫，相反撲向對方的自己的行為，感到一種羞愧。她久久地佇立在茂密的灌木叢中，陷入無以言傳的孤獨之中。

黑井直從此以後始終沒有結婚的打算。

即使是上了年紀之後，她仍然在向周圍鄰居感慨地講述乃木總督的往事，並且講到被暴漢襲擊時，必定作出一幅逞強的表情。雖然她感慨地說，「被匪賊們襲擊了。三個匪賊都是竟敢反抗衙門的壞人的同伙」，但我還是怎麼也不會去想，這竟然是抗日游擊隊員的惡作劇。

> 過去了的40年就像做夢一樣不幸連著不幸，屢屢遇到了為什麼還活到今天的事情。

她一邊說著，一邊翕動著牙齒幾乎掉光了的雙唇，獨自一人似乎一邊在回想著那個夏日夜晚的事件，一邊不停地咕噥著。

戰爭前的某日，她孑然一身孤寂地死於榮町三丁目弄堂中的一間租賃的房子裏。

禁止上映《蒼氓》

因為研究的需要，我在翻閱戰爭時發行的《日本學藝新聞》時，發現了下面一段消息。那是 1937〔昭和 12〕年 6 月的報紙。

原定於上月（1937〔昭和 12〕年 4 月）28 日在台灣首映，根據查爾斯・狄更斯原著改編，以法國革命為背景的米特羅〔Metro，當時的日本電影發行公司之一——譯註〕電影《暴風雨中的三色旗》（原名《雙城記》），因有煽動革命思想之嫌，而未通過台灣警保局審查，被禁止上映。同時，頗受好評的根據石川達三的原著拍攝的《蒼氓》也由於觸犯當局所忌，於 11 日被送還日本。

這本來是定於自 12 日開始在台北「大世界」（劇場）公開上映的，因此辜負了影迷們的殷切期望。

對此錦木審查課課長有如下評述：

——雖然對於影迷來說非常遺憾，但還是要禁止《蒼氓》的上映。從本行業的立場來考慮，雖然進行了兩次審閱，不但影片的部分內容，而且也是整個影片的思想，就本島統治而言不太合適，所以還是決定禁止。電影還是希望出現能夠對應國家政策成為引導民眾的作品。

問題好像在於擔心會喚醒抱著幸福夢想的台灣移民〔指日本渡台移民——譯註〕。由此看來，他們可能更希望出現的是為台灣移民而創作的搖籃曲。《蒼氓》的封殺！集體移民的過分真實的描寫，期待的電影被送還內地！《台灣報》在13日的晚報上，以這樣的標題報導了事情的經過。

優秀的台灣移民竟出乎意料地被視為「蒼氓」，這才是與國策相違背的。

日活多摩川製片廠的電影《蒼氓》，如今已沒必要加以說明。這是一部入選過第一屆芥川獎，由倉田文人根據石川達三的原著改編，由熊谷久虎導演完成的作品。作為多摩川鼎盛時期的代表作品之一，主要描寫的是在神户收容所等待赴往巴西渡船的移民的一週的生活，作品對各個人物苦難的過去以及對未來的幻影的描繪，使觀衆受到極大的感動。黑田記代、島耕二、澤村貞子等，對於40歲以上的人來說，恐怕都是令人十分懷念的優秀電影形象。

然而，這部電影卻在台灣被禁止上映。七七事變以後，電影的審查被強化，台語影片遭到壓制。因此《蒼氓》上映的禁止，可以看作是這些措施的前奏。對台灣民衆積極推行同化政策（後來的皇民化）的當局，可能對日本人移民集團的陰暗面感到威脅，難免疑神疑鬼吧。對於進口中國電影極為敏感的當局，對於日本電影並沒有表現出如此嚴格的態度。《蒼氓》上映的禁止也許可以說是顯示了當局對台灣電影發行的文化統制範圍，即為面向台灣島民的電影的自主創作提供了一個契機。

這一年的3月末，為完成反映南方開發的國策電影《南國之歌》的外景拍攝，日活多摩川曾派江川宇禮雄等人去了台灣。《蒼氓》在這部作品完成的前夕被禁止，確實給人們以有所暗示的連想。居住在台灣的日本知識份子中，肯定會有因為這次上映的禁止，而重新認識到台灣作為殖民地所處的位置的人吧。

台灣製作電影的歷史並不長，但是第一次上映的時間，與日本、美國相比差得並不遠。一般認為 1901〔明治 34〕年 11 月，在台北城內西門街《台灣日日新報》社前的空地上放映的記錄片是最早的一次。愛迪生發明電影是在 1889〔明治 22〕年。在巴黎發行的世界第一部電影是 1895〔明治 28〕年。照此推算，台灣電影的開始，只比花都巴黎晚 7 年而已。當時的第一部電影是政府委托發行商高松豐太郎製作的名為《台灣統治實情》的記錄片，該片應該是用於帝國議會預算總會的情況説明，而後作為一般記錄片公開的。

作為台灣島民教化政策的一環，在台灣總督府文教局內設置巡迴電影班和電影製作部是在 1921〔民國 10/大正 10〕年，由一個叫做荻屋某某的攝影師（?）最先開始的。《台灣日日新報》社創設電影部是在 1923〔民國 12/大正 12〕年，並最早攝製了類似故事片的作品，題目是《看牛漢》，內容已不可知。

1925（民國 14）年 5 月，電影研究會由劉喜陽、鄭超人、姜鼎元、張雲鶴等人組建成立，此後人們對電影的關心逐漸升温。但是説是電影，其實仍是處於所謂活動照片的階段，大都是改編舊戲劇、才子佳人的古裝劇。進入昭和時代後不久，日活公司（廠址在京都的大將軍府時期）的田阪具隆為了拍攝以阿里山為背景的影片《阿里山的俠兒》來到了台灣。該片的主演是當時頗受喜愛的影星淺岡信夫和島類子，很多高山族人作了臨時演員，也參加了拍攝。

1932〔民國 21/昭和 7〕年 5 月「日本合同通信社電影部台灣電影製作所」成立，並以安藤太郎為核心，開始著手製作日台合作電影。第一部作品，為了使阿里山的蕃族改掉所謂獵首的惡習，選擇了有自我犧牲精神的「義人吳鳳」的故事。據説這部影片由牧野電影廠的秋田伸一、松竹下加茂廠的湊明子、東亞映畫的津村博等人出演，千葉泰樹也給予了大力協助。台灣電影製作所後來由台北良玉影片公司接管，拍攝了一時成為話題的《怪紳士》。然而，台灣電影的發展，到了1937〔民國26/昭和12〕年5月末，隨著台北第一電影製作所的設立，以《望春風》（8本）為最後的作品，以後便完全併入了皇民化宣傳電影的軌道。

正如我們可以看到的田阪導演的《阿里山的俠兒》那樣，日活從很早就開始把台灣看作一個電影市場了，並沿著這條線推進著它的電影合作計劃。1937〔昭和12〕年，首藤壽久的《南國之歌》、森永健次郎的《台灣砂糖》（紀錄片）製作完成。1942〔昭和17〕年，作為台灣總督府的南方發展的宣傳片，又攝製了《海之豪族》（荒井良平導演，嵐寬壽郎主演）。同樣的日活，卻由於以移民為主題的影片《蒼氓》遭到上映禁止，並被勸告只有與配合國策的電影才是最理想的，這實在可以說是奇怪的命運。

在台灣，經過內務省審查的電影，還要經過台灣總督府警務局的進一步過篩，只有通過網眼的作品才能被允許上映。1941〔民國30/昭和16〕年9月，由總督府組建的電影統制團體「台灣電影協會」誕生。此後，台灣電影公司的作品《榮譽的軍伕》（5本）、與松竹公司的合作影片《沙鴦之鐘》（8本）（李香蘭主演）得以首次上映。歌手佐塚佐和子《沙鴦之鐘》的主題歌以及栗原白也作詞，奧山貞吉作曲由霧島昇演唱的《榮譽的軍伕》（主題曲），及其銀幕上的片斷，在戰爭後的今天仍然讓我們忘卻不得。這並不是出於懷念，而是深深的反省。

《學藝新聞》的該報導這樣繼續寫道：

> 被禁止的電影以中國電影居多。在內地製作，或者經由內地引進的外國電影遭到這樣的處理，當局的所謂台灣同化的宗旨將成更為奇怪的東西。說是台灣的特殊情況，然而用廢除中文，禁止使用台灣話來拼命削除台灣的民族意識，這除了要告訴人們台灣畢竟是殖民地之外還能出下

（「剩下」之訛？——原註）什麼？

據說這則報導是當時日本學藝新聞社台灣支部的楊逵（或者是他這一派的人）所寫的。楊逵在日本的《文學評論》上發表過短篇《送報伕》，刊登該小說的當期雜誌也被禁止帶入台灣。作為在日本普遍流傳，但在台灣卻遭到禁止販賣、引進和查抄的圖書，還有矢內原忠雄所著《帝國主義下的台灣》、佐藤春夫著《霧社》、大鹿卓著《野蕃人》等。據說台灣的知識份子為了讀到這些書，一直在避開警務局的監視，偷偷地引進、傳閱。

看到大映、日活最近積極參與日台合作電影的風潮，會讓我們從另一種意義上，追憶起 8 月 15 日以前的台灣電影史。

歷史——三代的血痕

3月6日竹山部隊張昭田的戰死令人痛心疾首。當時他只有21歲，其祖父在日本佔領台灣時死於與日軍的戰鬥中，其父張茂良因大正末昭和初的政治運動而陷入鐵窗生活達10年之久，最後因共產黨事件被拘捕，死於嚴刑拷問。他的革命精神來自於三代的傳承。

這是關於二・二八抗爭時在虎尾機場戰鬥中戰死的張昭田的記錄。(《台灣青年》第6號〈二二八特集號〉)〔該誌為戰後在日本發行的台獨派宣傳刊物，與1920年創刊的同名雜誌無涉——譯註〕

對於二・二八事件，僅以這一般話相信一般讀者肯定是很難理解的。因此，請允許我作進一步簡單的說明。

二・二八事件發生於在日本戰敗的2年後，即1947年的2月。

歷時50年的日本統治的束縛中擺脫出來的台灣民衆，猶如迎接解放天使到來般地熱烈歡迎前來進駐的陳儀軍隊。然而，現實卻與期望相去甚遠。登陸的國軍滿身戰塵，不過是一支筋疲力盡的團隊而已。對於吊著鍋，背著雨傘，穿著舊綿服的軍隊，一部分台灣人暗暗地皺起眉頭。與日本歷時15年的戰鬥，給他們重重地塗上了疲倦與窮困的色彩，這也是當然的，甚至倒是可以自豪的事。然而，後來發生的事情實在太過分了。

接收進展順利。日本軍又是唯天皇之命是從，所以幾乎沒有發生任何抗爭。但是，接管也不可能都是光明正大地進行。不過即使有私自佔有稀有物品、侵吞財產的接收人員，台灣人也並沒有那麼敏感，因為解放感遮住了台灣人的眼睛。接著，没過多久，這些中國同胞的真面目就完全暴露了。通貨急速膨脹，台灣由解放轉入社會、經濟的不安定之中。重要的職務全部由外省人佔據，台灣人與日本統治時期一樣，陷於社會歧視狀態。台灣不過是由被異民族統治變成了被同胞統治。

1947年中華民國憲法制定完成，並決定於次年施行。然而，陳儀長官卻在會見內外記者時明言：「因為台灣人在過去50年處於殖民地統治之下，政治上起步較晚，因而不宜於與大陸本土同時施行憲政。」

據說當時一首十分流行的順口溜稱，「台灣光復歡天喜地，貪官污吏花天酒地，警察橫蠻無天無地，人民痛苦烏天暗地」。其中所反映的台灣民衆對於國民黨貪官污吏、警察權力的強烈批判恐怕没有再說明的必要了吧。

二‧二八終於爆發了。這是一起即使在1947年不發生，也是會在以後的任何一個時期發生的不必然事件。

2月27日下午7時許，台灣專賣局的6名巡邏員和警察大隊的4名警官，乘大型吉普車從台北市延平路天馬茶房附近通過。他們是被調來緝查私煙的。路邊的幾個靠此獲得當天口糧的私煙攤子中，大多是捨此便再無其他生活途徑的寡婦、失業者。年邁的林文邁（準確地說是林江邁）就是其中之一。聽到巡邏車的聲音人們扔下攤子四散逃奔逃，林江邁因跑慢了而被巡視員捉住。她一個人支撐著全家的生活。如果煙被沒收，可想而知，一家人從此將流落街頭。她苦苦哀求，卻遭到巡視員用槍托擊她的頭部。她當場昏倒在地。目擊民衆無不譴責巡視員的橫暴行為，並逼向緝查人員。邱永漢的長篇小說《濁水溪》繼續敘述道：

這時，一個男子從二樓窗戶伸出頭來怒斥道：「你們

> 就饒了她行嗎？」哪知巡視員冷不防掏出手槍開了一槍。還未來得及多想，那個男子已向前翻掉了下來，趴倒在了騎樓的鐵欄杆上。子彈穿透了心臟。被這意外結果驚嚇住的巡視員偷偷摸摸扒開人群逃跑，不知所之地失去了蹤影。禁不住頭部的重量，屍體掉在了圍觀的人群中。懶洋洋的夕陽照進了血染的騎樓。

擁上來的人急速增加。一年半以來積蓄在他們內心的不滿，因為看到鮮血而終於爆發了。他們匯集起來湧向市警察局，要求逮捕犯人。另一部分人襲擊了報社，並發展到示威遊行。次日早上人們包圍了專賣局。陳儀調動了警官和憲兵，在長官公署將槍口對準群衆。

台北的暴動由佔領廣播電台的群衆代表播放給了全島。於是，打倒陳儀的抵抗運動就此開始波及全島。

台北暴動波及到斗六、虎尾（雲林縣）地區是 3 月 2 日。當地的青年們襲擊警察，奪下武器，武裝了起來。當時，虎尾機場由二、三百名國軍負責警備。張昭田所屬的竹山民軍，與台中、斗南的民軍匯合後，又與陳纂地率領的斗六警備隊一起參加了虎尾機場的攻擊戰。國軍進行了頑固抵抗，民軍也遭受了很多死傷。張昭田戰死於這場圍殲戰的第一次戰鬥中。雖然國軍在他犧牲後投降了，但到了 3 月 14 日，國軍的大部隊進駐斗六，民軍在絶對優勢的兵力前，只得敗退。

據説 3 月 8 日在張昭田故鄉竹山舉行了張昭田的盛大村祭活動。

二・二八事件是因民衆的不滿達到爆發點而發生的。它説不上是正規地組織起來的抵抗運動，只是停留在尚未形成統一的抵抗力量之前的武裝反抗，因此，國軍的援軍一到便瓦解了。

關於在虎尾機場攻擊戰中死去的張昭田，除了在本章開頭引用的《台灣青年》所載內容以外，我一無所知。但是，父親於大正末昭和初期的抗日運動中被拘捕、拷問至死，其祖父同樣也是日本佔領台灣時死於與日軍的戰鬥。這確實可以證明，這位戰死於 21 歲的青年的反抗精神，是來自於祖父那一代的凝重沉澱。

以上所述確實過於巧合。因為事實比小說更離奇，所以即使有些誇張也沒有什麼不可思議的。懷疑這是否是杜撰的，也許是我作為評論家無意識中形成的生性多疑的習性。如果說張昭田是死於 1947 年，得年 21 歲的話，那麼，張昭田應該生於 1926 或者 1927 年，即大正末或昭和初。假設其祖父的死是在台灣民主國的成立和崩潰時期，即 1895〔明治 28〕年的話，張昭田的父親就應該出生於 1895〔明治 28〕年以前。按照最遲的出生估計，即如果是 1895〔明治 28〕年出生的話，父親在張昭田來到這個世界的 1927〔昭和 2〕年前後，已經有 30 多歲了。對於我來說，這段插曲即使是《台灣青年》派的杜撰也無妨。在這裏，我想要考慮的並不是這個插曲究竟是事實還是虛構，而是這樣的插曲即使是虛構的，它也是台灣民衆走過的，不會使人感到不自然的歷史。

竹山按照日本統治時代的行政區劃，屬於台中州竹山郡，今屬於南投縣，以竹材的集散地而聞名。我未去過竹山。若要從此去斗六、虎尾，須渡過濁水溪。想必竹山的民軍是渡過濁水溪進軍斗六的吧。我可以清楚地描繪出民軍裏的張昭田的形象。但我並不想將這位 21 歲的青年描繪成英雄，相反，倒是想寫一個平凡的人的死。想通過祖孫三代的死，來描述歷時五十餘年的某個民族的歷史。這才是我的目的。

這個故事是從台灣中部的某個村莊，某日下午，二・二八暴動的消息傳進來時開始的。

*

歷史通常是以這樣的形式從個人的生活中開始的。在平淡無奇的景色中，突然有嚴肅的政治介入。在此瞬間，人便不得不在歷史中不容分辨地充當主角，拒絕是不可能的。我思考的長篇小說的主人公，其實不是張昭田，而是陳某、郭某、林某。有時想著的是日本人A某、B某。而且幾乎都沒有留下那個人物的死亡的痕跡，而是讓歷史的進程超越人的步伐發展下去。難道小說只是從人的屍體中繁衍出來，咀嚼歷史，隨風飄搖的東西嗎？

布克哈特似乎曾說過：「所謂歷史，是因意識的覺醒而產生的與自然的斷絕。」愛德華．卡爾引用這句話，進一步指出：「歷史是從人們不把時光的流逝看作自然的過程——四季的循環、人的一生等——而作為人有意識地參與其中，從人們對能夠有意識影響它的一些特殊事件的聯繫加以考慮的那一刻開始的。」所謂現代的歷史學，可以說就是建立在，希望將這種自覺作為方去而加以把握時才成立的。原始人也有歷史。從他們斷絕類似動物的對自然的依存，意識到在自然中的人之存在，利用自然的推移，並將人的活動置於其中時，歷史就開始了。這雖然只是歷史認識的開端，卻不是歷史本身的自覺。歷史意識常常以人的生死為媒介灌輸給我們。它的面目既溫和又冷峻。某個家族所相處的時間，按照平凡的流逝把每一秒記錄下來。但這也並不是歷史的自覺。對於張昭田來說，所謂的歷史是祖父遭虐殺，父親被拷問致死。這是他所知道的歷史的面貌所具有的嚴峻。他肯定是在得知家族歷史時，才第一次覺悟到歷史流過他的血肉。這比知識還更強烈的震動，傳達給他的是無意言傳的東西。對於個人來說，與歷史的對峙，雖有程度上的差別，在大多數情況下，恐怕都是由這樣的關係開始的吧。

我基於自身的體驗，是如此領會歷史的。這不是父母向子女，子女向兒孫強行要求所能形成的。強行要求反而會招致逆反心理。據說鯀 9 年治水而未果，在羽山受到處罰而歿。其子禹離家 13 年，奔走於土木工程治水。這是歷經二代的執著精神。日本人欠缺的就是這種執著。歷史常常會返回到出發點，變革的欲求也是不斷地從零開始又返回到零，然後再次從零開始。在把過去作為歷史被體系化之前，它只是被置於與觀照自然變遷的角度相同的位置，置身於歲月的流逝中欣賞而已。這從日本人的自然觀等方面似乎也能清楚地看到。這可以說是輪迴觀，而不是歷史，只是停留在對從悠久的過去持續到永遠的未來的時間流逝的觀察。也就是說，無論經過多長時間，它也不會成為歷史。日本的歷史小說一邊追求現實性問題，又一邊在其中埋藏一種宿命觀，這恐怕不會與此無關吧。

現代的日本歷史小說，經歷了這種挫折後，一直在思考如何變革。森鷗外曾想通過探究血統來打破它。其他作家則試圖將這齣人間戲劇以命運的週期率加以把握，然後把它結束在原先預定的大團圓中。但不管哪一種嘗試，最後導致的都是立志於歷史，卻偏離歷史；挖掘歷史的斷面，卻錯過了歷史的連續性這樣一種結果。剩下的僅有的路，便是使探求血脈、追尋祖先的具有封建傾向的手段，不是作為手段而是通過將其體系化，使之儘量接近歷史規律的嘗試。

子母澤寬滿懷眷戀之情所描繪的幕府末期江户的人們，隱藏著其對祖父梅谷十次郎的骨肉之情。他的祖父是被彰義隊擊敗後，逃往五稜郭的幕府將軍的家臣之一。此外還有島崎藤村的《黎明前》，外村繁的《筏》，本庄陸南的《石狩川》，中山義秀的《碑》。無論哪個都記載了作者的父親或祖父的艱苦經營，傾注著將這一切在自己的血中加以確認，通過探索歷經三代人的歷史，來總結人類的足跡的願望。如說這些作品是在小說上全力阻止歷史經常返回到零點的現象，是不是有點太牽強了呢？

日本的歷史小說，始終是在追尋自己的血脈。為何不從追尋他人的血脈開始呢？當能夠將他人的血脈當做自身血脈時，真實的歷史小說才會誕生，歷史意識才能建立。難道不是嗎？

＊

我的長篇小說中的張昭田，是一個叫作尾崎秀實的男子。

他的祖父沿承國學家平田篤胤的學風，一直以天皇親政時代的到來為理想而努力。他祖父率先參加了在美濃苗木藩發生的廢佛毀釋等運動。這與青山半藏所描繪的理想在某些方面有共同之處。如果說二者有什麼不同的話，恐怕應該說是他比青山半藏更具野心但不致於瘋狂；即使徹底的革新違背了他的預想，向著相反方向發展，他也並不氣餒這一點。新時代的胎動，也震響到了山裏偏僻的村莊，他傾注家產，在那個貧寒的山村建起了生絲工廠。

他的父親在其出生前來到台灣。那正是後藤新平推行其巧妙的殖民政策的時期。他中學之前一直生活在這片殖民地上，親眼目睹了這所謂新附的領土賦有原色的自然和社會的矛盾，當時也是台灣各地抗日游擊戰蜂起的時代。後來，他去到中國大陸。在國際都市上海，他又目睹了另一種、但又是相通的政治、社會的矛盾。歷史這一概念走進他的意識，就是從這時開始的。他忠實於自己意識中的歷史。這歷史指的不是過去，而是未來。他想將自己的歷史，與日本政治的歷史相重疊。這種充滿苦難與自豪的喜悅所構成的一種使命感，緊緊地束縛著他。他是一個具有理想家氣質的實踐家。

在獄中，他把心聲付諸了文字。

貫穿我少年時期所獲得唯一的與一般人不同的經驗，是在台灣這塊土地上，不斷與台灣人的接觸，其中既有孩童間的爭鬥，又有在日常生活中以具體形式直接感受到的統治者與被統治者間的種種關係。這一點即是喚起我對歷來的民族問題異常關心的原因，從而也成了對支那問題理解的契機。

此外，與我在上海居住相關聯，使後來的我在思想立場上形成自己的特徵的，首先是支那所處的所謂半殖民地的地位，從而產生的對民族解放乃至民族問題普遍抱有的強烈關心。其次是全方位地、現實地觀察對支那佔支配立場的英國，從而確信只有英國才是包括支那在內的世界被壓迫者的最大的、共同的敵人。

他一邊這樣寫著，一邊細細地咀嚼著祖父還有父親走過的歷史。從明治維新到第二次世界大戰日本現代的歷程，在他自身的歷史中刻下了痕跡。把自己包括在其中，這才的確可以說是歷史。殖民地台灣與半殖民地中國的現實，在他的身上歷史得以再現。

他在被執行死刑前，這樣寫道：

圍繞著微小的我來自內外的日益加劇的暴風驟雨實在太強烈，結果我無力抗拒。我終於知道了唯一正確的方向是把自己的心空下來，虛心地投身於偉大的力量面前。如今我所到達的連自己也覺得不可思議的境地，竟是一系列無限的動搖、焦躁、苦惱之後所得到的東西。對我來說，這些是無法向世人言傳的珍貴經驗的結晶。

或者有人也會說，尾崎的申訴書有轉向之意——。然而，在他偽裝的轉向，恭順的言辭的表白中，絲毫沒有隱瞞自己想說的話。在他的歷史，找到了與日本歷史的交接點繼續發展時，他含笑接受了死刑的宣判。在他的肉體的歷史將要結束時，他在用全身心呼吸著一種喜悅，這喜悅是只有得以生在這樣的歷史中的人才能享受到的。

他把死凝結為活，於是，未等來戰爭結束便死去了。張昭田在生命將結束時所必然想到的，尾崎也一定想到了。我想將這部長篇，先以評論的形式寫出來，那恐怕會以祖父、父親以及他同時談話，同時歡笑的形象開始，又以同樣的形象結束。我頻頻感到這樣的不安。

關於朴春日的《現代日本文學中的朝鮮像》

較遲步入現代化軌道的日本，一貫採取「對列強採取追隨，對亞洲採取侵略」的態度。在日本型的民族主義的基盤裏，充滿著這樣矛盾的兩面性。因此，為了正確瞭解這一現代化的扭曲，我們有必要回顧關於台灣、朝鮮、中國東北地區等舊殖民地的諸問題。由於日本的戰敗，在形式上日本不再擁有殖民地。但在意識中，並沒有徹底清除殖民地統治的感情。本來應該作為一個深刻的傷痕來認識的問題，讓我們看到的卻是跟在美國的亞洲政策之後推波助瀾，作為舊的殖民者意識的再生產版而復活的浪潮，其原因何在？

從日本政府對前些天「淀號劫持事件」〔1970 年 3 月，9 名日本「赤軍派」成員劫持從東京飛往福岡的日航班機「淀」號前往朝鮮。——譯註〕所表明的態度的深層，可以看出它對於朝鮮民主主義人民共和國和大韓民國的忽略。這是無意識的，但是越是無意識則越說明問題的深刻性。日韓會談的久保田代表（第三次會談）、澤田代表（第四次會談）的發言，以及成為媒體話題的高杉晉一代表的不負責任的話中，所表現出來的厚顏無恥的態度，絕不是僅限於那幾個人的態度，而是潛藏在日本人意識深處的普遍態度。日本政府在整個殖民地統治期間，在日本大眾的意識裏，始終灌輸的是一種對中國人、朝鮮人含有蔑視的歪曲的形象。關東大地震時對朝鮮人的虐殺、戰爭中那些致死的強制勞動事件，這些難道不都是日本現代史上的最大的污點嗎？

儘管如此，我們卻尚未充分地對此作任何歷史性的反省。在日本現代文學中，對於日本人是如何對待朝鮮或朝鮮人的問題，也始終無人過問。中野重治這樣寫道：

> 非常單純地說，我覺得日本人在文學的世界中，並沒有認真地對待朝鮮乃至朝鮮人。給日本人帶來非常大的觸動，這觸動本身又表現了日本人對朝鮮乃至朝鮮人的觀點的——無論是進步的還是反動的，總之這樣的文學作品幾乎很少。
>
> 在文學的世界以外，例如，在日本的軍事科學、經濟學、國際外交關係方面，通過如何把朝鮮作為日本或日本帝國主義的亞洲據點，又是怎樣把它置於與中國及沙皇俄國的關係中等設想方式，自從征韓論開始，一直對大井憲太郎等進行著研究。但在文學方面，關注日本與朝鮮、日本人與朝鮮人的關係，從人的立場上看待國與國的關係的研究卻是少而且落後。

中野的這些話，不僅是對並無問題意識的一般人們的警告，而且應該也是他自己，是我們每個人的反省。可能朴春日的《關於現代日本文學的朝鮮像》可以說是對此做出的第一個系統的答案。此前雖然有鶴見俊輔的〈有朝鮮人出現的小說〉（桑原武夫編《文學理論的研究》），金達壽的〈在日朝鮮人作家與作品〉（《文學》第 27 卷第 2 號），大村益夫的〈1920 年代的朝鮮文學〉（《文學》第 33 卷第 11 號），任展慧的〈張赫宙論〉（同上）等個別論文，但作為綜合論著，朴春日的該作品是最早的。

該作從江户時代末期的思想家們的對外擴張論中的侵略朝鮮

構想，繼而是征韓論、啟蒙思想家的脫亞論開始寫起，直到日本戰敗、朝鮮解放為止，按照所劃分的「暴風時代」、「風雪時代」、「抵抗時代」、「戰爭時代」的順序，分別對壬午軍人暴動與戲作派的好戰文藝、甲申政變與東海散士的《佳人之奇遇》、乙未事變和與謝野鐵幹的男子漢氣概、小杉未醒的反戰詩中所體現的對朝鮮的傑出之士與民衆的深深的同情、夏目漱石《滿韓各地》的某種極限、日韓併合時啄木的詩作《我把地圖上的朝鮮國重重地塗黑》中所包含的危機感、高濱虛子的殖民地寫實風景詩、森鷗外所著歷史小說《佐橋甚五郎》中的曲折感情、「三一萬歲事件」與湯淺克衛的《橄欖》等等，內容按照年代的順序，逐一作了追述。

而且該作還根據日韓交涉史（日本帝國主義的殖民地掠奪過程），雖有點公式化，但明確捕捉到了這一點，作為概述也是成功的。特別是著者站在了以民族獨立、和平、自由為目標的文學者們的國際交流與合作意識的立場上，因而使得他的著作始終貫穿著這樣一種特色，即通過揭開過去的傷痕來觸及今天日本與朝鮮、乃至亞洲問題的自覺。以明確認識到日韓會談的反動性的眼光，在歷史性地追述作品的過程中，強烈突出問題的意識，可以說正是該著作的價值所在。

當然，就每一個問題來說尚不夠深刻，或者說是還有尚需進一步補充的內容，然而它作為此類研究的最初的總結性著作，是應該給予高度評價的。只不過我更希望著者應該看到，日本與朝鮮在文學上的交涉（及其歪曲）同時與日本對台灣、對中國東北地區的歪曲關係是重疊的，我們應該以更寬廣的視野對這幅全體像加以透視的眼光來看待朝鮮問題。雖然在理念上可以看出宏觀的亞洲史觀，但對每個作品捕捉得尚不充分。我更想從中瞭解抗日抵抗運動、殖民地掠奪的實情等的比較，也就是說希望能從中瞭解它們的橫向聯繫問題。希望能從多視角捕捉戰爭中的那些

「一視同仁」政策、「公民化方針」等的本質。特別是朝鮮作家的情況，由於是《關於現代日本文學的朝鮮像》的概括而被遺漏，可以說是非常遺憾的。也許著者有將此歸納為另一本書的打算，因為朝鮮人用日語在日本雜誌上所寫的作品，其內容與其說是朝鮮文學,不如說是更應該作為日本文學（的傷痕）來讀。因而，在寫「關於日本文學（日本人作家）的朝鮮像」的同時，也有必要同時在寫一部「關於現代日本文學（朝鮮人作家）的朝鮮像」。

另外，作品中在提到松浦静山的《甲子夜話》時，所寫的「實有與否，日本學者也尚未澄清」，以及將中國左翼作家聯盟寫成中國左翼作家同盟的筆誤，希望再版時可以得到更正。還有湯淺克衛的《橄欖》在《文學評論》上刊載時，有關「三一萬歲事件」的部分幾乎都被刪掉了，第六章以後的部分未得付梓。讀者得以看到其全貌，是 1946〔昭和 21〕年 11 月由講談社發行以後的事。這些在德永直的追記和湯淺克衛《橄欖》的後記（作品解說與回憶）中都談到了此點。從正確的文學史敘述來講，明確地澄清這些經過，並與戰後再版的經過一起加以研究，是非常重要的。關於不干涉主義的部分，應該是戰前被刪除的部分。再有就是關於田中英光的《醉漢船》，我也想聽到朴春日的評價。

本來應該由日本人文學研究家首先完成的工作，卻由朝鮮人研究家擺在了我們的面前，我們對此應該感到羞愧。

「殖民地遣返派」的發言
——與歷史的傷痕相糾結的作家們

*

作家身上有一種叫作「原體驗」的東西。它有時是政治上的挫折，有時是與死亡的抗爭，有時也許是軍營體驗。這種所謂「原體驗」有直接顯現和不直接顯現兩種情況。換一種說法，即是有從「原體驗」出發和從遠處膽戰心驚地向此回歸的區別。

五木寬之在最近發表的〈殖民地遣返派的想法〉（《每日新聞》1 月 22 日）中，涉及了這個問題，並談了他自己的「原體驗」，即殖民地體驗。

> 存在我記憶中的是朝鮮人、中國人、日本人、白俄羅斯人等的錯綜複雜的關係及其生活片斷，對於我來說，那片土地等同於我幼年時期度過的故鄉的山河。我很理解卡繆對阿爾及利亞風土的那種錯綜複雜的感情。說起我們是作為壓迫者的一族來到這片土地的，但在這其中日本本土上原有的階級對立的陳規舊轍仍原封不動地存在著。因貧窮逃到殖民地，卻在那片土地上相對其他民族處於統治階級的立場，當時就是這樣一種異樣的雙重構造。

這是戰敗後，被迫使從所謂「非英雄性光榮逃脱」的一代人的心聲。這段話裏隱藏著被關在收容所、被如同牲畜一樣地由貨車運送、僅持隨身物品，在赤土的山間或無邊的荒野彷徨的逃亡者的體驗。這種感受與由自由船（Liberty Ship）被遣送回日本，卻又不能感到日本即是祖國的一代的虛妄感是重合在一起的。然而，這種體驗在心裏銘刻得愈深，也就在心底埋藏得愈深，同時在語言上也就表現得愈加遲疑——應該説正是這樣的體驗。

*

對於出生後不久來到朝鮮，輾轉各地後來到平壤，並在平壤迎來戰敗的五木來説，日本既是祖國又是異國。確實大人們曾反覆地説：「只要能返回內地……」，這句話幾乎只是一種祈禱。對於他來説那只是虛幻的地方。如果真是那樣美好，為何雙親會離開日本來到殖民地呢？這一想法在殖民地體驗中又增添了一層這一代人的感受。

五木在獲得直木獎前後，已經寫到了這個問題。即《隨風搖曳》中的〈洋槐花下〉和〈第二十二年的夏天〉。但是直至今日卻始終沒有將這種遣返體驗寫成系統的小説。正如他自己所説，只是以此主題追尋回歸的軌跡而已。

他所説的殖民地體驗，不只是在日本的舊殖民地出生、成長，在那裏迎來戰敗，其中還包含著在那片土地上的真實感受。我所説的在這裏又增添了一層不同年代的人所特有的體驗，就是指此而言。如果只是在舊殖民地成長的話，無論是在台灣新竹出生，到中學一年級前一直在殖民地度過的埴谷雄高，還是在大連出生，學校畢業後再次返回殖民地，在東部蘇滿邊境迎來戰敗的五味川純平，他們一定都有相同的體驗。五木的想法是從大正末年至昭和第一個十年這一代人的想法，其中又加了一層喪失祖國的意識。《人的條件》的作者五味川純平對此使用了「靠戰爭生存下來的一代」的說法。雖然他是作為陸軍御用商人之子在滿洲長大的，但在他的體驗中，確實包含著劇痛的創傷。他們與五木一代的區別是戰敗時已經能對此進行批判的一代、與只能把它作為無可改變的現實而接受的一代的差別。

*

五木等作為遣返者，在內地完全是異邦人，不過是上無片瓦下無耕地的無根草。這不僅是五木的體會，上海出生的生島治郎、從平壤遣返的林青梧，在新義州迎來戰敗的大藪春彥均屬此列。

請讓我借用一下五木寬之的話：

> 因此在我們這些從殖民地被驅逐歸來的人身上，可以看到有一些共同的傾向。
>
> 一是對外國，以及不同民族、人種關係的強烈關心。另一個是對內地或對日本化了的事物的對抗和強烈的關心，還有就是地理性、流浪性和國際性傾向。此外，再有就是由沒有故鄉而產生的失落感，可以說所有這些作為「原體驗」的對殖民地與強國的警戒意識，根深蒂固地留在了我們心中。

陳舜臣和早乙女貢兩人被評選為本屆〔1969 年第 60 屆——譯註〕直木獎獲獎者，這似乎從某種意義上證實了五木的想法。

陳舜臣是生在神户，長在神户的典型神户仔，但籍貫是台灣。早乙女是生在哈爾濱的在舊殖民地的第二代，再考慮到兩個獲獎作品的素材都與日中問題密切相關，所以舊殖民地派作家在此併軌登場，並非事出偶然。

陳舜臣的獲獎作品《青玉獅子香爐》是以雕玉工匠的執著為線索，圍繞著該工匠所製玉器的流轉變遷，刻畫出中國現代史起伏變化的一部意味深長的作品。陳雖然是以推理小說家登場，但他並未侷限於推理。除此作品外，他還更廣角度地著眼於日中兩國問題，創作了歷史長篇《鴉片戰爭》。他在作品創作過程中曾寫道，鴉片戰爭後一百多年以來，東亞不堪承受的苦惱歷史始終縈繞於胸。這恐怕正是陳舜臣發自血緣的感受吧。

早乙女貢也是一樣。其獲獎作品《僑人的囚籠》，是以明治初年成為國際話題的瑪利亞盧斯號事件為題材重新創作的長篇，作品體現了作者展開事件的雄心，特別是在對中國人朱玉團的生存能力的描寫裏，包含著作者自身在殖民地對中國人見所未見、聞所未聞的驚嘆與羨慕。

在生於東京，轉年遷往奉天，在那裏讀完小、中學的安部公房那裏，我們也能看到五木所謂的舊殖民地體驗。

在他的自撰年譜裏這樣寫道：

> 我生在東京，長在舊滿州。但是原籍卻在北海道，在那裏也有數年的生活經歷。即出生地、成長地、原籍三處各不相同。因此履歷的開頭很難寫。所以，從本質上講，我可以說是沒有故鄉的人。不知道在我的感情深處潛藏著的一種對故鄉的憎惡，是否相當程度是因了這樣的背景而存在。給定居以價值，所有這一切，都給我帶來傷害。

他的作品世界是由什麼支撐著的，關於這一點，只要看一看例如《砂漠的思想》便可明瞭。對於在半沙漠的滿州（現在的華北）度過幼年時期的他來說，沙漠是「對於在日本沒有的東西的憧憬」，是急切與「一種興致勃勃的期待」相混雜的、具有未知的魅力的地方。這種感受不僅與產生灰暗的私小說的文學土壤絲毫無緣，而且是與新的人生（不，宇宙）觀緊密相連的。為何他未將遣返者的體驗，也像藤原貞的《流星在閃鑠》那樣去寫，而是做了《野人還鄉》般的形象化，不，也許不能不這麼寫吧。毫無疑問，解開這個疑問的鑰匙，肯定就藏在他們這一代的「原體驗」中。

＊

此外，還有生於大連，並在那裏得知戰敗的詩人清岡卓行。他也寫道：「終戰的夜晚，我重新好奇地眺望著曾是日本殖民地的星空，深深地沉浸在天文學式的思考中。這是最初的信號。那以後，我好像把詩徹底的忘卻了。」這也是來自這種同一性質的體驗。這樣的例子不勝枚舉。大衆文學中，例如上海出生的生島治郎的《黃土的奔流》那種不寫不快的內在必然、《李朝殘影》對於生於京城的梶山季之的意義等，還可以舉出許多這樣的例子。因此可以說，五木寬之的「殖民地遣返派的想法」正是基於這一共同函數的創作。

但是為何在今日、在這樣的時刻，「殖民地遣返派的想法」成為了問題呢？其原因之一恐怕是昭和第一個十年的一代人，終於有了將他們的體驗以文學方式表達的一席之地。再有，可以說就是從與向現有文壇的文學要求新視角的讀者的要求的交差點產生的聲音。

我也是通過國外旅行，知道了安部公房的作品已超越國境，正在更廣泛地滲透。但這種全球性的想法，是從何而來的呢？還有五木寬之的流浪，與其說是空間上的地域變遷，不如說是以心理上的變化為根據的，對其理由，我們也必須返回到所謂「舊殖民地體驗」這一「原體驗」上來重新認識。

我與五木一樣，都是昭和第一個十年出生的舊殖民地人，生在台灣，長在台灣，並在台灣迎來了 1945 年的 8 月 15 日。正因為如此，我對他們盤結於思想根源的，既可以說是傷痛、又可以說是嘆息的心聲深有同感。特別對他「在殖民地作為支配民族的日本人中，也存在著兩個階級」的指責，我似乎感受到了他伸出的顫抖的指尖。然而，傷痛越深，對於它的鮮明的體驗的告白也就會越遲疑，這也是事實。

日本在經歷了戰敗後20餘年的今日，仍尚未歸納出關於舊殖民地問題的實質性決算書。雖然不能說這是一件容易的工作，但通過舊殖民地這一分光儀，重新定位日本在亞洲的位置的必要性，不僅對文學，對各個方面來說都是非常重要的。

「我們這一代的後遺症」，是與歷史的傷痕密切相關的。

過遲的發言
——代後記

一

我是生在台灣，長在台灣，於戰後返回日本的所謂台灣二世。直到歸國為止，我不知雪是什麼樣子。即使日本的國花櫻花，如果不是專程去阿里山的話，也是看不到的。LST〔landing ship for tank，戰車登陸艦——譯註〕進入豐後水道，當愛媛縣的層層梯田開始映入眼簾時，我才第一次有了回到日本了的這樣一種真實的感覺。那時正好是 4 月的上旬，登陸的大竹海兵團的院子裏，櫻花正在盛開，此時的感覺是我的作為日本人的自覺的起點。

何謂日本人——如果從外側論證，無論怎樣得出的都不過是極粗略的答案。因此，我想把這個問題換一個角度，從自己裏面來考慮何謂日本人這個問題。

對我來說，讓我意識到自己到底還是日本人的，是 1945 年 8 月 15 日。

那時的體驗，即使在戰後 26 年的今天，仍然叫我銘刻在心。那不只是單純的敗戰體驗，對我來說，它包含著雙重的重要意義。

一重是得到了與日本人一樣待遇的喜悦，另一重是認識到了我成長的那片土地是日本以外的異國。

戰爭期間，我作為「間諜的弟弟」，廣遭歧視。因在所謂間諜佐爾格事件這個奇怪的政治事件中有利敵行為而遭絞刑的兄長（尾崎秀實）的問題，不容置辯地壓在我們家庭的生活之上，叫我們只能懷著無處藏身的心情打發每一天。

這如果是在東京，也許還較容易忍耐。但事實卻是在作為南進基地的殖民地台灣，因此我們就成了被雙重排斥的存在。

那些臨時的愛國者們，幾乎每天給我們送來恐嚇信。其中充滿了「請你們父子二人自裁以謝天下」之類的嚴厲詞語。

發信人或是楠木正成，或是吉田松陰，其中也不乏用粗筆寫下「一日本人」者。還有人幾乎每天在牆壁上亂寫亂畫。

所謂「賣國奴」、「非國民」之類的言辭壓得我們直至終日愁眉難舒。

還是中學生的我，在尚不知道事情本質時，即已被「非國民」、「賣國奴」這些詞語所具有的強烈震懾力所壓倒，開始認真地考慮自己是否具有作為日本人的資格。

如果不是日本人，或尚可減輕此種痛楚。然而，在那樣一個所謂「生不受俘虜之辱，死勿留罪禍之污名」之説盛行的時代，我們没有辯駁的餘地。

在賣國這一事實尚未澄清之前，説法已在先行，我們被它折磨著，瑟縮著身子只等待風暴快快過去。

如果讓我坦白地説出我當時的心情，那便是我也想擁有像其他日本人一樣被祭祀在靖國神社的資格。

對於戰後的一代來説，也許他們覺得這種意識是荒謬的。

然而，對於那時的我這樣一個一直接受以為皇國而捐軀為唯一目的的教育的一代人，這是切實的願望。我曾十分羡慕那些能喊著「天皇陛下萬歲」而赴死的人。

我曾希望，如有可能至少容我這樣吶喊著去赴死，但這對我來説卻是奢望。

沖繩戰事開始不久，我尚未滿 20 歲，即被動員入伍，被部署於台灣的沿岸警備。

我是手持竹槍的速成二等兵。我期待著在軍隊，也許就不會再有「非國民」、「賣國奴」之類的非難了。但没想到，我受到的卻是來自長官和老兵的更加凶狠的攻擊。

他們狠狠教訓賣國奴的弟弟也是大義名分之舉。制裁我，是出於他們的愛國心。我實在知道了，軍隊終究不過是社會的縮影而已。

8 月 15 日，我從上午開始因公外出離開了軍營。

我在外面聽到了天皇的「玉音廣播」，於是改變了原來的計劃迅速歸隊。我在軍營裏把消息傳播了，結果被指揮班長叫到跟前，遭到劈頭蓋臉的痛打。

那時的指揮班長樣子十分可怕，説是我也和兄弟一樣從事了賣國活動，非將我至於死地而後快。

那天傍晚，我再次被叫到指揮班，並命令説，隊裏的中國（台灣）學生（那時志願兵制度已變成了徵兵制）有不安定苗頭，你好像在中國人裏有信譽。你接近他們做內探，然後將情況逐一報告。

我考慮了一下拒絕了這個要求。那時，我開始感到到那時為止一直壓在我身上的日本軍隊——社會的重量突然失去了其份量。

我從來没有像那時那樣，徹頭徹尾地感到自己是日本人。因為我是日本人，所以必須拒絕這一命令，我心底終於萌生起了這樣一種邏輯。

在中國學生，即台灣出身的學徒兵中，有人在隊裏秘密組織了孫文的三民主義之類的研究會。

我對他們的行為略知一、二，但正因為我知道，我才拒絕了長官命令。

對於殖民地的第二代的我來說，日本這個國家無論何時都是遙遠的。

那是——

日本啊，美好的國家，清澈的國家
日本啊，世界上唯一的神祇的國家

伴隨著的就是這樣的感覺。

但在它的反面，是使得殖民地的日常生活都帶有作為日本人的莫名其妙的優越感。

人人好像都帶有所謂代表日本對待殖民地被支配者的一種扭曲的情感。而且抱有這種優越感的人中，還有不少是在日本本土不能容身而跑到這裏的傢伙。因而劣等感和優越感構成了他們的表裏兩面。

日本在殖民地各地，剥奪了被統治民族的母語，強迫他們接受日語，整頓寺廟改建神社，強迫他們接受與劣等感互為表裏的優越感。然而，到了 8 月 15 日，這一切都發生了逆轉。

在我的日本人的意識中，不能說沒有這種情感的影子，但 8 月 15 日的體驗，將我這種糾纏不清的感情也徹底粉碎了。

我那時感受到的作為日本人的自覺是什麼，對於這種相對於此前的日本人的意識幾乎是完全不同的、新的自覺，在戰後 26 年間，我一直思考著。然而，就其具體內容，我還是不能用言語來表達。

因被日本人疏遠而有了作為日本人的自覺，對這一點我已然沒有任何遺憾。

二

因為覺得必要，我一直在從事「滿洲文學年表」的整理。也許有人會說，近來國內外形勢動蕩不安，社會上公害問題到瀆職問題等敏感現象如此普遍，現在似乎不是整理「滿洲文學年表」的時候。

但是，我還是執著地埋頭於資料之中，抽身不得，而且在整理「滿洲文學年表」的同時，我也一直按耐不住地在思考所謂「滿洲文學」到底是什麼。

我所思考的也就是，把在曾經存在於地球之上，如今已灰飛煙滅的一個時代的惡夢——滿洲國這個日本傀儡國統治下形成的文學諸現象整理成年表，到底能給我們帶來了多大價值。

奇怪的是「滿洲文學」這個詞語，既不屬於日本，也不屬於中國。毫無疑問它指的不是中國東北地區的文學現象，而且是日本的傀儡國的滿洲國的文學現象。在日本文學史上它被視為庶出，在中國文學史上它又被視為異端而被區別看待，不，被完全視若無睹。然而，事實上就像在地球上，在一個時期存在過一個叫作所謂滿洲國的偽國家一樣，在這個偽國家下的文學現象也是存在過的，我們不能任其灰飛煙滅。

即使從滿洲國這個偽國家曾經是日本法西斯主義進攻大陸的里程碑這個意義上，我們也有必要親手整理這段歷史的創傷，並把這段災難的歷程記載下來。

在我製作這被認為是與現今的各種狀況無緣的「滿洲文學年表」的過程中，寄託著作為日本人的深深的反省，但這決非是因了什麼鄉愁情結的驅使。

關於滿洲文學的歷史，大內隆雄的〈滿洲文學二十年〉是唯一總結性著作。它原載於月刊雜誌《藝文》，戰爭末期，由新京國民畫報社單獨發行。至於戰後的作品，還有《滿洲浪曼》派北村謙次郎的《北邊慕情記》。

記得我曾經説過，縱觀滿洲的文學的動向，可以用《作文》派與《滿洲浪曼》集團相並立，再加上以《藝文志》為據點的中國作家，與代表大陸開拓文藝座談會的日本文學者來籠而統之這樣的話。時至今日，我雖然没有改變這種圖解式概括的打算，但比起這種歷史性的整理，實際上緊緊抓住我的是，對於住在滿洲的中國人作家（換作當時的表達方式，應該是「滿人作家」）來説，其通過日語實現文學表現時，形成的是一種怎樣的複雜心理這一問題。

與滿洲的作家比起來，對台灣、朝鮮作家來説這是個更深刻的問題。滿洲自1932年3月成立偽國家，13年後在地球上消失。因而，使用日語的文學表現並未留下那麼深的痕跡。然而，在台灣或朝鮮，日語卻是在皇民化的美名之下長驅直入，母語被強行禁止。在年輕作家中，甚至出現了只能用日語從事文學創作的實例。對此，作為日本人，我們該怎樣理解呢？

金達壽曾説過，日本對朝鮮不平等（殖民地統治）的結果，是熟悉了日語，但我想將這熟悉了的武器用於對民族平等和人與人之間的理解。這本身也將是對置我們於不平等、不理解的報復。對此問題，作為日本文學者，又將該如何理解呢？就是這樣一個問題。

作為這些問題的答案，我想將殖民地文學的傷痕，公正地在歷史中記載下來。這已經是十幾年前的想法了。遺憾的是當時充分理解我的意圖的人很少。最近，朝鮮文學會的《朝鮮文學》正式創刊，它使我有了「啊，一盞明燈終於點亮了」這樣一種感覺。

在它的創刊詞中，有這樣一段話。

「自從我們每個人開始關心朝鮮文學起到今天，我們始終試圖認真地瞭解、掌握每一位日本人是如何努力將朝鮮放在自己的視野中加以研究的。但是我們所可以得知的卻是貧乏至極的朝鮮研究的現實。」

這應該是我們的反省。朝鮮文學會的成員滿懷厭惡地告訴了我們，把朝鮮語換為日語的嚴峻性。日本並非只是在殖民統治時代把它強加於百姓，這是一個強行使用日語以代替和剝奪其母語的過程。這除了讓我們對朝鮮文學會成員就把朝鮮語換成日語這一嚴峻事實的痛切感受進行自省以外還能有什麼？

我知道在殖民地台灣，曾有較高自覺的日本知識份子學習台灣語，並用台灣語訴諸民衆的事例。我從心底裏尊敬他，他使得我在反省自己直至如今是用什麼、以怎樣的形式還債這個問題時，著實有一種不寒而慄的感覺。

《法政評論》復刊後的第一期上，刊登有任展慧的〈殖民地政策與文學〉和朴〔原著作「林」，誤植——譯註〕春日的〈給某日本作家的信〉。兩者都是法政大學系統的評論家，他們所述內容我想作為他們自身的問題來讀。

與「滿洲文學年表」一樣，一直縈繞在我心裏的另一個課題是「台灣文學年表」。最初的預定是想將這兩個年表作為本書的附錄，可是因準備不足，最終還是放棄了。

由於在文獻整理（資料的搜集）上意外地消耗了時間，最終未能使自己滿足，只好暫且割愛，但這決不是放棄。再版時，我一定會將基於那時所能搜集到的文獻的年表附上。

「台灣文學年表」的製作，已經過了兩、三次周折，最初是想在池田敏雄、黃得時所編的〈台灣文學書目〉（《愛書》第14輯）的基礎上，以補遺的形式進行。該書可以說是戰前這類書的唯一一本書目，也是目錄學史上的貴重文獻。但由於在台灣以極少量發行，多數人很少有機會見到，因而想附錄於本書，以使該貴重遺產在今後可以繼承。

但是，這雖然得到了池田敏雄氏的諒察，卻最終也未得到黃得時氏的許諾。可能有種種原因，但實在非常遺憾。該書目由上下編兩部組成，上編為台灣出版的單行文本文藝類書目，下編為文藝雜誌目錄。其中上編部分又為佔領台灣以前與佔領台灣以後兩部分。此外根據體裁又分了若干類別。編者即上述二人，但當時台大教授神田喜一郎、台北高校教授島田謹二兩位做了補充修訂，而且台灣總督府圖書館的市井榮、劉全狗二人也協助做了增補。該書目於1941〔昭和16〕年5月出版。

後來，我得到了廖漢臣氏惠贈的〈台灣文學年表〉（《台灣文獻》第15卷第1期）。這個年表可以說是自永曆16〔1662〕年到民國50〔1961〕年的文學編年史，其中收錄了人物和事件、作品名、文學爭論等內容，以及作為編者的注所羅列的關於重要事項的參考文獻。

我得力於該惠贈，開始著手製作另外的年表。在此過程中一直有兩、三位協助者幫助我從頭開始作這項繁瑣的工作，在頗費時日的製作過程中，協助者不斷更換，最後得到的是亞洲經濟研究所所員，優秀的農業經濟學者戴國煇的協助。

然而，與「滿洲文學年表」一樣，在製作過程中越做越覺得領域寬廣，若以淺嘗輒止的形式完成它自己也不能滿意。就如同現在寫這篇文章時一樣，總是覺得有一種這個還要讀、那個也應該查閱的欲望，難以抑制。

最後，我想對讀者說，將這些的情況和盤托出，是期待他日能將「年表」附於本書之後。這不是懶惰的結果，而是越向深處挖掘越能感到這背後水流的激盪，最終只能以這樣不甚嚴謹，即以尚無完成的結果而告終。

我們研究不過是開了個頭而已。

三

這裏收錄的論稿的大部分，是岩波書店《文學》雜誌編輯部組織的共同研究專案「戰爭下的文學」的一部分。該專案還有竹內好、平野謙、橋川文三、安田武、內川芳美等諸位參加，1960年3月7日開始一直進行到年末。研究結果從1961年5月開始分數次刊載於《文學》雜誌。因此我要說明的是，這本《舊殖民地文學的研究》並不是我個人勞動的結果，而是參加共同研究的諸位積極努力支援、賜教的結果。

我想把15年的戰爭，作為日本現代化所帶來的結果看待。日本與中國進退維谷的關係，在「決戰」階段，是怎樣的一種表現形式，我是嘗試著以可以想像到的幾種情景加以把握的。我認為這是理解今後的日本——位於亞洲的日本時，無論如何不可欠缺的。將日本和中國機械地分成侵略國與被侵略國然後找出問題，絲毫解決不了今後的日本人的課題。這種想法作為我的體驗之言，在戰後26年間，一直翻騰在我心底。對於生在殖民地，長在殖民地，在殖民地民衆中經歷了12月8日、8月15日的我來說，這可以說是包含著切身體驗的肺腑之言。要解開這個在日本與中國的關係中，再介入一個殖民地問題而形成的複雜曲折的方程式——把自己於戰爭中、戰爭後的體驗用語言表述出來時，它把我引向了無以復加的深刻反省。

但是，這個嘗試並不像我最初想的那樣容易。因為在文學問題之前，它首先是歷史問題、社會問題，而且這部分也尚未被充分調查，所以我們文學史研究的第一步，就成了擔負起歷史學家的任務。這才形成了尚未切中主題，僅以羅列材料而告終的事實，但對此我並無太多懊悔。

對於讀者來說殖民地文學也許是非常難於理解的。與夏目漱石，森鷗外這些家喻户曉的作家的情況不同，既使列舉台灣文學史上的代表作家，譬如賴和、阿Q之弟（徐坤泉）、楊逵等，肯定也都是完全不熟悉的名字。這也足以説明了殖民地文學所處的位置。想加一些關於他們的解説性説明，可是在日本文學詞典中卻一行關於他們的記載都没有。這便是我們殖民地文學研究的現狀。我們必須從正視這一現狀開始，一切重新做起。埋頭研究此問題，對我來説，也是我 8 月 15 日體驗的一個逗點。在此，我無非是想以這種過遲發言的形式坦露出來。這是我在思考亞洲的日本時的解答，也是我的立場。

這本書的一部分內容曾以《近代文學的傷痕》為題由普通社出版。由於絶版已久，藉此再版之際我又作了全面增補改訂，也有若干地方是以註的形式加以補充的。

對於我來説，在我有生之年，我恐怕不會放棄有關舊殖民地文學的研究。我想從今天起即開始著手第三版的增補改訂。另外，本書也基本上未太多涉及朝鮮文學。也許我接下來要做的是關於朝鮮文學的研究。

我把它作為自己的作業，謹記於此。

大東亞文學者大會相關文獻一覽

I 朝日新聞（不包括新聞報道）

(1)「大東亜文学者大会に際して」──日本國民に寄す		〈第一回〉
伝統を基に文化再生	歐那利奥（菲）	1942.10.27夕刊
文藝復興の光	周化人（中）	1942.10.27夕刊
偉なる精神の勝利へ	喬治・依・戴・希魯巴（馬來）	1942.10.28夕刊
日本は太陽	古丁（滿）	1942.10.28夕刊
東亞を愛する熱情鼓舞	許錫慶（中）	1942.10.31夕刊
前途に光明	烏齊蒙（緬甸）	1942.10.31夕刊
東洋文化で西洋指導	吉拉・希巴・奈（馬來）	1942.11.1夕刊
攜手挺身の秋	沈啟無（中）	1942.11.1夕刊
望む日本の科學	小池秋羊（蒙）	1942.11.2夕刊
互いの美を見出せ〔發掘相互的美〕	錢稻孫（中）	1942.11.2朝刊
アジアを蔽う愛情	爵青（滿）	1942.11.2朝刊
認識と共感	戴魯邦夫人（法印）	1942.11.2朝刊
(2)きょう文學者大會開く		
大會への希望	島崎藤村	1942.11.3夕刊
八紘一宇の顯現	爵青	1942.11.3夕刊
大東亞文學の建設	許錫慶	1942.11.3夕刊
(3)新文化の胎動を説く	奥村喜和男	1942.11.4朝刊
(4)第一日の印象から		

全東亞の結合へ	長谷川如是閑	1942.11.5朝刊
大きな拍手に感激	巴伊科夫	1942.11.5朝刊
「日本精神」をつかむ	恭佈札布	1942.11.5朝刊
⑸吳瑛女史をかこむ鼎談會(吳瑛、羽仁說子、森田玉)		1942.11.5朝刊~6朝刊
⑹大東亞文學者大會を終りて		
協和の實揚る、次回への希望一、二	豐島与志雄	1942.11.6朝刊
大きな氣魄で一今後の使命	武者小路實篤	1942.11.6朝刊
國民の堅實さ	錢稻孫	1942.11.6朝刊
預期以上の大成功	草野心平	1942.11.6朝刊
不動の信條の發露	山田清三郎	1942.11.6朝刊
力強い意見の一致	張我軍	1942.11.6朝刊
⑺日本の印象を語る座談會		
(古丁、和正華、丁丁、香山光郎、張文環、林房雄)		1942.11.7朝刊~8夕刊
⑻力強い別離の詩		
寄別(詩)		
沈啟無、柳雨生、丁丁、周溪若、潘序且、龔持平		1942.11.10朝刊
⑼日本印象記	巴伊科夫(香川重信譯)	1942.11.13朝刊
⑽大東亞文學者決戰大會に切望す〔期盼大東亞文學者決戰大會〕		〈第二回〉
佐藤春夫		1943.8.7朝刊
⑾真の國民外交	河上徹太郎	1943.8.10朝刊
⑿文學者大會に寄す——出席代表の言葉		
昔の夢が實現	周越然(中)	1943.8.10朝刊
望み業つて	關露(中)	1943.8.13朝刊
使命や重旦大	魯風(中)	1943.8.14朝刊
筆を以て參戰	田兵(滿)	1943.8.15夕刊
精神的建設へ	吳郎(滿)	1943.8.15夕刊
日本國民に寄す	陳寥士(南京)	1943.8.17朝刊
東行に際して	陳綿(北支)	1943.8.18朝刊
建設の一翼へ	徐白林(北支)	1943.8.18朝刊
力強い提携	章建之(杭州)	1943.8.19朝刊

新文學創造へ	謝希平（武漢）	1943.8.19朝刊
大東亞魂の再生	王承琰（蒙疆）	1943.8.20朝刊
⒀真の文化提携へ	奥野信太郎	1943.8.11朝刊
⒁中國文學の進路	吳玥	1943.8.13朝刊
⒂思想的完遂へ一決戰文學者大會の意義	高橋健二	1943.8.13朝刊
⒃人類文化の正道一大會に望む	松村（？）	1943.8.19朝刊
⒄日本に來て	關露	1943.8.19朝刊
⒅きよう滿・支の文人を迎う		
力強い心の團結	長與善郎	1943.8.22夕刊
新文化の創造へ	高田真治	1943.8.22夕刊
友來る（詩）	高村光太郎	1943.8.22夕刊
歡迎華滿代表諸君賦呈（漢詩）	鹽谷温	1943.8.22夕刊
樂しからずや（短歌）	逗子八郎	1943.8.22夕刊
⒆大東亞文學者決戰大會に寄す（大會寄語）		1943.8.24朝刊
阿斯芒拉・迦佟（泰國）、塔金・闊達・馬英（緬甸）、阿馬多（馬來）、阿魯麥英・薩巴奈（爪哇）、歐・羅多利格斯（菲）		
⒇大東亞文學者鼎談會	（林房雄、田兵、陶亢德）	1943.8.24朝刊
㉑文學者大會の議題から		
米英文化の擊滅	芳賀檀	1943.8.25朝刊
文學者の挺身	石川達三	1943.8.25朝刊
㉒新アジア建設の雄叫び		
侵略の鐵鎖の斷	天羽英二	1943.8.26夕刊
東亞の大義を闡明	谷萩那華雄	1943.8.26夕刊
十億の團結を昂揚	栗原悦藏	1943.8.26夕刊
㉓誠實溢るる空氣一大會に出席して	大佛次郎	1943.8.26朝刊
贈土屋竹雨詩老用鹽谷温先生韻	陳廖士	1943.8.26朝刊
㉔民族共通のもの	川田順	1943.8.27朝刊
㉕大東亞文學者大會終りて		
「ことば」の問題	下村海南	1943.8.28朝刊
真にして切なる了解	魯風（華中）	1943.8.28朝刊

(26)受賞の作品と人		
堂堂たる二氏の作品	户川貞雄	1943.8.28 朝刊
從來の暗さを脱卻	吳郎（滿洲，大內隆雄譯）	1943.8.28 朝刊
若き天才	蔣義方（華北）	1943.8.28 朝刊
不老の文學者	予且、陶亢德（華中）	1943.8.28 朝刊
(27)大東亞文學者大會を顧みて（上・下）		
聖戰の真義徹底	高島米峰	1943.8.31 朝刊
言語の困難	野口米次郎	1943.8.31 朝刊
個人的接觸の機會	俞鎮午（朝鮮）	1943.8.31 朝刊
よき作品の制作へ	柳龍光（華北）	1943.8.31 朝刊
次回は滿洲で	古丁（滿洲）	1943.8.31 朝刊
文化工作の基礎	豐島與志雄	1943.9.1 朝刊
見學の方法	楊雲萍（台灣）	1943.9.1 朝刊
分科會の時間を	王承琰（蒙疆）	1943.9.1 朝刊
語學の勉強	徐白林（華北）	1943.9.1 朝刊
東方精神の復活を	謝希平（華中）	1943.9.1 朝刊
(28)漢詩交驩	土屋竹雨	1943.9.2 朝刊
(29)大東亞文學者大會に列席して 〈第三回〉		
大唱和へ強き決意	芳賀檀	1944.11.20 合刊
無駄にならぬ誠意	長與善郎	1944.11.20 合刊

II 《日本學芸新聞》、《文學報國》（日本文學報國會機關紙）（不包括新聞報道）

(1)中國の作家たち	一户務（以下《日本學芸新聞》）	1942.10.1
(2)大東亞文學者大會迫る（社論）		1942.10.1
(3)大東亞共榮圈と吉田松陰	細田民樹	1942.10.5
(4)滿洲の作家たち	淺見淵	1942.10.5
(5)自己創造力の再生	矢崎彈	1942.10.5
(6)大東亞文學者大會開く（社論）	（大東亞文學者大會號）	1942.11.1
(7)滿洲文化雜感	井上友一郎	1942.11.1

(8)大東亞文學者大會の力點　春山行夫　1942.11.1
(9)大東亞文學者大會に就て　金子光晴　1942.11.1
(10)私の念願　村岡花子　1942.11.1
(11)大東亞文學者大會に寄せる
　（俳句）伊東月草、中塚一碧樓、深川正一郎、水原秋櫻子　1942.11.1
　（短歌）大橋松平、前田夕暮　1942.11.1
(12)季節の詩である俳句を以て賓客を迎う　（俳句）高濱虚子　1942.11.1
(13)大會要綱　1942.11.1
(14)新しい朝の言葉——大東亞文學者大會に——〔新的早晨的語言〕川路柳虹　1942.11.1
(15)大東亞文學者大會の意義　茅野蕭蕭、一户務　1942.11.1
(16)大東亞文學者大會讚歌〔大東亞文學者大會讚歌〕（短歌）佐佐木信綱　1942.11.1
(17)大東亞文學者大會（歌）　齋藤茂吉　1942.11.1
(18)特輯・大東亞文學者大會（議事要旨）　1942.11.15
(19)真情の吐露〔真情的吐露〕　加藤武雄　1942.11.15
(20)大會所感　川路柳虹　1942.11.15
(21)大東亞文學者大會に寄す（俳句）　太田水穗　1942.11.15
(22)大東亞文學者大會に列して　下村海南　1942.11.15
(23)まず切望・一大機關を　細田民樹　1942.11.15
(24)歡迎の辭に代う（詩）　野口米次郎　1942.11.15
(25)次に為すべき事　林房雄　1942.11.15
(26)感想　龜井勝一郎　1942.11.15
(27)大東亞文化建設のために戰はん　許錫慶（中）　1942.11.15
(28)大東亞の友を迎えて（詩）　西條八十　1942.11.15
(29)大東亞文學者大會に寄せる詩（詩）　北園克衛　1942.11.15
(30)大東亞文學者大會に寄せて（詩）　長田恆雄　1942.11.15
(31)歡送歌（詩）合作（江間章子等）　1942.11.15
(32)大會に題す　白井喬二　1942.12.1
(33)文學者大會に參列して〔出席文學者大會〕實藤惠秀　1942.12.1
(34)海外の文學者諸君におくる（播送原文）久米正雄、高橋健二、片岡鐵兵　1943.1.15
　○真の友よ來れ　久米正雄（以下《文學報國》）　1943.8.20

○親邦の友を迎ふ（詩） 尾崎喜八 1943.8.20
○論說・武力の中核としての文力（高島米峰）、第二回大東亞文學者大會への希望（高田真治） 1943.8.20
(35)第二回大會の成果〔第二次大會的成果〕藤田德太郎 1943.9.1
(36)亞細亞の共同建設へ 天羽英二 1943.9.1
(37)血盟と友誼の大旆揭ぐ 山田清三郎 1943.9.1
(38)同甘共苦の高調 張我軍 943.9.1
(39)滿洲文學の一特性 春山行夫 1943.9.1
(40)言葉の問題（圖與文） 中村篤九 1943.9.1
(41)第二回大會の輝く成果 白井喬二 1943.9.1
(42)理解と創造の強調 窪川稻子 1943.9.1
(43)バモウ首相に呈す 高見順 1943.9.1
(44)大東亞文學賞
受賞の二作品 戶川貞雄 1943.9.1
爵青と石軍 田兵 1943.9.1
賞を受けて 庄司總一 1943.9.1
(45)決戰大會に寄す（大會寄語）（泰國、緬甸、菲律賓、爪哇、馬來、印度） 1943.9.1
(46)決戰會議議事要旨（決戰會議號） 1943.9.10
(47)決意滿堂に高鳴る—— 橫光利一、古丁、周越然、包崇新 1943.9.10
(48)中國文學の北方に於ける發展と今後の動向 沈啟無（講演要旨） 1943.9.10
(49)西下の一行に從いて 丹羽文雄 1943.9.20
(50)一以貫之——大會所感—— 章克標 1943.9.20
(51)別れの集い（詩） （無署名） 1943.9.20
(52)日本文學界に告ぐ 柳雨生 1943.9.20
(53)關西見學（句） 田村木國 1943.9.20
(54)送る（句） 山口誓子 1943.9.20
(55)日本舞踊の美 陳綿（華北） 1943.9.20
(56)滿洲青少年と文學 吳郎（滿洲） 1943.9.20
(57)豐かなる季節 俞鎮午 1943.9.20
(58)大阪大會の成果 織田作之助 1943.9.20

⑸この喜び	楊雲萍（台灣）	1943.9.20
⑹大和國原（歌）	逗子八郎	1943.9.20
⑹東洋の古典精神に就て（講演要旨）	片岡鐵兵	1943.9.20
⑹蒙古の古典文學に就て（講演要旨）	包崇新	1943.9.20
⑹第二回大東亞文學者大會（漢詩）	中山久四郎、四宮憲章	1943.9.20
⑹大和民族の優秀性	包崇新	1943.9.26
⑹亞細亞の文藝復興（講演要旨）	井上司朗	1943.9.26
⑹麗しき國・日本	王承琰	1943.9.26
⑹今日に生きる喜び	小田嶽夫	1943.10.1
⑹陸軍士官學校參觀	淺見淵	1943.10.1
⑹勤勞增產と滿洲文學	田兵（滿）	1943.10.1
⑺十八年度の文學界回顧	本多顯彰	1943.10.1
⑺滿華文學界の動向	久米正雄（發言）	1944.1.1～10
⑺大東亞文學者大會臨席に際して〈第三回〉		
出發直前寸感	長與善郎	1944.10.20
抱擁的指導意識を以て	豐島與志雄	1944.10.20
文學者の實踐	火野葦平	1944.10.20
大會の性格に即して	户川貞雄	1944.10.20
⑺南京大會に呼應して		
南京の大會への言葉	武者小路實篤	1944.11.1
決戰と大東亞の文化工作	高島米峰	1944.11.1
大東亞文化昂揚の根本義	長谷川如是閑	1944.11.1

III　その他の新聞雑誌

⑴東亞文藝復興（座談會）
豐島與志雄、片岡鐵兵、谷川徹三、增田涉　《文藝》1942.10
⑵中支文化人に與う　片岡鐵兵　《文藝》1942.10
⑶滿洲文學座談會
古丁、爵青、小松、久米正雄、山田清三郎　《大阪每日》1942.10.8～9
⑷大東亞文學者大會について〔關於大東亞文學者大會〕竹內好《中國文學》1942.11

⑸王道文化と道義精神　周化人、錢稻孫　《文藝》1942.12
⑹北邊鎮護の任務　古丁　《文藝》1942.12
⑺菊薫るこの佳き日に　久米正雄　《文藝》1942.12
⑻絶對と權威のアジア　奥村喜和男　《文藝》1942.12
⑼文化兵團の尖兵　谷萩那華雄　《文藝》1942.12
⑽思想戰のために　平出英夫　《文藝》1942.12
⑾文人はつどふ　佐佐木信綱　《文藝》1942.12
⑿菊に逢ひ　高濱虛子　《文藝》1942.12
⒀新しい朝の言葉　川路柳虹　《文藝》1942.12
⒁文化的空白時代を超えて　恭佈札布　《文藝》1942.12
⒂朋遠方より來る　菊池寛　《文藝》1942.12
⒃大東亞作家文學談（座談會）　錢稻孫、張我軍、古丁、長與善郎、片岡鐵兵、一户務　《新潮》1942.12
⒄大東亞文化建設の方圖（座談會）奥野信太郎、實藤惠秀、武田泰淳、竹內好、橋本八男、飯塚朗　《揚子江》1942.12
⒅話の屑籠〔話的紙簍〕　菊池寛　《文藝春秋》1942.12
⒆大東亞文學者會議の成果　一户務　《支那語雜誌》1942.12
⒇大東亞文學者大會特集　《文藝台灣》1943.1
台灣文學の黎明（矢野峰人）、一つの決意〔一個決心〕（西川滿）、新しき文化の樹立（龍瑛宗）、土浦海軍航空隊（張文環）、大會の印象（濱田隼雄）、詩・秋の紅葉に照り映えて（新垣宏一）、詩・自らを鞭打つ歌（長崎浩）、大會速記抄、略日記、大會宣言、議員表、講演會
(21)海外の文化人（大東亞文學者大會の名において——重慶の文學者諸君におくる）　片岡鐵兵　《文學界》1943.1
大東亞文學者大會特集　《季刊台灣文學》1943.1
大東亞文學者大會の成果（濱田隼雄）、文學者大會から婦つて（西川滿）、道義文化の優位（龍瑛宗）、內地より婦りて（張文環）
(22)日出ずる國に旅して　巴伊科夫　《文藝春秋》1943.2
(23)中華文化交流・特集　《文藝》1943.7
文化と思想（沈啟無，增田涉譯）、中日文化協會大會（草野心平）、中國と日本文

藝（武田泰淳）、梅蘭芳と語る（山本實彥）、中國新文化運動と文藝雜誌、日華の文化交流（座談會，河上徹太郎、中島健藏）

⑵日華文化交流・特集號		《國際文化》1943.7
新文學運動を中心として見た對支所感（河上徹太郎）、重慶文化界の近況（增田涉）、現代支那文學精神について（竹內好）		
⑵中國作家諸氏に	武田泰淳	《新潮》1943.10
⑵國作家に要望するもの	實藤惠秀	《新潮》1943.10
⑵大東亞文學者大會を顧みて	中村武羅夫	《新潮》1943.10
⑵滿洲・中國の文學界（座談會）	山田清三郎、草野心平、林房雄	《新潮》1943.10
⑵徵兵制をめぐつて（座談會） 長崎浩、周金波、陳火泉、神川清		《文藝台灣》1994.1
東亞文學者大會に寄す	武者小路實篤	《文藝日本》1944.1

Ⅳ　單行本（包括戰後部分）

⑴《尊皇攘夷の血戰》	奥村喜和男	旺文社	1943.2
⑵《文藝年鑑》（二六〇三年版）		桃蹊書房	1943.8
⑶《轉向記——嵐の時代》	山田清三郎	理論社	1957.9
⑷《非常時日本文壇史》	嚴谷大四	中央公論社	1958.9
⑸《近代の日本文學史》	福田清人	春步堂	1959.12
⑹《高見順日記》（第二卷之下）	高見順	勁草書房	1966.5

本書以尾崎秀樹著《舊植民地文學の研究》（勁草書房 1971 年出版）爲底本譯出。1991 年，該書曾作為岩波同時代叢書的第 71 卷，以《近代文學の傷痕　舊植民地文學論》爲題改編後再版。本書在翻譯中，凡兩版不同部分均依據了 91 年版修改、訂正後的內容。

書中出現的東南亞各國、蒙古以及俄國人名，凡無法核實到原文姓名者，均按照文中日文的發音採用了音譯，恐與原發音有所出入，特此註明。——譯註

尾崎秀樹著《舊殖民地文學的研究》——中譯本評介

山田敬三

尾崎秀樹的出生

尾崎秀樹，作為當時《台灣日日新報》主編尾崎秀太郎的第四個男孩，於1928年出生於台灣台北，生母名きみ（kimi）。他的整個少年學校教育時代都是在台灣度過的。和大哥秀波、二哥秀實、三哥秀東、姐姐秀枝、妹妹秀季子一樣，名字中也帶有一個「秀」字，這緣於他們的父親對國學家平田篤胤的「秀真文」的研究。秀太郎自己也有一個別號叫「秀真」。

1941年4月，在秀樹進入台北市立第四中學半年後，作為國策公司南滿洲鐵道株式會社（滿鐵）的高級顧問，住在東京的二哥秀實，於目黑的家中被捕。1942年5月，調查審訊告一段落，司法省以「國際諜報團事件」公佈了此事，並將事件的中心人物理查德·佐爾格（Richart Sorge）、秀實於1944年11月7日處死。罪名是違反了國防保安法、治安維持法、軍機保護法等諸項法規。這就是所謂的「佐爾格事件」。

此次事件對尾崎一家的打擊，於今天恐怕是難以想像了。當時，襲擊珍珠港的首戰告捷，使整個日本國內都沉醉在勝利的氣氛之中。在幾乎所有的日本人都深信日本在太平洋戰爭中必然會取得勝利之時，阻礙「聖戰」的進行，有利敵行為的「國賊」一家當然就成了全日本國民的叛徒。秀實的遺體運回家後，恐怕連葬禮也未能名正言順地舉行。在本書的〈後記〉中，尾崎秀樹這麼寫道：

> 那些臨時的愛國者們，幾乎每天給我們送來恐嚇信。其中充滿了「請父子二人自裁，以謝罪天下」之類的嚴厲詞語。
>
> 發信人或是楠木正成，或是吉田松陰，其中也有不少用粗筆寫下「一日本人」者。還有人幾乎每天在牆壁上亂寫亂畫。
>
> 所謂「賣國奴」、「非國民」之類的言辭直至壓得我們終日愁眉難舒。（〈過遲的發言—代後記〉）

由於戰時的關係，1945 年 2 月秀樹從中學提前畢業後，進入台北帝國大學附屬醫學專門部學習醫學，但不久即被軍隊徵集，赴台北郊外從事軍務。據秀樹說，在此也「受到了長官和老兵的更加凶狠的攻擊。」

不久日本戰敗，秀樹得以復學，但於 1946 年返回日本。最初他在母親的家鄉福岡縣的農村幫助做農活，後來又換過多種職業。1947 年他來到東京，在名古屋出版的日刊報紙《中部民報》的東京分局謀到一職，但不幸兩年後患肺結核。直到 1955 年，有 6 年的時間都是在與疾病的鬥爭中度過的。其間，在中野療養所接受了右肺成形手術，肋骨被切除了 7 根。實可謂一部淒慘而殘酷的青春史。

病愈之後，秀樹開始編輯牧野吉晴等人的文藝同仁雜誌《文藝日本》（第二期）並在此雜誌的 1959 年 1、2 月號上發表了《留學生魯迅》。如同作者自己所表述的那樣，「與其說是魯迅研究，不如說是借魯迅的形象來描述自己」（〈廣瀨川片斷—代後記〉）。的確，以今日魯迅研究的水準來看，他筆下的魯迅像確有許多需要修正的地方，然而，其中卻包含著尾崎對魯迅「欲罷不能」的強烈執念。

我將在後面會談到，作為《朝日新聞》上海特派員的秀樹的兄長秀實，曾經跟晚年的魯迅有過接觸，並深為魯迅的文學而傾倒。秀樹在軍隊的生活中，也曾「躲過老兵的耳目，偷偷閱讀了《阿Q正傳》、《藤野先生》等文章。閱讀兄長們所翻譯的魯迅作品，成了在痛苦的軍隊生活中堅持活下來的精神支柱。」（《活著的猶大》）

1959年5月，尾崎秀樹的《活著的猶大》由八雲書店出版發行。此書的目的是為了譴責那些告發了為阻止日本的對外侵略、期盼和平時代的到來而從事諜報活動的佐爾格及其合作者秀實，並將他們送上斷頭台的當事者。該書後來匯集為《佐爾格事件》（1963年，中央公論社）一書，作者在後一本書中曾試圖對整個事件予以澄清。

此後，秀樹又陸續出版了《殺人的美學》（1961年6月，三一書房）、《和魯迅的對話》（1962年11月，南北社）、《佐爾格事件》（1973年1月，中央公論社）等單行本，開始作為文藝評論家出現在日本文化界。

尾崎秀實和佐爾格事件

秀樹的異母兄長秀實，1910年4月29日（戶籍上為5月1日）生於東京都芝區伊皿子町。秀實出生後不久，即隨母親來到作為《台灣日日新報》記者而派駐台灣的父親身邊，暫住在當時任台灣總督的兒玉源太郎的別墅。秀實直到中學一直生活在台北，後來經第一高等學校考入東京帝國大學法學部，畢業後入研究生院，不久進入《朝日新聞》社。以後，成為上海特派員，從而注定了與佐爾格相遇。

佐爾格的父親是德國的一名石油技師，母親是俄羅斯人。佐爾格本人於 1895 年出生於面向裏海的巴庫近郊。三歲時家人遷居柏林。佐爾格高中時，因第一次世界大戰而從軍，負傷回國後入柏林大學醫學部，但旋即又再次志願從軍，被送到東部戰線。再次負傷住院期間，他通過朋友成為了一名社會主義者，並加入了德國最左翼勞動黨——獨立社會民主黨。1919 年加入德國共產黨，從 1925 年開始共產國際諜報部的創立工作，改入蘇維埃共產黨。

在蘇維埃，佐爾格屬於紅軍第四本部，負責情報收集工作。此後，對遠東情勢十分關心的佐爾格與「社會學雜誌社」簽訂了通訊協定，於 1930 年來到上海。比他早一年來上海赴任，與美國記者史沫特萊素有交流的尾崎秀實，在佐爾格來到上海的那年秋天，即經史沫特萊介紹結識了當時使用假名約翰遜的佐爾格。

佐爾格要求秀實提供以國民黨政權（南京政府）為中心的中國形勢情報。尾崎準確地給予了回應。此外，因 1931 年 918 滿洲事變的發生，莫斯科方面迫切需要日本對滿政策的相關情報。為了實現由佐爾格傳達的旨意，秀實經與楊柳青（台灣出生的中國共產黨員）商量，在將上海的日本共產主義者川合貞吉派往滿洲的過程中也提供了協助。

此時，尾崎秀實已經見過魯迅，並和史沫特萊一起參加了魯迅的 50 歲生日的慶祝晚會。在沈端先（夏衍）和陶晶孫等編輯《國際無產者叢書》中國篇之際，秀實不僅在與出版社（四六書院）的聯繫上給予了協助，並在其中一冊《支那小説集阿Q正傳》（1931 年發行）中，以白川次郎的筆名寫了題為《論中國左翼文藝戰線現狀》的序文，承擔了對收錄作品的作者胡也頻、柔石等人的介紹。

該書所收錄的由林守仁（新聞聯合社記者山上正義的筆名）所譯《阿Q正傳》的原稿，是由原作者魯迅親自校閱，並加上了詳細的注釋。（改造社 1937 年版《大魯迅全集》所收《阿 Q 正傳》，即是在該稿的注釋的基礎上，作了進一步詳細訂正後的譯文。）

轉年的 1932 年 1 月，上海事變爆發，日本軍隊占領上海後，《朝日新聞》社本部發出歸國令，尾崎秀實即離開了中國。然而，2 年後命運又安排他與佐爾格在日本邂逅。因為曾一度回到莫斯科的佐爾格此時又被派到了日本。在柏林加入了納粹，有無懈可擊的身份證偽裝的佐爾格，在日本收集情報的過程中，再次向秀實請求協助。

1934 年秋，秀實調任朝日新聞社東亞問題調查會來到東京。1936 年因在西安事變之際所發表的中國分析，使他在輿論界的評價驟然提高。不久便成為第一次近衛內閣的智囊團成員，就任滿鐵調查部高級顧問（東京任職）。同時，佐爾格也贏得了德國大使奧特的信任，成了大使的私人情報官，從而獲得了接觸外交上最高機密的機會。那段時間，此二人所最為關心的就是日本政府的對蘇戰略。

鑒於此，由佐爾格送往莫斯科的情報均極為準確。然而，他們的諜報活動，在 1941 年 10 月，即日本參入第二次世界大戰的前夜被發覺，以此二人為首的 35 名相關者被悉數逮捕。在距日本戰敗僅剩下 9 個月的時候，佐爾格和秀實被處極刑。

尾崎的殖民地經歷

秀實在東京目黑祐天寺的家中被逮捕時，秀樹只有 12 歲，剛入台北市立第四中學半年。此次事件對尾崎一家的影響巨大，從被捕的 35 人中 2 人被處極刑，5 人瘐死於獄中的事實，亦可窺見一斑。調查審訊的拷問是合法的。不僅是政府的鎮壓，來自當時社會各種各樣的壓力也讓其家人深受其累。

在戰敗前的日本社會，還保留有許多封建的東西，原則上是法治國家，其實在其法律上並不存在男女平等和全體國民的公平參政權。基本人權概念、以及言論、集會、結社的自由等西歐民主主義常識，在當時的日本並不通行。也没有對超越法規、獨斷專行的軍人至上主義的制止體系。違反了以維護國體為名的政策就被認為是犯了叛國罪。

在今天的日本，有越來越多的年輕人不知道以前日本曾經是那樣一個封建的社會，而且，不知道日本曾是殖民地宗主國的世代占了國民的大多數。作為知識,他們可能知道台灣曾經被日本占領了半個世紀之久，滿洲政府曾是日本的傀儡政府。但是，他們並不瞭解被他國統治，被他國用軍事力量所控制，這到底意味著什麼。

1945 年日本戰敗，從而，歷史上日本首次處於他國占領之下。但是，GHQ（駐日本盟軍總部）的支配巧妙得並未使日本人有被占領的感覺。即使是當時最進步的政黨，也曾經把美國占領軍誤看作是解放軍，結果，戰敗後的日本通過被占領得到了當時西歐社會普遍的民主主義。

在這樣的日本，在半個多世紀之後，國家過渡到了以不懂戰爭為何物的一代人為中心的社會，因而出現不知殖民地是怎樣一回事情的年輕一代恐怕也是當然的。其結果就是，他們能夠為遭綁架的同胞的痛苦而憤怒，但對於以前，日本將數萬倍、數十萬倍的殖民地人民衆強制帶走，以補充本國勞力之不足，以至給這些人及其家族造成極大創傷的事實，卻根本無從想像。

退一步說，即使是生活在同一時代，對於被統治一方的痛苦也不可能有和他們一樣的感受。對於環境及境遇的反應只能是本人的感覺和個性，因為，我們無法否定，即使處於同樣的條件下，人們還是有選擇完全不同道路的或然性。當日本處於宗主國地位時，日本人寧可站在那樣的立場上，對處於日本統治下的人懷有一種優越感，以歧視他們來確保自己的利益。在這其中，即使存在自覺與不自覺的差異，但是擁有殖民地確實保證了當時日本的繁榮。

然而，在佐爾格事件中被處刑的尾崎秀實，卻是一位深知被壓迫民族苦惱的人。在他作為《朝日新聞》社特派員踏上上海土地，目睹了中國民衆的生活時，他就認識到日本對中國的行為從根本上是錯誤的。因而他選擇了這條通向死亡的危險道路。本書作者尾崎秀樹也是一個置身被統治者一側，能夠感受到被統治者痛苦的人。這和他生於、長於殖民地台灣，兄長作為政治犯被處刑不無關係。

舊殖民地文學的研究

日本對殖民地的統治有兩種形態，一種是像滿洲國那樣，製造一個傀儡政權，而實際上通過軍部來間接控制；另一種是在當地設立總督府，由日本人直接控制的台灣、朝鮮。在第二次世界大戰期間，日本對南洋諸國的占領，是後者更露骨的直接侵略。

不論是直接還是間接，日本都對當地居民實行了強制性的日語教育，以期推行、實現皇民化。所謂皇民化是一種踐踏被統治者精神的殘暴政策。在殖民地統治時間最長的台灣，1937 年開始禁止在公共場合發表漢語文章，在朝鮮雖然没有發布禁用朝鮮語的命令，但強制實行日語教育的結果，迫使更多的人陷入於不會母語的奴隸般的境遇。

在語言藝術的文學界，被剥奪了母語這一表現手段的殖民地的文學者們，凡有志於文學創作者，除了使用日語而別無選擇。這樣一來，在台灣，就出現了由台灣人創作的日語台灣文學，在朝鮮，則出現了由朝鮮人創作的日語朝鮮文學。在傀儡政權異常短命的滿洲，雖然没有培育出日語滿洲文學，但卻產生了一個由日滿兩國文人所創作的，應該稱之為滿洲文壇文學的政治空間。

但是，在日本的學術界，卻幾乎没有想把日本殖民時期的台灣文學、朝鮮文學以及滿洲文學當作文學研究的對象的研究者。在日本統治時代的台灣發表的島田謹二（台北高校教授）的《台灣文學的過去、現在和未來》（《文藝台灣》1941 年 5 月）中，他提到「台灣文學作為日本文學的一支，作為外地文學——尤其是在南方外地文學的發展方面，頗具意義」。文章討論了在台日本人的日語文學，但對台灣人的文學創作似乎並無興趣。

關於滿洲文學，也只不過是在大內隆雄的《滿洲文學的二十年》（連載於 1941 年創刊的《藝文》、1944 年由國民畫報社出版）、淺見淵的《滿洲文化記》（1943 年、國民畫報社）、福田清人的《大陸開拓與文學》（1942 年、滿洲移住協會）等著作中，各保留了一些當時有關人士的文章而已。

在戰後很長一段時間，這種狀況也未見改變。就管見所及，日本人關於台灣文學、朝鮮文學的研至今依然是不曾多見。滿洲文學也只有當事人的回憶錄，和北村謙次郎的《北邊慕情記》（1960 年，大學書房）可供參考而已。

這種情況同樣存在於中國。直到文化大革命結束，實行改革開放政策的 1970 年代末為止，所有涉及日本殖民地文學的研究都是不被允許的。關於台灣文學研究成果的公開，是在中國共產黨 11 屆三中全會（1978 年）否定文革的一年之後，即 1979 年。

這一年 1 月，中華人民共和國全國人民代表大會常務委員會發表了《告台灣同胞書》，因為中國政府對台灣研究的政策性需要，台灣文學研究得以解禁。這是和中國文學研究者對台灣文學的關心相一致的。東北（舊滿洲）文學研究成果的公開則是更晚幾年以後的事。

但是，尾崎秀樹在日本雜誌上開始公開發表其對於台灣、滿洲及朝鮮等日本舊殖民地文學的研究成果，則是在 1961 年，比中國大陸研究成果的發表早了近 20 年。這是打破對舊殖民地時期文學研究空白的劃時代的業績。

共同研究「戰爭下的文學」

在1960年3月到同年年底這一段時間，岩波書店所發行雜誌《文學》，編輯部主辦了以「戰爭下的文學」為題目的共同研究活動，有竹內好、平野謙、安田武、石田雄、內川芳實、尾崎秀樹等人參加，並從1961年5月號開始，將研究成果以特集《戰爭下的文學·藝術》，分4期發表在《文學》雜誌上，尾崎發表了以下系列論考：

《關於大東亞文學者大會》（1961年5月號）

《大東亞共同宣言和兩部作品──〈女人的一生〉與〈惜別〉》（同年8月號）

《決戰下的台灣文學──殖民地文學》（同年12月號）

《決戰下的台灣文學（完）──殖民地文學》（1962年4月號）

在日本參入亞洲太平洋戰爭第二年（1942年）的5月26日，日本文學報國會在內閣情報局的指導下成立。這是一個「按照國家的要求，投身於貫徹實行國策，宣傳普及國策，協助國策實施」（戶川貞雄〈社團法人日本報國文學會〉）的文學者組織，並於同年11月在東京和大阪召開了「大東亞文學者大會」。

據尾崎介紹，大會是集結了「日本統治下的殖民地、從屬國、佔領地區」的各類文學者，從1942年到1944年每年舉行例會，「由日本一手包辦的活動」。中國當時有代表性的文學者無一人參加，而且，當時參加了此次會議的柳雨生、陶亢德等人，在戰後的中國被處以叛國罪。

但是，「日本方面出席大東亞文學者大會者都沒有被追究任何責任」。尾崎在《關於大東亞文學者大會》中指出，此次大會和明治時期清朝駐日本公使黎庶昌所主辦的「日支文人大會」表現了日本的卑屈感和優越感這一矛盾的兩個面，戰後的「亞非作家會議東京大會」必須在揚棄了這一點的基礎上召開，痛斥了在祖護日本對亞洲諸國侵略政策的同時缺乏自我覺悟的日本文學者。

特集之後，尾崎在《文學》雜誌上繼續發表了以下關於滿洲文學的論文。這裏所說的「滿洲文學」，指的是「自滿洲國成立的前後到其終結為止的大約十五年戰爭時期的文學」，這些都是可以看作是共同研究的成果。

《「滿洲國」文學諸相——個傳説般的時代》（1963 年 2 月號）

《「滿洲國」文學諸相（二）——個傳説般的時代》（同年 5 月號）

《「滿洲國」文學諸相（完）——個傳説般的時代》（同年 6 月號）

《「滿洲國」文學諸相（補遺）——個傳説般的時代》（1966 年 6 月號）

這一系列文章，都是從文學方面對日本的亞洲侵略問題的論考。其中所涉及的有關滿洲文學問題，都是直到這些論文發表為止，在戰後的日本前所未見的先驅性成就。尾崎在這些文章中首次明確了，滿洲作家的「陰奉陽違」和日本作家的「偽裝轉向」其實是貌似而實非的問題的本質。但不足的是，由於資料方面的限制，對通過文學作品來抵抗日本侵略東北地區（滿洲）的北滿作家，幾乎未能涉及。

有關滿洲文學的資料，事實上在當時的中國還均處於被封存的狀態。因此，尾崎在研究中所使用的資料，基本上是來自日本方面的文獻，其中有許多在今天的日本並不是可以容易見到的珍貴原本。（尾崎故世後，其家屬將其大部分捐贈給了縣立神奈川近代文學館。）

普通社版《近代文學的傷痕》

比在《文學》雜誌上發表的論文還要早一些時候，尾崎秀樹曾在雜誌《思想的科學》1961 年 3 月號上登載了題為《殖民地的傷痕》一文，在開頭部分他這樣寫道：

> 殖民地的語言問題，說到底就是作為日本殖民政策的一環而強制實行的日語教育（同化＝愚民化政策）和在此過程中所引發的當地民眾的反抗，並由此而導致的他們在語言上的喪失祖國問題，以及日本人對此的反省。

根據尾崎所言，這樣一種同化政策的結果是，在台灣人中「使祖國喪失與白痴化現象埋下了伏筆，從而，繼日本統治之後蔣政權統治下的台灣光復後，台灣仍然不是回歸中國，而是向著台灣人之台灣的路線發展的傾向」。最後，文章以「不論是日本對台灣的錯誤認識，還是台灣人自己對台灣的錯誤看法，都是由日本的日語教育這一禍種釀成的不幸。對此我們不能不將其作為殖民地問題的傷痕加以認真對待」結尾。

對日本的日語教育和台灣的獨立運動的關係，雖然這種略顯簡單的見解，在今天看來不能不說是過於匆忙，但是，尾崎所指出的兩岸問題的根源乃起因於日本對台灣的占領，這的確是切中了要害。

此外，在同一年的雜誌《日本文學》10 月號上，尾崎又發表了《台灣文學備忘錄——台灣作家的三部作品》。這裏所說的「三部作品」，是指日語教育在台灣扎根後，於昭和 10 年（1935 年）前後，由日語寫成，在日本國內雜誌上發表的楊逵的《送報伕》、呂赫若的《牛車》及龍瑛宗的《植有木瓜樹的小鎮》。

楊逵（1905—1985）的《送報伕》是以第二名作品入選、發表於普羅文學系統的雜誌《文學評論》（科學（NAUKA）社）1934年10月號上的短篇小說。小說真實地描述了在日本的侵略和統治下，平静祥和的農村、家庭被逼向毀滅和離散的情形，講述了一個殖民地台灣的殘酷故事。

呂赫若（1911-1947）的《牛車》是1935年在《文學評論》1月號上登載的作品。由於道路的整修，貨運汽車及人力車的增加，使以牛車運送為生的楊添丁失去了活計，為了湊足轉為佃農所需要的資金，妻子甚至出賣肉體，但生活仍未得到任何的改善。最終，被逼得走投無路的楊，因為偷了一隻鵝而導致家破人亡。將一個靠趕牛車為生的家庭逼到這種地步的，是可怕的「日本物」（日本製品）。

龍瑛宗（1911-1999）的《植有木瓜樹的小鎮》，是雜誌《改造》第9次有獎徵文的入選佳作。刊載於該雜誌的1937年4月號。小說描寫了中學畢業數年後，終於坐上鎮公務所會計助理位置的陳有三，在無望的現實面前逐漸放為了宏圖偉志，並因為經濟原因而導致其戀愛破產的灰暗青春。

在以上這部作品中，楊逵的《送報伕》由中國文藝評論家、詩人胡風將其漢語譯本收錄於《弱小民族小說選》（1936年、上海書店）。但是認為「在日本，他們的作品沒有得到公正的歷史性評價」的尾崎，在其上述備忘錄的最後這樣寫道：

> 日本的文學者應該對這些負面的遺產，早有自覺。因為正視這種傷痕，乃是為今後考慮亞、非文學的應有狀態而必須要做的基礎之一。為此，這篇備忘錄，也只不過是我自以為不能不由我完成的一個開端而已。對於他們在日本統治下，只能用日語來表達的苦痛，我們難道不應該把它作為我們自身的傷痛加以重新認識嗎？

1963 年 2 月，尾崎在共同研究過程中所發表的這一系列論考裏，剔除了關於滿洲文學的論文，由普通社出版發行了《近代文學的傷痕》。該出版社從 1960 年秋天開始，以「日本中的中國」為出版目的，委托竹內好、橋川文三、新島淳良、野原四郎、安藤彥太郎、野村浩一等人組織了共同研究會，尾崎也是其中的重要一員。

尾崎秀樹著《舊殖民地文學的研究》

繼上述研究之後，尾崎秀樹仍在繼續進行對舊殖民地文學的研究。除了〈戰時下的文化統治和文學報國會活動〉（1965 年 6 月《思想》）、〈殖民地文學的傷痕〉（1969 年 4 月《思想》）、〈霧社事件與文學〉等學術性論文外，還在各種雜誌上發表了與台灣有關的隨筆性短文。

1971 年，尾崎將其原在《文學》上連載的〈「滿洲國」文學諸相〉，拼入由普通社出版的《近代文學的傷痕》。又將其在各雜誌或報紙上發表的有關台灣的隨筆，以〈台灣史筆記〉為題集中在一起，再加上〈關於朴春日的《近代日本文學中的朝鮮像》〉（1970 年 7 月《解釋和鑒賞》）以及〈「殖民地遣返派」的發言〉（1969 年 2 月 17 日《週刊讀書人》）等，集成一册，以《舊殖民地文學的研究》為書名由勁草出版社出版。這就是這次中文版的翻譯藍本。

在這本書中，有題為〈過遲的發言〉的長篇「後記」。在段落標記 I 中，作為「在台灣出生的第二代日本人」的作者寫道：隨著日本的戰敗,我才第一次認識到「自己原來是日本人」。在感覺到「得到了與日本人一樣待遇的喜悅」的同時，也意識到「我成長的那片土地是日本以外的異國。」

前者是戰爭中，作者由於「作為間諜的弟弟，廣遭歧視」的事實而產生出來的真實感受。尾崎感慨道，「因被日本人疏遠而有了作為日本人的自覺」。但在它的反面，是使得「殖民地的日常生活都帶有作為日本人的莫名其妙的優越感」。

> 人人好象都帶有所謂代表日本對待殖民地被支配者的一種扭曲的情感。而且抱有這種優越感的人中，還有不少是日本本土不能容身而跑到這裏的傢伙。因而劣等感和優越感構成了他們的表裡兩面。
>
> 日本在殖民地各地，剝奪了被統治民族的母語，強迫他們接受日語，整頓寺廟改建神社，強迫他們接受與劣等感互為表裏的優越感。然而，到了8月15日，這一切都發生了逆轉。

如此述説的尾崎也承認，「在我的日本人的意識中，不能説没有這種情感的影子，但8月15日的體驗，將我這種糾纏不清的感情也徹底粉碎了」。

在〈後記〉的Ⅱ中，他寫道：我在埋頭製作「滿洲文學年表」的同時，感到「在日本文學史上被視為庶出，在中國文學史上又被視為異端而被區別看待，不，被完全無視」的「滿洲文學」，不能任其「灰飛煙滅」。在年表的製作中，寄托了他「作為日本人的深深的反省」。

這是尾崎執著於台灣文學研究的一個理由。對朝鮮文學，他也是抱著這樣一種相同的認識。但是，關於朝鮮文學，本書中只收錄了有關朴春日《近代日本文學中的朝鮮像》（1969年、未來社）的書評，這是作者留給自己今後研究的課題。因此，他在最後就這些舊殖民地文學的研究總結道，「我們的研究不過是開了個頭而已」。

在戰後的日本，毫無疑問，該書是在殖民地文學研究方面的先河之作。而且，其後續研究的出現，就台灣文學而言又過了十年的時間。在中國，有關東北文學（尾崎所指的「滿洲文學」）的研究，在其後的十幾年內一直被視為異端而遭禁忌。因此，本書的出版，不僅是過去有關台灣、滿洲、朝鮮文學研究的第一部劃時代的成果。而且，因為其研究起步甚早，所以，除了少數有識之士外，也幾乎並未被世人所普遍接受。

從文藝評論家小田切秀雄的書評《史無前例之作》（1971 年 8 月 30 日《朝日新聞》）算起，雖然許多報紙和雜誌都對該書作了介紹，但出版量固然很少的該書其銷量究竟如何呢？這從出版 20 年後，筆者在研究生院，將其作為專題研究教材使用時，仍可以按第一版的價格購入這一事實來推測一下。畢竟，他的發言，對於日本社會來説還是過早了。

儘管如此，本書的價值，在 20 年後，又被岩波書店以《近代文學的傷痕》（1991 年）為書名，重新收錄於《現代叢書》這一實事來看是不言而喻的。但是，岩波書店在收錄該書的時候，由於版面的限制割捨了不少內容。尤其是〈後記〉，只是由原書中〈過遲的發言——代後記〉的一部分修改而成，因此，並沒有傳達出原著作者的全部情感。

然而，該中譯本卻完全依照了尾崎秀樹 1971 年出版時的樣子。這是對已在日本成為絶版的原書的再現，是一部忠實地傳達了作者對於「舊殖民地文學的研究」的執著理念的作品。能以這樣一種形式將該書介紹給中國文化圈的朋友，相信這也一定是已故著者（1999 年謝世）的願望。

（附記）

在拙文寫作之時，承蒙尾崎秀樹之妹田才秀季子女士、原勁草書房編輯、當時負責《舊殖民地文學的研究》的編輯田邊貞夫先生、縣立神奈川近代文學館資料科科長助理安藤和重先生提供寶貴意見、資料，請允許我在此致以深深的謝意！

由尾崎秀樹《決戰下的台灣文學》所想到的

河原　功

與台灣文學的相遇　與資料不足的抗爭

我初次接觸「台灣文學」是在1968年。在當時的台灣，對於台灣近現代史的研究還沒有得到公正的評價，「台灣文學」甚至被排除在學問研究的對象之外。即使在一般的書店尋找有關「台灣文學」的參考書或啟蒙讀物，也會一無所獲。不消說，對於「台灣文學」研究來說，當然最好是能得到原始資料，但即使是圖書館不僅基本文獻不足，而且戰前的文藝類書籍、文藝雜誌的收藏量也比其他文獻少得多。本來應該收藏的與「台灣文學」有關的書籍、雜誌，在戰後的混亂中，好像也由於管理不善而被散逸、丟棄。關於「台灣文學」，不管是向人請教的希望，還是打聽台灣作家的消息，我的這些期待都幾乎都未得到回應。其中，甚至有人對於我對「台灣文學」的關心顯露出懷疑、警惕。這也許是因為，在當時的戒嚴令下，台灣民眾正受到白色恐怖的威脅吧。

《台灣青年》、《台灣民報》、《台灣新民報》是瞭解新舊文學論爭必不可少的資料，但是我卻全然無緣看到。雖經熟人的介紹，我拜訪過台灣中部的收藏家，但亦未獲允瀏覽。因此，

1973年東方文化書局對這些資料進行翻印時，我的感慨之情實在是無以言表。

關於文藝雜誌，我有幸在台灣省立台北圖書館（現在的國家圖書館台灣分館）看到了《福爾摩沙》（台灣藝術研究會）、《台灣新文學》（楊逵主辦）、《文藝台灣》（台灣文藝家協會）和《台灣文學》（張文環主辦）。但是，登錄於該館索引卡片的台灣大學所藏文藝雜誌，由於幾乎均放置於某教授的研究室中而不能借出。因此，圖書館的館員也面有難色，他以確認藏書為名，在那位教授不在的時候，帶我去了那間研究室。在目睹到那些珍貴的文藝雜誌被草繩簡單地捆置於此時，我難過不已。在那裡見到的《台灣文藝》（台灣文藝聯盟）、《台灣新文學》等文藝雜誌，並未收錄於《台灣大學舊藏日文台灣資料目錄》（1992年6月），如今也不知這些雜誌的去向如何。

《南音》、《先發部隊》、《第一線》（台灣文藝協會）也是重要的文藝雜誌，但我在台灣卻未見到，直到承蒙戴國煇氏慨允借閱之後，才總算明白了一些關於鄉土文學論爭的梗概。作為瞭解戰爭末期的台灣文壇所不可欠缺的《台灣文藝》（台灣文學奉公會），雖然其在台灣缺號甚多，但我卻在東京駒場的日本近代文學館中見到了這些缺號。

這些在台灣出版的主要文藝雜誌，直到1981年3月，由東方文化書局翻印、出版了《新文學雜誌叢刊》系列（全17卷）後，人們才終於可以讀到。

當時，對「台灣文學」產生興趣的我，在收集有關「台灣文學」 的資料時，卻歷盡艱辛。複印機的尚未普及也是「台灣文學」研究的一個障礙。即使運氣好碰上有複印機，也是性能差且又昂貴（跟1.5日元的汽車票相比，複印一張就要5日元！）。在沒有複印機的時候，就只好先把資料借出來，再把它拿到有複印機的地方去複印，但卻並不是所有的資料都能夠自由地借出。

那時，就只好拼命地抄，即使這樣也有不被允許的時候。於是，必然會到台灣各地的舊書店（台北的牯嶺街上有很多書攤）去轉，看到需要的資料就不得不自己掏錢買下來。花費相當的費用不説，更因此花費了大量的時間和莫大的精力。然而，即使這樣一點、一點地收集，仍未能收全研究「台灣文學」所需要的基本資料。

在這種不利的條件下，我在 1972 年將「台灣文學」研究整理為畢業論文，74 年，經補充後提交了碩士論文《台灣新文學運動的展開》，通過論文的寫作總算看到了「台灣文學」的輪廓，自己也終於對「台灣文學」有了一個基本的瞭解。當時，作為戰前資料使用較多的有如下三種。

①島田謹二的《文學的過去、現在和未來在台灣》（《文藝台灣》第 2 卷第 2 號、1941 年 5 月）

②神田喜一郎、島田謹二的《關於台灣文學》（《愛書》第 14 輯，1941 年 5 月）

③黄得時、池田敏雄的《台灣文學書目》（《愛書》第 14 輯，1941 年 5 月）

以上三部著作均堪稱傑作，然而，也是理所當然的，它們均未涉及台灣日文文學鼎盛時期的 1941 年－ 1945 年。

作為戰後的資料，我當時利用較多的是《台北文物》（台北市文獻委員會、1952.12 － 1961.9 的全 33 冊）、《台灣文獻》（台灣省文獻委員會、1949.8 －）、《台灣風物》（台灣風物雜誌社、1915.12 －）。《台北文物》上有大量的與台灣新文學運動有直接關係的人物的證言。其中，第 3 卷第 2 期《北部新文學新劇運動專號》（1954 年 8 月）和第 3 卷第 3 期《新文學·新劇運動續集》（1954 年 12 月），正如同尾崎先生所言，更是「重要文獻之一」。《台灣文獻》也同樣刊載著大量關於台灣文學及台灣史的論文、資料。其第 15 卷第 1 期（1964 年 3 月）廖漢臣的

《台灣文學年表》，作為當時劃時代的著作，尾崎氏在完成其《舊殖民地文學的研究》中亦稱：「從中獲益頗多」。但所有這些資料均非屬能在書店輕易買到的書籍，所以在收集時還是頗費了一番周折（《台北文物》中還有禁止發行的若干期）。

先行研究者——尾崎秀樹

說到戰後日本對台灣文學的研究，可以說，在日本近代文學史中並未有涉及到「台灣文學」。與其說它是被遺忘的存在，不如說它在完成殖民地歸還時的清理中已被埋葬。日本國內的台灣文學研究，在戰後的10多年裡是一片空白期，直到1960年前後，才出現了如下數篇奠定戰後日本台灣文學研究基礎的三位學者的重要論文。

①王育德《文學革命對台灣的影響》（《日本中國學會報》第11集、1959年10月）

②尾崎秀樹《台灣文學備忘錄》（《日本文學》，1961年10月）

《決戰下的台灣文學》（《文學》1961年12月，1962年4月）

③王錦江的《關於日本統治時期的台灣新文學》（《今日之中國》2-9，1964年9月）

王育德的論文和王錦江（詩琅）的論文，對於「台灣文學」言簡意賅的論述，告訴了我們諸多事實，但作為論文，兩篇均嫌短促，給人以言之未盡之感。從這一點上來講，尾崎秀樹的研究，是第一次從一個日本人的角度展開的，內容堪稱豐富翔實。而且，隨著《近代文學的傷痕》（普通社「中國新書」1963年2月，後由勁草書房發行）的出版，也為我們提供了系統閱讀的方便。這對於開始著手研究台灣文學的我來說，確實是一部指南性的傑作。此書不久就絕版了，但在不到10年的時間裡，尾崎又對其做了修訂，增加了滿洲和朝鮮部分，集成大作《舊殖民地文學的研究》（勁草書房，1971 年 6 月）。此時，對於已正式投身於台灣文學研究的我來說，尾崎氏的這部《舊殖民地文學的研究》堪稱經典之作。

然而，尾崎論文雖堪稱豐富詳實，但內容仍嫌概括，訛字頗多，內容方面也有不少錯誤。原因是由於通覽台灣文學時未能得到充分的原材料，致使他不得不依賴於《台北文物》、《台灣文獻》等翻印資料等，從而直接踏襲了這些參考文獻的錯誤。儘管如此，此書的價值並未因此而折損。因為在收集第一手資料相當困難的那個時代，這是沒有辦法的事情。相反，作為最早關注「台灣文學」——在戰後，尚無一個日本人將之作為問題對待——並且正式把「台灣文學」作為學術加以討論的論文，直至今日，其價值仍然是顯而易見的。尾崎是戰後日本台灣文學研究的先驅者，同時也是將作為日本殖民地文學的「台灣文學」，作為日本文學的一個側面，確定其恰當位置的功臣。

在此，我想順便說一下，尾崎秀樹在研究「台灣文學」時，是如何對待那些資料的。我在拜訪尾崎家的時候，參觀了他的書庫。在數量衆多的藏書中，有關「台灣文學」的資料卻很少，只有台北高校校友會雜誌《翔風》、中村地平及濱田隼雄等人的同人雜誌《足跡》、坂口䙥子的《蕃地》和西川滿編的《台灣文學集》等很少一部分。尾崎重點參考的《台灣文物》《台灣文獻》以及其他一些在台灣發行的文藝雜誌，大多是由戴國煇提供的。後來這也從戴先生本人那裡得到了證實。尾崎的《舊殖民地文學的研究》，正是在戴國煇的協助下才得以完成的高水準論著。

台灣文學研究的興盛

自 1968 年以來，我一直在搞台灣文學研究。獨自一人為台灣文學研究而苦惱已近 20 年了。在這期間，從事台灣文學研究的研究者和學生不斷增多。在關西，以塚本照和為中心的「台灣文學研究會」（1981 年 9 月組成）以及「天理台灣學會」（1991 年 6 月組成）都接連取得了切實的研究成績。其中以下村作次郎和中島利郎的作為尤其讓人注目。

在這當中，1994 年，在台灣新竹國立清華大學召開的「賴和及其同時代的作家——日據時代台灣文學國際學術會議」，劃時代的構築了台灣文學研究的基石。會議為期三天，來自台灣、日本、美國、德國等地的 39 名台灣文學研究者在會上發表了論文。台灣方面的研究水準雖然還不是很高，但這次在清華大學召開的國際會議卻對台灣、日本以至歐美的台灣文學研究都起了很大的推動作用。

現在，台灣文學研究在台灣、日本和美國都很盛行。

1997 年，「東京台灣文學研究會」（代表者藤井省三）在東京成立，1998 年，「日本台灣學會」成立，從而讓我們看到日本台灣文學研究的長足的進展。2004 年，在東京大學召開了台灣文學研究研討會。為期四天的會議，雲集了來自日本、台灣、美國、香港等地的衆多研究者。2002 年，在美國哥倫比亞大學（紐約）和台灣成功大學分別召開了題為「Taiwan under Colonial Rule:1895-1945: History, Culture, Memory」和題為「台灣文學史書寫國際學術研討會」的大型國際會議。到目前為止，各種各樣的大小學術會議已數不勝數，其中出現了不少高水準的台灣文學研究報告。

現在在台灣的大學裡，開設「台灣文學」講座已經是順理成章的事，真理大學開設了台灣文學系（學科），成功大學等也設置了台灣文學研究所（研究生院），正在不斷地培養著優秀的台灣文學研究者。

包括賴和紀念館、鍾理和紀念館這樣的個人作家紀念館在內，在文學館數量很少的台灣，以收藏與「台灣文學」相關的所有資料為目的的國家文學館已於 2003 年在台南開館。其館藏文學資料在通過作家和藏書家的贈書不斷充實的同時，作為國家文學館它也在籌劃展示會、演講會等方面發揮著重要作用，已成為台灣文學研究不可或缺的存在。

在台灣，原始資料的翻印、翻刻也在積極進行，戰前出版的資料，幾乎已都被翻印，基本解決了以前的不便（一部分為微型膠片、光碟）。比如，文藝雜誌及其相關雜誌有《台灣大眾時報》、《新台灣大眾時報》、《民俗台灣》、《風月》、《風月報》、《南方》、《南方詩集》、《台灣時報》等，關於個人作家也有《楊逵全集》、《張深切全集》、《王昶雄全集》、《吳新榮選集》等。活躍於日本時代的作家，幾乎都能夠讀到他們的全集或作品集。

日本也一樣，資料的翻印、翻刻也很盛行，雜誌有《旬刊台新》、《愛書》、《新建設》等，作品集有《日本統治期台灣文學——日本人作家選集》全六卷，和同系列的《台灣人作家選集》全六卷，《日本統治期台灣文學文藝評論集》全五卷，《日本統治期台灣集成》全 20 卷、《日本殖民地文學精選集——台灣編》全 14 卷等出版。有關「台灣文學」研究著作的出版也十分引人矚目，從《甦醒的台灣文學》、《台灣文學的諸相》、《台灣的「大東亞戰爭」》等學術著作，到可視為台灣文學入門之作的《講座台灣文學》等均已面世。日本國內的大學也開始開設有關「台灣文學」的講座。

台灣文學研究作為一門學術研究，即使在日本也開始有了一定的地位。這從當時台灣的狀況來看，在日本國內的台灣文學研究竟會如此興盛，確實是難以想像的。台灣文學研究環境的完善是一件令人欣喜的事情。我期待著台灣文學研究向著更廣更深方向的發展。

今後台灣文學研究的應有狀態

我在前邊提到，在台灣發行的主要文藝雜誌幾乎都已被翻印。但是，台灣文學研究的弱點說到底仍是資料匱乏。儘早解決這個問題是當前的第一課題。實際上，還有《台灣藝術》—《新大衆》—《藝華》、《台灣公論》、《台灣婦人界》、《足跡》、《翔風》等多的文藝雜誌等待著被翻印。此外，關於左翼文藝雜誌，雖然在《警察沿革志》、《台北文物》上有相關記載，但是由於被禁止發行，所以幾乎不可能再見到實物。此外，《台灣文學》（台灣文藝作家協會）、《伍人報》、《赤道》、《洪水報》、《現代生活》等也在等待著被翻印。所有這一切都需要收藏這些資料的大學、圖書館或個人的理解、提供以及甘願出版這些資料的出版社的協助。翻印本該就有的資料以衆多研究者提供幫助，這本來也是應盡的義務。此外，繼續發掘未知資料也是很重要的。

台灣文學研究的第二大課題是不能偏移基本認識，不能怠惰於對實證的追求。造成此類結果的起因固然有資料不足的因素，但由於不瞭解歷史、社會背景，缺乏一般常識而輕率地就「台灣文學」得出結論的論文並不在少數。隨著台灣文學研究領域的擴展，拙劣的論文也在不斷出現。為了不受其干擾，並避免陷入到同樣的狀況中，不僅要瞭解「台灣文學」本身，對其他相關知識的積累、調查均需要足夠的耐心。對於先行研究以及各相關研究也需關注，但並不是要以它為結論跟著走，而是應該發現疑問並隨即查證。因為「台灣文學」的研究還只是剛開了一個頭，如果被先行研究牽著走，就可能會在無意中走上歧路。因此，我們不應該盲目地接受先行研究，而應該一邊不斷地修正方向一邊前進。

第三，我不喜歡炫耀奇異、牽強附會地顯示自己理論的論文。雖然提出問題很重要，但只停留在提出想法，隨即就予以結束的論文我也不感興趣。此外，因為日本統治時期的台灣文學曾一直被總督府和皇民奉公會等在政治方面加以利用，所以現在同樣打算在政治利用上做文章的論文也不會讓人感興趣。遺憾的是，在「台灣文學」研究的論文中，這樣的文章也並不少。總之，台灣文學研究並非是一門顯學，它是需要相互推動的建設性研究。

尾崎氏的台灣文學研究，以多種不同的形式告訴了我們台灣文學研究的應有狀態。從最初發表到現在，他的論文已經過了30年，以現在的台灣文學研究水平來看，也許會發現其不足之處。但即使如此，直到現在我還是在反覆地閱讀他的《舊殖民地文學的研究》，因為他讓我的研究可以始終立於台灣文學研究的正確基點。它不僅讓我覺得放心，而且會讓我發現新的研究題目。可以說尾崎氏的《舊殖民地文學的研究》是我的台灣文學研究源泉、準則和力量。

本書各論文原載刊物一覽表

植民地文学の傷痕	1969,4〈思想〉
大東亜文学者大会について	
1 「戦時下の文化統制と文学報国会の動き」	1965.6〈国文学〉
2～4	1961.5〈文学〉
大東亜共同宣言と二つの作品	1961.8〈文学〉
「満洲国」における文学の種種相	1963.2，5，6，1966.2〈文学〉
決戦下の台湾文学	1961.12～62.4〈文学〉に補筆
霧社事件と文學	1970.2〈思想〉
台湾文学についての覚え書	1961.10〈日本文学〉
国語政策の明暗	1961.3〈思想の科学〉
台湾史ノート	
i) 能久の死	〈歴史読本〉
ii) 詠沂園	1962.4〈花〉
iii) 孫文と台湾	No.3〈宴〉
iv) 南菜園と棲霞伯	〈後藤新平伝・月報〉
v) 一通の抗議文	No.46〈政治公論〉
vi) 乃木希典と黒井なお	1967.〈別册・小説現代〉
vii) 「蒼氓」の上映禁止	No.5〈宴〉
viii) 歴史—三代の血痕	No.9〈近代説話〉
朴春日「近代日本文学における朝鮮像」について	1970.7〈解釈と鑑賞〉
「外地引揚派」の発言	1969.2.17〈週刊読書人〉

本書中出現的東南亞各國、蒙古以及俄國人名，凡無法核實到原文姓名者，均按照文中日文的發音採用了音譯，恐與原發音有所出入，特此註明。——譯著

紀年對照表

<table>
<tr><th>公 元</th><th>日 本</th><th>中 國</th><th>偽滿洲國</th><th>公 元</th><th>日 本</th><th>中 國</th><th>偽滿洲國</th></tr>
<tr><td>1895</td><td>明治 28</td><td>光緒 21</td><td></td><td>1921</td><td>大正 10</td><td>民國 10</td><td></td></tr>
<tr><td>1896</td><td>明治 29</td><td>光緒 22</td><td></td><td>1922</td><td>大正 11</td><td>民國 11</td><td></td></tr>
<tr><td>1897</td><td>明治 30</td><td>光緒 23</td><td></td><td>1923</td><td>大正 12</td><td>民國 12</td><td></td></tr>
<tr><td>1898</td><td>明治 31</td><td>光緒 24</td><td></td><td>1924</td><td>大正 13</td><td>民國 13</td><td></td></tr>
<tr><td>1899</td><td>明治 32</td><td>光緒 25</td><td></td><td>1925</td><td>大正 14</td><td>民國 14</td><td></td></tr>
<tr><td>1900</td><td>明治 33</td><td>光緒 26</td><td></td><td rowspan="2">1926</td><td rowspan="2">大正 15/
昭和 1</td><td rowspan="2">民國 15</td><td rowspan="2"></td></tr>
<tr><td>1901</td><td>明治 34</td><td>光緒 27</td><td></td></tr>
<tr><td>1902</td><td>明治 35</td><td>光緒 28</td><td></td><td>1927</td><td>昭和 2</td><td>民國 16</td><td></td></tr>
<tr><td>1903</td><td>明治 36</td><td>光緒 29</td><td></td><td>1928</td><td>昭和 3</td><td>民國 17</td><td></td></tr>
<tr><td>1904</td><td>明治 37</td><td>光緒 30</td><td></td><td>1929</td><td>昭和 4</td><td>民國 18</td><td></td></tr>
<tr><td>1905</td><td>明治 38</td><td>光緒 31</td><td></td><td>1930</td><td>昭和 5</td><td>民國 19</td><td></td></tr>
<tr><td>1906</td><td>明治 39</td><td>光緒 32</td><td></td><td>1931</td><td>昭和 6</td><td>民國 20</td><td></td></tr>
<tr><td>1907</td><td>明治 40</td><td>光緒 33</td><td></td><td>1932</td><td>昭和 7</td><td>民國 21</td><td>大同 1</td></tr>
<tr><td>1908</td><td>明治 41</td><td>光緒 34</td><td></td><td>1933</td><td>昭和 8</td><td>民國 22</td><td>大同 2</td></tr>
<tr><td>1909</td><td>明治 42</td><td>宣統 1</td><td></td><td rowspan="2">1934</td><td rowspan="2">昭和 9</td><td rowspan="2">民國 23</td><td rowspan="2">大同 3/
康德 1</td></tr>
<tr><td>1910</td><td>明治 43</td><td>宣統 2</td><td></td></tr>
<tr><td>1911</td><td>明治 44</td><td>宣統 3</td><td></td><td>1935</td><td>昭和 10</td><td>民國 24</td><td>康德 2</td></tr>
<tr><td rowspan="2">1912</td><td rowspan="2">明治 45/
大正 1</td><td rowspan="2">民國 1</td><td rowspan="2"></td><td>1936</td><td>昭和 11</td><td>民國 25</td><td>康德 3</td></tr>
<tr><td>1937</td><td>昭和 12</td><td>民國 26</td><td>康德 4</td></tr>
<tr><td>1913</td><td>大正 2</td><td>民國 2</td><td></td><td>1938</td><td>昭和 13</td><td>民國 27</td><td>康德 5</td></tr>
<tr><td>1914</td><td>大正 3</td><td>民國 3</td><td></td><td>1939</td><td>昭和 14</td><td>民國 28</td><td>康德 6</td></tr>
<tr><td>1915</td><td>大正 4</td><td>民國 4</td><td></td><td>1940</td><td>昭和 15</td><td>民國 29</td><td>康德 7</td></tr>
<tr><td>1916</td><td>大正 5</td><td>民國 5</td><td></td><td>1941</td><td>昭和 16</td><td>民國 30</td><td>康德 8</td></tr>
<tr><td>1917</td><td>大正 6</td><td>民國 6</td><td></td><td>1942</td><td>昭和 17</td><td>民國 31</td><td>康德 9</td></tr>
<tr><td>1918</td><td>大正 7</td><td>民國 7</td><td></td><td>1943</td><td>昭和 18</td><td>民國 32</td><td>康德 10</td></tr>
<tr><td>1919</td><td>大正 8</td><td>民國 8</td><td></td><td>1944</td><td>昭和 19</td><td>民國 33</td><td>康德 11</td></tr>
<tr><td>1920</td><td>大正 9</td><td>民國 9</td><td></td><td>1945</td><td>昭和 20</td><td>民國 34</td><td>康德 12</td></tr>
</table>

事項索引（雜誌、團體名、事件等）

一　劃

二　劃

三　劃

四　劃

五　劃

六 劃

七 劃

八 劃

九 劃

十　劃

十一劃

十二劃

十三劃

十四劃

十五劃

十六劃

十九劃

二十一劃

二十二劃

書名索引

一　劃

二　劃

三　劃

四　劃

五　劃

六　劃

七　劃

八　劃

九 劃

十 劃

十一劃

十二劃

十三劃

十四劃

十五劃

十六劃

十七劃

十八劃

十九劃

二十劃

二十一劃

二十二劃

人名索引

四 劃

五 劃

六　劃

七劃

八 劃

九 劃

十 劃

十一劃

十二劃

十三劃

十四劃

十五劃

十六劃

十七劃

十八劃

十九劃

二十劃

二十一劃

二十二劃

二十三劃

二十五劃

國家圖書館出版品預行編目資料

舊殖民地文學的研究 ／ 尾崎秀樹著 ； 陸平舟，
間扶桑子合譯. -- 初版. -- 臺北市 ：人間，
2004[民 93]
面； 公分. -- (台灣新文學史論叢刊；8)
含索引
譯自 ： 舊植民地文學の研究
ISBN 957-8660-85-5 (平裝)

1. 臺灣文學 - 論文，講詞等

820.7 93016062

台灣新文學史論叢刊 8

舊殖民地文學的研究

著　　者／尾崎秀樹
譯　　者／陸平舟・間ふさ子
執行編輯／林哲元・陳麗娜
出 版 者／人間出版社
發 行 人／陳映眞
社　　長／陳映和
地　　址／台北市潮州街九一之九號五樓
電　　話／(02) 23222357
郵撥帳號／ 11746473　人間出版社
印　　刷／漢大印刷有限公司
電　　話／(02) 29555284
總 經 銷／聯經出版事業股份有限公司
電　　話／(02) 26418661
登 記 證／局版台業字第三六八五號
初版一刷／二〇〇四年十一月
定　　價／新台幣五〇〇元